F. BORDEWIJK

NOORDERLICHT

Noorderlicht
F. Bordewijk
© 1948 Nijgh & Van Ditmar
Alle rechten voorbehouden

ISBN 2-87427-209-4
EAN 9782874272097
Uitgave van Wegener Dagbladen BV - Winnaars Collectie
Omslagontwerp: ARVH Marketing & Communicatie
Productie: Paperview n.v. - 2005
Wettelijk depot: D/2005/9735/49

Aan mijn kinderen Nina en Robert

*Het noorderlicht komt in verschillende vormen voor:
als glinsterende wolken, banden, pijlen, draperie,
en als stolp met een ster aan de top: de kroon.*

EEN

DE WOLKEN

IETS VAN GESCHIEDENIS

Reeds de overgrootvader van moederszijde had de grondslag gelegd voor het bedrijf waarvan het huidig gezin bestond. Zijn opvolger, de grootvader, een uit een talrijke familie, bezat niet meer dan een enkele dochter. Zij bleek in staat het bedrijf voort te zetten; zij deed het zelfs met genegenheid en toewijding. Toen zij, bijna dertig jaar oud, trouwde, werd haar man, Valcoog, deelgenoot in de zaak. Zij hadden ontzaglijk veel onenigheid, maar nooit betreffende de affaire. Zij waren beiden eigenzinnige mensen, toch van doorzicht in elkaars eigenschappen, misschien fouten, allerminst verstoken. Daarom hadden zij deze afspraak gemaakt: wanneer een van hen in de handel iets wilde en de ander wilde het niet, dan werd het voorstel geacht te zijn verworpen. Aan deze afspraak hield het paar zich tot de vrouw stierf. Het bezat in hoge mate zakelijk fatsoen, niet slechts tegenover leverancier en klant, ook jegens de partner. De herschepping van het bedrijf in een naamloze vennootschap, de nieuwe richting die het insloeg, waren vrucht van eendrachtig samenwerken.

Valcoog was een jaar jonger dan zijn vrouw en een merkwaardig man. Onder haar vader had hij eerst gereisd voor de afzet, daarna als inkoper. Hij toonde van jongsaf de durf van de handelsreiziger in een eigen uitgave. Zijn vasthoudendheid was ongelooflijk, doch niet een bron van aardigheden van de moppentrommel; hij boezemde bijna ontzag, bijna vrees in. Het kwam voor dat degeen met wie hij onderhandelde zich afvroeg of hij te maken had met een krankzinnige; deze mening kon evenwel nooit blijvend post vatten, want daarvoor zorgde Valcoog, wellicht doelbewust, wellicht eenvoudig omdat het in zijn natuurlijke geaardheid lag. En juist dat was het vreemde in hem: men wist nimmer recht of die man ten volle meende wat hij beweerde, maar, hoe dan ook, men kwam steeds tot de slotsom dat de waanzin hem verre lag. Hij moest wel een zeer behoorlijk vast salaris genieten, want een werkzaamheid, enkel of in hoofdzaak op basis van provisie, rechtvaardigde geenszins een zo fenomenaal verbruik van energie ook waar het het plaatsen of verkrijgen van kleine orders betrof. Indien hij zich had voorgenomen te slagen sprong hij met zijn tijd even kwistig om als met zijn arbeidsvermogen. Desondanks was hijzelf steeds degene die het onderhoud beëindigde; nooit kwam zijn tegenpartij verder dan een schuchtere wenk of blik op horloge of kamerklok, nooit werd hem in al de jaren van zijn reizigerschap de deur gewezen, nooit werd hem de toegang geweigerd. Trof hij iemand niet thuis, dan kon hij weten dat inderdaad de betrokkene niet thuis was. Hij sloot vaak posten af waarbij onverbloemd de tegenzin van zijn medecontractant bleek; het kon voorkomen dat deze met een gevoel van uitputting eindelijk toegaf en na zijn heengaan zich het voorhoofd moest droogvegen; hij, Valcoog, vertrok fris als een hoentje. Alle deuren stonden voor hem open; hij kreeg te spreken wie hij spreken wilde en werd niet met een mindere afgescheept. Men kon bezwaarlijk duidelijk omschrijven waarin zijn kracht gelegen was, hij wond zich nooit op, hij sprak niet eens zo heel veel achtereen, en meest bedachtzaam, uiterst duidelijk, met een stem aan de onaangenaamheid waarvan de hoorder spoedig gewend raakte, schreeuwerig nooit. Het kon gebeuren dat hij een order *niet* afsloot; dan was hij tijdens het gesprek zelf tot verbeterd inzicht gekomen: het artikel dat hij verwerven wilde leek hem achteraf niet begerenswaard; de koper kwam hem, soms in een flits, bij ingeving, onvoldoende betaalkrachtig voor.

Hij kreeg in de loop der jaren herhaaldelijk verlokkende aanbiedingen van concurrenten der zaak, van fabrikanten. Wie eenmaal over zijn bevreemding, zijn vrees was heengeraakt, kon hem somtijds buitengewoon waarderen. Een zekere faam ging op de duur van hem uit. Hij wees alle voorstellen van de hand, omdat hij zich in het hoofd had gezet de dochter van zijn patroon te huwen.

Waarschijnlijk zou zijn hardnekkigheid niet zulk een succes hebben geboekt, mogelijk zou zijn methode groot gevaar hebben opgeleverd, zo hij niet strikt eerlijk en de naam van de zaak die hij vertegenwoordigde niet boven elke verdenking was geweest. De wijze waarop hij kon debatteren over de fractie van een cent bij een toch onbetekenende order wees wellicht aanvankelijk op iets maniakaals, op de duur doorgaans op een eerlijke overtuiging. En desondanks stond men voor het raadsel: wat is die man eigenlijk? Met dat al was men van één ding overtuigd: niet te worden bedot.

Toen Valcoogs patroon van het voorgenomen huwelijk tussen zijn dochter en zijn vertegenwoordiger vernam, toonde hij zich het tegendeel van aangenaam verrast. Hij zei tegen Valcoog:

'Je bent natuurlijk van plan de zaak na mijn dood voort te zetten, maar daar breng je niets van terecht.'

Hij zei tegen zijn dochter:

'En jij ook.'

Valcoog kon uitnemend argumenteren waar het inkoop of verkoop aanging. Hij vermocht zijn eigen zaak slechts heel gebrekkig te bepleiten. Hij voelde zich overigens voor een opvatting gesteld die, onverklaard en stellig onjuist, niettemin vaststond. De pogingen van zijn aanstaande bleven evenzeer vruchteloos. Zij hield weliswaar sinds jaar en dag de boeken bij, maar volgens haar vader was voor het drijven van 'De Leydsche IJzerhandel' uitzonderlijke kundigheid vereist. Deze bezat alleen hij.

Wat Valcoog sindsdien vreesde begon zich tegen de toekomst af te tekenen: de oude heer zocht onder derden naar een opvolger. Hij kon die evenwel zo gauw niet vinden; ook maakte hij minder haast dan redelijk verwacht mocht worden. Hier sprak buiten kijf de ouderdom een woordje mee; hij treuzelde bij het doen van die voor hem, voor hen allen, zo belangrijke stap. Onder de bedrijven werd hij ziek, en hij stierf aleer zijn plan ook maar tot een begin van uitvoering was gekomen.

Het niet piepjong paar trouwde zodra het fatsoen zulks gedoogde, diep in de jaren negentig van de vorige eeuw. Zij harmonieerden in het zakendoen uitstekend.

Als jong meisje viel aan de vrouw niets bijzonders op te merken, doch na de geboorte van het vijfde en laatste kind veranderde zij zichtbaar en kreeg een zekere waardige charme over zich. Wie Valcoog opmerkzaam bekeek, hem trof al gauw het licht degeneratieverschijnsel van het oor zonder lel, en waarvan de huid met voor het vorsend oog pijnlijke gespannenheid overging in de wang, ter hoogte van de onderkaakshoek. Hij trok zichzelf eigenlijk aanhoudend vermanend aan het oor. Maar het schijnt dat de natuur aan de vrouw de taak heeft toebedeeld het mensenras uiteindelijk zuiver te houden, een filter waarin de ziektekiemen bezinken en sterven; haar lichaam toont zelden ontaardingsverschijnselen. Wie let op het mannenoor zal vaak allerlei onfraaiigheid en bedenkelijks vaststellen. Mevrouw Valcoog bezat als haar seksegenoten een goed, ja, zij bezat zelfs een mooi oor, een bescheiden, en door niemand, ook niet door haarzelf, opgemerkte schoonheid.

Zij was volstrekt geen bedeesde vrouw; in huiselijke aangelegenheden voegde zij zich nooit naar haar man; het leek zelfs dat zij er op de duur behagen in schiep tegen zijn wensen in te gaan. Grote ruzies waren daar het gevolg van, echter geen breuk, ook geen blijvende verkoeling. Dit laatste was bovendien bij de van huis uit nuchtere verhouding tussen deze twee moeilijk denkbaar. Zij vergaten spoedig hun meningsverschil.

Mevrouw Valcoog kende haar man al lange jaren voor hun huwelijk. Het ontzag dat hij als reiziger wist te wekken kon hij haar niet ingieten. Zijn invloed eindigde op de drempel van hun woning, precies als tijdens het leven van haar vader. Want deze had hem wel om zijn werk gewaardeerd, doch nooit onder zijn macht gestaan.

Valcoog bezat, met één uitzondering, over de kinderen ook al spoedig niet het minste gezag; zijn macht eindigde bij zijn huisdeur. Zeer verschillend van aard namen zij, behalve de oudste, tegenover èn vader èn moeder een vrijgevochten houding aan. En tevens, naarmate zij opgroeiden gingen zij zich onderling samensmeden tot een enkel stevig blok. Het eerste kind werd geboren in januari 1899, de beide volgende, een tweeling, een klein jaar later, na weer een jaar kwam nummer vier en in 1904 verscheen het laatste dat allengs de kern werd van het blok.

Valcoog was even groot als zijn vrouw en leek dus iets kleiner, ook wanneer zij niet op hoge hakken naast hem liep. Hij behoorde tot de lichte, fris blozende blondins; zijn voorkomen zou innemend zijn geweest zonder de haast glasachtig starende, haast visionaire blik, die toch bij nadere overweging in hoofdzaak ijzerwaren moest zien. Mevrouw Valcoog vertoonde een donker type dat soms de aandacht trok, en wel op een onaangename manier, wanneer zij haar sterk vergrotende bril gebruikte. Daarachter kon het kleine zwart en bruine oog in boosheid eensklaps wijd kwaadaardig, koolzwart opflikkeren. Het gelaat, het hele wezen werd dan blik. Dit verschijnsel openbaarde zich bij het veelvuldig huiselijk ongenoegen om de haverklap, sedert zij voortdurend ging brillen. Het oudste kind bleef er altijd ietwat bang van; ook bezoek werd er onprettig door aangedaan; de andere kinderen telden het niet.

De kinderen waren van klein tot middelmatig groot, het jongste bleef het kleinst. De huiselijke sfeer was vaak geladen, doch steeds weer snel ontladen. Tonelen van hoge dramatiek, die onwillekeurig de hand van de toeschouwer naar borst of keel brengen, kwamen niet voor. De ruzies bleven op een laag peil dat soms het peil der achterbuurt dicht naderde. Denkelijk hadden beiden het wel in zich om de ruzies te doen uitgroeien tot iets anders, iets hogers, iets beslissends, een botsing van beginselen, tot woorden die men niet herroepen, daden die men niet ongedaan maken kan en niet wil. Want mogelijk is de mens tot de vrede geboren, maar zeker voor de strijd. Het kwam er bij dit echtpaar niet toe. Het bleef bij weerlichten, het werd nimmer een wezenlijk onweer. De sfeer, hoe vaak ook gespannen, was nochtans van nature koel. Indien men elkaar een halve dag nors negeerde was het lang. En de overgang naar meer vreedzame stemming ging zonder enig vertoon. Zo de ouders wellicht het grote conflict hadden kunnen oproepen, zij waren in geen geval mensen voor een grote, stormachtige verzoening.

AAN ZEE

De Leydsche IJzerhandel begon als een winkel van ijzerwaren te Leiden. Groothandel bestond nog niet; de detaillist kocht rechtstreeks van de fabrikant. Pas na de vierjarige wereldoorlog trad daar verandering in. Het aantal soorten ijzerwaren nam sterk toe en tevens de verscheidenheid van elk artikel afzonderlijk; er kwamen fornuizen van allerlei aard en maat in gebruik; bovendien begonnen de winkeliers andere goederen mede te verkopen, huishoudelijk aardewerk, bezems en zo meer. Daarboven ontstond nu het grossiersbedrijf dat soms de oude winkel aan kant deed, soms hem nog aanhield, soms gloednieuw verrees. De Leydsche IJzerhandel behoorde tot de eerste groep. Deels welbewust, deels geleid door toeval, ontwikkelde die zaak zich tot een grossierderij in voornamelijk hang- en sluitwerk, kachels en fornuizen, gereedschap voor ambacht, klein ijzeren bouwmateriaal. Al spoedig koos het echtpaar definitief en uitsluitend de groothandel. Het ging nu een tijdperk van betrekkelijke bloei tegemoet.

Ten dele steunde sinds tal van jaren de affaire op vreemd geld, van familie, van de bank, van vrienden en kennissen. Een denkbeeld dat langzaam in mevrouw Valcoog gerijpt was, kon thans tot uitvoering komen. De zaak werd omgezet in een naamloze vennootschap die uit handelsoverweging de oude naam, uit traditie de oude spelling behield. Het kostte Valcoog, al rondreizend, weinig of geen moeite de geldschieters te bewegen voor hun vordering aandelen te nemen. Het geld was overvloedig, men leefde zorgeloos. De overgang naar de groothandel werd ook door Valcoog duidelijk gemotiveerd, en zonder dat hij een verleidelijk toekomstbeeld ophing – want daarvoor was hij veel te eerlijk – kon hij aantonen dat de belegging vooruitzichten bood. De bank, het Leidse bijkantoor der

Disconteering West N.V., ging uit bankbeginsel niet mee, maar verruimde tegen uitbreiding van het onroerend onderpand haar krediet en bleef gelijk voorheen voorschot op wissels geven; bovendien bedong zij voor zich twee aandelen der vennootschap om een vinger in de pap te hebben.

Het gezin Valcoog woonde bij de zaak en dit bleef zo gedurende nog een aantal jaren nadat de naamloze vennootschap in werking getreden en de winkel gesloten was. De kinderen, nu groot geworden, en allen nog aan huis gebonden, niet getrouwd, niet verloofd, zagen de moeder weinig veranderen; zij behield haar waardige charme, wanneer zij niet boos was; zij grijsde nauwelijks; zij was meer dame geworden dan zij ooit geweest was, en meer dame dan haar man ooit heer zou worden. Doch hoewel zij nog steeds zeer actief deelnam aan het bedrijf ging zij klagen over vermoeidheid in de rug. Toen bleek dat haar longen slecht waren. De dokter achtte verblijf aan zee raadzaam. Dit was de reden dat het gezin naar Katwijk verhuisde, waar het van toen af wonen bleef. Valcoog kocht, niet zo heel duur, een lelijke bakstenen villa met een onbeduidend lapje voortuin, maar aan de strandboulevard en dus met een onbelemmerd uitzicht op zee en strand. Hij verkleinde de tuin nog door aan de voorkamer een erker te bouwen met drie grote ramen, op het noordwesten, het westen, het zuidwesten. Door het middelste, grootste raam had men een machtig panorama over het water en op de toverachtigste zonsondergang in alle seizoenen. Katwijk aan Zee was steeds een bescheiden badplaats en daarom, hoewel Noordwijk nauwelijks verder lag, gekozen. De Valcoogs waren geen mensen op wie de luxe aantrekkingskracht bezat. Leiden was hun aller woonplaats geweest; ze waren er geboren, ze zouden er vermoedelijk niet sterven, maar ze droegen Leiden met zich mede – stad van groot verleden, daardoor altijd meer dan wat provinciestad heet, maar ook eenvoudige stad gebleven, fris en onopgesmukt.

Doch in Katwijk aan Zee schoot de familie Valcoog weinig wortel. Katwijk is een eigenaardig dorp, karakteristiek, stug, moeilijk, onverdraagzaam, gesloten. De badgelegenheid heeft de bevolking geen wereldsheid bijgebracht. Zij beziet de vreemde argwanend als een indringer. De Valcoogs telden dan ook onder de autochtone bewoners weinig kennissen, vrienden heel niet. Het hinderde de ouders weinig, want zij hadden genoeg aan hun zaak, en mevrouw Valcoog, die zich van liederlede van het bedrijf losmaakte, kreeg voldoende aan de zee. De kinderen zochten nauwelijks enige aanraking met anderen, buiten noodzaak; zij waren volwassen en werden zich steeds beter bewust van hun saamhorigheid.

Er zou van het voortuintje nog wel iets te maken zijn geweest, althans in de zomer; doch, al telde het gezin vier vrouwen, er was niemand die daarnaar omkeek. Het was wel het meest barre lapje grond aan de strandboulevard, zand met wat helm. Het huis maakte altijd een ongastvrije, bij slecht weer bovendien een sombere indruk. De donkere bouwsteen vertoonde zich in de winter zwart. De voorgevel bezat niets oorspronkelijks dan de naam, boven de deur geschilderd, 'Pluvier', een idee van de vrouw. Natuurlijk had Valcoog zich aanvankelijk tegen deze benaming verzet, zelfs tegen iedere doopnaam; na hevige ruzies gaf hij eindelijk toe, een zeldzaamheid. Het huis was niet praktisch ingericht, ook weinig stevig van samenstelling, – gezet in een tijd toen men het degelijker bouwen verliet en tevens aan een nieuwe stijl nog niet toe was. Het bezat vrij veel kamers aan drie zijden van een laag, maar niet te wijd trappenhuis, dat zijn meeste licht ontving uit handen van venstertjes aan de achtermuur op het oosten. Daar lag nog een klein zandig erf, troostelozer zelfs dan de voortuin. Het bevatte wat groen geverfde hokken, in die hopeloze staat van verwaarlozing die tekenend is voor het verfwerk aan de landzijde van onze kustgebouwen, geplaagd door de barre elementen, en, eenmaal klaar, door mensenhand nauwelijks meer geacht.

Het best bewoonbare vertrek was de kamer op de westkant, die aan het indrukwekkend zeegezicht zelfs zekere adeldom ontleende. Wie deze kamer betrad, na de benepen vestibule te zijn gepasseerd en een glimp in de verte van het naargeestige trappenhuis te hebben gezien, hij kreeg altijd weer een gevoel van verwijding, van bevrijding, bij eerste bezoek van hoogst plezierige verrassing. Het gezin verbleef er ook veel, de kamer was zelden geheel van mensen leeg. Het moest met dat al jammer heten dat zich ook juist daar de heftigste tonelen van onenigheid afspeelden, talrijker nog dan in Leiden, naarmate de ouder wordende kinderen zich zelfstandiger gingen voelen tegenover de vader, zonder daardoor nog de moeder bij te vallen.

Zij wandelde veel langs het strand, in de richting van de Wassenaarse Slag, van Noordwijk. Zij had geen voorkeur voor een van beide richtingen, doch in het teruglopen de wind graag mee. De dokter had gezegd dat een niet te lange, vooral niet in geforceerd tempo uitgevoerde strandwandeling goed voor haar was, en zij gedroeg zich naar zijn advies. Het snelle gaan had trouwens nooit in haar lijn gelegen; ofschoon energiek van karakter behoorde zij in haar beweging niet tot de dynamische figuren, en die bepaalde waardigheid, welke haar op later jaren eigen werd, verlangzaamde nog haar pas. Zij wandelde inderdaad, en bijna elke dag het hele jaar door, en het viel een vreemde op als hij bij stormwind of felle koude dit tenger gestaltetje langs het ruige water drentelen zag. Vrijwel nooit vergezelde een der huisgenoten haar; zij boden het niet aan, en zij vroeg er niet om, maar een kleine straathond ging altijd met haar mee. Voor hem waren deze tochten groot genot, hij rende het strandgevogelte vruchteloos en onverdroten achterna. Hij was ijzersterk en werd stokoud; hij stierf een paar maanden na zijn meesteres.

Mevrouw Valcoog kon niet bepalen of het verblijf aan zee haar veel goed deed; kwaad evenwel deed het haar in geen geval. Zij behield de moeheid in de rug, al kon zij bij terugkomst van de zoute bries fiks blozen en haar donker oog, ook zonder bril, fel glanzen. Zij kreeg intussen langzamerhand genoegen in deze wandelingen, ze werden haar zelfs een behoefte. Zo haar man haar had voorgesteld naar Leiden terug te keren, zou ze dit stellig hebben geweigerd en niet alleen uit dwarsdrijverij. Zij spraken er niet van; hemzelf scheen het verblijf aan zee eveneens te bevallen. Toch liep hij nooit met haar mee, zelfs kwam hij nooit op het strand. Maar zij, ze begon naar de natuur toe te groeien en naar haar land, naar dat deel van haar land dat in zijn soberheid het meest monumentaal is en bij alle armoede aan bouwstoffen het wonder vertoont van de grootste veelzijdigheid: de kust, met haar territoriale wateren en haar hemel. Ze stelde dit niet met zoveel woorden vast, ze besefte het desondanks in haar diepste wezen. Ze was een vrouw bij wie van jongs af de zaken geteld hadden, haar eigen zaak in de eerste plaats. In de tijd toen de vrouw nog weinig gelegenheid gegeven werd zich buiten de huiselijke kring te doen gelden, stond zij al midden in wat het leven heette. En het huis, én de zaak hadden haar leven vele jaren lang gevuld. Aan iets anders dacht ze toenmaals weinig; zelfs ontbrak haar de zo echt vrouwelijke liefde voor bloemen. De staat van haar voortuin leverde daarvan het sprekend bewijs. Nu was er iets gekomen om haar bestaan meer af te ronden: de zee. Het nam niet weg dat ook tijdens haar tochten haar gedachten terugkeerden naar de ijzerhandel te Leiden. In de aanvang was zij er nog vaak gekomen, thans begon zij ervan te vervreemden. Het was niet zozeer dat de zee de affaire verdrong; ze zou ook onmogelijk hebben kunnen uitleggen waardoor haar verhouding tot de zaak veranderde. Zij gevoelde echter geen behoefte meer daar persoonlijk regelmatig aanwezig te zijn, wel was zij er in haar denken nog evenveel als voorheen; haar belangstelling verminderde geen ogenblik. Maar zeker werkte het feit van overbrenging van de hoofdboekhouding naar de villa te Katwijk, overigens tegen haar zin, haar geleidelijk wegblijven van daarginds in de hand. Zij stierf heel onverwachts in een guur najaar aan longontsteking. Nog de ochtend van die dag was Valcoog met de hoogstlopende ruzie van het ziekbed vertrokken, en de zieke gaf hem als steeds partij. Toen hij in de late namiddag bij donker thuis kwam was zijn vrouw een kwartier tevoren ontslapen.

Er volgden nu nog enige goeddeels onaangename jaren in de Katwijkse villa. Want Valcoog had wel drie van zijn kinderen in de zaak en de samenwerking tussen die drie en hem verliep redelijk – ofschoon niet perfect als tussen hem en zijn vrouw – maar de huiskamer maakte hem nu eenmaal twistziek en het overlijden van de moeder bracht geen verbetering in de stemming. Men kon alleen deze verandering vaststellen: dat hij thans altijd degene was die begon; doch ten minste drie van zijn vijf kinderen, het tweede, vierde en laatste, weerstonden hem, elk voor zich en op zijn eigen manier, evengoed als zijn vrouw had gedaan.

Hij had geheel boven, op het noorden en achter, een zeer onherbergzaam kamertje ietwat voor eigen gebruik doen inrichten. Het gebeurde de laatste tijd vaak dat hij, na of zelfs aan tafel, plotseling opvloog, uitroepend:

'Dat geleuter van die vrouwen is in één woord huiveringwekkend,' of iets van dien aard.

Dan smeet hij de kamerdeur dicht en zocht zijn toevlucht in het hoge hokje. De meisjes, in de keuken bezig, hoorden hem soms rommelen aan een potkacheltje, dat hij ging aanmaken. Hij kwam de hele avond niet meer omlaag, hij bleef er als een stout kind van thee verstoken, en wanneer de winterwind uit noorden of oosten onbarmhartig door de kieren blies leed hij vlak naast het rood kacheltje nog koude bovendien. De volgende morgen was hij alles vergeten.

Hij scheen zo een man om tachtig jaar te worden en dan nog midden in het bedrijf te zitten. De acht kruisjes haalde hij echter bij lange na niet. Door een merkwaardig toeval kwam hij om het leven. Terwijl hij, een krasse oude heer, op een zomeravond naar huis ging na een bezoek aan een kruidkundige te Katwijk-Binnen, bij wie hij baat had gevonden tegen het oudeherenkwaaltje van pijnlijke urinelozing, viel hij, nog in dat dorp, vrijwel voor de ogen van derden tijdens een eigenaardig lichtverschijnsel plotseling neer. Hij vertoonde een enorme scheur in het achterhoofd, onverklaarbaar, aangezien hij voorover was geslagen. Een dokter waarschuwde de politie. De omtrek werd afgezocht, en de delinquent eindelijk bij toeval op een naburig erf ontdekt: een kleine meteoorsteen. Er kwam een uitvoerig verslag van in de kranten. Wie het las, hem als zakenman had meegemaakt en zich wel eens had afgevraagd wat die kerel nu eigenlijk wilde, zei onwillekeurig:

'Echt iets voor Valcoog.'

Een andere lijkrede werd niet uitgesproken. De oudste zoon dankte bij de begrafenis voor de belangstelling.

MARVÉDIE

In één opzicht had Valcoog zijn vrouw ernstig en naar haar inzicht onherstelbaar gegriefd. Dat was bij de naamgeving aan haar kinderen. Nooit had hij willen luisteren naar haar wensen, altijd had hij bij de burgerlijke stand een naam opgegeven die hemzelf aanstond. Het oudste kind heette Marvédie. Hij wist stellig die naam ergens te hebben gelezen, maar kon niet meer bepalen waar. Dat was jammer, omdat hij in die periode van zijn huwelijk soms nog enige behoefte aan uitleg en verontschuldiging voelde. De kraamvrouw oordeelde de naam niet alleen afschuwelijk, ook een voortbrengsel van zijn vinding. Wat het laatste aangaat kon hij nu niet het tegendeel bewijzen.

De scène voorkwam geenszins dat hij het volgende jaar met de tweeling even eigengereid handelde, zij het niet geheel overeenkomstig zijn plan. Hij wilde de jongen Dood noemen en het meisje – want hij was niet onontwikkeld – Noctiluca. Hij trof het ditmaal slecht bij de registrator van de bevolkingsaanwas die niet alleen 'Dood' volstrekt verwierp, maar 'Noctiluca' eveneens, en zich beriep op een wet krachtens welke de ouders slechts de keuze hadden uit bijbel, mythologie, heiligenkalender en geschiedenis. Er ontstond ten stadhuize een heftige woordenwisseling, waarbij ten slotte Valcoog kamp moest geven. Uit nijdigheid wilde hij daarop zijn zoon dopen met Krelis of iets van dien aard; hij bedacht nog op tijd dat het onschuldige jongske daarvan meer displezier beleven zou dan hijzelf op de duur genoegen, en kwam aldus tot het neutrale Johannes. De ambtenaar, in de mening de vader te hebben gewonnen, toonde de grootmoedigheid het meisje, ofschoon strikt genomen buiten de wet, als Luca te willen inschrijven. Valcoog liet zijn vrouw onkundig van het meningsverschil met de overheid, liep op haar boze woorden weg, en verzond daags daarna aan het plaatselijk meestgelezen blad een bijdrage met klachten over het onzinnige wetsvoorschrift en de laatdunkendheid van zijn uitvoerders. Hij wachtte wel veertien dagen op de plaatsing en zag toen in dat hij zich nooit gedrukt zou lezen.

Het vierde kind kreeg de naam Welkom. Valcoog was bij de aangifte van die geboorte in een zachtzinnige stemming, en de ambtenaar – niet degeen van de vorige, doch die van de eerste aangifte – was een gemakkelijk mens en maakte geen bezwaar. Even vlot verliep het geval met het vijfde en laatste kind. Valcoog had zich lang tevoren in het hoofd gezet dat hij weer een jongen rijk zou worden, en al spoedig voor deze de naam Agamemnon gekozen, waartegen de meest benepen dienstklopper niets had kunnen inbrengen. Het viel hem wel wat tegen dat het een meisje werd; toch ging hij goedgeluimd, zonder een bepaald voornemen, de oude weg. Agamemnon was nu onmogelijk, – dat zag hij zelf in. Maar, bedacht hij, waarom geen Aga? En aldus gebeurde het.

De moeder vond het allemaal echte misbaksels van namen. Toch had Valcoog, afgescheiden van de vraag of ze passend, verdienstelijk of mooi dan wel het tegendeel konden heten, niet geheel ongelijk in zijn zelfstandig handelen. Het was immers uitgesloten dat de echtgenoten het op dit punt ooit eens zouden zijn geworden, integendeel, hier lagen de grondslagen voor onoverbrugbaar meningsverschil. Dan was het begrijpelijk dat hij die aangifte deed daarvan profijt trok.

Marvédie maakte een ongelukkige jeugd door. De moeder bezat geen overmatig liefderijke aard. Ze vond dat de zaak haar opeiste, terwijl het omgekeerde het geval was. Hoe dat zij, indien ze daarnaast nog haar huishouden aan kant hield meende ze in geen plicht te zijn kortgeschoten. Aldus genoot het kind van haar geen voldoende bescherming tegen de vader. En Valcoog had van de aanvang af een hekel aan dit meisje dat onvoldragen, als nog niet ten volle achtmaandskindje, ter wereld kwam acht maanden na de huwelijksvoltrekking. Daarin zat het hem juist. Wat moest men niet van hem en zijn vrouw denken, terwijl hen toch geen enkele schuld trof! Een eerste geboorte negen maanden na de trouwdag zelfs kon nauwelijks behoorlijk heten. Hij wreekte zijn valse schaamte op dit kind. Hij sloeg het niet. Hij sloeg zijn kinderen nooit, behalve éénmaal het achtjarige jongste dat daarop, een halfuur later, de kans waarnam, en hem door de kleding heen gevoelig in de kuit beet; hij hield er een litteken van over. Maar Marvédie werd van klein meisje af, vanaf de tijd dat zij tot besef kwam, aanhoudend door de vader bespot, gehoond, afgesnauwd. De aldus verworven schuwheid legde zij ook na Valcoogs dood niet af. Hij veranderde zijn houding tegenover haar nooit, en zij stelde zich nooit te weer. Haar sterkste protest was dat zij de kamer uitliep. Gebood hij haar te blijven of terug te komen, dan volgde ze zijn bevel op.

Eens was hij erg ziek, met opgezette lever, braking en hoge koorts. Er bestond zelfs een paar dagen lang groot gevaar, en hij lag anderhalve maand te bed. Al die tijd vroeg hij niet naar zijn oudste dochter, en eigener beweging verscheen ze niet. Ze weigerde achter zijn lijk aan te lopen, nadat het vreemdsoortig ongeval hem het leven had gekost. Desondanks sprak zij later met waardering over haar beide ouders, ook in de huiselijke kring.

Zij had nimmer een huwelijksaanzoek gehad. Zij was klein, slechts weinig groter dan de jongste, met een enigszins driehoekig gelaat, visachtige ogen en een visachtige mond. Een gewoonte, overgehouden uit het tirannieke bewind van haar vader, deed haar de bovenoogleden neerslaan tot halverwege, wat aan het op zichzelf lelijke, aan uitdrukking arme, veel te grote oog ten goede kwam. Haar haar was van een soort blondheid die niet noemenswaard van grijs verschilde. Soms, bij opvallend lamplicht, leek zij volslagen grijs, en de volgende dag in de zon weer blond. Haar tanden, heel klein, regelmatig en nog lang niet slecht, vertoonde ze haast nooit. Ze telde nu zesendertig jaar. Over haar hele gelaat en, als ze thuis was, over haar hele wezen lag iets onbeschrijflijk armoedigs, de geestelijke armoede van het allerkleinste burgerlijke, dat toch geen van haar ouders had gekenmerkt. De vader had daaraan schuld; toch lag het ook in haar eigenheid.

Zij had de muloschool afgelopen omdat Valcoog vond dat dit voor iemand van zijn stand de minste ontwikkeling beduidde die men zijn kind bijbrengt. Hij wilde haar evenwel niet meer dan dat minste geven. Dadelijk daarna werd ze aan huiselijk werk gezet. Ze deed het niet zonder genegenheid, maar ze kon er uitzien als haar eigen werkster. Ze had een persoonlijke manier om de trap te beklimmen, wat huppelend, wat dansachtig, onhoorbaar, tegelijk de hand plat op de dikke loper leggend, zodat het de indruk maakte dat ze op handen en voeten liep. En eigenlijk was dat zo. Wie haar niet kende en op die wijze gaan zag, moest denken: Is dat een gek? Doch als zij zich omkeerde werd die gedachte onmiddellijk gebannen.

Marvédie bezat van alle vrouwen daar in huis de karigst voorziene garderobe, doch zij had de meeste hoeden. Die hoeden verschilden onderling niet veel. Ze waren alle plat, ze werden alle een weinig schuins gedragen, en ze gaven alle de indruk van boven ingeslagen te zijn. Nu was het opmerkelijke dit: dat deze oudejongejuffer, binnenshuis soms ontoonbaar, op straat in haar eenvoudige kleding een voorname indruk kon maken, vooral wanneer men haar in stilstand zag, en van terzijde, het nog goede figuur zo licht en los geplant op de rijweg, tenger afgebogen voor de wind, en de kleine geschoeide hand aan de hoed, die het gelaat grotendeels verborg en aan de ganse gedaante het stempel van behaagzucht, van wereldsheid en van een beschaafde, verfijnde lichtzinnigheid gaf. Of zij dat zelf begreep viel niet te zeggen. De oudste broer en de jongste zuster merkten het zeker op. Zij waren goede kijkers; maar wat het gezin onderling betrof geen grote praters.

Het ligt in de rede dat de kinderen in één gezin saamhorigheid vertonen; het tegendeel is onnatuur. Verlaten zij het ouderlijk huis dan gaat veel van de saamhorigheid verloren; ook dat ligt in de aard der zaak, en evenzeer dat zij geschaad wordt door het bijeenblijven van de gezinsleden voor langere tijd dan normaal. De individu eist bij het bereiken van de volwassenheid nu eenmaal een eigen thuis, en beschouwt de gemeenschappelijke woning als de eigene. Dan botsen de individuele werelden; erger, zij zijn onwillens verstrengeld, van elkaar doordrongen. Het éne huis zou terwille van vreedzaam verkeer twee, drie, vier huizen moeten kunnen bevatten. Dit geeft een gevoel van benauwenis, en het huis is te klein. Dat hiervan niets bleek in de samenwoning der kinderen Valcoog was te opmerkelijker bij zo grote karakterverscheidenheid. Het saamhorigheidsinstinct bleef bij hen altijd werkzaam; het bood, misschien prachtig, misschien meer nog droevig, weerstand aan de druk der onvrijheid van beweging. Want er kwam nog bij dat ook na de dood der oudelui de erkerkamer de enige woonkamer bleef, door allen steeds weer opgezocht, en bij voltalligheid soms voor het gevoel tot barstens gevuld met denkleven. De vijf, hoezeer enkelen zich door levendigheid onderscheidden, hadden beweging noch woord van node om die kamer tot in de uithoeken te vullen.

Overigens waren de eigenlijke ruzies sterk verminderd, wat niet wegnam dat er af en toe onenigheid bleek en ook kwellingen werden toegebracht en geleden. Marvédie plaagde haar jongere zuster Luca aanhoudend. Het was een kinderachtige wraakneming voor de ondervonden geestelijke mishandeling, maar juist deze had in Marvédie een stellig infantilisme aangekweekt. Ze zorgde er voor dat haar zuster haar vingers brandde of zich aan naalden prikte, ze maakte vlekken op haar japonnen, bespatte buiten haar kousen, en schold haar telkens weer voor stomkop, hysterische malloot en zo verder. Maar Marvédie deed dit altijd met zekere heimelijkheid, wetend dat Luca zich niet zou beklagen. Er was thans geen instantie meer – of het moest de jongste wezen – maar ook toen de ouders leefden zweeg de tweede zuster.

De houding van Marvédie bleef ver beneden wat men van een volwassen vrouw zou verwachten, doch zij tastte bij het slachtoffer het gevoel van saamhorigheid niet aan, bij de kwelgeest evenmin. Zoals niettegenstaande talloze onenigheden de ouders aaneengebonden bleven door de belangen der geliefde affaire, zo waren het de verwekking door één vader, de geboorte uit één moeder die de vijf insloten als in een meubelbergplaats, vol tot de nok, maar ordelijk en alles op de juiste plek. Aga, de jongste, noemde met een huiselijk beeld het klein gekrakeel wel uitkloppen en stof afnemen. Dat deed Marvédie vlijtig bij Luca; het omgekeerde kwam veel zeldener voor. Want Luca wist dat, indien zij begon, Marvédie des te vinniger tegen haar zou uitvallen. Ook wachtte Marvédie altijd het goede moment af dat zij alleen waren en niet spoedig zouden worden gestoord. In Marvédie stak zin voor systematiek. Zij kon na dagen, weken, terugkomen op een gebeurtenis waarbij haar zuster betrokken was geweest, en haar opvatting, haar resumptie haar toon waren dan op zijn zachtst genomen onmild. Luca had van het opengaan van de visachtige mond in tweegesprek niet veel goeds te wachten.

LUCA

Het tweede en derde kind, Luca en Johannes, hadden gezamenlijk verdiend over de gehele wereld bekend te worden wegens een omstandigheid met hun geboorte samenhangend. Ofschoon een tweeling waren zij in verschillende eeuwen ter wereld gekomen. De klokken der Leidse woning van de familie Valcoog waren steeds met zorg en de juiste tijd afgesteld. Er kon aldus geen twijfel aan bestaan dat Luca op 31 december 1899 geboren was, vijf minuten voor middernacht, en Johannes pas tien minuten later, op 1 januari 1900. Valcoog was er evenwel niet de persoon naar om zoiets door middel van de dagbladpers te doen verspreiden. Hij schaamde zich eerder daarover dan dat hij er trots op ging. Mogelijk werkte nog het ongelukje met zijn eersteling na. In elk geval was er met deze nieuwe gezinstoeneming al weer iets ongewoons gebeurd. Dat lag hem niet. En toen de kinderen er van lieverlede mee bekend raakten was het nieuws veel te oud voor de gemengde berichten.

Luca bezat een iets groter lengte dan Marvédie en was van een kleine middelmaat. Sommige levende wezens hebben de onverklaarbare eigenschap groter te schijnen dan ze zijn. Zo leek Luca altijd groter dan ze was, van een goede middelmaat, vooral uit de verte, en mits niet iemand anders ter vergelijking zich naast haar opstelde. Ze vertoonde een heel fijn profiel, dat toch onmiddellijk tegenstond door de teint en het waas. Haar wang was gevuld, haar huid gaaf en zacht, maar zij glom ziekelijk, onfris, matbruin en zonder schakering. Niemand zou erover denken die op zichzelf fraaie bleekrode mondhoek te kussen, die neus van onberispelijke lijn te strelen. En nu was het opmerkelijk dat dit profiel, goed beschouwd, in zijn geheel eerder afstotend dan verlokkend, toch op de meeste mannen een grote aantrekkingskracht uitoefende. Wie haar niet kende, achterop liep, inhaalde, van terzijde bezag, wilde haar vol in het gelaat zien. Had hij er een inbreuk op de welvoeglijkheid voor over, dan viel Luca enorm tegen. De vorm van het gezicht was nu eensklaps niet meer bekoorlijk, te spits toelopend naar de kin; de ogen, klein, donker, warm, troebel, loensden bovendien licht convergerend. Haar gebit was zwak, grauwachtig en aangetast. Het vaalblond haar vertoonde weinig weelde, ouderwets gekroesd van voren, maar dun en dof, onvoordelig in het opmaken. Mogelijk zou kort haar beter hebben gestaan; ze droeg het echter in de nek met een knoedel, als een maasbal. Het glimmen van de huid viel van voren nog meer op; men dacht onwillekeurig dat zij ook een onfrisse hand moest geven; inderdaad voelde haar handdruk klam aan. Maar hoe voos en zwak ze leek, ze kneep tegen de verwachting met sterke vingers. Ze zou minder weerzin bij vreemden hebben opgewekt als ze zich had willen poederen. Voor het overige was ze ondanks haar licht ziekelijke onfrisheid volstrekt niet onzindelijk, ook veel properder in en op haar kleren dan Marvédie. Bij voorkeur droeg ze donkere stoffen, ook des zomers, maar bij huishoudelijk werk altijd roze schortjes tot het middel met twee zakjes aan weerskanten en een behaagziek uitgeschulpte rand. Zo te voorschijn komend maakte ze op een onbekende de indruk van onharmonische, tevens sterk verouderde lichtzinnigheid.

Ze had vier klassen van het gymnasium in Leiden afgelopen; toen kon ze opeens niet verder. Haar eerste rapport van de vijfde klasse vertoonde zo erbarmelijk slechte cijfers dat de rector Valcoog ontried haar te laten voortstuderen. Hij had met haar gesproken, ze bleek te enenmale futloos geworden. Denkelijk had ze deze vier jaren boven haar geestelijke capaciteiten geleefd, opgehouden slechts door een krachtige wil die opeens brak zonder aanwijsbare oorzaak, gelijk een metaal 'moe' wordt, splijt, verkruimelt. De rector wist bij ervaring dat zulke gevallen niet zo zeldzaam, ook onherstelbaar zijn. Valcoog volgde de wenk; hij nam deze dochter eveneens in het huishouden.

Vooral het vierde en het vijfde kind waren veeleisend, reeds van jongs af. De vader had over hen geen gezag, de moeder gering. De moeder ging op in haar zaak en moest zich later, te Katwijk, ontzien. De moeder bestuurde haar huishouden weliswaar niet slecht, doch kon het thuis nooit eigenlijk rustig krijgen. De kinderen waren teveel samen, de laatste twee brachten vrienden mee, logés, tenminste in de Leidse tijd, want later vereenzaamden zij. Onder alle omstandigheden viel er echter steeds een massa huishoudelijk werk te verrichten voor Marvédie en Luca, doorgaans ook slecht ondersteund door dienstboden, die het hier al gauw te druk oordeelden. Marvédie toonde voor haar arbeid wezenlijke zorg en regelmaat in de uitvoering. Luca paste zich aan de nieuwe toestand zonder klagen aan; zij miste evenwel de gelijkmatigheid der oudere zuster, zij verviel tot uitersten van nauwkeurigheid en slordigheid, pijlsnelle vaart en slakkengang. De berispingen die ze van Marvédie ontving waren daarom vaak verdiend, maar ook dan stonden de termen buiten evenredigheid aan de overtreding.

Ze was een paar keren verliefd geweest; ze bracht het nog niet tot een verloving, en het jongmens kwam niet in huis. Ze durfde hem niet te brengen in de erkerkamer, toen reeds bij stilzwijgende afspraak het heiligdom der familie waaruit ieder geweerd werd die splijting kon veroorzaken. En ze had hem nergens elders kunnen brengen dan daar. In deze perioden zocht Luca kracht bij eenzame tochten langs de zee. Ze vergezelde haar moeder nooit, ging op andere uren en alleen. De jongste, het scherpste oog van heel het gezin voor gevaar waarin het gave blok werd betrokken, voerde met Luca dringende gesprekken en wist een breuk te bereiken. Het was ook wel waar dat Luca niet gelukkig koos, eens een klerk ter secretarie zonder toekomst, eens een ambachtsman met twee knechten, eens iets dat helemaal nergens naar leek.

Luca toonde van allen het grootste gebrek aan evenwicht. Ze deed vaak een lachje horen dat, op zichzelf welluidend, door de omstandigheden niet werd gerechtvaardigd, en slechts de uitlaat was van een innerlijke opgewondenheid. Ze was de enige die schreide; ze deed dit met zulk een gemak en overvloed dat ze schreide voor alle vijf. De tranen waren nog niet gedroogd of reeds klonk weer het lachje. Van Marvédie verdroeg ze nagenoeg alles; ze liet zich evenwel weinig door haar gezeggen; haar gedrag en houding veranderden niet. Tegenover de ouders toonde ze meer zelfstandigheid dan Marvédie. Ze had een eigen wil die alleen de jongste kon buigen. Ze moest bij buien fluiten. Dan hielpen daartegen geen stekelige opmerkingen. Ofwel moest ze onder het werk zingen. Dat was nog erger, want ze wond zich dan meer en meer op. Ze onderbrak er zelfs haar arbeid voor, ze begon erbij te declameren en met grote passen af en aan te schrijden, als een operazangeres. Daarbij was haar gehoor onzuiver. Haar zangstem, niet hard, was klankrijk, maar al te doordringend. Ze behoorde tot die personen wier spreekstem allerminst verwachten doet dat zij zingend enige klank van betekenis kunnen voortbrengen, en die in de zang de hoorder door een onbegrijpelijk gloednieuwe stem verbazen. Zo verging het Luca; ze zong echter tegen de toon aan. Het werd op de duur een marteling voor iemand gevoelig voor muziek, een marteling die men in de verste uithoeken der woning niet ontlopen kon. Enige malen kwam het voor dat Luca dermate in geestdrift geraakte dat ze languit op de grond ging liggen en de Marseillaise of God save the King omhoog orgelde. Marvédie snoerde haar even zo vaak met een stoelkussen de mond, en een tranenvloed volgde.

Luca bezat reeds als kind een duidelijke aanleg tot pathologische fantastiek. De ouders bestraften haar voor de blijken daarvan zonder het ziekelijke te doorgronden. De fantasie ging, zoals doorgaans in zulke gevallen, in de richting van het alarmerende. Als kind woonde ze in haar verbeeldingsspel herhaaldelijk verkeersongevallen bij, aanvankelijk nog van onbloedige aard, en waarvan ze thuis trouw uitvoerig verslag gaf. Later sneuvelden er honden, nog weer later voetgangers omtrent wie de dagbladen intussen zwegen. In de periode van haar rijping kregen de voorstellingen een erotische tint. Des avonds bij donker, op een stille Leidse gracht, kwam een man haar achterop gelopen om in haar oorschelp een oneerbaar voorstel te fluisteren. Ofwel een eenzame landweg af fietsend trad haar een exhibitionist in de weg die ze ternauwernood ontglipte. Of ergens op een verlaten plek onverklaarbaar flauwgevallen kwam ze tot bewustzijn, nog maar net tijdig om een ongure kerel te verhinderen zich op een ongepaste manier met haar bezig te houden. Inleidende bezwijmingen speelden bij deze ontmoetingen een grote rol. Haar ondervinding was altijd van de vreselijkste soort, maar in bijzonderheden trad ze niet. Ook zou ze daarin niet hebben kunnen afdalen, alleen reeds omdat ze zeer onwetend was, door kennissen noch lectuur ooit ingelicht. De erotische achtergrond vervaagde de laatste jaren, de fantasie bleef niettemin waakzaam. Zeker op één van de drie strandwandelingen die ze onregelmatig, maar in alle seizoenen, volbracht had ze een aangespoelde, steeds van het mannelijk geslacht, dood op het zand zien liggen.

Daar zij al zoveel jaren, en onverbeterlijk, haar verhalen aandroeg nam het gezin daarvan weinig notitie, en bespotte haar niet bovenmatig. Bij de wisselende dienstbodewereld vond ze gelovig gehoor.

Het gebeurde dat haar verbeeldingskracht een heel andere kant uitging, bekenden betrof, als waarheid werd aanvaard, kwaad stichtte, en haar in ongelegenheid bracht.

Dit aan emoties rijke leven stoelde op een bodem van koelheid, niet wezenlijk verschillend van die van Marvédie.

Luca was ook nog bang van aard. Haar angsten werden aangeblazen door haar fantasie. Dan hoorde ze in het holle van de nacht morrelen aan huisdeur of venster. Ze moest Marvédie wekken, met wie ze op één kamer huisde.

'Gekkin! Idioot!' schold Marvédie, en sliep weer in. Luca lag nog urenlang wakker.

JOHANNES

Aan de eigenaar van een voorname zaak in artikelen van herenmode in een grote stad, ook als hij zelf helpt meebedienen, is niets belachelijks. Zo iemand kan dit type vertonen of dat – hij moet altijd au sérieux worden genomen.

Aldus Johannes. Hij had het type van geoliede waardigheid, uiterst beleefd, niet onderdanig, veelmin kruiperig. Wie hij begroette met zijn statige buiging, die voelde in zijn lendenen de onweerstaanbare behoefte levend worden hem met even onberispelijke lichaamsbeweging partij te geven. Bij de uitvoering besefte hij dan doorgaans jammerlijk tekort te schieten. Johannes zegevierde daarom gemakkelijk in een volgend onderhoud.

Men kon zich niet voorstellen dat Johannes één van een tweeling was, en dat niet slechts omdat hij en Luca geen enkele familiegelijkenis vertoonden. Want zelfs de gedachte dat Johannes ooit kind kon zijn geweest kwam niet op. Van al de kinderen Valcoog die, nummer vier daargelaten, zo weinig kinderlijks hadden behouden – want Luca was enkel kinderachtig, en Marvédie behept met enig infantilisme – was Johannes de minst kinderlijke. Hij was daarentegen van het gezin de beste denker. Men zag het hem niet aan. Men zag hem niets aan dan de voorname winkelier die, over een toonbank van donker gebeitste mahonie, fijne herenwas zou wrijven tussen gemanicuurde vingers, en met een stem van zachte overtuiging zou ontraden of aanbevelen.

Aga, de jongste, noemde hem wel 'verzenenhouder', omdat hij na Luca was geboren. Geheel juist was dit in feite niet. Er lagen immers tien minuten tussen, de merkwaardige tien minuten die nooit wereldkundig waren gemaakt. Doch bovendien wekte deze bijnaam ongeloof bij wie enkel maar Johannes even bekeek. Kon men zich hem al bezwaarlijk voorstellen als kind, dan toch zeker niet als een dat sullebaansgewijs de hielen van een zusje had gegrepen. Inderdaad had Johannes nooit geestdriftig gespeeld, behalve met één vriendje.

Hij was de grootste van allen, van middelmaat, en zijn enige overeenkomst met zijn tweelingzuster bestond hierin dat ook hij een weinig groter leek. Wellicht sproot dat voort uit zijn zwaarlijvigheid. In elk geval maakte zij hem veel ouder. Hij scheen welhaast de vader der andere vier.

Bepaald zwaar gebouwd was hij niet; men merkte het aan zijn hellende schouders. Vandaar tot aan de heupen begonnen evenwel de overtollige vetten zich steeds duidelijker af te tekenen. Hij was van meer dan normaal gewicht, zijn tred zacht, niet vlug, haast onhoorbaar. Hij kleedde zich met een smetteloze eenvoud, die dagelijks veel tijd vorderde. Hij kon niemand naast zich hebben op zijn slaapkamer, hij sliep alleen, en het kleden was een van zijn geliefde bezigheden.

Hij had zijn haar vroegtijdig vrijwel geheel verloren zonder dat enige buitensporigheid daarvan de oorzaak was, of het moest zijn dat hij zijn haar van zijn hoofd had 'gedacht'. Zijn kaalheid paste volmaakt bij zijn ganse verschijning. Het was een kaalheid van goeden huize, niet opdringerig, dof, glad als het doffe marmer van een beeld, aan het achterhoofd door een dun donker restant bescheiden en regelmatig omzoomd. Zijn groot oog leek kwijnend zonder fiets te zijn, het grijze licht meest half geloken door het blanke opmerkelijk zware lid. Sloeg hij het ten volle op dan placht hij tevens het hoofd wat te buigen en werd volkomen de voorname winkelier achter de toonbank. Zijn stem was zacht en aangenaam, zijn woord langzaam. Hij maakte zijn zinnen af en versprak zich niet.

Hij was matig en voorzichtig. Zelden dronk hij alcoholische drank, en hij rookte zijn weinige geurige sigaretten per dag uit lange barnstenen pijpjes om zich te hoeden tegen gele vlekken aan de vingertoppen.

Tallozen onderhouden in hun innerlijk de gloed der fantasie, van welke kracht dat vuur overigens zij – zonder dat derden er de pook in behoeven te steken. Dat Johannes fantasie bezat evenals Luca mocht dus niet tot de gevolgtrekking leiden dat hij ook daarin een kenmerkende eigenschap met zijn tweelingzuster deelde. Zijn fantasie was heel anders gericht, spel gebleven, tegenover de hare als droevige ernst, als dwang.

Hij en Hugo van Delden, toen nog in Leiden wonend, hadden elkaar gevonden op de banken der lagere school, waren bevriend geraakt en lange tijd aaneen bevriend gebleven. Johannes kwam elke zaterdagmiddag bij Hugo, en Hugo elke zondagmiddag bij Johannes. Van bewegingsspelen hield Johannes niet, ofschoon zijn huis en de aangrenzende percelen der affaire daar overvloedig gelegenheid toe boden. Als hij zo speelde deed hij het ten pleziere van Aga. Maar wel wandelde hij graag, op een bedachtzame onkinderlijke manier. Hugo was een jongen met een slaperig uiterlijk dat misleidde. Johannes vond een ontspanning uit waarmee dit tweetal zich tijdens urenlange wandelingen over de zeven singels of buiten de stad kostelijk onderhield. Het verkeer was nog weinig geordend, doch ook weinig gevaarlijk; het stoorde hen niet.

Zij verzonnen al wandelend verhalen waarvan ieder hunner beurtelings één zin zei. Zo kreeg het verrassende wendingen en niemand kon voorspellen hoe het zou aflopen. Zij leerden daardoor tegelijk het goed en gemakkelijk hanteren van de gesproken taal. Dat beseften zij pas veel later.

De band werd niet verbroken toen Hugo van Delden naar het gymnasium ging en Johannes naar de hogere burgerschool. Zij hadden reeds eerder van lieverlede hun verhalen opgebouwd rondom een aantal vaste figuren uit de geschiedenis. Thans werd onder de invloed van Hugo de verzameling uitgebreid met de ganse Olympus. Toen Hugo meisjes begon na te kijken en op de duur ook na te lopen raakte de band vanzelf losser. Ze kwamen eens per week bijeen, vervolgens eens per veertien dagen, ze vonden gelijktijdig de verhalen een te kinderachtige tijdpassering. Toen ontmoetten ze elkaar nog slechts onregelmatig en ten slotte enkel bij toeval. De band was stuk.

Pas later, volwassen, kwamen ze weer met elkaar in aanraking, doch nu op de grondslag van zakelijkheid. Het vertrouwen van vroeger was voorgoed verloren gegaan; er werd zelfs niet op gezinspeeld. Ze bekeken elkander met nauwelijks verholen achterdocht. Johannes was de boekhouder van de Leydsche IJzerhandel. Zonder als zodanig ooit veel werk verzet te hebben had hij zich toch aanvankelijk behoorlijk van zijn taak gekweten. Met de uitbreiding van het bedrijf schafte men zich een hulpboekhouder aan. Johannes droeg allengs meer op deze over. Toen het gezin te Katwijk wonen ging volgde Johannes met tegenzin, want het stond hem niet aan dagelijks naar Leiden te moeten. Hij was lui. Na korte tijd kwam hij tot de overtuiging dat de hoofdboekhouding evengoed in het woonhuis gevoerd kon worden. Hij wist dit plan voorzichtig door te zetten bij zijn jongste zuster, de enige voor wie hij genegenheid voelde. Aan zijn ouders stoorde hij zich niet; dat had hij nooit gedaan. Zijn jongste zuster bezat geen bepaalde positie in het bedrijf; Johannes echter zag in haar de toekomstige directie, en eer het zover was wilde hij zich de plek van zijn arbeid verzekerd hebben. Aga kende de zaak tot in onderdelen; ze had zich als dochter van de directeur een algemene controle over elke afdeling aangematigd. Ten slotte wist Johannes, welbespraakt, de bezwaren te overwinnen. Aga vond het goed en de ouders berustten.

Hij had zich dadelijk bij de verhuizing verzekerd van de gunstigst gelegen kamer op de eerste verdieping, met twee ramen uitziend naar het westen en een naar het zuiden. In dit afzonderlijk staand perceel ging het tijdens een periode van barre winter niet anders toe dan elders aan de zeekust waar de huizen los van elkaar zijn opgetrokken. Ze hebben dubbele muren noch dubbele ramen, want het is een merkwaardige eigenschap van de Nederlandse bouwwijze sinds verscheidene eeuwen dat zij geen rekening houdt met de vorst. Vooral bij de zee kan het in de woningen afschuwelijk koud zijn. De kamer van Johannes was van alle vertrekken het minst onvoordelig gelegen. Het nam niet weg dat hij overdadig stookte. Gelijk veel voorkomt bij gezette personen was zijn aanleg kouwelijk.

Zijn kamer was groot en hoog. De overige ruimten op deze verdieping waren hokkerig, zelfs de slaapkamer der ouders was nauw, voor twee mensen eigenlijk te klein. Johannes begreep niet hoe het kwam dat hij zonder veel tegensporrelen slaagde in de verovering van dit vertrek. Maar hij vond het allang goed, hij zat er best. En toen het hem gelukte de hoofdboekhouding naar hier te verplaatsen zat hij er zogezegd voor zijn leven. Het gevolg was dat de hulpboekhouder nu telkens van Leiden naar Katwijk reizen moest, ook dat er veel meer getelefoneerd werd tussen woonhuis en kantoor. Johannes had op zijn bureau dan ook een eigen toestel. De vaste wastafel was verborgen achter een scherm; zij zou overigens de moeite van een blik geloond hebben wegens de veelheid en verscheidenheid van de toiletbenodigdheden, hun ordelijkheid en blinkende staat van onderhoud. Het bed was als divan weggewerkt. Een brandkast stond in een hoek.

Na zijn eindexamen hogere burgerschool had Johannes enige jaren ietwat lichtzinnig geleefd, en toch zich binnen zekere perken gehouden. Hij was niet een man voor buitensporigheden, ook toenmaals niet. Hij had enige lichte liaisons met tussenpozen, hij kwam wel in een café, maar spaarzaam, dronk een glas en vertrok nooit beneveld. Meestal was hij er alleen, aan de leestafel. Het liefst bleef hij dan geheel onopgemerkt. Maar in een middelmatig grote stad duikt men niet gemakkelijk onder. Hij kende uiteraard nogal wat mensen, en soms kwam men naast hem zitten. Hij stond dan zo gauw op als het fatsoen gedoogde. Heel zelden maar liet hij zich tot een werkelijk gesprek verleiden. Hij en Marvédie waren onder de vijf kinderen de koelsten.

Mensenschuw was hij geenszins geworden, doch met de jaren kreeg hij steeds meer de behoefte zijn medemensen te kiezen. De overigen bestonden nauwelijks. Een toevallige nadering vervulde hem met wantrouwen dat hij intussen goed verborg. Men moest hem kennen om hem belangwekkend te vinden, aangezien de fout van zijn gelaat lag in het gebrek aan uitdrukking. Hij kon tussen zijn werk door, dat hem veel vrij liet, lang over de zee staren. Op zijn schrijfbureau stond een portret van de jongste in zwarte lijst, het enige. Daar kon hij ook tijdens visite naar kijken met een zo droefgeestige trek dat de bezoeker die haar niet kende meende dat hij een overleden geliefde betreurde.

WELKOM

Wanneer de vijf voltallig om de ronde eettafel in de erkerkamer waren geschaard, trok er één onmiddellijk de aandacht. Zijn brede schoeren staken boven de andere uit, er was ruimte aan weerskanten van hem, want hij had ruimte nodig. Zijn reclamekop was toch zuiver natuur. Het was de gezellige pretkop van een gezond en levenslustig man, die niet eens behoeft te lachen om een glimlach van genegenheid te doen ontluiken. Dat was Welkom, de enige die, louter toevallig, een naam had als een etiket. Dikwijls echter was zijn plaats aan tafel leeg.

Het brede bovenlijf droeg een evenredig groot hoofd, en daarmee in overeenstemming was het helderbruine glanzende haar, vrij wild golvend, slechts geborsteld, nooit gekamd, voor de kapper een moeilijke opgave. Hij had kleine geelgrijze ogen van een onrustige vrolijkheid, een lompe neus, een smakelijke wijde mond met niet te best gebit, het gebit van een sterke pijproker die het onvoldoende doet verzorgen. De uitdrukking van zijn gelaat nam in, en wellicht meer nog de glans, zo anders dan bij Luca, het egaal, even gestreken bruinrood, bruiner in de zomer, roder in de winter, dat toch de noorderling uitwees, zachtwarm van levenslust zonder opgewondenheid, kerngezond. Men zou verwachten dat hij aan tafel steeds de boventoon voerde. Dit was niet het geval. Zijn overgrote beweeglijkheid en praatgraagte konden dadelijk worden gesmoord door een opmerking, soms een veelzeggende blik van de jongste. Terechtgewezen was zijn houding die van een enorm kind.

Om een onbekende te verrassen behoefde hij enkel van tafel op de staan. Hij groeide dan vrijwel niet. Maar ook op zijn erg korte benen bleef hij rap en levendig. Liep hij, dan ging hij met kleine zware passen snel over de weg. Meest echter reed hij in zijn wagen.

In de loop der jaren was zijn inborst tamelijk veranderd. Als kind niet minder moeilijk en veeleisend dan de jongste, liet hij zich langzamerhand, na de dood der ouders, meer gezeggen. Het dynamische was nog ten volle aanwezig, het kon echter gemakkelijker worden bedwongen. Hij was de inkoper der zaak.

Hij had de geringste ontwikkeling van de vijf. In de eerste klasse van de muloschool verwekte hij zulk een schandaal dat hij voorgoed werd verwijderd. Hij had zijn leraar opzettelijk hard tegen het been getrapt, voor het oog van alle leerlingen, toen hem onder de les een reep chocolade werd afgenomen. Zijn bruine vingers hadden hem verraden. Hij begreep zelf later zijn uitbarsting van woede niet om zo onbetekenend feit, maar hij dacht er nooit lang over, want het denken lag niet in zijn lijn. Hij bleek ver achter te blijven bij wat hij beloofde. Hij bezat de grootste schedelinhoud en tevens het geringste verstand. Zijn kolossale kop was een bouwwerk, gezet onder gevelarchitectuur: van voren lijkt het heel wat en wordt het interessant gevonden, maar komt men binnen, dan verwondert men zich over de benepenheid van de woonruimten.

Pogingen hem op een andere school te krijgen zouden misschien op het ongunstig antecedent zijn gestrand. Ze hoefden niet te worden gedaan: Welkom weigerde met beslistheid zich ergens elders in schoolverband te laten opnemen. Daarop beproefde men het met lessen bij de onderwijzers aan huis, ten einde zijn algemene ontwikkeling op een althans enigszins redelijk peil te brengen. Meestal bleef hij van de les weg en zwierf rond met jongens uit achterbuurten, vrienden in het avontuur. Kwam hij, steeds te laat en haveloos, thuis, dan eiste hij op hoge toon dat het maal opnieuw voor hem zou worden gewarmd, en zo meer. Er was vrijwel niets met hem te beginnen. Een korte tijd verrichtte hij licht administratief werk in een papierzaak. Doch hoewel hij snel het typen en stenografisch opnemen onder de knie had, maakte hij zo grove taalfouten dat hij ook voor zulk soort arbeid onbruikbaar bevonden werd. Zijn onvoldoende onderlegdheid, gepaard aan gebrek aan belangstelling op de schoolbanken, wreekte zich hier. Tot zijn eigen genoegen intussen; hij zou anders toch binnenkort van zijn werk zijn weggelopen. Toen liet men hem uit arren moede zijn gang maar gaan. Dit had heilzame uitwerking. Zijn leven, dat gedreigd had een totale mislukking te worden, richtte hij nu zelf. Hij kreeg langzaam aan belangstelling voor het bedrijf, hij was er de hele dag. Zijn vader stuurde hem enige tijd mee met een reiziger. De ritten in de wagen, het overnachten in hotels bevielen Welkom zeer goed, maar ook toonde hij aandacht voor de onderhandelingen, de besluiten. Daarna nam de oude Valcoog zelf hem naast zich. Hij zocht een goede inkoper, en hij meende dat op dit gebied zijn zoon iets beloven kon. Op het onevenredige robuuste lichaam groeide steeds duidelijker de vrolijke kop, de pretkop. De oude had verstand genoeg om in te zien dat zijn eigen methode van inkopen of verkopen niet de enige doeltreffende was. Nog tijdens zijn leven kreeg Welkom de functie van inkoper. Taalfouten kon hij nu nauwelijks meer maken: hij tekende orders die anderen voor hem uitschreven; anderen typten brieven die hij dicteerde.

Hij bezat de flair van de vader zonder diens halsstarrig vasthouden aan beuzelingen. Hij was minder principieel, meer soepel, toch altijd uitsluitend op voordeel voor het bedrijf uit. Zijn methode was eerder de gewone van de tussenpersoon: innemend, onverstoorbaar, goed gehumeurd, rad van tong. Het was een plezier met hem te onderhandelen, in een kantoorvertrek, een koffiehuis, een restaurant, een hotelhal, een jaarbeurslokaliteit. Zijn gelaatsuitdrukking werkte aanstekelijk. Hij was nooit geestig, soms wel origineel. Om zijn lach echter lachte men onwillekeurig mee. Voor een sombere natuur was hij een levenselixir. Sommigen moesten zich pantseren om hem niet toe te geven. Doch hij raakte tamelijk spoedig vermoeid, zijn aandacht dwaalde af, dat was zijn zwakheid, en zijn tegenpartij benutte het. Zijn vader zou vaak voordeliger afgesloten hebben. Niettemin werd hij al gauw een uitstekend inkoper.

Zijn vermoeidheid was er geen in de gewone zin. Hij had een sterk gestel, doch kon zijn gedachten niet lang bij één onderwerp bepalen. Hij had niet veel nachtrust nodig; hij zat uren aaneen achter het stuur. Een reeks gestopte pijpen lag naast hem op het kussen; stuk voor stuk stak hij er al rijdende de brand in. Met het hele wegnet was hij bekend, bruggen, tollen, veren, de aard der plaveisels, gevaarlijke bochten, hellingen, kruispunten. Hij wist uit zijn hoofd precies wanneer de eerste en de laatste ponten voeren. Hij kende de herbergen langs de wegen en hun specialiteiten. Uit beginsel van voorzichtigheid gebruikte hij nooit sterke drank indien hij nog verder moest rijden; het was moeilijk daarbij te volharden omdat er zoveel in koffiehuizen onder een borrel werd afgesloten.

Hij had de onregelmatigste verhouding met het vreselijke vrouwmens Ant Bessenboel. Thuis niet bepaald ongezeglijk, deed hij in zijn vrije tijd buitenshuis gelijk hij verkoos. De vrouw had hem achtereenvolgens drie kinderen geschonken. Toen het eerste kind kwam eiste hij – onwetend op het voetspoor van zijn vader – dat het Rembrandt zou heten, maar trok er zich vervolgens niets meer van aan: evenmin van de moeder. De voogdijraad werd erbij geroepen, en er ontstond een pijnlijke correspondentie over kindje Rembrandt. Eer het kwam tot een rechtsgeding verklaarde hij zich bereid het kind te steunen met een wekelijkse alimentatie in geld, en tekende een contractje. Hij voldeed daaraan stipt. Het verhinderde niet dat het dezelfde weg opging met de kindjes Tosca en Paul Kruger Bessenboel; de strijd had een gelijksoortig einde. Het was minder vreemd dan het leek, alhoewel niet volkomen verklaard. Zelf min of meer een kind voelde hij niets voor kinderen, met name niet voor zuigelingen. Impulsief van aard deed plotseling opgekomen weerzin (zodra het 'zover' was) hem de verhouding afsnijden. Het was onzeker of bij het herstel daarvan zijn goede hart de doorslag gaf, zijn vrees voor een vonnis, dan wel zijn genegenheid tot de vrouw.

Nadat hij het vaderschap, waaromtrent ook wel geen twijfel bestond, eenmaal had aanvaard kon hij er in de familiekring met primitief gebrek aan schaamte over praten. Men liet het voor wat het was; hij moest het zelf maar weten, zolang zijn werk er niet onder leed en hij zich niet in schuld stak. Eens scheen er gevaar te dreigen dat hij het ontzettende vrouwmens zou trouwen. Wellicht was het ook maar grootspraak of plagerij. Dit is zeker, dat de jongste bij die gelegenheid resoluut ingreep. Nooit een vrouw, en dus vooral ook nooit zulk een vrouw.

Ant Bessenboel had een allergemeenst uiterlijk, dat zij nog weerzinwekkender maakte door gemene oplegsels van oranje. Slechts in het oog van een zeer laag alllooi mannen kon haar verschijning genade vinden. Wat Welkom in haar zag begreep geen sterveling. De bezoekster van de voogdijraad had echter moeten vaststellen dat zij de kinderen goed verzorgde; ook scheen, die ene verhouding uitgezonderd, haar levenswijze ingetogen.

Men vroeg Welkom soms naar zijn onwettig kroost. Dan gaf hij kort, kernachtig bescheid. Men vroeg bijvoorbeeld:

'Hoe maakt het je jongste?'

Hij antwoordde:

'Dank je. Drassig.'

Ofwel:

'Ik kom er net vandaan. Het tankte bij de moeder.'

AGA

Na de geboorte van Welkom meende het echtpaar eendrachtig dat het nu genoeg was: twee meisjes, twee jongens. Maar de ene echtgenoot sprak dat niet uit tegenover de wederhelft, want indien hij het gezegd had zou de ander hebben geantwoord dat er nog best een aantal bij kon. Aga, drie jaar later verschenen, betekende dus voor hen zowel een nakomertje als een tegenvaller. Ze gaven er geen blijk van. Aan mevrouw Valcoog mishaagde uiteraard weer de persoonsnaam.

Het meisje kwam klein ter wereld, het was stellig een klein kind, doch geen nietig kind. Het was flink af, voelde zwaar aan, en had een groot hoofd. Het hoofd geraakte later in betere verhouding tot het lijf; toch bleef het altijd te groot. Aga was van allen de kleinste; zij mat nog niet één meter zestig.

Een opmerkzaam beschouwer van de vijf om de ronde tafel bij lamplicht zou op de duur het oog van Welkom hebben afgewend en op Aga gevestigd. En hij zou haar lang, eindeloos lang hebben willen bekijken. Hij zou haar hebben willen drinken, niet wetend of hij vergif dronk, medicijn, of lafenis. Bij daglicht viel zij minder op, want zij zat met de rug naar de erker. Zij zat in de enige leunstoel, die van de oude, haar vader.

Aga was bleek en blank; men kon niet zeggen doodsbleek; men zou haar tint misschien hebben kunnen omschrijven als doodsblank. Haar tint was als die van sommige doden, die niet bloedeloos worden, die diep schijnen te slapen. En haar al sterker beziende en tevens blikkend in zichzelf kwam een aanschouwer tot vreemde fantasieën: eenmaal waarlijk gestorven zou dit lichaam niet het ontbindingsproces doorlopen, het vlees zou niet afvallen en verteren, doch het zou, krachtens die raadselachtige scheikundige eigenschap welke de dampkring bezit van sommige grafkelders, onnaspeurbaar langzaam overgaan in adipocire. Alzo kon Aga ongebalsemd nog eeuwen na haar dood voortbestaan.

Haar effen blankheid verhinderde niet dat haar gelaatsuitdrukking uiterst wisselvallig was, soms bijna bovenaards, soms terugstotend, altijd belangwekkend. Zij was het voorwerp van aanhoudende opmerkzaamheid van Johannes, die, eenmaal in zijn denken om haar begraven, dan niet wist wat hij had aan haar, noch aan zichzelf. Hij kon haar vandaag vereren en morgen van haar gruwen; hij deed het vaak gelijktijdig.

Het bovenaardse bij Aga, dat zich overigens zelden openbaarde, scheen minder een uitstraling van het innerlijk dan een uitstraling van de huid. Althans zo kwam het Johannes voor. Maar kende Aga dit vermogen? En kende zij haar innerlijk? Hij wist het niet; hij geloofde dat haar aandacht aan haar eigen persoonlijkheid grotendeels voorbijging. Toch sprak uit al haar daden gevoel van eigenwaarde. Ze was in dit huis gelijk in de affaire de eerste, ze wilde het zijn, ze moest het zijn. Ze richtte zich altijd op een doel. En hij meende dat indien zij haar macht kende – waaromtrent niet de minste twijfel kon bestaan –, ook de macht van haar gelaatstrekken, zij deze uitsluitend subordineerde aan een praktisch doel. Hij wist het echter niet, zij was nu eenmaal vrouw; zij stond in haar primitiefheid dichter bij zowel de hemel als de aarde, dan de man die vaak onzeker zweeft tussen deze beide. Dit alles boeide hem buitengewoon. Afgescheiden van haar gedragingen, haar houdingen, haar woorden, somtijds problemen op zichzelf, raakte hij van haar enkele gelaat niet uitgeïnventariseerd.

Haar oog was haast klein maar ongemeen helder, zwartbruin, diep. Dikwijls trok ze het rond, door de rand der leden cirkelvormig omgeven; dan glansde het wit ervan evenzeer als het donker. Ook kon het hoogst onplezierig blikkeren en herinneren aan dat der moeder, maar zonder de tussenkomst van een bril. Het oog der moeder was daardoor ten dele schijngestalte, het hare echt. De rechte neus, bekoorlijk onderdeel, werd feilloos bespannen door de huid; het fijne neusbeen, dat zo vaak scherpte verleent, bleef verborgen. De mond, bleekrood en goed van lijn, was te groot, heel gevoelig overigens en duidend op sterk zinnenleven. Ze bezat een sterk zinnelijke gulzigheid, evenwel juist niet de grove gulzigheid van de mond, waarvan de eetbeweging nooit fraai staat, maar de meer stille en verfijnde gulzigheid van oog, van oor, van neus. Ofschoon zonder enige kunstzinnige aanleg – want ook de neus kan zich tot een orgaan van hoge kunstzinnigheid ontwikkelen – waren deze drie zintuigen bij haar altijd wakker.

Haar gebit, onregelmatig, zwak, slecht, licht gedegenereerd, scheen op de voorkant van enkele tanden sproeten te vertonen. Dat waren minuscule goudvullingen. Ze bedierf het bovendien door te sterk roken. De stem, hard en scherp, had weinig toon, en dan eensklaps kon ze een diepe, metalige klank geven, een verrassende, vérdragende, gebiedende klank, die niet van de stembanden leek gekomen, maar uit een onbepaalbare hoek, alsof een bazuinstoot werd gegeven, in een stille nacht, van een verre toren, door een waker die brand heeft ontdekt.

Haar haar was bijna zwart met enkele strepen van gebeitst diep bruin, niet gekroesd maar golvend. Ze droeg het kort. In aanmerking genomen haar kleinheid was haar bouw breed, voorts stevig, vast, stoer. Ze had een flinke boezem en een ruim huis. Haar hals was stellig veel te kort, vergrootte daardoor het hoofd en legde een extra accent op de samengepersheid van het geheel. Ze kleedde zich meest slordig, somtijds met overleg, en toch nimmer met echte smaak. Ze behoorde tot die vrouwen aan wie een oplettende man bij eerste oogopslag iets te veel en ook iets te weinig vindt, zonder dat hij het kan bepalen; een vrouw ziet onmiddellijk waar de fouten liggen. In haar slordige buien ergerde Johannes zich het meest aan Aga's schoeisel, lomp en onverzorgd om de van nature sierlijke voet, die beter verdiende.

Hierin herinnert de vrouw, meer dan de man, aan de katachtigen: in gratie, properheid, voorzichtigheid met haar lichaam, behoud van de eigen aard, gebruik van nagels en tanden als wapens, en voorkeur voor bont. Aga miste van deze eigenschappen properheid en bevalligheid. Als kind had ze vaak haar nagels uitgeslagen, ook eenmaal haar tanden gezet in de kuit van haar vader. Van de drie vrouwen daar in huis bezat zij het mooiste en kostbaarste bontwerk. Doch ze toonde herhaaldelijk meer dan twijfelachtige handen. Het bedrijf dat ze leidde was een vrij ruw bedrijf, een handel in zware en vaak roestige of ingevette artikelen, en ze was gewoon alles zelf te keuren, te betasten. Het aanvoelen van de eigen handelsdingen was haar een liefde geworden, een tweede natuur, ook buiten noodwendigheid. Maar ze had althans daarna haar handen deugdelijk kunnen reinigen. Verliet ze haar meisjeskamer, dan liet ze een stal achter; Marvédie, Luca en de dienstboden hadden het maar op te ruimen. Haar privé-kantoor te Leiden vertoonde een baaierd in die mate, dat ze er alleen zelf de weg in wist. Ze was tenminste zo verstandig daar geen klanten toe te laten doch ze te woord te staan in de ontvangkamer.

In algemene ontwikkeling steeg ze nauwelijks uit boven Welkom, staan gebleven aan het eind der lagere school. Ze kende nog niet de beginselen van enige vreemde taal; voor letterkunde, plastiek, bezat ze geen enkele belangstelling; naar een bioscoop ging ze slechts om het amusement; nooit las ze een boek. Muziek, bloemengeur, een zonsondergang, het kleurenspel van de zee konden haar op een primitieve manier verrukken. In het debat, vooral het zakelijke en felle, toonde ze oorspronkelijkheid, meer dan Welkom. Haar levenskennis, uit gesprek en krant terloops bijeengegrabbeld en barok samengevoegd, bracht ze dan op hoogst eigen, vaak indrukwekkende manier te pas, geholpen door een geheugen dat ook het achteloos opgevangene wist vast te houden, en een handigheid die het wist te plaatsen. Haar particuliere briefstijl was onverzorgd, haar taal stak vol fouten; ze schreef evenwel weinig.

Maar ze had hart voor de zaak, en in leidend vermogen overtrof ze haar vader. Met uiterst geringe meerderheid op de algemene vergadering tot directrice gekozen, stelde zij de door de familie op haar gevestigde verwachtingen allerminst teleur. Haar sterke, zakelijke geest omvatte het bedrijf tot in kleinigheden, haar sterk gestel scheen geen nadeel te ondervinden van zestien uur werken, als het moest, per etmaal, en dan weken achter elkaar. Haar personeel van ruim vijftig man beminde haar niet, vanwege haar hardheid en haar vaart, en sommigen haatten haar. Doch allen beefden, tot de procuratiehouder toe, indien zij met somber bewolkt gelaat in de lokaliteiten verscheen. Johannes kon wel bogen op een lui leventje, ver van de roezige percelen, omdat zij dit nu eenmaal in een broer duldde; hij zou het echter nooit wagen met de boekhouding ten achter te raken. En Welkom, dat wist ze, werkte als een paard. Toch, ondanks aller inspanning, kwijnde het bedrijf de laatste jaren, en haar positie als directrice was verre van zeker.

Ze was de enige die nog ergens boven een kamertje voor haarzelf bezat, het oude vertrekje waar haar vader indertijd zijn toevlucht had gevonden wanneer het geredekavel van vier vrouwen beneden hem tot razernij bracht. Ze zocht daar de vereenzaming op de meest onderscheiden ogenblikken. Het oude, onbevallige meubilair stond er onveranderd. In de winterdag ging er een ontzettende beklemming van uit, zonder dat men de aard daarvan met zekerheid kon bepalen. Wie het zag dacht allicht: dit is een hok voor zelfmoord, hier hebben reeksen vertwijfelden de hand aan zichzelf geslagen. In de zomer was het weinig meer bewoonbaar; bij lamplicht vrolijkte het niets op. Ze zat er ook meermalen overdag, des zondags, in het koud seizoen. Wat ze er precies uitvoerde wist of vroeg niemand. Broers en zusters dachten wel dat ze er soms in sliep, in de enige ongemakkelijke leunstoel, voor het ouderwetse, hoogst onpraktische cilinderbureau van smerig geel, dat, niemand wist meer van waar, in de boedel was verzeild. Dikwijls hing na haar heengaan het kamertje vol rook; dan had Aga pijpjes gerookt en vergeten te luchten.

Het was een van haar ondeugden: het vele roken, en dan bij voorkeur uit kleine stenen pijpjes met een heft van been. In gezelschap rookte ze sigaretten, op kantoor en thuis alleen pijpen, een enkele maal een sigaar. Ze stopte de pijp ook vaak in de erkerkamer, en zat dan in een lage stoel broedend te zuigen, zwijgzaam, vaag angstwekkend, het mondstuk aldoor tussen de lippen, de wijsvinger der linkerhand gulzig geslagen om de korte steel. Ze was in die omvang aan het pijproken verslaafd dat ze rond de sigaar de vinger sloeg als vatte ze de pijpensteel.

Aga kende in haar leven één liefdestragedie, en naar haar felle zinnelijke natuur was het een grote tragedie. Niemand wist ervan; desondanks had het verdriet haar gelaat dusdanig gedrenkt dat het ook in haar luchthartige ogenblikken een waas van tragiek behield. En dit aan uitdrukking rijke gelaat kon in tijden van heftige gemoedsbeweging een volledig treurspel worden op zichzelf.

Zij en Welkom – in mindere mate Luca – waren in het gezin

dragers van dynamiek. Die van Aga was de meest verbetene, een dynamiek, abnormaal, supernormaal, despotisch, en tegelijk met sporen van noodlottige waanzin. Johannes, de eeuwige beschouwer en analist van zijn zuster, meende dat zij daarmede intuïtief een verleden compenseerde, óvercompenseerde – een verleden, hem volslagen onbekend en waarin hij toch een liefde vermoedde. Zij was sportief; haar uitbundigheid dreef haar in vrije uren tot sport. Er bevond zich te Katwijk een kleine groep baders voor wie na sluiting van het seizoen een paar hokjes beschikbaar bleven, en die hun zeebad plachten te nemen tot in december, tot in de zwartste tijd, tot Kerstmis. Onder dezen kwam Aga voor. Voorts schermde ze veel op de schermschool te Leiden, bij voorkeur op de sabel. Ook zeilde ze des zomers op de plassen graag in een kleine boot, reeds tijdens het leven der moeder, als om deze te plagen, gedoopt met de naam: Moeders Angst. De schuit was om die naam wijd en zijd vermaard, niet minder dan de schuitvoerster.

Ze was nu eenendertig jaar. De laatste tijd openbaarde zich in haar een nieuwe ondeugd: drankzuchtigheid. Daaraan gaf ze toe op de kleine bovenkamer. Men kon niet zeggen of die kamer haar daartoe had uitgelokt; onmogelijk leek het geenszins. Haar neiging was bekend: ze trachtte er ook in het minst niet een geheim van te maken. Een jeneverkruik uit een kist in de kelder stond open en bloot op het cilinderbureau, daarnaast een glaasje. Heel veel dronk ze niet, twee, drie glazen, doch ze kon er niet tegen, ze zou er nooit aan wennen, het was voor haar reeds veel te veel. Daarna kwam ze beneden met een gezicht van egaal fletsrood en een onvaste, onplezierig blikkerende blik. Ze zette zich stom in een lage stoel, rookte haar pijpje en broedde. Het rood trok langzaam weg van haar wangen, voorhoofd, ooghoeken, haar blik ging weer glanzen, haar hand trilde nog lichtjes bij het nemen van een kop thee.

De boedelbeschrijver der bewoners zou bij meerdere beschouwing nog veel hebben kunnen optekenen, doch – uitgezonderd éne bij Aga – stonden hiermede hun karaktereigenschappen wel geboekstaafd. Ze waren geen van allen, voor zover een levensloop zich laat voorspellen, mensen die de maatschappelijke aandacht zouden trekken, wel de persoonlijke. Ze bezaten allen iets waardoor ze aan de middelmaat ontstegen: Marvédie het onverklaarbaar vermogen tot gedaanteverwisseling, Luca de evenzeer raadselachtige aantrekkingskracht van een profiel, Johannes een optreden tegenover derden van zo onberispelijken huize dat het gevoelens wekte van minderwaardigheid, Welkom de macht om een enorme figuur te schijnen, en Aga, – van Aga viel meer te zeggen. In hun wezen stak toch iets van vreemde koelheid; zij waren meestentijds koel tot in hun genegenheid; er ging soms enige schittering van uit, en, legde men de hand op, dan voelde men niets. Men zag het wel, men zag er ook wel tegen op, het leek soms hoog te zweven en men vatte niet zijn oorsprong. Het gaf mogelijk heel geen warmte, het gaf zeker geen weldadige warmte, en het gaf maar weinig licht. Hoofdzakelijk was het een kleurenspel, en wie het zag in de heldere doodstille nacht der beschouwing werd er ongetwijfeld door geboeid. Het was denkbaar dat dit alles uiteindelijk wortelde in de vader, een veelszins vreemde man met tal van verborgen gebleven mogelijkheden.

Om de oude stad liggen nog altijd de Leidse wallen. Zij drift de driehoekige speerpunten van haar vestingwerken krijgszuchtig in het water. De bolwerken zijn bijna alom geslecht en met aarde gehoogd. Op verscheidene werden kerkhoven gesticht. Daar groeit de popel, grafboom bij uitnemendheid, ook in groepen nog op zichzelf gebleven, liefst niet rakend aan de buur, boom van vereenzaming, symbool van een laatste beslotenheid die voor de levende mens ligt in zijn dood. Daar lag ook ergens het dubbele graf, dat acht personen kon bevatten en waar er thans twee rustten. De deksteen was omsloten door een lijst van grind, en deze weer door een hardstenen band. 'Familie Valcoog' stond op de zerk gebeiteld. En daaronder: 'De laatsten der mohikanen'. Het was geen graf met bloemen. Maar het was een verzorgd graf, het grind helder opgewassen en tijdig bijgestort, de zerk niet verzakt, de band van vier stukken behoorlijk gevoegd. Het zou een eenvoudig graf zijn geweest zonder het opschrift dat het verlitteratuurde. Het opschrift kwam van de ongeletterde Aga, die het boek niet had gelezen, niet eens horen noemen, maar in wie de term, een oude slagzin haast, zich had vastgezet, en die hem deed aanbrengen na vaders dood.

Het graf was bestemd tot rustplaats voor zeven personen. Erboven ritselden de popels.

DE WET DER ZWAARTEKRACHT

In de jaren van zijn Leids verblijf, omgeven door de roerigheid der affaire, had Johannes vaak de behoefte gevoeld aan afzondering. Toen de hulpboekhouder eenmaal was ingewerkt kwam hij er nu en dan toe het pandencomplex van de Oude Vest de rug toe te draaien en een goed deel van de dag elders door te brengen. Dat deed hij gemiddeld eens per week en in elk jaargetijde. Er werd niet al te zeer op hem gelet, zijn ouders dreven de zaak en hadden het oog niet voortdurend op hem. Ze wisten ook wel dat hij voor het bedrijf niet heel veel betekende en, met hun gering overwicht botsing willende vermijden, lieten ze hem oogluikend naar zijn verkiezing doen. Pas toen Aga het heft in handen had werd het anders. Al te veel misbruik van het gebrek aan toezicht maakte hij trouwens niet.

Dan ging hij naar de academische bibliotheek op het Rapenburg en verdiepte zich een paar uren in de boeken. Hij zat in de grote leeszaal waar de encyclopedieën voor het grijpen stonden, in alle talen, en hij doorbladerde ze. Hij werd geboeid door een willekeurig artikel, een illustratie; hij las van alles door elkaar; hij las over een onderwerp vaak meermalen hetzelfde.

De encyclopedische wetenschap is er in hoofdzaak een van feiten, en dus slechts een eerste stap. In haar verdere ontwikkeling houdt de wetenschap zich bezig met de vragen van verband, van oorzaak en gevolg, en nog weer later – maar de tijden waren toenmaals daarvoor niet rijp – zou zij een stokoude geijkte wet weer opbergen in het historisch archief, omdat zij het juiste gewicht niet meer wees, zou zij ontdekt hebben, dat zekere oorzaken niet steeds tot zekere gevolgen leidden, dat tussen het lot der stof en het mensenlot slechts een gradueel verschil gevonden wordt, dat beide hun wispelturigheden aanwijzen. Dat was dan de stand van het weten op heden, en niemand kon zeggen hoe het er mede in de toekomst zou gaan, behalve dat het weten zou voortschrijden en dat mogelijk eens dit toeval en deze gril zouden kunnen worden gecodificeerd en dus in nieuwe wetten gebonden.

Wanneer hij zijn hersenen had verzadigd ging Johannes de brug over, en naast het geliefd gebouw der academie, in zijn kleinheid en zo zichtbare ouderdom niet slechts een unicum op de wereld, doch ook onvervalst van het eigen land, – daarnaast slenterde hij de prachtige hortus in. Hij bleef ook daar urenlang, lopende des zomers langs de stille kronkelpaden onder vreemdsoortig geboomte, voorbij uitheems gewas, hij zat er in de zon te staren over de singel met de volle boomkronen van de andere oever, de breedgetrokken landelijke uitspanning, en het water dat zich voegt naar een nu verlaten krijgskunde, gedwee en ondoorgrondelijk. 's Winters doorliep hij de kassen en koesterde zich in hun warmte. Hij keek op naar de palmen, die, zo anders dan het lieflijk loofhout der gematigde luchtstreek, de onmeedogende hitte beantwoorden met onmeedogende hardheid. Hij stond stil bij een klein, allersomberst gemetseld bassin aan een duister einde, het water schijnbaar pikzwart en toch bewoond door enkele goudvissen. Hij vertoefde vooral graag in de lage gekroonde kas, waar in een kunstmatige vijver de victoria regia haar groene dienbladen uitstalt als in een vitrine te koop. En verwerkend wat hij gelezen had, transponeerde hij het, indien maar enigszins toepasselijk, in de diapason van zijn familieleven. Daardoor kwam het hem nader. Deze correct geklede heer, jong nog, maar ouder schijnend door beginnende kaalheid en buikigheid, kon dan, doodstil staand en spoedig turend naar niets, een opmerkelijk vreemde indruk maken. En die indruk zou zijn versterkt, had men geweten wat er in dat hoofd zonder veel uitdrukking omging. Het had betrekking op het gezin waartoe hij behoorde, het bepaalde zich vooral op Aga, toentertijd nog niet de centrale figuur, en evenwel reeds als zodanig door hem vermoed met een helderziendheid waarvan het onverklaarbare hemzelf ontging. Wat hij dacht was trouwens nog ongeordend. Het zou jaren duren eer hij zich een vaste mening omtrent *haar* en alle anderen, omtrent hun onderlinge verhouding, maar bovenal omtrent haar en haar krachten had gevormd. Hij wist in die eerste tijd eigenlijks slechts één ding stellig:

dat Aga in een gestadige, nauwelijks merkbare werkzaamheid haar wil doorzette. En hij vergeleek deze arbeid, bij het opruimen van hinderpalen door Aga verricht, met de dommekracht van dat ogenschijnlijk nietige leven uit het plantenrijk, van de zerkenlichter het mos. Zo begon hij zijn weten in de praktijk der aanschouwing om te zetten. Dat was de tweede stap.

Pas na de verhuizing naar Katwijk zag hij de familieverhouding, zag hij met name de rol die Aga speelde in de verhouding onderling van de kinderen in een licht – of een duister – dat zich nooit meer zou wijzigen. Hij kon haar bewonderen en hij kon van haar ijzen, maar hij raakte nimmer van haar vermoeid. Daarbij waren zijn gevoelens volgens een ingewikkeld patroon doorvlochten van verstandelijkheid. Wat hij zich geleerd had uit de boeken bleek hulpzaak, wat hij zich nog leren zou moest evenzeer noodwendig ondergeschikt blijken; *zij* was zijn enige wetenschap.

Toen voegden allengs de feiten zich in hem samen. Hij volgde de eenvoudigste methode; hij ging uit van de waargenomen werkelijkheid, de ordeloze verschijnselen. Hij begon deze te rangschikken, en hier en daar pasten ze in elkander. Er zat systeem in de feiten; de delen voegden zich tot een geheel. Naarmate hij rijpte ging zijn studieneiging, waarvan hij het merkwaardige overigens nimmer inzag, ook meer en meer op de anderen over, doch steeds met als doel klaarheid omtrent dat ene, die ene. Hij had eerst aantekeningen gemaakt; nu werd hij een encyclopedist, de encyclopedist der ziel, van één ziel, want alle verschijnselen herleidde hij tot haar, ook die welke hijzelf vertoonde. De encyclopedie stak in zijn hoofd; er stond geen woord van op schrift, maar hij kon haar opslaan alsof hij haar gedrukt in zijn handen had. Hij was trots op zijn wetenschap, en niettemin met het werk niet volkomen tevreden. Want al bleef hij een leek, hem was diens verhovaardiging vreemd. Hij doorzag dat zijn encyclopedie niet gaaf was, niet af – dat zij dit ook niet kon worden. Twee dingen stonden immers vast: vooreerst dat hem de onderlegdheid van de waarlijke wetenschapsmens ontbrak; in de tweede plaats dat zijn studieobject was een levend medemens, dat de mens zich niet steeds richt naar de rede, hoezeer het zijn grootste voldoening is als redelijk wezen geboekstaafd te staan, voorts dat op zekere agens zijn reagens bezwaarlijk valt te voorspellen, omdat zijn handelen niet wordt bepaald door traditie, maar door een egoïsme, waarvan het terrein onmogelijk door een derde kan worden overzien. Er waren alzo tegenstrijdigheden in zijn overzicht. Er bleven vage plekken in, er waren ook volkomen lege, en hij wanhoopte er aan gene ooit te kunnen verduidelijken, deze in te vullen. Daartegenover was hij ervan overtuigd dat hij nu in grote lijnen een werk voor het leven en het werk van zijn leven geschapen had. En het was nimmer aflatend boeiend de theorie te toetsen aan de feiten die zich nog in overvloed zouden opdoen. Slechts bestond voor hem de vraag of niet het studieobject reeds bij leven verloren zou gaan, juist omdat de mens behalve een niet steeds redelijk wezen ook zulk een veranderlijk wezen is. Welnu, dan zou hij opnieuw beginnen, indien niet althans bij hem, als veranderlijk wezen, de belangstelling verdween. Voor het heden volstond hij met onvolkomen resultaten. Hem ontbrak per slot nog veel. Hij was overtuigd dat, indien men de stof maar fijn genoeg verdeelde, men de geest zou vinden, en dat, om op het spoor te komen van de ziel, men de geest weer fijn verdelen moest. Dan zou men de uiteindelijke beweegredenen gevonden hebben, en wellicht ook vaststellen, dat er soms geen beweegredenen zijn en waar ze niet zijn en waarom niet. Toch gaf het voldoening zover te zijn gevorderd, dat hij tenminste een vaste theorie bezat. En zijn onvoldaanheid sproot meer voort uit het weten dat hij een grens had bereikt dan uit het verlangen verder te gaan, – een houding waarmede hij blijk gaf van aanleg voor de ware wetenschap. Hij zag dit: dat Aga de centrale figuur was onder de vijf, de kern van het blok, omdat zij het zijn moest. Men kan zich niet loswikkelen uit de band die een gemeenschappelijke geboorte legt. Men denkt van wel, indien er vijandschap optreedt, doch dat is waan. Men hangt altijd met elkaar samen. En nu wilde het lot dat in Aga een vreemde kracht was gelegd en een buitengewone wil. De kracht was er van het eerste bewustworden van de gezinsband geweest, de wil gecultiveerd. De wil, autodidact, leerde zich de kracht besturen opdat de uitslag onveranderd zou blijven. Waarschijnlijk was het tegen de gewone gang van zaken, dat er geen sterke band bestond tussen enerzijds ouders, anderzijds kinderen; de band tussen de kinderen onderling was er te sterker om. En Aga snoerde deze. De kracht door haar wil daarbij in werking gesteld was bewonderenswaardig, de slavernij die eruit voortvloeide gruwzaam. Zij wilde dat dit gezin in onvruchtbaarheid zou ondergaan, – de laatsten der mohikanen. Zij, lichamelijk de kleinste, maar ook lichamelijk de krachtigste der trits van vrouwen en het best tot moederschap gebouwd, legde ook zichzelf onvruchtbaarheid op. Waarom dit alles? Ziedaar een lege plek. En hoe slaagde ze erin naar haar welgevallen te doen? Ziedaar een vage.

Ze had tot driemaal toe Luca belet te trouwen. Ze had de enige poging van Welkom resoluut de kop ingeknepen. Bij Welkom was het misschien niet moeilijk geweest, en toch kon niemand het stellig zeggen, want hij hing aan de volksvrouw – op zijn manier, maar hij hing. Bij Luca was het misschien evenmin moeilijk geweest, maar ze was een hysterica, met de verbetenheid der voorstellingen die zulk soort schepsels kenmerkt, en het was misschien wel moeilijk geweest. Ook had het zich tweemaal herhaald. Hijzelf liep voorshands geen gevaar tot de orde te worden geroepen, hij had enkel wat onbeduidend gescharrel op zijn geweten. Maar indien hij ernstig poogde zich los te maken, zou Aga hem de voet dwars zetten, en hij zou gehoorzamen, dat wist hij.

Marvédie leverde heel geen problemen op. Maar wacht, was dat wel zeker? Had er in haar ook niet iets gebroed? Zo ja, dan was er in elk geval door Aga 'te rechter tijd' ingegrepen. Bij nadere overweging kon het zeer wel gebeurd zijn. Want de gevallen van Welkom en Luca waren bekend, terwijl Marvédie met haar karakter vol heimelijkheid stille neigingen kon hebben bezeten, slechts door Aga ontdekt en tussen vier muren vernietigd. De voornaamste karaktereigenschap van Aga was een buitengewoon vermogen tot bundeling, – en deze kracht, zo overwoog Johannes, sloot in zich het noodlot tot ontbinding. Dat was zijn derde stap.

Verder doordenkend vond hij het toch nog zo vreemd niet dat de kinderen onderling nauwer verbonden waren dan zij waren geweest aan de ouders. De laatste bloedverwantschap heette die in de eerste graad, de eerste die in de tweede. Bestond daar aanleiding toe? Afgescheiden van de tweelinggeboorte, die hier ook nog incidenteel een rol vervulde, scheen hem de band tussen wat uit eenzelfde bron ontsprong van primaire betekenis, niet de band met die bron. De kinderen waren elk een eenheid, ontsproten uit één paar mensen;

dat paar echter was geen eenheid. Het kind kwam dus meer overeen met zuster of met broer dan met vader of met moeder op zichzelf, daar het beiden in zich had. Indien zuster of broer van het kind het hele kind was, dan was één ouder het halve. Doch, zo vroeg hij zich daarop af, was dat wel juist? Lag deze gedachte niet onder de invloedssfeer van Aga? Alweer een vage plek. Dit moest intussen zeker heten: de jongste had hen allen vastgesnoerd en liet niet los. De ouders behoorden in het geheel. Het gezin had zeven personen geteld. Het graf voor acht zou er zeven bevatten, niet meer, ook niet minder. De laatsten der mohikanen. Literatuur, geforceerd, en naar de mening van kerkhofbezoekers stond het er aanstellerig. Toch ook diepe ernst. Een eenheid reikend tot over het sterven. Vijf, neergelaten, onwillens neergeduwd in één kuil, – een massagraf.

Er bleef nog over de vreemde kracht te bepalen die van Aga uitging. Daarbij kreeg de wet der zwaartekracht een taak toebedeeld. Zij zou misschien iets kunnen verklaren, al bleef zijzelf onbegrepen. Om de aarde strekken zich naar alle kanten velden van zwaartekracht uit. Zo is het ook met ieder willekeurig voorwerp gesteld. Geraken zij in elkanders veld, dan worden zij naar elkander getrokken. Zijn ze in beweging, dan kunnen ze elkanders beweging beïnvloeden, dan treden storingen op. De planeten storen elkanders banen, de sterren van de melkweg wijzen storingen aan. Men heeft dubbelsterren ontdekt, en meervoudige. Sommige omcirkelen elkaar, andere dringen gedeeltelijk in elkaar. Aan het optreden van storingen stelt men soms de stoorder vast eer men hem gevonden heeft, men bepaalt wiskundig zijn plaats, en dan ontdekt men hem daar. De prachtigste ster van de noordelijke winternachthemel, door de Egyptenaren, voor wie hij verrees tegelijk met het wassen van de Nijl, Sothis gedoopt, wordt duidelijk waarneembaar gestoord door de zwaartekracht van een raadselachtig dubbel, zeer klein, vrijwel lichtloos en waarvan het gas dermate is samengeperst dat elke decimeter in het kubiek zestig ton moet wegen.

Op het gebied van het mensenbestaan kon iets optreden dat mogelijk nog raadselachtiger was: de zwaartekracht door de een uitgeoefend op de ander. Die kracht kon groot zijn; in dit gezin was zij enorm. Zij vijven dreven als bollen naast elkaar, zij vulden de erkerkamer tot de verste uithoeken. Zij wentelden om elkaar en de een beïnvloedde de ander. Maar daar bewoog een kleine en zeer zware, die hen allen stoorde en bijeenhield, die hen bedwong met een vermogen dat nauwelijks meer was van de mens, die doorstootte in hun ijle structuur omdat zij wispelturige, slecht samengevoegde mensen waren. Die ene, kleine, was heel anders, gedrongen, van een ontzaglijke gravitatie, en haast lichtloos. Aan de storingen die zij teweeg bracht was zij eerst ontdekt.

Nu nog deze vraag: hoe kwam dat zo? Het probleem scheen hem niet te ontwarren. Daartoe moest men de zwaartekracht van de mens onder de microscoop kunnen nemen, en haar fijn verdelen. Dan vond men misschien de geest van die kracht, en bij fijne verdeling van de geest vond men misschien uiteindelijk diens ziel en daarin de oorzaak besloten. Het psychologisch instrumentarium evenwel kende daarvoor geen gereedschap.

Dat was de vierde schrede op zijn weg van vorser naar de innerlijke structuur der vijf. Het was tevens de laatste, en hij voelde tevredenheid over de bereikte uitslag. Hoewel volstrekt geen dichter, dat wist hij, leek hem het beeld iets dichterlijks te bezitten. Hij had nagedacht, en zijn slotsom vertoonde iets verhevens. Een Vijfgesternte, zwak lichtgevend, beheerst door de kleinste, de duisterste. Hij zou met het beeld niet te koop lopen; dat toonde aanmatiging en leidde tot grapjes. Hij zou er zelfs niet met de andere vier over spreken. Tenslotte was toch ook ieder hunner zijn eigen wereld en tot geen dier werelden kreeg zijn denkbeeld toegang. Aga begreep er stellig niets van. Het was ook onnodig. Maar hij speelde graag met het beeld, in de afzondering van zijn kamer, zoals hij als kind in eigen beslotenheid had gespeeld met eigen speelgoed en daarmee volstond.

TWEE

DE BANDEN

EEN PAAR

'Die eeuwige militaire optochten in de filmjournalen... het verveelt je niet alleen, maar je wordt er ook op de duur bang van,' zei Adeline.

Ze keek Hugo niet aan. Hij antwoordde:

'Jaja, ik begrijp je. Bedenkelijk, heel bedenkelijk... Daar drijft een wolk in die urine.'

Hij tuurde voor zich uit. Het was laat in de avond en zomer. Het verkeer der grote stad bewoog voor hun ogen. Ze zaten op een caféterras van het Rembrandtsplein. De drukte maakte het voeren van een geregeld gesprek onmogelijk. Ze hadden zich na het bezoeken van een bioscoop hier nog even neergezet. Het meisje hernam:

'Die uitdrukking heb je gestolen van Aga Valcoog.'

'Shocking?'

'Helemaal niet. Ik kan tegen een stootje. Maar die term heb je niet uit jezelf.'

Hierop zweeg hij. Even later keek hij haar aan. Haar stem had niet scherp geklonken. Ze glimlachte en hij glimlachte terug.

'Nog zo'n glas?'

'Ja, wel graag.'

Verder spraken ze niet veel. Hij bracht haar spoedig daarop thuis. In een stillere buurt begon hij weer:

'Heb je gelet op die lui om ons heen?'

'Niet bepaald. Kom je weer op je joden-chapiter?'

'Juist. Je zag het dus ook... joden, massa's joden, zeker voor de helft.'

'Nu, en wat dan nog?' vroeg ze met iets van strijdvaardigheid.

'Dit: dat Amsterdam me te veel een jodenstad wordt. Ik ben niet onverdraagzaam, dat weet je. Ik heb absoluut niets tegen de joden dan dat ze te veel ruimte innemen. Ik bedoel het letterlijk.' Ze gaf geen antwoord. Hij zei nog:

'Het schijnt dat de joden zich gauw vermenigvuldigen. Maar elke jood afzonderlijk doet het nog gauwer. Als er tien joden bij mekaar staan, dan denkt ieder argeloos mens dat het er honderd zijn. En dan nog de bekende waggelgang, zoals je weet de nalatenschap van de voorvaderen, die van steen tot steen door de Rode Zee stapten. Ik begrijp bij God niet wat ze in onze nauwe straten zoeken... Geef die lui een Sahara... Maar nee, je hebt altijd het gevoel dat je ze in een cel stopt, ook daar.'

'Het Derde Rijk, dat je zegt te verfoeien, maakt ondanks alles school.'

'Daar vergis je je in, Adeline. Ik herhaal: tegen een jood, individueel, maak ik geen enkel bezwaar.'

'Nu ja, ik weet wel dat je chargeert. Maar toch, Hugo, ik ken je. Ik geef toe dat ik je slecht ken, maar op dit punt heb ik je door. Je gaat niet verder dan het neerbuigende: joden zijn ook mensen. Wie dat zegt, die zegt het met de beste bedoelingen, en toch is hij eigenlijk in zijn hart al antisemiet.'

Weer zweeg hij, voor een ogenblik korzelig. Ze had de neiging iets achter zijn woorden te zoeken en hem te bevitten. Ze wist deksels goed dat hij géén antisemiet was. Hij beschouwde de jood als een vreemd element dat men zeer wel kon aanvaarden, mits men het voortdurend onder controle hield. Dat was toch nog geen Derde Rijk? Maar in het geval van Aga Valcoog had ze het bij het rechte eind; toen was hij dief geweest van andermans geestelijke eigendom. Ze kon een echte rakker zijn; ze doorzag hem soms dadelijk. Nu ook weer, en hoe zo opeens? Het was toch al lang geleden dat ze samen bij de Valcoogs waren geweest; er bestond een gespannen verhouding, en de spanning nam voortdurend toe. Ook herinnerde hij zich niet meer wanneer Aga die woorden had gebezigd. Tekenend voor haar, maar stellig al van jaren her. Adeline toonde echter een sterk geheugen waar het Aga betrof, dat bleek eens te meer.

Spoedig herkreeg hij zijn goede luim. Hij had, omdat het stil was rondom en donker, zijn arm door de hare gestoken. Ze spraken nog een hele tijd zonder onvrede. Ze had een kamer in een damespension in Zuid, in de omtrek van het Concertgebouw, niet zo heel ver van zijn woning. Hij bracht haar erheen. Door het kathedraalglas van de huisdeur schemerde het van een klein flauw-koperen licht in de gang. De plafonnier der vestibule gaf opeens zonnig schijnsel.

'Kom je nog even binnen? In de ontvangkamer is er nooit iemand meer om deze tijd. En misschien vind ik ook nog wel ergens thee.'

Hij knikte van nee.

'Dank je. Ga liever naar bed. Je ziet er een beetje moe uit.'

Voor het eerst die avond had hij haar goed opgenomen. Ze kenden elkaar lang; er viel weinig nieuws te ontdekken. Adeline de Valleije Oofke was overigens geen onbetekenende verschijning, van Aga's leeftijd ongeveer, iets boven middelmaat, met veel meer smaak dan deze om zich te kleden. Wanneer Aga haar uiterste best deed er goed uit te zien bleef ze bij Adeline toch steeds ten achter, bovendien liet kleding haar gewoonlijk onverschillig. Adeline bezat ook van beiden het beste figuur. De lijn van haar boezem vertoonde weliswaar generlei weelde, maar ze was harmonisch uitgegroeid, een beetje broos overigens en iets te dun van levenssap. Alleen tanden en haar waren bij Adeline waarlijk mooi, – haar: licht honingbruin en als honing glanzend zoals het nu glansde onder de lamp, smaakvol en sober gedragen, – gebit: vlekkeloos wit, en sterk tot in zijn meest verscholen bestanddelen. De gezonde sterkte contrasteerde opvallend met het zwak gebouwd gelaat. De trekken daarvan vielen niet op, tenzij in de toevallige nabuurschap van een aantal uitsluitend lelijke vrouwen. In de regel nochtans kwam men aan een oordeel nopens deze niet toe omdat het oog, dat uiteraard allereerst aandacht vraagt, in haar geval ook de aandacht behield. Het was minder mooi dan vreemd, een roodbruin oog, dat, eer klein en de kas bijna geheel vullend, zonder te stralen een blik deed uitgaan waaraan niemand zich kon onttrekken. Hugo meende dat hij indertijd om dat oog, om die blik Adeline tot zijn verloofde had gemaakt. Men moest het vooral op enige afstand zien en tussen andere ogen; dan eerst toonde het ten volle zijn oorspronkelijkheid. Want het was ook uit de verte duidelijk roodbruin, en het gaf een roodbruine blik, een blik die gleed langs wangen, oren, slapen van omstanders, ietwat onderuit zonder onoprechtheid, zacht en onderzoekend. Tussen dat oog van Adeline en het ontvangende was een roodbruin contact gespannen als een lint; men had er niets van geweten; nu zag, nu voelde men het, en tevens dat het er al lang was geweest. Men begreep de betekenis niet; het had wel heel geen betekenis, en het ontging waarschijnlijk Adeline zelf.

Deze uiterste ontplooiing van de blik kwam slechts bij tijd en wijle voor. Doch ook zonder dit optimum boeide het oog ongemeen, op het eerste gezicht. Maar Hugo dacht dat de grondslag voor zijn genegenheid was gelegd door juist dat oculair optimum bij Adeline toen hij haar eens ontmoette bij een muzikale soiree voor genodigden en zijn blik toevallig de optimale prestatie van dat oog ving. Er kwam, dat sprak, meer bij aleer de verloving volgde, meer dat niet teleurstelde, of anders was het bij die blik gebleven. Voor het heden, zes jaar verloofd, en wel wat vermoeid van de verhouding, maar zonder de lust tot veranderen, had Adelines oog zijn bekoring op hem goeddeels behouden.

'Klets,' zei ze. 'Kom mee, jong... En, als het anders was, wat dan nog? Een kwestie van een kwartier.'

Ze trok hem in de suite en hij liet zich trekken, niet omdat hij het optimum verwachtte, maar omdat hij eensklaps weer in haar de boeiende eigenares zag van dat oog. Zoals we met belangstelling kijken naar de eigenaar van een beroemd schilderijenkabinet en vereerd zijn door een gesprek met hem, ook al houdt hij zijn kabinet op slot.

Ze gingen zitten bij een schemerlamp die hij verschoof tot ze zich in het volle licht bevond. Ze waren de enigen daar. Het huis was doodstil, de achterkamer donker. Ze stond vlug op, maar hij greep haar pols.

'Nee,' zei hij, haar neerduwend op de divan recht tegenover hem, 'geen thee nu. Blijf waar je bent. Ik wil alleen maar naar je kijken. Ik heb de hele avond nog niet goed naar je gekeken.'

'Mij best. Als je maar niet weer over de joden begint. Je weet, dat je me daarmee...'

'Die kunnen me gestolen worden.'

'Je bedoelt: waren ze me maar gestolen.'

'Houd nu heel even je mond.'

Hij zocht in een zijzak naar zijn koker, en gooide een sigaret naar haar toe. Ze rookten zwijgend. Hij leunde in zijn clubstoel en keek haar aan, anders niet. Hij voelde de voorname behaaglijkheid der gemeenschappelijke kamer duidelijk om zich heen, een kamer merkwaardig donker en stevig mannelijk, toch een kamer van vrouwen. Haar eigen vertrekje boven was doodsimpel, dat wist hij: ze kon geen hoge pensionprijs betalen.

Ze keek rustig en effen in zijn oog, soms heel even ernaast.

'Wat nu?' vroeg hij ten laatste.

'Naar huis gaan en Klaas Vaak roepen.'

'Nee,' zei hij, 'maar wat moet ik met je doen?'

Ze verbleekte niet, en zweeg.

'Ik heb een gedachte gekregen, of liever, er is een verlangen bij me opgekomen, een hopeloos, onvervulbaar verlangen. Dit: ik wou dat ik je gemaakt had, Adeline.'

Ze reageerde in geen opzicht, en terwijl hij op zijn beurt zweeg stelde hij het op prijs dat ze niet antwoordde met iets banaals in de trant van: 'Maar gelukkig dat het anders is, of we konden nooit trouwen.' Hij keek voortdurend naar haar zonder haar gelaat te onderzoeken.

'Ik zal je zeggen wat het is,' vervolgde hij. 'Die zogenaamd kleine Hollandse meesters, bijvoorbeeld van de kabinetten hier in het Rijksmuseum, die kerels wisten dat de liefde de meeste is in je leven... lach nu niet; je denkt natuurlijk weer aan de joden... Maar die kerels... nee, ik zal het zó zeggen. Als ze een bezemsteel schilderden, of een ruitje in lood van een venster, of een tinnen kom, of een broodmandje, of een spijker in een kalkmuur, dan besteedden ze daaraan precies evenveel genegenheid als aan de hoofdpersoon. Een dokter telde bij Jan Steen niet minder, natuurlijk niet, maar toch ook niet meer dan een snipper papier die over de grond zwerft. En zo is het bij Dou, bij Metsu, bij Van Mieris, bij Terborch, bij allemaal. Die lui hadden geen enkele voorkeur, niet uit koele verstandelijkheid, maar uit een ontzettende liefde, die alles, alles omvatte, de levende mens en de dode vlok stof. Zo'n schilderij van een paar vierkante decimeter is een geweldig pakhuis, zó vol gestapeld met liefde en enkel liefde, dat de balken buigen. En nooit raakte de liefde van die meesters vermoeid. Vermeer schilderde altijd weer dezelfde rechte stoel met de leeuwenkoppen, en altijd even mooi... En nu wou ik om een lief ding, dat ik net zo'n liefde had om jou zo te schilderen...'

'In deze kamer?'

'Nee, alleen maar in het licht van deze lamp, en met dat asbakje en dat sigarettenstompje op de rand en nog zo'n paar van die dingen... Ik wou dat ik die liefde had, Adeline, en niet om het resultaat, maar om de liefde zelf... En och,' hier streek hij over zijn haar en maakte aanstalten tot heengaan, 'misschien heb ik ook wel die liefde, maar dan is één ding duidelijk: dat de liefde misschien wel de meeste is, maar zeker niet de enige; dat er ontzettend belangrijke dingen bijkomen om de wereld te zien zoals zo'n kleine meester de wereld zag en om van je leven te maken wat zo'n kleine meester daarvan maakte. Want die meesters waren meer dan kunstenaar; ze waren levenskunstenaar.'

In de gang gloeide het geringe licht. Adeline liet ditmaal de vestibule donker. Ze namen afscheid bij open straatdeur. Ze kusten elkaar vluchtig, gewoon. Toen ineens legde ze de hand op zijn schouder, en sprekend aan zijn oor en zijn naam voluit noemend gelijk ze gewoon was in ogenblikken van grote ernst:

'Hugo van Delden, ik ben bang,' fluisterde ze.

OVERPEINZING, ONTWIKKELING

Hugo wandelde die nacht naar zijn huis. Hij keek onder een lantaarn op zijn polshorloge: één uur. Tegelijk sloeg een torenklok in de buurt. De carillons waren stilgezet vanwege de hotelgasten wier nachtrust niet gestoord mocht worden. De klokken sloegen nog; het geluid kwam nu van vele kanten. Hij zag schaarse sterren; er scheen een hoge dunne nevel te hangen. Een enkele maal, om een straathoek, ontwaarde hij iets van vaag rood in de verte, weerkaatsing van de binnenstad. Hij liep vrijwel met zichzelf tevreden, en hij zag zich lopen gelijk vele andere eenzame mannen nu doen zouden, zelfgenoegzaam, rustig, bijna slenterend, op deze mooie nacht in de zomer. Een eenzame vrouw, dacht hij, loopt zo niet. Ze maakt altijd haast in het donker. Is het omdat men anders iets van haar denken zal? Is het omdat ze altijd bescherming zoekt, van het huis, van het licht? Adeline, met haar opvallend zachte tred, zou zich nu hebben gerept. De korte, kordate, nadrukkelijke pas van Aga ging in de duisternis stellig niet minder snel. Of wacht eens, was dat laatste wel waar?

Hij dacht aan Adelines afscheidswoorden. Hij had uitlegging gevraagd, maar ze duwde hem zonder meer over de drempel. Ze was bang. Een vrouw mag zoiets zeggen, een man niet. Haar woorden hadden hem wel even ontroerd. Ze hield niet van al dat militaire vertoon op het witte doek, en daar had ze gelijk in, al was het alleen omdat het dodelijk verveelde. Er was echter meer, er zat oorlog in de lucht. Het gedreun, geschetter, gerinkel in de bioscoop was daarvan de sinistere voorbode. Eerlijk bezien was hijzelf ook bang, alleen zweeg hij erover. Hoe zou het ons land vergaan? Bleef het gespaard? Hij vreesde van niet. De geschiedenis herhaalt zich, zeker — en een tweede oorlog werd een tweede wereldoorlog. Maar onze neutraliteit zou zich waarschijnlijk niet herhalen. Wat kon hem nog niet overkomen! Ja, hij was bang, opeens heel bang, het gevoel van evenwicht verbroken. Dat had zij op haar geweten. Maar ook zat de angst voor de oorlog in de lucht. Men zoog hem onwillekeurig in zijn longen, gelijk in 1918 de bacil der Spaanse griep. Hij kon het per slot niet helpen dat hij sensitief was, dat hij leed aan te veel fantasie. Hij had echter zijn optreden geheel in zijn macht. Hij mocht bang wezen, hij was allerminst laf. Dat wist hij. Hij beheerste zich altijd. Weliswaar maakte zijn slaperig voorkomen het hem gemakkelijk rust te veinzen. Indien zijn angsten zich in daden ontlaadden waren deze aldus gericht dat niemand er iets meer dan overprikkeldheid achter zoeken zou. En nog maar zelden, want doorgaans schenen ze weloverwogen.

Hij dacht aan Adeline en was nu ook innerlijk gekalmeerd. Haar woorden konden het uitvloeisel zijn van hun verhouding. Zij hadden zeer wel kunnen trouwen, reeds lang geleden. Nochtans kwamen ze er niet toe, ook zij niet, die als vrouw wier beste jaren dreigden doelloos voorbij te gaan het huwelijk begeren moest. Hij had fatsoenshalve het onderwerp nu en dan aangeroerd, steeds voorzichtiger, op het laatste zo voorzichtig dat het haast beledigend leek. Ze toonde zich echter niet beledigd; ze ging er eenvoudig niet op in, ofwel gaf ze voorzichtiger, dubbelzinnig antwoord. Toch verbraken ze de band niet; ze leden aan een moeheid om inniger te worden en een moeheid om uiteen te gaan. Soms scheen het hem, sterker nog, voelde hij, dat er iets gebeuren moest, dat er een stoot moest komen van buiten, een blinde, redeloze kracht, een ongerichte kracht die hen evengoed kon splijten als samendrukken, maar die de troosteloze zweving van het heden beëindigen zou. Soms scheen het hem dat hij op die kracht wachtte, dat hij er naar uitkeek. Zou de oorlog die kracht ontketenen? Hij dacht nu rustig over de oorlog, omdat hij dacht in ander verband. Maar zou het de oorlog zijn? En zo niet, wat dan? Hij voelde een kracht naderen en steeds duidelijker voelde hij dat. Hij hoorde die kracht, hij hoorde een tred, kort, kordaat, nadrukkelijk. Dat waren niet zijn eigen passen. Hij stond stil; hij hield zich voor dat hij al te sensitief was. Werktuigelijk bevoelde hij zijn borst, vond zijn sigarettenkoker, en wilde het vlammetje aanknippen. Op dat ogenblik kreeg hij een wild en allerduidelijkst visioen. Onder een ijsgroen avondhemelgewelf weerkaatste dreigend een verre, wegtrekkende, woordeloze stem langs de horizon, een stem met metaalachtige klank – de stem van Aga in haar grote momenten.

Hij sloeg vuur, inhaleerde een paar maal, keek om zich heen. Hij was onwetend afgedwaald, een brug overgegaan, en had er niets van gemerkt. Hij was verzeild in een andere wijk, hij moest terug. Nuchter mens opnieuw geworden begon hij het visioen op de weg naar huis te bepalen. Hij maakte het niet belachelijk, het had hem daarvoor te zeer geboeid. Ook als voortbrengsel van verbeeldingskracht bezat het waarde omdat Aga erin werd betrokken. Maar hij begon het al meer als zuiver spel van fantasie te beschouwen. Hij had per slot niets gezien, slechts gemeend te zien. Er was niet ervaren, er was slechts opgeroepen in de geest. Hij had voor zich in passende omgeving de stem opgeroepen van een tegenstander. Alles vond zijn natuurlijke verklaring. Aga en hij wapenden zich tot de oorlog, hun troepen zouden elkaar bevechten op de algemene vergadering. Hij was in zijn huis aangekomen, legde zich te bed, sliep. De zoon sliep.

In Heerenveen aan een kanaal woonde een klein ventje met een ontzettend platte tongval. Het bewoonde aan de waterweg van doodse kleur een dier kleine huizen welker rij zich tot de kim uitstrekt in verfoeilijke lintbebouwing en die alle anders en alle lelijk zijn. Het woonde er met zijn vrouw en zijn Friese dienstbode; deze alleen sprak beschaafd. Het ventje had tot vader een turfboer; verder verloor de genealogie zich in ongewisheid, doch daar maalde geen sterveling om. De vrouw was de dochter van een dagloner uit het waterland rondom Giethoorn en dienstbode geweest. Dezen waren de ouders van Hugo van Delden.

Maar het ventje had grote energie. Het bouwde huisjes, hier, daar, alom, langs kaarsrechte verkeerswateren; onder de ijverige insecten die de lintbebouwing opwierpen was het een der ijverigste en gelukkigste. Het kroop in een van de eigen huisjes en besloot er vroegtijdig tot rentenierschap. Het bezat nu een vrij aardige duit. Het was leep genoeg om te zien dat de tijden slecht zouden worden en het bouwen niet meer winstgevend zou wezen, dat de faillissementen gingen komen, en bazen van faillissementen. Het was intijds binnen, bleef binnen, en voelde zich volmaakt content. Het ventje had een heel stuk beter kunnen wonen, maar het wilde niet. Het ging om in een allerkleinburgerlijkst interieur, waste zich aan de pomp en zo meer.

Het denkleven van de vrouw had na de lagere school geen enkele ontwikkeling meer doorgemaakt. Zij was niet onbeduidender dan veel vrouwen daar uit die oneindige huisjesrijen, maar toch, één schrede terug en het werd lichte stompzinnigheid. Het ventje vond het prachtig, zonder er voor het overige bij stil te staan. De enige teleurstelling lag in het geringe kroost, het geringste dat mogelijk was, één kind, één zoon.

Het ventje bezat een klein maar kloek verstand, ook bij tijden een scherpe blik. Dat kind van hem, – daar stak iets in, dat moest studeren. Het studeerde, lijzigjes aan weliswaar, doch het kwam vooruit. De eerzucht van het ventje was dat Hugo meester in de rechten zou worden; dat betekende advocaat, want er bestond voor het ventje geen verschil tussen het een en het ander.

Het kind was stil, vadsig; het leek slaperig; het was gezond. Het was te wijs voor zijn leeftijd, toch niet bepaald een oud mannetje. Het las met zijn tiende jaar al de plaatselijke krant aan tafel, begreep er iets van en ontstak zijn ouders in verbazing. Op school ging het mee omhoog met de kleurloze middenmassa.

Toen viel de oude Van Delden een rijpe gedachte in. Studeren betekende voor hem niet Groningen, maar Leiden. En hoe eerder de jongen daar was, hoe beter. Hij werd van de lagere school genomen.

De oude Van Delden bezat te Leiden een stuk neef, vrijgezel, met meer maatschappelijke ervaring dan hijzelf. Tot deze bloedverwant wendde hij zich om voorlichting met een hoogst onbeholpen brief. Na nog wat vraag en antwoord bleek dit: de neef kon als oud man het kind niet tot zich nemen, maar een leraar van het gymnasium was bereid het in zijn gezin een plaats te geven, met, zo nodig, toezicht op zijn geleerde vorming. Hiermede was de zaak beklonken; Hugo reisde aan de hand der Friese meid zuidwest. De moeder had in het besluit geen stem bezeten. Ze nam afscheid van het tienjarig kind met bezwaard gemoed, zoals de aard is van een moeder, maar met oudtestamentische onderworpenheid aan de vader, zoals de aard is der vrouwen in die kleine burgerij.

De jonge Hugo kwam in Leiden op een lagere school waar men iets meer gevorderd was dan in Heerenveen, zodat het schoolhoofd hem zekerheidshalve, na enige dagen van proefneming en observatie in een klasseverband dat veel van hem vergde, overplaatste naar een voorafgaande klasse. De jongen voelde zich uit de aard der zaak overal nog onwennig, op school en in huis, maar zijn levensstijl was er niet een van duidelijke reactie.

De oude neef had met de leraar en diens gezin een veelszins gelukkige greep gedaan. Het echtpaar was beschaafd en beminnelijk, de man echter als leraar streng, ook thuis. Mevrouw Van de Water vond het kind na een aanvankelijk ongelukkige indruk niet dom. Ze ontbolsterde Hugo geleidelijk en tevens snel. Op een voorzichtige manier leerde ze hem beter spreken, zonder tongval, en daar zijn tien jaren zich nog gedwee lieten fatsoeneren slaagde ze vrijwel. Maar de eerst gesproken taal wortelt zo diep in de mens dat Hugo zijn oorsprong niet steeds volkomen kon verbergen. In de zeldzame momenten van heftigheid zou hij altijd een zekere dikke boers rollende r doen horen, gauw genoeg onderdrukt door zijn altijd waakzame zelfbeschouwing, en hem toch immer weer ontsnapt. Adeline wist het, en hoorde het ook een enkele keer. Hij had zijn afkomst niet voor haar verheimelijkt.

De vader van de oude neef, een Leidse broodbakker met een goed beklante affaire, had aan de schoonvader van de oude Valcoog geld geleend, en weer geld, waarvan hij vier procent rente trok. Toen hij stierf ging de inschuld over op de oude neef en diens eveneens ongetrouwde zuster. Na haar dood erfde de oude neef haar portie, en, gehoor gevend aan het verzoek van Valcoog, die zijn zaak wilde omzetten in een naamloze vennootschap, nam hij voor zijn vordering aandelen. Het was een groot bedrag, van meer dan een ton, want de broodbakker had indertijd fiks en ferm geboerd. Het kind Hugo werd er onwetend oorzaak van dat de oude neef, die niet recht besluiten kon op welke wijze hij zijn geld zou nalaten en nu plotseling op zijn bloedverwant te Heerenveen opmerkzaam was geworden, bij testament vier vijfde van zijn vermogen vermaakte aan het ventje en een vijfde aan een christelijke schoolvereniging. Toen hij op zijn beurt de ogen sloot, werd het ventje, reeds lang niet onbekrabbeld, aangenaam verrast door een kapitaalsvermeerdering die het heel niet had verwacht. Wie kon denken, niet alleen dat neef hem tot zijn erf zou maken, maar ook dat hij er wel zo warmpjes had ingezeten. Enfin, hij was nu koud. Aldus kwam een flink pakket aandelen van De Leydsche IJzerhandel in het bezit van de familie Van Delden.

Ondertussen leefde Hugo rustig verder in zijn nieuwe woonplaats. De doctor in de klassieke letteren Van de Water had niet dan na ampel beraad met zijn vrouw tot de opneming van Hugo besloten, maar zijn gezin kostte veel, met drie jongens en een meisje, van wie een der jongens, bijzonder vatbaar voor kiemen, dikwijls ziek lag en 's zomers altijd naar buiten moest. Daar vielen in dat gezin extra hoge uitgaven te doen. Toen het kind kwam vond men het bij stilzwijgende overeenstemming meer dan vreselijk, en het briefje dat het meebracht van het ventje was eenvoudig niet te beschrijven. Mevrouw Van de Water was een dame, zachtmoedig en dapper. Ze begon met de ontzettende donkerharen slaapmuts van Hugo persoonlijk bij te knippen, de schedel tersluiks onderzoekend op onrein. Dat viel mee; ook rook het kind niet. Voorts had de Friese dienstbode, resoluut, met een zilveren kap onder sneeuwwitte kant, op zichzelf een gunstige indruk gemaakt. Bovendien liet ze twee balken van Friese honingkoeken na, een attentie van de ouders. Maar dat kereltje met zijn spraakje, en die brief!

Het heerschap te Heerenveen betaalde royaal, en prompt per maand, ook alle extra's die intussen bescheiden waren en strikt eerlijk berekend. Hugo schreef elke maand een berichtje, maar kreeg nooit antwoord, wel op zijn verjaardag een geschenk. Alleen met de grote vakantie ging hij naar Heerenveen terug.

Mevrouw had het niet voor mogelijk gehouden een kind zo gauw te ontbolsteren als met Hugo geschiedde, temeer daar hij gesloten was en bleef. Maar hij leerde zich van goede spreektaal bedienen en manieren leerde hij ook. De vijf kinderen wenden aan elkaar; Hugo sliep met de drie jongens op één kamer in redelijke vrede; toch kwam het niet tot echte vriendschap; daarvoor waren de anderen hem te druk en was hij hun te stil. Het echtpaar bemerkte al gauw dat de kostganger volstrekt niet dom was, maar ijverig evenmin. Er diende tucht te worden aangewend; dat geschiedde dan ook. Na drie jaren ging hij over naar het gymnasium.

Al reeds in de eerste weken van zijn komst te Leiden sloot Hugo vriendschap; het zou er een van lange tijd blijken. Hij en Johannes Valcoog zaten in dezelfde klas en trokken naar elkaar. Dit was een kleine schelmenstreek van het lot, maar ook een enige. Hugo kwam daardoor reeds als kind met de Valcoogs in aanraking. Overigens zou hij daartoe op latere leeftijd toch voorbestemd zijn geweest, als groot aandeelhouder. Elke zaterdagmiddag kwam Johannes bij Hugo aan huis, maar met echt plezier kwam hij er niet. Hugo bezat geen eigen vertrek; het vriendenpaar moest zich onledig houden in de huiskamer, en dat beviel geen van beiden. Indien het maar enigszins mogelijk was gingen ze wandelen. Ze keken graag naar de etalages van de binnenstad, maar werden niet aangetrokken tot die waarin andere kinderen behagen scheppen. Eens zei meneer Van de Water in de huiskamer tot hen:

'Jullie bent toch rare jongens. Daar stond je verleden zaterdag met je tweeën te kijken voor het raam van die kousenzaak van Kreber in de Haarlemmerstraat; ik begrijp niet wat je daar aan vindt.'

Ze gaven geen antwoord, maar een volgende maal maakte een uitstalling van herenhoeden hun aandacht gaande, of de winkel van een slager, of een in verduurzaamde levensmiddelen.

Vaak wandelden ze ook de zeven singels om, slenterend, keuvelend. Ze deden er wel een paar uur over, verhalen samenstellend waarvan elk een zin maakte en waarin ze machtig genoegen vonden.

's Zondags kwam Hugo bij Johannes in het complex panden op de Oude Vest. Daar bestond een weelde van gelegenheid tot echt kinderspel, en soms gaven ze er zich aan over in gemeenzaamheid met de andere kinderen Valcoog. Aga evenwel was tiranniek. Johannes verdroeg zijn jongste zuster lijdzaam, niet anders gewend en reeds met iets van verering. Hugo moest voor haar wil zwichten, maar ontliep haar al gauw zo veel mogelijk. Het beviel hem beter samen met Johannes rond te gaan in de doolhof van lokalen. Ze zetten zich op een kist, een wippende plank, de schalen van een balans, de hachelijke balustrade van een liftgat, ze legden zich in een berg pakstro, en ze praatten. Ze konden ook minuten lang naast elkaar peinzend zwijgen.

Hugo keek uit kleine fletse ogen, gewoonlijk half dicht, of de slaap hem aanstonds zou overmannen. De uitdrukking van luiheid en vadsigheid, zijn gelaat eigen, kwam ook ten dele voort uit zijn gewoonte de dunne donkere wenkbrauw te heffen. Op zijn zeventiende jaar vertoonde hij trekken die zich decenniën lang niet wezenlijk zouden wijzigen: breed, rond, vlezig gelaat, gezond-bleke tint zonder glans, kleine knopneus, zware onfraaie mond die te veel van de binnenkant der lippen blootgaf. Maar de mond kon aangenaam verrassen door de onthulling van een mooi en stevig gebit, en de warme, ongekunstelde overtuigingskracht der stem. Zijn bouw was middelmatig groot, maar grof.

Toen hij in de vierde klasse van het gymnasium op meisjes ging letten begon Johannes zijn belangstelling te verliezen en begonnen kleding en reukwerk die te verwerven. Tussen zijn verliefdheden door kreeg hij Aga opnieuw in het oog, zonder de band met Johannes op oude spankracht te herstellen, laat staan Aga te zoeken. Maar telkens wanneer hij toevallig met haar in aanraking kwam scheen ze hem boeiender geworden en beklemmender.

Hij studeerde te Leiden, betrok kamers op de Apothekersdijk, groette het echtpaar Van de Water zeer wellevend op straat, en sprak het nooit meer. Hij had nu iemand gevonden die zijn grove bouw perfect omkleedde, iemand die meer dan kleermaker, die heermaker was. Als korpslid verteerde hij een slordige duit, doch het ventje te Heerenveen kon er tegen en schokte trouw.

Zelden kwam hij thuis; hij voelde zich daar een reus in een cel, maar hij verloochende zijn ouders niet. Het ventje was boordevol ontzag voor de studerende zoon die sprak in een taaleigen en met een tongval welke het haast niet verstond. De vrouw durfde allang geen moeder meer zijn.

Hugo studeerde lijzigjes aan; na vijf jaar was hij jurist. De wereld lag voor hem open. Hij begon met zich meester te maken van het pakket aandelen. Hij kwam op de algemene vergadering. Hij bekeek daar Johannes met nauw verholen achterdocht en Johannes hem.

Hugo ging wonen in Amsterdam. Hij moest de grote stad om zich hebben die de restanten provincialisme zou wegspoelen en het deed. Hij leerde er Adeline de Valleije Oofke kennen, op een muzikale soiree voor genodigden.

DE TOCHT

Toen de auto voorreed stond Adeline te wachten in de ontvangkamer, gereed, met een kleine reiskoffer. Ze had die zaterdag vrij gekregen van de boekhandelaar bij wie ze assistente was. De dag werd afgeschreven van haar twee weken vakantie.

Eer Hugo kon bellen deed ze open. Hij nam haar koffer en liet haar de plaats aan het stuur. Ze bekeek hem vluchtig en kritisch. Ze had hem niet anders gekend dan volmaakt gekleed, zonder zwierigheid. Zo was hij ook nu, in grijs zomerpak, met grijze gleufhoed met zwart lint, lichtgele handschoenen, donkerbruine schoenen. Zijn grijsblauw overhemd vormde de kleurverbinding tussen grijs kostuum en koningsblauwe das, in zijn borstzak was de grijze pochette even zichtbaar, in zijn knoopsgat droeg hij niets. Hij vertoonde nooit een kreuk in zijn rug, noch stof op zijn schoeisel, noch onzuivere nagels. Reukwerk had hij al bij de aanvang van zijn studentenloopbaan afgezworen. Hij gaf slechts de geur af van de kerngezonde, tot in de puntjes geklede man, een geur zo subtiel dat zij niet wist of hij kwam van het lichaam of van altijd heldere was. Het grein van zijn donker haar bleef het grove van de volksjongen, maar het haar was goed geknipt en geborsteld, niet om zijn schedel gelegd in dikke blinkende schalen. Ze moest vaak de lust bedwingen erover te strijken.

Hij was een man die iedere gezonde vrouw zou aanstaan. Maar wat haar vooral in hem bleef trekken, ondanks zekere tekenen van vermoeidheid in hun omgang, was dat zij hem niet kende. Hij was geen man van achtergronden, omdat hij meer was en beter: enkel achtergrond. Zijn stem en gebit, hoezeer mooi, trokken haar allang niet meer. Maar zijn viezig gelaat kondigde de geslotenheid van zijn inborst openlijk aan; dat boeide haar. Hij zou haar nooit ontgoochelen; zijn wezen verbood iedere stellige verwachting. Het klein, slaperig, half toegedekt oog van onbestemd grauw onder de opgetrokken wenkbrauw kon plotseling boren, zoals de sluipwesp door het hout van de tak haar angel boort in de onzichtbaar verborgen larve. Op die wijze kon zijn blik in de ander de verborgen larve raken, echter zonder van zichzelf iets prijs te geven behalve meesterschap. En men wist dat hij slechts slapend had geschenen, dat hij altijd wakker was geweest, goed wakker, en een geducht tegenstander.

Adeline behoorde tot een verarmd patriciërsgezin uit Zutphen, waar haar ouders leefden in een huis, zowel te groot als te duur, te midden van de resten van een fraaie en kostbare familie-inventaris. De verkoop van een reeds eeuwen bestaande verzameling familie verte zou enige verlichting van druk hebben gegeven. Men deed het niet omdat men in zekere geslachten zekere dingen niet doet. Men pleegt liever zelfmoord, en, heeft men het toch gedaan, dan pleegt men de zelfmoord daarna.

De afkomst van Hugo van Delden was Adeline als modern meisje totaal onverschillig. Ze had hem meermalen voorgesteld een bezoek te brengen aan het huisje in Heerenveen, hoe afschuwelijk hij het haar had afgeschilderd. Hij antwoordde dat dat best kon wachten. Anderzijds liet hij zich evenmin bewegen tot een gezamenlijk bezoek aan Zutphen. De verloving met de plebejer was voor de oudelui daar een slag geweest, maar ze hadden zich uit de bouwvallen van hun verwachting uitgegraven, met moeite, en toch. Zij wilden Hugo als schoonzoon aanvaarden. Hij zei dat ook de voorstelling daarginds best kon wachten. Tot een breuk kwam het niet; dat wensten de oudelui in geen geval. Ze zagen nog kans hun dochter een kleine toelage te zenden, aangezien ze van haar salaris niet kon rondkomen, en nooit had gekund, hoe zuinig ze poogde te leven – noch aanvankelijk als apothekersassistente, noch als hulpzuster in een ziekenhuis, noch thans als werkkracht in een boekhandel. Adeline aanvaardde de steun zonder gewetensbezwaar, ofschoon beseffend dat haar ouders, afgescheiden van hun standpunt tegenover de verloving, haar maatschappelijke positie oordeelden van een soort waarover men liefst zweeg. Adeline werd door kleine, halsstarrige geldzorgen geplaagd. Haar aard was niet zuinig; een praktische huisvrouw werd ze nooit.

'Kap op of neer?' vroeg Hugo.

Ze zocht de lucht af.

'Neer maar.'

Het was in een ogenblik gebeurd. Ze reden weg. Hugo had haar het sturen geleerd; ze was in de rijkunst volkomen bedreven, ze loste de grootste ingewikkeldheden van verkeer en de moeilijkste opgaven die de rijweg kon stellen op gelijk de beste beroepschauffeur. In snelle vaart reed de two-seater door Zuid, dan de oude beboomde landweg naar Sloten, dan sneed hij onder de spoorbrug de nog ongebruikte ringbaan. Hier rook het blinkend beest de gladde vloer, voor hem en zijnsgelijken ontworpen, het stortte erheen. Het stormde de kunstmatige heuvels op, de hoge bruggen over, de heuvels omlaag; de weg door de polder herschiep het in een lap golfijzer. De wijzer had spoedig 140 kilometer gewezen. Daar bleef het bij. De twee lieten elk voertuig met spelend gemak achter zich. Doch een loeien in hun rug deed Adeline diagonalen naar even rechts. Een lage grijze overkapte eiste ruim baan, en schoot hun voorbij en voor als een raket met vervaarlijk achterwaarts gedonder. Reeds onzichtbaar geworden bleef deze pijlsnelle nog lang boven de wijde polder spektakelen. Adeline lachte.

'Dat gaat me te gauw.'

'Daar zit waarschijnlijk een vliegtuigmotor in,' zei Hugo.

'Maar aan zo iets is geen aardigheid meer. Die lui op de achterbank zitten langer met hun kop tegen het plafond dan met hun partes posteriores op het leer.'

Een hoge wind had de hemel trillend leeggezogen van stofvlokken en het werd een schone dag. Alom, bij vlagen, hoorden zij de leeuwerik, krekel van het luchtruim, evenzo onvindbaar sjirpend, doch glanzender van toon. De weg bleef onder hen als een prachtoplossing van de dynamische vraagstukken van deze tijd; de grote droogmakerij, onontbeerlijke schakel in het onderhoud van de Nederlander, gaf evenwel de minnaar van een landschap geen voldoening. En Hugo was niet ongevoelig voor de natuur. Alleen aan de zijden, dacht hij, de bochtige weg langs de ringvaart, daar vind je nog de verrukkelijke Hollandse vergezichten, – en volop. Hij zei:

'Nu langzamer, meisje van me, veel langzamer.'

Ze hield in; hij stak een sigaret voor haar aan, duwde die tussen haar lippen, en nam een tweede voor zichzelf. De baan was hier gelijkmatig verhoogd; neerziend aan weerskanten voelde men iets van triomf, iets als het rijden geeft over een bergkam, tussen twee dalen. Het jubelen der leeuweriken klonk luider. Hij keek links. Daar blonken de plassen, met de snippers van wit zeil overstrooid. De grillige merenwereld van de Kaag. Mijn god, dat was toch altijd weer zo verdoemde mooi.

Zou hij, dacht ze, zoeken naar die knalrode boot met die onmogelijke naam, Moeders Angst, en die onmogelijke zwarte duivelin? Hij keek nog lang om.

Adeline zette er opnieuw even vaart in; de beroemde hemellijn van Leiden lag in de verte voor hun ogen, met de machtige gotiek van twee kruiskerken en de sobere barok van een koepelkerk. Maar het bleef alles op afstand. Dan, na scherpe bocht, ging het gezapig onder de schaduw. Buitens en parken gleden voorbij, een rijk land. De merels floten als kristal, de vinken sloegen hun opgewekte slag, hoog aanvangend, dalend in smalle schroeflijn.

'Wat een verrukkelijke dag,' zei Adeline. 'Het wordt alleen te druk op de weg... Waren we hier maar met ons beiden.'

'Ja,' antwoordde hij.

Meer niet. En toen na even wachten:

'Als ik die vogels hoor, dan moet ik altijd denken aan een van de grootste tegenstellingen in de natuur.'

'Hun wreedheid.'

'Zeker. Maar vooral dit: ze zetten de meest griezelige wormen om in de meest hemelse liederen.'

'Hugo,' zei Adeline en keek hem aan, 'je hebt het heus niet nodig anderen na te praten.'

Ze wilde nog verduidelijken.

'Ik bedoel...'

Hij viel haar in de rede, ietwat ongeduldig:

'Ik begrijp je best.'

Ze had gezinspeeld op zijn zeggen van eergisteren, toen hij een term van Aga had gebruikt. Er stak iets bedilzieks in haar; het was zelden helemaal goed.

Binnen het halfuur zaten ze op een caféterras van het Buitenhof, met een kop koffie. Adeline keek naar de wagen, aan de overzijde van de weg geparkeerd tussen de vele andere, in straalsgewijze opstelling. Het was ook zo een mooie wagen, maar hem ontbrak iets. Zij beiden hadden erin gepast alsof hij rondom hen was gemonteerd. Hij vroeg, meer dan de geslotene, om de mens, gelijk de schilderij vraagt om de eindtoets. Ze had het Hugo kunnen zeggen; wellicht zou ze dan iets aardigs hebben gezegd. Ze besloot van niet. De dag was voor haar over zijn hoogtepunt heen; ze voorvoelde dat wat er verder kwam haar slechts matig zou bevallen. Alleen bleef daar nog de aanwezigheid van Hugo zelf.

Ze keek naar het openbare leven van Den Haag, traag, zelfgenoegzaam, te veel heren en dames, te veel demi-monde, te weinig volk. Want ze was modern in de sociale zin. Hugo daarentegen, uit het volk geboren, niet. Een kakelbont pierement kwam aanrijden; dat vervrolijkte haar even, maar het reed voort, uit het gezicht. Het mocht hier misschien niet spelen, of misschien verwachtte het geen gaven van dit publiek en bars verjagen door de terrasbedienden. Ze lunchten in de restauratie van het café, en lang; ze hadden alle tijd. Ze bespraken de plannen voor de verdere dag. Tot een bezoek aan Scheveningen gevoelde geen van beiden lust; op voorstel van Hugo gingen ze naar het Mauritshuis. Omsloten door het Binnenhof, met zijn merkwaardige arcaden en stokoud grafelijk slot, zei ze:

'Een andere wereld.'

'Voor jou een betere, kind.'

Hij toonde zich zelden zo gevoelig waar het haar betrof. Ze moest evenwel zijn opvatting bestrijden.

'Nee, ik wil niet terug. Het betere ligt altijd in de toekomst.'

Hij haalde zijn schouders op.

'Ik betwijfel het. De toekomst is oorlog. Dat staat vast als een huis. Onze grootste naaste buurman is hard ziek. Hij is trouwens nooit gezond geweest... Maar nu...! Het enige wat je kunt doen is aan hem verdienen. Maar daarom ben je nog zijn dokter niet.'

In het museum zocht hij dadelijk de bovenzalen, en daaruit de kleine meesters. Ze miste het ware oog voor schilderkunst, ze zag niet persoonlijk en minder nog kon ze het zeggen. Toch volgde ze wel graag, om zijn opmerkingen. Dan zag ze het ook, nooit eer. Maar muziek hoorde ze met eigen gehoor; daarin was ze hem ver vooruit.

Weer sprak hij over de liefde van de kleine meester, weer weidde hij uit. Hij noemde de doeken tuighuizen van liefde, beter nog zwaargewapende liefdelegers in de aanval, want de kleine meesters beleden een militant nieuw christendom, zij drongen de schone nederigheid van het voorwerp aan de beschouwer geweldig op. Hij lachte zich ten laatste uit om eigen overdrijving, hij zei dat hij zichzelf niet herkende. Doch Adeline dacht: dat is *zijn* manier van voorbereiden tot de oorlog, *zijn* oorlog. Hij had haar wel iets van zijn plannen verteld.

Ze bekeken maar enkele doekjes, heel lang. Het ging haar vervelen, ze werd moe, gaapte, zette zich op een bank. Het was warm in de kleine zalen, nogal leeg. De zaalwakers sliepen in hun eigen stoelen, maar ze bekleedden dan ook een van de verschrikkelijkste ambten. Het ware anders zo ze belangstelling hadden bezeten in de medemens. Dat echter mocht geen sterveling eisen. Hoogstens keken ze tersluiks naar blote zomerbenen, hun afwisseling. Ze wandelden nog wat rond over Vijverberg en Voorhout, ze slenterden door de winkelstraten. Adeline wilde die nacht verblijven bij vrienden van haar ouders, en ze wilde het niet. Ze kon daar altijd terecht, ook indien de familie niet thuis was. De volgende dag zouden ze dan naar de hoofdstad terug gaan. Ze had echter nog geen vast voornemen; het logeren in Den Haag lokte haar weinig; ze had niet kunnen zeggen waarom. Uiterst dunne wolken waren laag en jachtig komen overwaaien. Het werd een ietsje koud. Ze namen plaats voor een bar bij de Kapelsbrug, doch het werd snel kouder, de feestelijke veelkleurigheid ging opeens in de hoes. Het publiek zocht het binnenste der bar, zij mee. Toen verwijderde Hugo zich even om de kap van de wagen op te zetten.

Teruggekomen vroeg hij haar vergunning, en nam plaats aan een tafeltje verder, bij twee heren, haar onbekend. Ergens achter werd aarzelend gestemd, dan begon het muziekje, dunnetjes nog, allengs voller. Het licht van de bar was aan; met dat al bleef ze tamelijk duister. Terzijde, tegenover de band, bevond zich een kleine dansvloer. Adeline verveelde zich een beetje. Het kwam uit: de stemming zakte, al steiler, de dag zou eindigen in ontevredenheid, zo niet onvrede. Om zich te herwinnen nam ze een andere stoel, af van het buitenleven, en kon nu Hugo ongedwongen zien. Ze mocht het hem niet kwalijk nemen; hij had haar indertijd verteld dat de zaken hem dikwijls zouden nopen haar voor korte tijd in de steek te laten. Ze nam het hem niet kwalijk. Ze vond het beter zo dan dat hij de heren hier bracht. Ze had dikwijls de vrouw beklaagd die, als enige vrouw aan het herentafeltje, een gesprek over zaken langs zich hoort gaan, vaag en even hinderlijk voor haar onverstand als de nevel der sigaretten en sigaren die de heren spinnen tussen hun tronies is voor haar ademhalingsorganen. Zulk een vrouw was soms het liefje van een der heren, en zat met hem middag na middag in de bars, hoorde veel, verstond tittel noch jota. Welk een beroep! Dan nog liever zaalwachter in het Mauritshuis. En toch had zulk een meisje mogelijk haar voordeel kunnen doen met luisteren en met een beetje geld, want de heren spraken luid genoeg over de zaken. En dat althans hadden de zaalwachters niet gekund, omdat men over de zaken niet sprak in het Mauritshuis, tot dusverre. Maar zou de toekomstige bezoeker nog het onderscheid voelen tussen museum en kroeg? Het enkele onderscheid was een hoog cultuurgoed; de zaken in het Mauritshuis – dat luidde de ondergang van het avondland in.

Ze was dermate in beschouwing verdiept dat ze pas na enige ogenblikken de vreemde sinjeur opmerkte die haar buigend ten dans vroeg. Ze weigerde; haar gedachten balden zich nu samen rondom Hugo. Daar zat hij; ze zag hem van opzij; hij wendde niet eenmaal het hoofd in haar richting. Hij zat er met twee heren; de staande lamp verlichtte hen drieën grondig door een allerfijnst en dicht verbandgaas heen. Ze spraken dringend, naar elkaar toegebogen. Adeline vond het uiterlijk van geen der twee anderen gunstig. Dit konden nooit figuren van betekenis zijn in de zakenwereld; de grote bedrijfsleiders kwamen hier niet, tenzij om zich te vermaken. Dezen behoorden tot een middenklasse van twijfelachtig allooi, en juist dezen vonden in de bar voor hun zaken de hun passende omgeving. Het streed tegen de natuurlijke orde der dingen. Men onderhandelt op eigen of anderer kantoor, niet in de kroeg. Aan haar bars lag de bedrijfswereld wond.

En Hugo, wat deed hij? Hij deed gelijk deze anderen, in de bar was hij thuis. Een eigenlijk kantoor bezat hij niet. Hij had een telefoon en een typiste, in zijn serre met bureau en herenmeubels. Hij had geen sprekend naambord op de deur. Het meisje was ook veel te mooi om een goed typiste te zijn. Waarvoor diende dat dan? Ze was volstrekt zeker van zijn trouw. Maar waarom dan zulk een beelderig, hoogst wuft en vermoedelijk zedeloos jong ding? Och wat, dat was immers om kennissen te lokken, om met hen tot zaken te komen in die serre, onder een borrel, een troebele blik op de schoonheid, een vuiligheidje en een onbenullig wederwoord vol schitterende tanden.

Het beviel haar niet. Ze had gedacht: een meester in de rechten wordt advocaat of rechter of administratief ambtenaar. Hugo evenwel streefde andere doelen na. Hij was enkel openlijk titel, en verder wist ze niets van hem. Hij was in de handel gegaan, maar wat voor een handel? Hij vertelde zo weinig. Zijn ouders waren vermogend en spaarden omdat ze met hun geld geen raad wisten; dat had hij meegedeeld, ook dat hij zich een stuk van dat vermogen bij leven had doen overdragen, dat hij goed verdiende, bij machte was een royale staat te voeren als vrijgezel, en door middel van manipulaties met aandelen van de affaire der Valcoogs een harde les aan de directie wilde geven, – iets haar overigens van harte welkom, want ze haatte Aga. Dat was alles. En moest ze nu haar leven verbinden aan iemand met zo nevelachtige bezigheden? Ongetwijfeld, Hugo was een boeiend wezen in zijn ondoorgrondelijkheid, maar soms, en zoals hij daar nu zat te redekavelen met die twee kerels en stevig te drinken, maakte hij haar stikmisselijk.

Weer kwam een manspersoon haar tot de dansvloer noden en uit ergernis nam ze aan. Ze gleed uit haar mantel en hij vlijde voorzichtig haar bontkraag over de rugleuning van haar stoel, alvorens haar te volgen. Op het parket wachtend zag ze hem naar zich toekomen, een breed, klein, gedrongen heerschap met een erg grote bruinrode plezierkop. Die heeft denkelijk een stuk in zijn kraag, dacht ze; enfin, haar verdiende loon. Het viel mee. Hij danste voortreffelijk; hij hield haar stevig vast in de rug, maar zonder vrijpostige druk van zijn lichaam. Hij had geen droppel sterke drank gebruikt.

'Ik ken u,' zei ze, 'maar ik kan u niet thuisbrengen.'

'Daar heb ik op gewacht,' gaf hij ten antwoord.

Zijn stem klonk zo prettig dat ze het lelijk gebit gaarne op de koop toe nam.

'Hoezo? U weet wie ik ben?'

'Zonder de geringste aarzeling. U bent juffrouw De Valleije Oofke. Onze gedelegeerd commissaris zit daarginds.'

Hij wees met het hoofd naar Hugo. Er ging haar een lichtje op.

'Ach, natuurlijk. U bent meneer Valcoog, op een na de jongste van de vijf.'

'Precies. Mijn vader gaf me, tegen de zin van mijn moeder, maar met mijn eigen toestemming, de meest innemende voornaam: Welkom. Een advertentie.'

'U moet me niet kwalijk nemen, maar ik heb u zo zelden gezien.'

'Precies,' herhaalde hij. 'Dat brengt mijn beroep van inkoper mee... En nu moet u niet schrikken als ik u mijn tijdelijke gezellin wijs. Ziet u dat krasse oudje daar alleen aan dat tafeltje met die twee onschuldige halfvolle glazen orangeade? Ik ben geen afschaffer, maar ik moet vandaag met mijn kar nog verderop... Enfin, ik heb bij die stokouwe toverkol een order afgesloten, want ze heeft een van de grootste winkels in haarden en kachels van Den Haag.'

'Hebt u dat hier gedaan, als ik vragen mag?'

'God bewaar me!... Op haar kantoor, juffrouw Oofke.'

'En goed?'

'Hm, ik ben bang dat uw verloofde niet zo erg tevreden zal zijn als hij de order ziet... En ze houdt van een verzetje, ze wil nog gefuifd worden ook. Gelukkig is ze niet duur... Maar zaniken en afpingelen en tijd verknoeien. En zoals u ziet dik onder de menie. Je moest zo'n malloot kunnen potloden als een ouwe roestige kachel... Bah!'

Toen hij haar na drie dansen terugbracht had ze luidkeels kunnen lachen. Zij samen met de broer van haar aartsvijandin! Het leven was een zotternij. Of lag het aan de mengdrank? Uit voorzichtigheid liet ze het restant in haar glas. Opeens moest ze denken dat de uitnodiging van Welkom niet slechts beleefdheid wezen kon, doch ook een poging om Hugo via haar voor de familie Valcoog te winnen. Nauwelijks had zich deze gedachte gevormd toen Hugo terugkwam. Ofschoon hij het gezien moest hebben sprak hij niet over haar dansen. De geringe schakeringen van zijn gezicht ontgingen haar nooit. Van zijn stevig drinken was niets aan hem te bespeuren. Hij verkeerde in ernstige stemming.

'Adeline,' zei hij, 'ik wou je iets zeggen dat ik al lang had willen vertellen. Ik heb mijn testament gemaakt, en voor zover ik de beschikking heb over mijn vermogen ben jij mijn erfgename.'

Ze dacht: de oorlog spookt voortdurend door zijn brein. Ze gaf geen antwoord; hij stelde haar zwijgen op prijs.

'Nog iets,' vervolgde hij. 'Voorlopig wou ik je vijf aandelen in De Leydsche IJzerhandel, je weet wel de zaak van de Valcoogs... die wou ik je schenken. Het zijn aandelen op naam. Ik heb ze op jouw naam gesteld.'

'Waarom?'

'Dat zal ik je vertellen. Ik ben misschien te zakelijk, maar jij bent het niet voldoende. Ik wou dat je op de algemene vergadering kwam en dan natuurlijk met mij mee stemde. Dan hoor je meteen zo het een en ander. Het is goed dat de vrouw van deze tijd in de zakenwereld geen onbekende blijft.'

'Ik doe het graag,' antwoordde ze. 'En dank je wel, Hugo, al weet ik nog niet precies waarvoor.'

Hij glimlachte.

'Kom, ik reken af, en we stappen op.'

Geen van tweeën had honger. Adeline wilde liefst te Leiden overnachten, in een hotel.

'Dat kan ik nog net betalen,' zei ze.

Want alles van Hugo aannemen deed ze niet. En vijf gulden in geld was voor haar iets veel bedenkelijkers dan vijfduizend gulden in aandelen.

Onderweg kochten ze een paar belegde broodjes en aten die op tijdens de rit, Hugo aan het stuur, voorzichtig in de vroegdonkere avond vol van regendroppen. Adeline, eensklaps zeer vermoeid, ging om acht uur naar bed. Over Welkom was met geen woord gesproken.

DE OUDE PERCELEN

Toen Hugo vijf jaar geleden door de aandeelhouders tot commissaris van de ijzerzaak was gekozen, vergaderde het college van commissarissen, drie in getal, een ogenblik, en deelde daarop aan de bijeenkomst mede dat hij was aangewezen als gedelegeerd commissaris. Niemand had iets anders verwacht.

Het had gespannen bij de stemming onder de aandeelhouders, bij wie twee belangrijke groepen: de Valcoogs en de Van Deldens, beide met hun aanhang van familie, vrienden, kennissen. Deze was aan de wederpartij bekend, omdat alle aandelen op naam stonden en dus de eigenaars in het register der zaak opgetekend, voor ieder ter inzage. Onder hen bevonden zich evenwel een aantal aandeelhouders met zwevende opvatting, de christelijke schoolvereniging, nog wat particulieren – van wie men niet vooruit kon bepalen hoe zij hun stem zouden uitbrengen, indien zij op de vergadering zouden verschijnen, hetzij persoonlijk, hetzij bij volmacht. De kleinste aandeelhouders plachten weg te blijven. Hugo werd in het college van commissarissen met kleine meerderheid gekozen, en zat daar toen voor zes jaar, ongeacht de mogelijkheid van de benoeming. Zijn groep had voorgestemd, de Valcoogs tegen, de bank blanco, de rest naarmate ze bewerkt was geworden. Maar heel veel moeite had zich toch geen van beide partijen gegeven. Eenmaal commissaris was het voor Hugo een kleine kunst zich de post van gedelegeerde te doen toebedelen. Daartoe gaf zijn groot aandelenpakket hem als vanzelf het recht, en die omstandigheid was ook wel de reden geweest dat verscheidenen hun stem aan hem voor het commissariaat hadden gegeven. Zo voelde hij zich vrij zeker in de onderstelling dat de school hem was bijgevallen. Met zijn medecommissarissen had hij de zaak vooraf in orde gemaakt. De positie van gedelegeerde gaf volgens de statuten een bevoegdheid niet zo veel verschillend van die der directie, en bracht in de praktijk de beschikking mede over de sleutel. Dat had de oude Valcoog indertijd ingesteld, en met die sleutel had men toegang tot alle percelen, de oudste en grootste binnendoor met elkaar verbonden, de laatst bijgekochte pakhuizen aan de andere zijde der binnenplaats van hetzelfde slot voorzien. Zonder een woord reikte Aga na afloop van de vergadering aan Hugo de sleutel over, met een gebaar dat hij nog niet was vergeten – alsof zij een stad overgaf die zich moedig had verdedigd. Hij stak hem bij zich met een gevoel van zege dat hij goed verborg.

Hij liep deze avond door het oude, natte Leiden. Na de regen rook hij reeds een zweem van herfst in de lucht, al was het seizoen nog ver, en hij genoot van de wandeling. Altijd had hij van de stad gehouden waar hij vele jaren van zijn nog redelijk jong leven, en mogelijk de beste, had doorgebracht. Hij kon er de weg blindelings vinden. Hij klom op tegen boogbruggen, in dunne stralen van steen geworpen over wijd water dat nog even iets van hemellicht ving, – bruggen en wateren hem dierbaar. De duistere winkelstraten kruisend stak hij door de stegen, zijn naaste weg. Hij vond Leiden altijd weer mooi. Amsterdam had geleidelijk zijn oog geoefend in het zien van de schoonheid der typische Hollandse stad. In zijn studententijd was hij daaraan nog niet toe geweest; later vond hij Leiden een mooi gebouwde stad, vol erfstukken uit een groot verleden. Het was niet eigenlijk een flinke provinciale stad, wel iets meer. De academie verleende haar statigheid, niet minder dan aanleg en bebouwing, herinnering aan een tijd toen Leiden groter was dan Amsterdam. Van alle Hollandse steden benaderde Leiden de hoofdstad het meest. Leiden had zich nooit in een hoek laten dringen, terend op vergane glorie; het was een levende stad gebleven, levendig overdag, met een glimp zelfs van kosmopolitisme door Indo's, Javanen, Chinezen. En dan de adeldom van zijn grachtpaleizen, stenen geschiedenis, omdat geen stad ter wereld meer in staat is zo te bouwen, – en de ontstellende armoede van sommige buurten die neigt naar de armoede der metropool, meer dan naar die der provinciestad, en die zich in het hart eensklaps oplost in de onvergelijkelijke bizarrerie van de Vrouwencamp waar de beklemdheid overgaat in een glimlach van verbazing. Doch nu was het gemeentebestuur aan het saneren, stellig nodig – alleen, men saneerde hem te veel. Juist liep hij door een buurtje waar de stegen met namen vol galgenhumor waren vervangen door zindelijke, vale arbeidersstraten van nietszeggende doopnaam.

Hugo bereikte spoedig de Oude Vest, dicht bij de plaats waar hij zijn moest, en dadelijk zag hij fel uitstralend licht en hoorde het rumoer van arbeid. Een boot met kisten van de fabriek moest die eigen avond verder en werd gelost in overwerk.

Als winkel had het bedrijf nooit bepaald gunstig gelegen en het was er met de jaren nog op achteruit gegaan, wat de uiteindelijke sluiting van dat deel volkomen rechtvaardigde. Daarentegen lag het er geknipt voor de groothandel, met breed front van opvolgende panden, binnen doorbroken, aan ruim vaarwater. De vrachtwagens die de goederen aanvoerden van de spoorweglodsen, hadden op de kade toereikend speling tot in- en uitrijden. Nu liepen er mannen, van gangboord naar pakhuis, een laag zwaarbeladen wagentje voortduwend. Reeds klonk opnieuw het kort gerel van de lier op het dek; zij zwaaide over en een kist schommelde boven de keien; een man stond ernaast, op wacht.

Hugo betrad de oude percelen. Hij hield even stil in het helderwit licht, hoed op, kraag van regenjas omhoog, een effen grijze gestalte, jong, stevig, met iets gebiedends. Hij was opeens een ander mens, gedelegeerd commissaris. Er scharrelden een paar mannen rond, van de boot, van de affaire. De magazijnchef kwam op hem toe. Hij legde uit dat er een partij houtschroeven en metaalschroeven werd gelost, voorlopig maar hier, in het expeditielokaal. Morgen kreeg alles, ontpakt, zijn juiste plek. Zij stonden neven elkaar de arbeid aan te zien, Hugo met gefronste wenkbrauwen, maar hij zei niets. De mannen wentelden de zware kisten op de hoeken voort tot ze in het gelid waren geplaatst.

'Juffrouw Aga nog hier?'

'Nee, meneer.'

'Niemand?'

'Nee, niemand.'

Hij wist niet of hij daar verheugd om was, of dat het hem speet; hij was het beide.

Hij ging verder; de chef zag hem na. Hij drentelde door het wijde lokaal dat een houten balustrade in tweeën deelde opdat niet de pakkers in eigen ruimte zouden worden gehinderd door langslopers. Het ontving overdag zijn licht van een glazen dak omtrent het midden, en het was een druilerig licht zonder zon, – dat wist hij reeds in de tijd toen hij hier met Johannes was omgedoold en had gespeeld. Hij liep voort; de chef zag zijn grijze figuur langzaam verzwolgen worden door het zwart. Dan blonk in de verte een lichtje op. De gedelegeerd commissaris had de schakelaar op de tast gevonden; de contacten waren hem door het gehele complex bekend. Gelijkvloers lagen de panden op eenzelfde niveau, hoogstens bevond zich hier of daar een verraderlijke dorpel, maar ook daarvan wist hij. Zo wandelde hij door de ene ruimte na de andere, afbuigend dan naar links, dan naar rechts, en steeds stak hij een enkele lamp aan vóór zijn weg. Aldus kwam rond hem een ijl gezaaid flauw stralend gesternte af te hangen van de zolderingen, op ongelijke hoogte, zoals ook de echte sterren hangen. Onder dit uitspansel ging hij om en om. Hij streek langs de donker gebleven hokken voor stro en andere middelen van verpakking; hij boog om de dragende zuilen van steen en van ijzer; hij betrad een langgerekt vertrek aan de binnenplaats, waar de zware goederen plachten te worden aangereden, en waar twee hoge, ouderwetse lessenaars stonden. Daaraan werden de notities staande gemaakt, en voorts kleine artikelen bijeengezocht door klaarmakers. Heel ver weg trof hem ook nu weer, als steeds, een lokaliteit door de vorige gebruiker herbouwd tot schouwkamer, maar nu een opbergplaats van heterogene rommel, van artikelen, onverkoopbaar gebleken en eenmaal stapelsgewijs af te leveren aan de uitdrager omdat men in dit bedrijf geen uitverkoop hield. Toegankelijk over een ijzeren wenteltrap liep een smalle ijzeren galerij langs drie wanden der zaal, en herinnerde even aan een theater. De wenteltrap wond zich nog hoger naar een magazijn, stampvol, maar goed geordend.

De gedelegeerd commissaris ging voort. Hij stond op de open binnenplaats, eens een onregelmatige tuin, nu gladgeplaveid, uitgespaard park voor vrachtwagens, die hier magnifieke armslag hadden. De plavuizen glinsterden onbestemd in het licht dat hij achter zich had gelaten; het was opnieuw heel fijntjes, maar dicht gaan motregenen. Aan zijn rechterhand lag de garage. Vóór hem rezen drie oude pakhuizen, de laatste aanwinst, maar reeds verworven eer hij gedelegeerde was. Hij dacht erover ook daar binnen te gaan, doch de regen weerhield hem. Hij keerde terug. Hij vermeed de winkel.

Hij beklom een der vele trappen, een oude trap, geplakt tegen de wand van een hoog lokaal, en met een wrakke leuning door spijlen geschoord, de hoogste trap van alle, gevaarlijk voor wie aan duizelingen leed, maar hij nam haar graag. En terwijl hij langzaam steeg, raakte het gedelegeerd commissariaat langzaam van hem los, een huid die vervelt. Hij voelde het schier lichamelijk, hij weerstreefde met al zijn kracht van zakenman. De vellen echter glipten weg, en hij stond, uiteindelijk vernieuwd, in een zwakke glans, die van een altijd nieuwe liefde. Hij verloor zijn aanraking met de omgeving niet, want hier vertoonden zich de nukken van de ouderdom in de percelen. Men moest oplettend zijn; hij was het. Het ging nu met trapjes op en omlaag, vaak zelfs was het niveau in één pand ongelijk, voor en achter en terzijde. Overal gaapten verraderlijk de ontoereikend beschermde takelgaten in de bodems, smalle en wijde, waar hij zich zo vaak uit bravoure op de borstwering had gezet, als kind, om met Johannes te praten, uren lang. Hij lette goed op, hij stak aan de hemel van ook dit complex een zwak glorend sterrenbeeld aan, en tevens had hij oog voor wat hem voorbijgleed, de stellingen met goederen, in dozen of blootgelegd. Hij zag het: de stellingen waren vol. Hij liep aldoor verder: hier bevonden zich de gereedschappen voor land- en tuinbouw, daar was een partij zolders ingericht voor het hang- en sluitwerk, sloten, scharnieren, ginds aan de muren stonden in eindeloze reeksen de skeletten van ijzeren dakramen. En hij zag dat het overal vol stond, erg vol, al te vol.

Doch hij vervolgde in wezen nog slechts één doel, of juister: hij vervolgde niet, hij werd vervolgd, gedreven. Hij betrad een zeer oud perceel, een voormalig woonhuis aan de Vest, naast de winkel, – een perceel met huis en achterhuis en pakzolders boven, zoals ook de Amsterdamse koopmanshuizen aanwijzen. Hij betrad het door het achterpand; dan, een trapje op, een allernauwst gangetje door opzij van een donkere lichtkoker, een trapje neer, bereikte hij het voorpand, ongeschonden behoudens de doorbraken naar de belendende bouwsels Het was een rijk herenhuis geweest, niet groot, maar het leek degene die er de deur binnenkwam weids doordat het een volkomen gaaf voorhuis bezat. Men had er dan ook, na de doorbraken, niets aan mogen wijzigen; het stond op de monumentenlijst. Het voorhuis bezat een marmeren vloer, marmeren plint en statig stucwerk in rococo. In het midden van de vloer bevond zich een klein medaillon van geel koperen dunne lijnen, door schijfjes gebroken, voorstellende het zonnesysteem en de dierenriem. Door de voorhene bewoner meest bedekt met een kleed om slijting te keren, lag het nu vrij, want er werd niet gelopen: de vestibule was in onbruik. Een donkere eiken trap steeg in een hoek. Doch het charmantste onderdeel was, daarnaast, aan de achterwand, een klein balkon, inpandig, rondgebogen als de liggende omega in hoofdletter, een geheel van marmer, kolommen, balustrade en al. Twee smalle glazen deuren gaven er toegang toe, zeegroen en goud geverfd.

Niet naar het voorhuis liep Hugo, maar naar de kamer die door deze deuren tot het balkon werd ontsloten. Het was de directiekamer, de kamer van Aga. Hij had al lang opgegeven haar voorkeur voor die kamer te verklaren. Zij was nauw, laag, meer breed dan lang, en lag zo ver van de hartader van het bedrijf, dat het personeel niet afliet van mopperen over de onzinnige weg die het moest gaan. Het kon ook niet wezen dat Aga van hier graag neerkeek in de vestibule, want in de eerste plaats zag men haar op zichzelf slechts door de smalle deuren, vervolgens werd het uitzicht belemmerd door een groot en volgetast bureau met opstand, en eindelijk had zij voor zulk soort dingen weinig oog. De keuze behoorde tot de rijkdom aan onverklaardheden harer persoonlijkheid.

Er moest hier altijd licht branden. Hugo stak de lamp boven het bureau aan. Hij bleef Hugo, en werd toch anders dan Adeline hem kende, mocht ze ook iets vermoeden. Hij werd de minnaar van Aga, minnaar in een zin – zo hield hij zich voor – die overeenkwam met zijn liefde voor de kleine meesters, schoonheidslievend bewonderaar van het kleinste onderdeel van ziel, geest, lichaam, kleding, houding, gebaar en woord, ook van het lelijke onderdeel, het onbeduidende. Immers niets is voor het ware schildersoog lelijk of onbeduidend.

Hij had zonder het te weten zijn hoed afgenomen; hij ging even zitten naast het bureau met zijn baaierd van papieren en schrijfbehoeften. Een stroom as was uitgegoten over een in roze karton gebonden dossier. Een afgedropen kaars stond scheef en wankel in een koperen kandelaar met vlekken van groenspaan en smeer. Op een stuk papier kleefde een staaf lak. Het oud, maar stoer meubelstuk zelf was overal met inkt bespat. Drie kleine stenen pijpjes lagen er verspreid, met as gevuld, één gebroken. Het vertrek was niet rokerig, maar erger, doorrookt. Er waarde iets rond, de geestverschijning, het spook van de tabaksrook. Hij walgde van dit alles. Met zijn hang naar orde en properheid kon hij nauwelijks kijken in de chaotisch opgepropte loketten. Dat schepsel moest weg, weg.

Voor het eerst bevond hij zich hier alleen. En plots herinnerde hij zich een samenzijn in deze kamer. Van de woorden wist hij niets meer; het was lang geleden, uit de eerste tijd van zijn commissariaat. Ze zaten onder een lichtpeer in het laatste stadium, met heel donker goudbruin schijnsel, en die in naaldfijn, droefgeestig geneurie één toon gaf, zonder einde, gelijk een mug tegen het plafond in een doodstilte. Zij beiden spraken toen niet; zij hadden gesproken en Aga hield het hoofd bewegingloos naar hem toegebogen, in de schemering van haar haren. Toen zag hij dat zich op haar gelaat, bij het regelmatig spel der schaduw, een 'patroon' vertoonde, van enkele vage donkere punten of stippen, die zijn oog onwillekeurig verbond zoals het menselijk oog lijnen trekt tussen de sterren van één groep. Aldus kwam op dat gelaat een figuur te liggen die niet misstond, die het integendeel herschiep tot een nieuw gelaat, een enig waar. Onweerstaanbaar rees toen het denkbeeld in hem de 'ziel' van dat gelaat te hebben gezien, voor een ogenblik, bij louter toeval, door de dartelheid van een schaduw, in wezen onschuldig, zoals een spelend kind onwillens onheil sticht. Vooral in het herdenken was hij geschokt, want de aanblik van dat nieuw gelaat kwam hem zeldzaam dreigend voor, onmenselijk. En hij moest een parellel trekken, hij meende, ja vreesde, dat het eenling-tweelingschap van Dr Jekyll en Mr Hyde – een boek toevallig gelezen, toevallig onthouden, want hij hield niet van boeken – voor zijn blik was vertoond, een tastbaarheid geworden, en zonder scheikundige hulpmiddelen tot vervorming. Later lachte hij, naar zijn gewoonte, zich daarom uit. Thans zag hij het weer.

Hij stond op en verliet de kamer, opnieuw gedelegeerde. Hij

stapte vlug door de verlaten lokalen, stelselmatig de lichten achter zich dovend. Met enige huivering dacht hij aan de duisternis die hij schiep achter zijn weerloze rug. Het werkvolk was vertrokken.

EEN BEZOEK

In het bediendenkantoor vroeg hij over de centrale Katwijk aan. Toen stond hij stil te wachten, luisterend naar geluiden uit de oude percelen. Eenmaal dacht hij dat er iemand rondkroop tussen de lessenaars, met zacht geruis. Het was de beweging geweest van zijn eigen regenjas. Hij kreeg spoedig verbinding.

'Hallo!'

Een doffe spreekstem, een zilveren lachje: Luca.

'Hugo hier. Is Aga thuis?'

'Dat weet ik niet. Ik geloof van niet... Moet je haar hebben? Kan ik het soms overbrengen?'

Het klonk aarzelend. Daar werd aan de andere zijde der lijn kennelijk gelogen, en nog onbedreven op de koop toe.

'Nee, dat gaat niet... Ik moet haar persoonlijk spr...'

Opeens een ruk.

'Luca leutert... Ik herken je stem, Hugo. Wat wou je?'

'Jou spreken, vanavond nog als dat kan. Ik bel uit de zaak. Over een kwartier kan ik met de wagen bij je zijn. Het is nu halftien.'

'Goed, kom maar. Tot straks.'

Hugo bleef onkundig van de kleine scène die in de Pluvier volgde. Reeds bij het eerste woord der jongste smolt Luca in tranen.

'En we hadden juist zo op hem zitten afgeven... Ik dacht dat ik je daarmee een dienst...'

'Je hebt niet te denken, jij gek. Wanneer jij denkt, dan loopt de boel pas recht in het honderd.'

'Maar hij kon toch evengoed morgen komen?'

'Morgen? Waarom niet vanavond...? Moet hij soms denken dat we bang voor hem zijn, dat ik hem ontloop?'

Marvédie glimlachte venijnig. Luca schonk zich in godsnaam

nog maar een kop slappe thee. Aga ging boos naar haar kamer. Haar stem kreeg op de trap plotseling de metaalachtige klank.

'Als hij komt kun je hem ineens doorsturen. Ik ben boven.'

Marvédie en Luca bleven in de erkerkamer achter. Marvédie begon wat op te ruimen, Luca zag het aan.

'Laat dat gerust,' zei ze. 'Hij komt toch niet hier.'

Ze kreeg geen antwoord. Marvédie ontstak het gas onder de waterketel. Luca vroeg:

'Wat ga je doen? Thee zetten?'

'Natuurlijk, wat anders, ezel.'

'God kind, maak je niet druk. Ik doe toch een gewone vraag. Wat een soesa, en dan helemaal voor Hugo.'

'Voor Hugo of voor een ander. Wij Valcoogs zijn gastvrij.'

'Ook na halftien?'

'Altijd,' zei Marvédie en ging zitten.

Schouderophalend zweeg Luca, maar de woorden 'wij Valcoogs' hadden toch voor een ogenblik de gezinsband in haar voelbaar gemaakt, al besefte ze het niet recht. Ze zat werkeloos aan de ronde tafel in het midden, loensde tersluiks naar het radioapparaat, had wel zin in een deuntje, doch durfde niet goed, en loosde een bibberende zucht. Terwijl Marvédie het water opschonk gingen Luca's gedachten naar Hugo. Van zaken had ze geen verstand, maar uit los tussen Johannes, Welkom en Aga gewisselde woorden had ze toch begrepen, dat Hugo zich steeds duidelijker als hun tegenstander ontpopte, een commissaris die niet vaak kwam, maar brieven schreef en lastig was. Nu zou hij in persoon verschijnen, stellig waren er moeilijkheden op til. Ze dacht aan haar jeugd. Een echte speelkameraad was Hugo zelden geweest; tegen de wensen van Aga, voor de andere kinderen wet, kantte Hugo zich, en dan gingen hij en Johannes in het Leidse huis al gauw hun eigen gang. Johannes op gezag van Hugo, beiden spelbrekers met een houding van meerderheid, hun kalm wegwandelende ruggen opgenomen in de schemerige perspectieven. Dan werd vaak door een liftgat hun rustig praten van onbepaalbare verte naar haar toegevoerd, zodat zij stil moest staan en luisteren, zonder woorden te kunnen opvangen. Dat waren ogenblikken van ontzag, al verwezenlijkte ze het zich nimmer. Iets griezeligs kon haar bekruipen, nu nog, wanneer ze aan die vage melodieuze stem van Hugo dacht. Ze mocht hem niet, ook om wat anders, dat veel later bij haar bovenkwam en volkomen troebel bleek zodra ze het wilde ontleden, en dat haar toch soms sterk bezig hield. Het had betrekking op Aga, op zijn verhouding tot Aga, – verder kwam het lichte brein niet. Ze hield het soms voor ergernis, wegens de moeilijkheden die hij als commissaris de directie in de weg legde, – maar ze kwam er niet uit, ze haalde alles dooreen. En daarnaast mocht ze Hugo om bepaalde en toch weinig duidelijke redenen heel graag lijden, te graag. In elk geval zou ze blij wezen indien hem nu iets overkwam. Met haar sterke verbeelding – het enige sterke in haar – zag ze het noodlot van Hugo zich voltrekken voor haar ogen, in de auto op de duistere weg tussen Leiden en hier, de kanteling van de wegberm, het vlammenspel, de nutteloze pogingen tot hulpverlening, en de rest. Maar tevens vernam ze het voorrijden aan de tuin, het stilhouden. Want de rumoerige nabijheid van het water had het fijne van haar gehoor niet weggeslepen; integendeel was zij in staat het rumoer volkomen uit te schakelen en de incidentele klank op te vangen, zelfs van grote afstand, een hoedanigheid de meeste kustbewoners eigen. Ze hoorde Hugo eer hij het portier toeklapte, en niettemin schrok ze zwak toen de bel rinkelde.

Zelf opende ze de voordeur; inderdaad stond daar Hugo, glimlachend in zijn grijze jas van een dikke poederregen. En dermate overgevoelig was Luca op dit moment, dat het zeegedruis, dat haar soms dagen achtereen volslagen ontging, eensklaps tot haar doordrong, een geluidsachtergrond van drie eindeloze afmetingen. Er gaat van het menselijk denken zo ontzaglijk veel verloren omdat het, naast de vruchtbaarheid van de inval, niet de kracht van vasthouden bezit, omdat de grote visioenen die ook aan de simpelste hersenen kunnen ontstijgen, zich oplossen aleer zij deugdelijk doordringen tot het bewustzijn. Indien het anders ware zou de schrijver niet bestaan, aangezien dan de mens in zijn eigen ingewikkeldheid een onafzienbare boekenschat zou bezitten waarvan de lectuur eerst eindigt met het eigen levenseinde; en elk tastbaar boek zou plagiaat schijnen. Luca kon het nooit verwoorden, kon het nooit helder uitdenken, maar toen en daar zag zij Hugo staan tegen een achtergrond van tot steen verstevigen geluid, om- en overkoepeld van kalkig steen, in een immense grauwe holle schelp, een vreemd, zeegrijs weekdier door de vloed aangedragen, rechtop voor haar voeten geplant tegen een omhulsel waarvan het zelf de bouwheer was.

Hugo stond de fractie ener seconde stil. Voelde hij hier iets van? Wilde hij haar, de hele woning, doordringen van een onbestemd, te wachten onheil? Zo ja, het scheen aan haar verspild, het scheen in zijn geheel ook zonder zin. Ze liet hem gewoon binnen, niet onvriendelijk; hij trok zijn natte jas uit, en liep op haar aanwijzing dadelijk de trap op naar de kamer van Aga. Ook hier kende hij de weg.

Terwijl Marvédie in de gebruikelijke vorm, maar gedempt, op Luca afgaf omdat zij niet eerst een kop thee had geboden, zij het ook in strijd met het consigne van Aga, klom Hugo langzaam omhoog in het naargeestig trappenhuis dat slecht was verlicht. Hij liep voorzichtig, een beetje tastend. Hij voelde zich volkomen op zijn gemak, voorbereid op elk onderhoud, hoe pijnlijke wending het nemen mocht, en hij was met zichzelf bij voorbaat hoogst tevreden.

Het huis, ofschoon niet zo volkomen vertrouwd als de Leidse percelen, bezat geen geheimen voor hem. Toen de Valcoogs het betrokken hadden was hij er bij zijn eerste bezoek in rondgeleid. Op de kamer van Johannes had hij met deze meermalen geconfereerd en de hoofdboekhouding nageslagen. Eenmaal had hij hier een nacht doorgebracht. Dit was de deur van het vertrek, door Aga voor haarzelf bestemd.

Hij klopte in de diepe schemering op de deur, niet te bescheiden, niet te nadrukkelijk, hij meende met de juiste mate aan geluid. Er kwam geen antwoord. Even raakte hij verward. Maar nee, dit was haar deur. Vergissing bestond niet. Zelfs drong er iets van tabaksgeur in zijn neus.

Terwijl hij de hand ophief ten einde opnieuw, en harder te kloppen werd hij zich bewust van een tactische fout. Hij had zijn binnentreden moeten aankondigen, niet om toelating moeten verzoeken; hij had na zijn klop op de deur onmiddellijk moeten openen. En tegelijk bedacht hij dat haar zwijgen een truc was die hem de mogelijkheid moest doen onderstellen van iets ergs achter die deur, die hem de stilte moest doen herleiden tot een drama. Maar hij was Luca niet, met haar onbeheerste fantasie. Desondanks, zijn onjuist optreden ergerde hem, en meer nog de omstandigheid, dat het denkbeeld van een noodlottigheid, zij het heel even, bij hem had kunnen doorbreken. Hij voelde zich reeds minder zeker. De eerste ronde heeft dat loeder alvast gewonnen, dacht hij, terwijl hij, zonder meer, de deur kalm maar resoluut opende.

En toen hij Aga daar zag zitten, achter het oude cilinderbureau, in slecht licht, in veel rook, in de oude leunstoel, half hem toegewend en hem zwijgend beziende, begreep hij uit een onbedwingbaar gevoel van verademing, dat hij inderdaad iets ergs had ondersteld. Hierdoor kreeg hij echter tegelijk zijn zekerheid terug. Ook wist hij, dat zijn trekken geen aandoening, van welke aard, verrieden.

Terwijl hij haar aankeek en op de tast de deur achter zich sloot zei hij:

'Je had wel eens "binnen" kunnen zeggen.'

Zij reageerde niet, ze wees hem zelfs geen zetel. Ze zat doodstil, scheef in de fauteuil, de linkerelleboog steunend op de leuning, duim en wijsvinger vattend het korte pijpje waaruit ze met kleine puffen bleef roken.

Plotseling werd hij kwaad. Het lag niet in zijn aard, maar een dergelijke onbeschoftheid was onverdraaglijk. Hij liet zich niet behandelen als een schooljongen die voor een standje bij de rector wordt ontboden. Hij keek rond, greep uit een hoek een stoel en plaatste die naast de hare. Maar de stoel was merkwaardig licht, en kwam minder nadrukkelijk op de bodem neer dan hij verwacht had. Onwillekeurig zette hij zich voorzichtig neer; de stoel bleek wrak. Inwendig woedend dacht hij: alweer een truc, om me een gevoel van onveiligheid te geven.

Hij vermeesterde zich ogenblikkelijk, stond op, keerde de stoel om, onderzocht de hechtheid. Dat viel mee, en opeens werd hij ook innerlijk weer kalm, de man die de trap was opgeklommen, en zelfs kreeg hij heimelijk plezier in de bedekte strijd.

'Die houdt dit gesprek nog wel uit,' zei hij glimlachend en zich weer zettend. 'En nu zijn we tenminste op één niveau.'

Aga had zijn bewegingen spottend gevolgd.

'Dat heeft geduurd,' zei ze temend.

En dan:

'Zo, zo... je zegt: op één niveau?'

Hij bezag haar voor het eerst nauwlettend, opmerkzaam geworden door de wankelende stem. Ze was dronken. Haar trekken waren gezwollen, overtogen van een dof roze, haar ogen glansden niet, ze blikkerden. Hij zag een jeneverkruik op de kap van het bureau staan, en een glaasje naast de hand die op het blad rustte. Geheel onvoorbereid hierop was hij niet, want het personeel van de zaak had zich wel eens, in vage woorden, iets tegenover hem laten ontvallen. Toch vond hij dit gezicht stuitend. Hij was nu weer de zakenman, maar hij vond het stuitend. Hij zag daar een stilleven opgesteld dat zijn afkeer wekte omdat het de indruk maakte hier thuis te behoren. De kruik, het glas. Aga, een habituele drinkster die zich op haar kamer benevelde. Of was dit wellicht een derde truc, een truc waarvan hem de bedoeling ontging? Mogelijk, en toch nooit geheel, want wat hij hier opmerkte sloot aan bij de geruchten omtrent haar in omloop.

Aga had zijn blik gevolgd.

'Ook eens proeven? Maar dan moet je niet vies van me zijn. Ik heb maar één glas.'

Zijn scherp verstand ontleedde de woorden. Eén glas: zij dronk dus inderdaad in eenzaamheid, voor eigen genoegen. Maar haar stem klonk reeds iets vaster.

Hij weigerde.

'Nee, merci... En om nu maar dadelijk tot de zaak te komen... het is geen prettig bezoek dat ik breng, maar...'

De buitendeur sloeg dicht. Aga legde zacht haar hand op zijn arm en onderbrak zijn woorden.

'Dat is Joziasse die weggaat.'

Joziasse was de hulpboekhouder.

Indien Hugo door de trucs of wat hij daarvoor hield zich al ietwat uit zijn evenwicht voelde, indien hij al zijn vaststelling van het gelijke niveau achteraf onhandig en te doorzichtig oordeelde, – ditmaal beging in zijn ogen Aga een stellige fout. Het kon enkel loslippigheid van haar zijn, het gaf hem met dat al een uitmuntend aanknopingspunt.

'Juist,' zei hij, 'Joziasse. Dat is één van de dingen die me in onze zaak niet bevallen. Ik heb het je al dikwijls gezegd, Aga. Johannes hoort met zijn boeken in Leiden en niet hier. Dat heen en weer trekken van Joziasse kost de zaak enorm veel tijd, en als hij daarginds in Leiden blijft en Johannes hier in Katwijk, dan kost het de zaak enorm veel aan interlokale gesprekken.'

'Niet waar. Alles wat van hieruit gebeld wordt is voor onze privé-rekening.'

'Ja, maar niet wat er vanuit Leiden gebeld moet worden... Enfin, ook zonder dat is het een wantoestand.'

Aga haalde onverschillig haar schouders op, klopte het pijpje leeg, legde het neer en dronk het restant uit haar glaasje. Hugo, achterover in zijn wrakke stoel, rustig, met een gevoel van zekerheid, bijna van meerderheid, omdat hij wist dat zijn gezicht volkomen uitdrukkingloos was en zijn stem effen, kreeg met langzaam gebaar zijn koker. Hij stak op, maar zij wilde niet meer roken.

'Een wantoestand,' herhaalde hij in de eerste wolk. 'En zo zijn er meer.'

Aga keek snel in het licht en dan hem weer aan. Ze scheen ondanks de nieuwe dronk helderder geworden, en de seconde dat het licht op haar gelaat viel was het schoon geweest. Een bestudeerde beweging? Hij liet zich niet meer overbluffen; die tijd was voorbij. En toch verheugde het hem dat zij niet lang die stand van het hoofd had volgehouden. Hij kon zich bij haar zo vervloekt twijfelmoedig voelen. Maar goddank, hij gaf zich niet bloot.

'Ik weet het,' zei ze. 'Je hoeft heus niet het rijtje af te draaien. De laatste balans ongunstig. De magazijnen vol. Je hebt je daar zeker nog van overtuigd voordat je hier kwam... Maar Hugo, geloof me, het ligt alleen aan de tijd. Je kunt geen betere inkoper hebben dan Welkom. Hij doet voor vader niet onder. En de reizigers zijn ijverig genoeg. Maar de hele wereld zit nog in een crisis. En overal komt het geld slecht binnen.'

'Ik ben het niet met je eens. Ik sprak een paar dagen geleden in Rotterdam, op de metaalbeurs, met Beudeker. Die was erg tevreden.'

'Die concurrent kletst. En jij laat je al heel gemakkelijk in de luren leggen. Dat is niets dan reclame van die vent. Als je nu praat van een zaak die zo rot is als een mispel, dan moet je Beudeker noemen.'

Haar autoritaire toon, haar ruwe woorden, haar vergelijking van hem met een kind in de windselen wekten zijn wrevel.

'Ik ben het niet met je eens,' herhaalde hij. 'Maar enfin, het is bijzaak. Hoofdzaak is dat ik als gedelegeerde hier ook wat te zeggen heb. En dan ben ik ook nog een groot aandeelhouder, en dan heb ik ook nog op te komen voor de belangen van anderen.'

Aga lachte luid en spottend.

'Dacht je dat ik het niet allang begrepen had, met al die overdrachten van aandelen de laatste maanden?... Maar Hugo, ik snap één ding niet. We kennen elkaar al vanaf de tijd dat we kinderen waren. Kom jong, maak van je hart toch geen moordkuil en zeg ronduit dat je me er uit wilt trappen.'

Hugo bleef onbewogen. Hij trok de wenkbrauwen nog iets meer op; hij wist dat hij voortreffelijk slaperig keek en dat zijn stem tegelijk vast klonk en licht muzikaal. Hij wist dat hij nu iets ondoorgrondelijks vertoonde, en, hoewel hij zich ervan bewust was in haar een onverschrokken tegenpartij te hebben, vertrouwde hij erop indruk te zullen maken.

'Helemaal niet. Maar in de zaak zoals ze er nu bijstaat wil ik niet langer blijven, en dat hoef ik ook niet. Ik eis... begrijp me goed, Aga, ik eis absoluut dat de hoofdboeken weer naar Leiden gaan. En dan wil ik directeur worden, naast jou.'

'Over het eerste zou te praten zijn, daarin heb je niet helemaal ongelijk, al overdrijf je. Maar het tweede – onmogelijk.'

'Waarom?'

'Omdat jij geen klap verstand hebt van de zaak. En bovendien ligt zoiets jou niet. Dat merken we al aan je commissariaat. We zien je als gedelegeerde eigenlijk veel te weinig. Niet dat ik er rouwig om ben. Want die brieven met bezwaren, die je me telkens stuurt, raken kant noch wal.'

'Je bent onnodig hatelijk, maar je pijlen treffen geen doel.'

'Ik ben waar. Jouw zaken zijn van een heel ander soort. Om zo'n bedrijf te leiden als het onze moet je ermee zijn opgegroeid, zoals Welkom en ik. En zelfs Johannes, hoor je goed?, zelfs Johannes zou als directeur nog stukken beter zijn dan jij.'

'Je bent heerszuchtig, Aga. Je kunt niemand naast je velen, dat is het.'

'Ook mogelijk,' antwoordde ze droog.

'Goed, laten we er niet meer over praten. Maar ik heb nog een ander voorstel.'

'Hm... welk?'

'Je neemt mijn aandelen en die waar ik voor opkom over. Ik zal niet te veel vragen, maar, me dunkt, de nominale waarde...'

Aga trok een lade van het bureau open, en rommelde in de paperassen.

'Heb je een blazertje?' vroeg ze.

Ze stond op en hield het papier onder de lamp, het hoofd ietwat weggebogen voor de rook der sigaret die achteloos in haar mondhoek hing.

Ze was gedrongen en klein, maar kleiner dan anders. Ze had zich ook zonder gerucht bewogen. Neerkijkend zag hij dat ze op haar kousen liep. Haar schoenen stonden onder de leunstoel. Ze wankelde niet, doodstil lezend. Hij bewonderde zijns ondanks de kleine, stevige, sierlijke voet met de hoge welving der wreef. Waarom moest zij dat lelijke schoeisel dragen, waarom moest zij zich zo slordig kleden of zich zo toetakelen, – nooit een echte dame als Adeline? Hij zag het ongeduldig spel der tenen onder het lichaam dat vast stond, onbewogen. Ze borg het papier op en ging weer zitten.

'Dat was de lijst van de aandeelhouders bijgewerkt tot het laatste toe. Je denkt dat je er komt?'

'Ik kan me als tweede directeur naast je laten benoemen. Ik kan ook, als het beslist moet...'

Hij maakte de zin opzettelijk niet af. En hij gooide het over de boeg der gemoedelijkheid.

'Kom, Aga, we hoeven toch niet als vijanden tegenover elkaar te staan? Waarom?'

Haar blik werd van een aard die hij nog niet kende.

'Vijanden?' herhaalde ze dromerig. 'Geen vijanden... Ik ben jouw vijandin niet, en jij bent niet mijn vijand. Maar er is één ding: je verbeeldt je dat je mijn vijand bent. En dat verbeeld je je, dat moet je je verbeelden omdat...'

Haar oog, plotseling helder en ernstig, vestigde zich op hem met een volle, ronde luister. Hij voelde zich betrapt, en een zwakke, gelijkmatige blos kleurde zijn wangen, zijn voorhoofd. Nog intijds bedwong hij de neiging op te staan en te vertrekken, wat haar pas recht in het gelijk zou hebben gesteld. Mogelijk ried ze iets van zijn opwelling; ze gaf er evenwel geen blijk van.

'Maar ik verbeeld me niet dat ik jouw vijandin ben. En toch heb ik een vijand, maar een ander dan jou, o een heel andere vijand heb ik, Hugo. Als je eens wist wie dat was...'

Hij zag de sleutel niet die ze hem in deze woorden, zij het met innerlijk verzet, reikte. Het blijft ook de vraag of hij daarmee het slot tot haar ziel had kunnen vinden. In elk geval misduidde hij het gesprokene. Hoe scherp van aandacht voor elk woord van haar, elke klank, elke ademtocht, beging hij een vergissing.

Hij keek onwillekeurig naar de kruik, toen naar het glas. Hij zag haar op haar beurt blozen, en dacht te zegevieren. Evenwel was het een blos van toorn. Vlak daarop glimlachte ze en, de hand uitstekend naar de kruik, zei ze:

'Dat is mijn vriend.'

Hij sprong op en greep haar pols.

'Aga, laat dat.'

Met haar sterke vingers maakte ze kalm haar arm vrij, bijna verachtelijk.

'Je hebt hier niets te commanderen.'

'Bekijk je het zo? Mij goed.'

Hij doofde de sigaret in het bakje en zich bij de deur omkerend zei hij:

'Denk over mijn voorstel nog eens na. Het heeft geen haast. Gegroet.'

OM DE RONDE TAFEL

Heel langzaam ging Hugo de trap omlaag. Zijn voeten maakten geen geluid; een enkele trede kraakte nochtans zwak. Het was alom zeer stil in het schemerige huis, en het enige wat hij vernam, langs een open trapraampje gaande, was het ruisen van de zee. Een fijne jacht van motregen drong erdoor naar binnen en bepoederde hem heel even. Er lag daar een donkere plek op de loper.
    Hij ging langs de kamer van Johannes. Hij kende die kamer, groot en hoog, waarvan de vloer als het ware zweefde tussen begane grond en eerste verdieping. De kamer lag boven de lage vestibule en enige aangrenzende zeer diepe kasten. Hij hield geen halt. Het was zijn plan nu zonder meer te vertrekken.
    Terwijl hij daalde kwam het hem voor dat zijn gedachten gestuwd waren in een kelder, en, daaronder, in een onderkelder. Een stenen gewelf had zijn schedel horizontaal in tweeën gedeeld. In de eerste kelder lagen de goederen, aangenaam voor het oog. Daar was zijn voorstel om mededirecteur te worden, dat zij beslist van de hand had gewezen; het strookte met zijn verwachting. Daar was zijn aanbod van overname, dat zij overeenkomstig zijn voorzienigheid eveneens had afgewimpeld. En zo mogelijk nog beslister, want ze had er geen woord aan verspild, ze had onmiddellijk de lijst van aandeelhouders gegrepen. Daar was dus voorts de aanstaande strijd die hij zocht, en waarin hij hoopte te overwinnen. 'Je denkt dat je er komt?' had ze gevraagd. Hij dacht het stellig, en in zijn oppervlakkig gevoel van geslaagd zijn in het tweegesprek was hij van de overwinning op de vergadering meteen zeker.
    Maar daaronder lag heel andere koopwaar, en hij stond wantrouwend door het kelderluik neer te kijken op artikelen die hij moeilijk kon bepalen, maar die hem reeds op het oog niet bevielen.

Niets van haar uitlatingen was hem ontgaan, want daarvoor waren ze nu eenmaal Aga en Hugo. Ze had zeurderig gevraagd of ze zich op één niveau bevonden, en die toon bracht hem tot de ontdekking van haar dronkenschap. Maar nu, wat stak er achter deze woorden? Was zij op een hoger niveau? En thans lag daar, vlak ernaast, andere waar, baal nummer twee. Haar raadplegen van de lijst van aandeelhouders, was dat mogelijk het gebaar van iemand die zich zeker voelt en zich dus durft blootgeven? Want hij, Hugo, was ook zeker, bovenop was hij zeker, en diep-in was hij het geenszins. Kon zij niet nog van alles uitspelen en stemmen werven? Pal daartegenaan lag baal drie. Wat zou ze nog verder ondernemen, met de wetenschap van verlies, met het vooruitzicht aan de dijk te worden gezet, – wat zou ze nog verder ondernemen? Ze kon als directrice het hele bedrijf te gronde richten in de weken die haar van de afzetting scheidden, ze kon hem, nieuwe directeur, een affaire presenteren zonder inhoud, een leeggeblazen eierschaal. En dan lag daar, afzonderlijk, het bedenkelijkst artikel. Het was niet dat zij een vijand had. Dat kon hem op dit ogenblik geen lor schelen; voor zijn part had ze er duizend, hoe meer hoe liever. Maar wat had dat te betekenen, dat hij zich verbeeldde, dat hij zich móést verbeelden haar vijand te zijn? Waarom moest hij zich dat verbeelden? Het kon een toespeling wezen op Adeline die niet van Aga hield. Dat voelde Aga natuurlijk, en zo meende zij wellicht dat hij verplicht was de opvatting van zijn meisje te delen. De slotsom bevredigde hem niet; zij was ouderwets, zij wees op benepenheid, en, wat men Aga mocht verwijten, niet dat. Toch had hij het gevoel dat hij althans hierover met zichzelf in het reine moest komen, ogenblikkelijk. En eensklaps vond hij de verklaring. Hoe doodeenvoudig! Hij moest zich vijandschap inbeelden omdat hij de zaak wilde binnenhalen, hij kon niet slagen tenzij hij in haar, Aga, een vijandin zag. Juist, volkomen juist door haar gezien. Hij had heel niet hoeven blozen, en gelukkig ook niet erg gebloosd, daarenboven waarschijnlijk onopgemerkt.

Hij was nu beneden aangekomen. Hij had dit alles overdacht terwijl hij de trap afliep. Want een der merkwaardigste eigenschappen van de menselijke hersenen is het vermogen om met een snelheid als van het licht te denken en hele reeksen beelden op de roepen, die zich stuk voor stuk kenmerken door de grootste scherpte van lijn en helderheid van kleur. Dat weet ons onder meer de drenkeling te vertellen die op het nippertje werd gered en in wie dit vermogen zich met maximale prestatie openbaarde. Het woord gaat, daarbij vergeleken, de gang der slak.

Bij het reiken naar zijn regenjas maakte Hugo enig onbedoeld gerucht aan de kapstok. Hij beet op zijn lip, hoorde gestommel in de erkerkamer, zag de deur opengaan, en Marvédie stond voor hem.

'Dag Hugo. Kom even binnen. Ik heb nog thee.'

Hij aarzelde zichtbaar.

'Ze is expres voor je gezet.'

Weer gingen zijn gedachten met grote snelheid. Het aannemen van de uitnodiging streed tegen zijn plan. De zaak was afgedaan. Maar dat het heiligdom der erkerkamer – want dat wist hij – voor hem, tegenstander, werd ontsloten, zij het ook door een stommiteit van Marvédie, gaf een gepeperde wending aan het geval die hij zich niet moest laten ontglippen. Aga zou zich wel niet vertonen, en, kwam ze, zoveel te beter. De oplossing van 'het vraagstuk der verbeelde vijandschap' had hem zijn zelfvertrouwen volledig teruggegeven. Wat hem betrof mochten ze alle vijf verschijnen en zijn plannen kennen. Hij kreeg een ontzaglijk gevoel van schik in de situatie. Hoe ingewikkelder, des te beter. Hij toonde niets.

'Graag,' zei hij. 'Een ogenblikje dan.'

Hij trad binnen. En zoals hij daar binnentrad had hij meer en beter publiek verdiend dan van deze beide oude meisjes. Zelfbewust, haast waardig, kalm maar zonder pose liep hij en stond dan even. Want hij had gereisd van de vroege morgen af, schilderijen gezien, gewinkeld, geborreld, en zwaar, zaken gedaan, in de regen gereden, de oude percelen doorkruist, een onderhoud – en welk een! – met Aga gehad, – en er was van dat alles niets aan hem te bespeuren. Zijn gezicht, gezond bleek, vertoonde geen enkele trek van vermoeienis, zijn das zat onberispelijk, zijn kostuum sloot volmaakt, zijn donkerbruine schoenen blonken zonder stof of spet, toch niet te zeer, zijn handen met slechts de dunne gouden verlovingsring waren volkomen zuiver, in zijn borstzak was de grijze pochette precies even ver zichtbaar als die ochtend vroeg. Enkele pareltjes op zijn schouder van de motregen uit het raampje, – dat was al.

Luca was bij zijn binnenkomen wat schutterig en met een lachje opgerezen; ze ging weer zitten en hij tegenover haar. Marvédie bleef kalm. Ze zette zwijgend een kop thee voor hem neer, en daar hij na de bonte dag dorst had dronk hij dadelijk. De thee, van uitstekende kwaliteit, verkwikte hem. Een woord van lof hield hij terug.

'Maar dat is Engelse methode,' zei hij, wijzend op het blad der ronde tafel, van gepolijst mahonie, niet door een kleed bedekt, met slechts in het midden een doekje van kant, waarop een vaas rode rozen.

'En een mooie tafel is het ook,' vervolgde hij. 'Een nieuwe aanwinst, als ik vragen mag?'

'Nee,' zei Marvédie, 'maar vroeger lag er een kleed over. Zo komt het beter uit.'

'Een idee van mij,' verklaarde Luca.

In Hugo's oor klonk haar toon als van een kind dat verwacht geprezen te worden. Hij ging er niet op in.

'Eén poot?' vroeg hij.

Tegelijk bukte hij zich. Hij zag dat de zware, gebeeldhouwde, wijd spreidende kolom werd geflankeerd door twee paar magere meisjesbenen en rechtte zich snel. Hij keek de kamer voorzichtig rond. In de ruime erker waren de gordijnen neer; een rij vetplanten en cacteeën stond op de kozijnen, en een tweede boeket rozen op een tafeltje.

Het was een doodgewone kamer, nu Aga ontbrak. Hij wilde niet te veel om zich heen zien, bevreesd de opmerking uit te lokken dat hij hier in lang niet geweest was, of iets van dien aard. Recht over hem, aan weerskanten van het buffet, hingen de grote fotografische portretten der ouders, en zijn ogen vestigden zich daarop onwillekeurig. De ouders van Aga. De vrouw bezat wel iets waardigs, een klein, maar krachtig gezicht, een dunne, koel gesloten mond. De man was vreemder, met de glasachtige blik en het zichtbare oor zonder lel. De ouders ook van deze beide meisjes. En terwijl het gesprekje met dezelfde algemeenheden, maar niet hortend, voortsukkelde, kreeg hij meer belangstelling in het tweetal dat over hem zijn thee dronk en blijkbaar genoot. Welke tegenstellingen bij zoveel onbeduidendheid. Marvédie zag in het lamplicht zo wit als een duif boven haar vissengezicht. Wat was ze eigenlijk, blond of grijs? Hoe kon dit gestaltetje, allerdufst armoedig behangen, zich op straat plotseling ontpoppen tot een behaagziek en sierlijk dametje? En Luca, met het troebele loensen, de zwakke tanden, het velerlei onfrisse – o wee, de klamme hand die hem straks weer knijpen zou – het geschulpt roze schortje als van een deerne uit 1900, op een Franse boulevard, en de snit van het profiel zo zuiver als een camee. Nee, onbeduidend was niet het woord. De kinderen van deze ouders, de broers en zusters van Aga, konden niet onbeduidend wezen. Maar de kamer was met hen niet vol, niet af; hij wachtte de kleinste, die haar vullen zou. Toen trad Johannes binnen, met de plechtstatigheid die hem in het bloed zat, waarmede hij zelfs in zijn bed stapte. Hij boog, eer hij de hand reikte, voor Hugo, zoals hij boog voor ieder. Hij ook ging aan tafel zitten, weigerde te drinken, en nam deel aan het gesprek.

Hij had geconfereerd met de hulpboekhouder Joziasse, een sigaretje gerookt, en bij weggeschoven vitrage naar buiten gestaard, mijmerend, en niets kunnende zien dan een enkele lamp op de strandweg, omsluierd van motregen. Hij zag ook de auto van Hugo voor het hek; die was dus nog niet vertrokken; hij kon bij Aga zijn, hij kon ook beneden zijn. In elk geval betekende zijn komst niet veel goeds, en Johannes ging moeilijkheden graag uit de weg. Maar, al was Johannes volmaakt tevreden met zijn installatie hier, zo trok hem op de duur de erkerkamer toch te zeer, en hij ging naar beneden, niet verrast daar Hugo te treffen, tevens licht pijnlijk aangedaan omdat Aga ontbrak.

Johannes was langzaam in zijn denken, en tegelijk iemand van methode. Hij begon met Hugo op te nemen, met een zo verfijnde achterdocht in het oog dat zijzelve niet waarneembaar was, slechts haar schaduw. En hij zag in het oog van Hugo eenzelfde schaduw als een spiegelbeeld van de zijne. Hij besefte dat hij het alleen daarom kon zien omdat zij beiden mannen waren van meer dan gewone geestelijke ontwikkeling.

Hij zag andere overeenkomst: de wittige, dikke, aan uitdrukking arme gelaatstrekken die zoveel verborgen, de perfecte kleding zonder verwijfdheid, de beheerstheid van stand en gebaar. Hij hoorde de overeenkomst der aangename stemmen (die van Hugo bezat toch meer melodie); hij wist de overeenkomst der speelse verbeeldingskracht. Waarlijk, zij waren voorbestemd tot vrienden, en thans van elkaar afgegroeid tot heimelijke vijanden.

En waar hij verschil zag, zag hij tevens compensatie. Hugo's haardos was dicht, maar grof van grein, Johannes was kaal, maar van een indrukwekkende kaalheid; bij de een paste het ene, bij de ander het andere. Hij onderschatte Hugo niet, hij stelde hem ook niet te hoog. Hugo's merkwaardig slaperig oog kon eensklaps boren; daarin toonde het meesterschap; dat van Johannes was minder sterk, doch voortdurend sprekend, met het spel van het zware, blanke lid, dat zijn grijs gaarne halverwege toedekte.

Hugo's bouw was evenredig maar ruw van botten; het vlees van Johannes was ontegenzeggelijk minder fraai aangebracht, doch het sloot de schat in van edeler gebeente. En terwijl hij dit alles in volmaakte rustige ernst tegen elkaar afwoog, meende hij dat zelfs in zijn dynamiek, overigens prachtig verborgen achter geveinsde vadsigheid, Hugo hem niet overtroefde, dat integendeel Hugo daarmede offerde aan de eeuw, en dat hij, Johannes, hem in levenshouding gelijkwaardig was (zo hij al niet boven hem uitsteeg) door de wézenlijke vadsigheid die is van alle tijden.

'Maakt Adeline het goed?' vroeg hij beleefd.

Want hij zou over de zaken niet eigener beweging beginnen, ofschoon hij thans, naar zijn methode, zich de vraag stelde wat het onderhoud met Aga beduidde, wat het had opgeleverd, waarom zij boven bleef, waarom Hugo nog niet was vertrokken.

Middelerwijl bleef Hugo zitten. Hij nam nog een tweede kop thee. Zijn denken had zich al lang van het gesprek losgemaakt. Met Johannes verscheen een nieuw element in de erkerkamer, een merkwaardig element, dat gaf hij zich ronduit toe. De kamer was nu opeens veel voller. In Marvédie stelde hij toch eigenlijk geen belang, en Luca boeide hem slechts als een tweelingzuster die de wederhelft nooit aankondigde, maar haar verschijnen immer tot een verrassing maakte. Ja, hij bleef. Mogelijk dook Aga nog op, mogelijk kwamen zij tot een zakelijke slotsom. En terwijl hij dit dacht, wist hij dat hij zich een rad voor ogen draaide, dat hij volstrekt niet daarom bleef. Even trok hij de hoge wenkbrauw korzelig neer, maar hij rees niet van zijn stoel. Hij zag zichzelf zitten, in deze kamer, aan deze ronde tafel, hij keek buiten in de motregen door de kierende gordijnen en zag het stil gezelschap van wonderlijke mensen onder de lamp. Daar moest langs heel de boulevard geen verzameling te vinden zijn gelijk deze. Zijn gedachten zwierven al verder, naar het noorden, als met insectenpoten tastend aan de ruiten der huizen, met bolle ogen ziend in veel licht, of in schemering, of door een kier, of in nachtdonker. Eindelijk hielden zij halt waar de strandweg van zee afbuigt door de uiterste duinen en daalt naar de sluizen, waar enige eigenaardige villa's staan, wit of gelig, daterend uit een tijd toen zulk een bouworde buitensporig was. Nu waren ze al ouderwets, en lelijk waren ze ook en altijd geweest, maar tevens groot en ruim. Ze leken stevig; ze hadden zoals ook deze, elk een naam. In een daarvan, de grootste, wilde hij wel met Adeline wonen, niet ver van Aga.

'Je had daarnet Joziasse bij je?' vroeg hij aan Johannes.

'Inderdaad.'

'Ja, Aga vertelde het me al.'

Hij bemerkte dat thans voor het eerst hier haar naam werd genoemd, en dat hijzelf de noemer was.

'Ik heb het niet zo erg op die Joziasse begrepen,' ging hij door.

'Waarom niet? De man is niet onbekwaam en doet zijn plicht.' Wijselijk verzweeg Johannes dat Joziasse overuren maakte in de avonden waarop hij te Katwijk zijn moest. Dat wist Hugo trouwens ook; maar één geluk: de man had er nooit een cent extra om gevraagd.

'Met joden moet je altijd oppassen.'

'Hij is geen jood. Zijn vader is een christen.'

'Een halve jood dus.'

'Als je het zo noemen wilt. Vroeger kenden wij Nederlanders dat begrip niet.'

'Alle import uit Duitsland is nog niet verkeerd.'

'Dit vind ik in elk geval ongenietbaar.'

Zat Johannes, zo vroeg Hugo zich af, hier nu een prosemitisme te verdedigen, of door het behoud van Joziasse zijn eigen luie leventje? Hij zei nuchter:

'Zo fel heb ik je nog niet gekend.'

Johannes glimlachte.

'Fel? O, nee. Ik maak me zelden druk, en zeker niet over iets als dit. Het antisemitisme is niets dan een mode, zoals lange rokken voor vrouwen. Die dragen ze jaren achter elkaar, en dan opeens vinden ze er geen plezier meer in, en dragen ze korte rokken. En dan later komen de lange rokken toch weer voor de dag.'

Luca deed haar korte lachje horen, en zelfs Marvédie meesmuilde. De woorden van Johannes gaven Hugo een nieuw gezichtspunt. Hij was meer tegen de joden gekant dan hij tegenover Adeline erkende, al kon hij haar daarmee niet misleiden. Maar er stak een grond van waarheid in de bewering van Johannes, die althans hemzelf bijzonder raak bleek te hebben gepeild, zij het wellicht toevallig. Hugo vond dat iets van antisemitisme, aangelengd, naar vaderlandse traditie, met erkenning ook van het goede in de jood, gekleed stond in deze tijd, en een bescheiden reclame voor zijn eigen persoon beduidde, – tenminste in de zakenkringen waarin hij verkeerde. Nu werd het intussen noodzakelijk op te stappen. Hij kon hier niet eeuwig blijven plakken. Aga kwam stellig niet zolang hij er nog was.

'In elk geval zou ik een oogje op die Joziasse houden,' zei hij. 'Jood of halfjood of geen jood, hij heeft me nooit erg bevallen.'

Er was een nieuwe wagen voorgereden, minder geolied dan de zijne. De huisdeur werd met een slag dichtgeworpen. Hugo had reeds de beweging willen maken van opstaan. Het kwakken met de deur deed hem op zijn plaats blijven.

OM DE RONDE TAFEL

Hij kon niet alleen snel denken, ook snel achtereen verschillende richtingen uit. Hij wist dat degeen die daar in een luidruchtige wagen kwam aangereden, het slot met eigen sleutel opende en duidelijk blijken van zijn intrede gaf, geen ander zijn kon dan Welkom. Tevens overdacht hij de omtrent Joziasse gesproken woorden. Hij had voor antisemiet willen doorgaan, zonder twijfel, maar bovendien een lichtelijk onaangename sfeer willen kweken, wetend dat niemand in dit huis zijn opvattingen zou delen. Voor het kweken van zulk een stemming bestonden weer verschillende gronden, waarop hij thans niet te diep wou ingaan. Belangrijker was op dit ogenblik dat de handelsreizigersjovialiteit van Welkom de stemming zou kunnen doen opfleuren, wat hem weinig gevallig was. Maar ook kon Welkom ontmoedigd wezen. Hij had, de beleefdheid daarlatend – want Welkom was toch maar een ondergeschikte, in betrekkelijke zin ook *zijn* ondergeschikte – hij had zeer goed kunnen opstappen. Een gewichtige overweging deed hem blijven. Het kon nauwelijks toeval zijn: Welkom, ongeregeld en zelden thuis, nu óók aanwezig. Het stond meteen voor hem vast dat hij Aga straks zien zou.

Welkom bleek lang niet zo uitbundig als normaal. Hij had aan de andere auto Hugo's tegenwoordigheid vastgesteld. Hij kwam van Alkmaar, doch de victorie was voor hem daar allerminst begonnen en terwijl de affaire vol stond met goederen waarnaar plotseling weinig vraag was had hij daarginds juist niet dat op de kop kunnen tikken waaraan zij dringend behoefte had, en dat er naar zijn berekening moest zijn. De Alkmaarse importeur, een oude relatie van De Leydsche IJzerhandel, was zo openhartig hem te vertellen dat zijn hele stock van dat bewuste artikel kort te voren was overgenomen door een concurrent van de Valcoogs, die twee tussenpersonen had gestuurd en contant betaald. Dat hier een manipulatie achter stak van Hugo kon Welkom niet weten, want de transactie was tot stand gekomen langs listige omwegen. Hugo zag met een enkele oogopslag op Welkom dat zijn toeleg met het prachtige, vrijwel geruisloze kamerdeurslot was gelukt.

'En?' vroeg hij, toen Welkom in de kring zat.

Want hij wist niet alleen van de reis af, hij had daartoe ook aangezet.

'Mis,' antwoordde Welkom, en vertelde in het kort zijn wedervaren.

'Had dan geprobeerd telefonisch af te sluiten,' zei Hugo met opzettelijke naïviteit.

Welkom toonde voor het moment iets van meerderheid.

'Nee man, zoiets doe je niet per telefoon af. Het was gloednieuw; haast niemand wist er nog van, maar een paar onbekende krengen zijn me toch voor geweest. Die waren er al een week eerder... En dat slot, ik heb het gezien, om te kwijlen, en betrekkelijk niet eens duur.'

'Dan was ik er toch voor een volgende keer op gaan zitten,' zei Hugo die beter wist. 'Heb je dat niet gedaan?'

Welkom stak lusteloos de brand in zijn pijp.

'O natuurlijk, die kerel zal me een tip geven als hij een partij voor me kan vrijmaken. Maar voorlopig is daar geen kijk op. De Engelse fabriek is zuinig met afleveren en die twee pestkoppen hebben beslag gelegd op de eerstvolgende zendingen. En dan zijn er nog meer kapers op de kust. Nee, zoals ik het nu zie, zijn we voorlopig nog lang niet aan bod.'

Ook van die andere kapers wist Hugo af.

'Maar,' zei Welkom, 'ik moest toch in de buurt wezen, en een beetje zaken heb ik kunnen doen. Mijn reis was niet helemaal vergeefs. Maar dat, dat... kerel, wat is dat eeuwig jammer.'

'Met Ant Bessenboel goed?' vroeg Hugo zonder overgang.

'Dank je. Gemeen als altijd.'

'En de kinderen?'

'Nog geen kiezers.'

Hij zuchtte en zweeg een paar tellen.

'En nog geen kiezen ook, maar ze staan op doorkomen. Een geblèr van de andere wereld. Ik kom er net vandaan, en ik heb benen gemaakt. Maar ik ben de hele zooi beu, alles... Wie van jullie geeft me een kop thee? Ant had als gewoonlijk weer niets.'

Terwijl Marvédie hem het grondsop schonk, ging hij breed achterover leunen, de reus in hun midden nu hij zat, en toch de kamer naar Hugo's indruk slechts weinig bijvullend.

Vlak daarop was zij vol, overvol. Aga verscheen, somber, maar volkomen helder.

'Zo, ben je er nog?' vroeg ze Hugo. 'Een verrassing.'

Haar sarcasme kondigde de oorlog aan. Het kwam er desondanks niet aanstonds toe. Ze liep naar de erker, en Hugo zag de kleine, forse, gedrongen gestalte, thans behoorlijk, maar lelijk geschoeid, zich buigen over de boeket theerozen en de geur opsnuiven met duidelijke wellust. Het duurde lang, maar het kon hem niet te lang duren. Iets van het profiel bleef zichtbaar. Ze heeft magnifiek haar, dacht hij, het is anders, maar het doet voor dat van Adeline niet onder.

'Zet die bloemen in de keuken,' gebood Aga. 'Hier verleppen ze. Ook die op tafel.'

Achteloos wees ze achter zich naar de rode rozen op het middenkleedje. Marvédie gehoorzaamde. Aga schoof aan, op de plek voor haar opengelaten, haar plek, en in de leunstoel van haar vader, de enige aan tafel, haar stoel. Ze zaten er nu met hun zessen. Dat van de rozen doet zij opzettelijk, dacht Hugo, dan heeft ze een vrij gezicht op ons.

'Het lijkt me beter om het even uit te praten,' zei hij. 'Wij zijn nu hier bij elkaar. Misschien komen we nog tot een ander besluit.'

'Welkom, hoe was je reis?' vroeg Aga scherp.

Hugo bleef kalm.

'Dat kan, dunkt me, wachten.'

'Nee, dat kan het niet.'

'Wat ik zeggen wil raakt ons allemaal.'

'Wat Welkom te vertellen heeft raakt ons misschien ook allemaal.'

'Hoor eens Aga, ik geloof, dat ik als gedelegeerd commissaris...'

'Je bent hier niet op een vergadering.'

Hugo, steeds kalm, maar inwendig geamuseerd, boog licht.

'Je opmerking is juist. Ik ben hier gast.'

'Nu Welkom, draai af', zei Aga ongeduldig.

'Dat weet je al,' antwoordde Welkom ietwat benepen. 'Ik heb je vanmiddag alles door de telefoon verteld.'

Kranige duvel, dacht Hugo, ze heeft er daarnet niets van laten doorschemeren, toen we samen waren.

'En Welkom had zeker de instructie dadelijk te bellen zodra hij wist dat het mis was?' vroeg hij, in eigen oren iets te zoetsappig.

Aga wendde zich tot hem.

'Precies, zodra hij wist dat het mis was. Maar ik wist allang dat het mis was. Ik wist allang dat jij daarachter zat, dat het mis moest gaan.'

Deze wending kwam onverwacht. Hugo bleef zich desondanks niet slechts meester, doch ook innerlijk vrolijk. Hij antwoordde doodkalm:

'Op insinuaties ga ik niet in.'

'Wel zo gemakkelijk voor je... Maar laat ik je dan dit zeggen: je zit ons de laatste tijd op alle manieren dwars. Je saboteert het bedrijf. En je denkt dat het je als een rijpe appel in je schoot zal vallen. Maar als je hem ooit oogst, zal het een rotte appel zijn, Hugo.'

Na deze woorden viel er een stilte. Hun terugslag op de hoorders was zeer verschillend. Welkom keek als een groot geschrokken kind. Ofschoon in wezen eerlijk, als zijn vader was geweest, kende hij uiteraard de knepen van de handel. Wat hier intussen van Hugo werd verondersteld, zelfs verzekerd, ging uit van een mate aan kwade trouw die boven zijn begrip lag. Maar het was Aga die het zei, dus moest het op waarheid berusten.

Bij Luca begonnen grote tranen te vloeien. Toch genoot ze ontzaglijk, al begreep ze het tevens onvoldoende. Haar hang naar het conflict vond hier bevrediging. Een paar trappen lager in stand, en zij zou de vaste getuige geweest zijn bij elke achterbuurtrel. Daar kwam nog bij dat Luca op een oppervlakkige en tegelijk ingewikkelde manier de laatste tijd van Hugo gecharmeerd was geraakt, en dit ondanks alle weerzin die in haar rees zodra ze hem met Aga in verband bracht. Ze wist dan ook niet wat ze voelde behalve een verrukkelijke droefheid.

Marvédie bleef zich meester. Er moest veel gebeuren eer zij

zich opwond. Ook zij begreep niet waarover het geschil liep, maar de afstraffing van de indringer was haar dierbaar, en Aga, die op het beslissend ogenblik niet faalde, haar trots en haar geluk. De grote vissenogen, half toegedekt, kregen iets donkerder schakering en legden hun wankele schuwheid af, de karakterloze mond werd omspeeld door een glimlachje van leedvermaak. Deze tuchtiging had zij, met haar aanbod van een kop thee, toch maar heel aardig in elkaar gezet. Het fraaie gebitje kwam een weinig bloot.

Hugo's denken was in deze weinige tellen met volle vaart voortgeijld. Wat kon hem eigenlijk het hele geval schelen! Hij begeerde een directeurschap allerminst. Zijn aandelen lieten hem in de grond koud. Dat pakket bracht hij wel ergens onder. En stel, hij verloor er vijfentwintig mille op, of veertig, of zelfs vijftig, – wat dan nog? Met een beetje geluk verdiende hij dat in een jaar terug. Hij deed nog wel heel andere zaken. Juist had hij nieuwe visgronden gepacht, met troebel water dat een rijke opbrengst beloofde. Maar hij liet zich niet in een hoek duwen.

'Bewijs!' zei hij.

Een verstandig geplaatst woord? Eigenlijk een halve bekentenis. Maar het deerde hem niet meer. Ze mochten hier geloven dat hij de zaak tersluiks aan het afbreken was, ze zouden het toch nooit met volkomen zekerheid weten. En twijfel leidde misschien nog het spoedigst tot de catastrofe die hij zocht. Zijn blik boorde zich met maximale kracht in die van Aga. De zwijgende strijd tussen beider ogen scheen eindeloos te duren. Ten slotte wendde Hugo de zijne af, maar hij was diplomatiek genoeg er voor te zorgen dat hij niet week als een overwonnene. Hij keerde ze met onverminderde hardheid naar Johannes. En hij zag de blik van Johannes in een extase, doch tegelijk uitermate rustig, voor Aga geknield. Het maakte Hugo opeens inwendig razend. Daar had je het alweer! Dat was die onguurling die van kindsbeen af zijn zuster had aanbeden, die één portret op zijn tafel had staan, het hare. En een verdomd mooi portret was het ook. Hoe dikwijls had hij zich niet moeten bedwingen het aan stukken te smijten. Een vuilpoets, een vuns, die kerel met zijn gesmeerde, onbewogen tronie. Juist wendde hij niet het hoofd, maar het oog naar hem toe. Hun blikken stieten als vuurstenen samen, de blikken van medeminnaars. Hoe voorzichtig anders in oordeel waar het beginselen betrof, was Hugo thans in staat Johannes van het ergste te beschuldigen. Maar daar was ook nog Aga zelf, onaantastbaar. Zij toomde zijn wilde verbeeldingskracht in.

'Bewijs?' vroeg ze honend. 'Daar ben je veel te glad voor, jongen... Maar ik zal jullie wat anders zeggen. Hij heeft me daarnet twee voorstellen gedaan. Het eerste was dat hij directeur naast mij wou worden... Uitgesloten.'

'Waarom?' onderbrak Hugo met letterlijk hetzelfde woord als zo-even op haar kamer gesproken.

Maar dit woord kon nu tot geheel andere gevolgtrekkingen leiden. Hij speelde met de meest ontplofbare stof. Het deerde hem niet; hij wou spelen.

De reactie van Aga was merkwaardig en indrukwekkend. Ze boog het bovenlijf wat meer over het tafelblad, ze boog wat meer het hoofd, en haar van nature tragisch gelaat werd overtogen door een sombere hartstocht. Zo sprak ze zonder hem aan te zien de woorden waarvan hij de grootheid die in verheimelijking liggen kan, waarvan hij de edelmoedigheid niet doorzag en desondanks voelde:

'Waarom, o, waarom?... Daarom.'

'En dan,' vervolgde ze, zich oprichtend en eensklaps weer uitdagend, 'voorstel twee. Hij biedt zijn portie aandelen aan tegen honderd procent. Alsof hij niet wist dat we dat nooit bij elkaar kunnen brengen. En bovendien zijn ze dat op geen stukken na waard.'

'Als je uitgaat van gedwongen liquidatie, dan natuurlijk niet, Aga. Maar daar is...'

'Ik denk helemaal niet aan gedwongen...'

'Laat ik ook even mogen uitspreken, Aga,' zei hij rustig. 'Ik bedoel dit. Bij gedwongen liquidatie zoals de zaak er nu bij staat krijgen de aandeelhouders niet hun volle pond. Dat spreekt. Maar ik ken jullie zaak genoeg om te kunnen voorspellen dat er nog perspectief in zit. Maar dan moet je bezuinigen. Ik heb Johannes al gesproken over Joziasse. Als Johannes weer achter zijn bureau in Leiden zitten gaat, kan Joziasse gemist worden. En zo zijn er meer die gerust kunnen verkassen. Kam het bedrijf behoorlijk uit en houd de kern over. Ik heb de balansen van de laatste jaren bestudeerd. Dat rapport van twee jaar terug, van de accountant van de Disconteering West, geldt nog net zo. Daar zitten voortreffelijke ideeën in. En als je de dividenden nagaat, en je liquideert niet, maar je zet de zaak voort... dat is toch jullie plan, niet waar...? dan overvraag ik geen cent als ik je de nominale waarde voorstel.'

Aga zweeg of de zaak haar niet raakte. Johannes, een sigaret in de ene hand, zijn pijpje in de andere, zei met zijn aangenaamste stem:

'Het is onmogelijk. Al zit er veel vreemd kapitaal in ons bedrijf, het is het bedrijf van de Valcoogs. Onze ouders zouden zich in hun graf omkeren als ze wisten dat er een andere directeur kwam, naast Aga. Maar ook het andere is onmogelijk. Al zou honderd procent voor de aandelen niet te veel zijn, maar het is wel te veel... dan nog is er geen sprake van. Dat heeft Aga al uitgelegd. We moeten dan maar zien wie het straks wint.'

Aga hief het hoofd, ging achterover leunen en keek naar de zoldering. Zij glimlachte. Een glans van verheerlijkt – zijn lag op haar trekken. Uit de zwarte achtergrond van haar haren scheen haar gelaat als een vreemd hemellichaam uit de nacht. Johannes, die nooit zijn bespiegelende aard zou verloochenen, dacht alweer aan de drijvende bollen die de kamer tot barstens vulden. En daar was éne, de compactste, de geduchtste, doende een vijandig element uit te drijven.

'Oorlog,' zei ze. 'De oorlog zit in de lucht. Laat het oorlog tussen ons zijn. Mij goed.'

Maar Hugo zag haar anders. En hij herinnerde zich eensklaps, zo duidelijk of hij het herbeleefde, die nacht hier doorgebracht, – die avond in het toen helderverlichte trappenhuis, hij reeds boven, zij nog in de hal. Ze riep hem enkele woorden toe, hij wist niet meer welke, en terwijl hij zich over de leuning boog zag hij haar omhoogkijken. En hij kon niet zeggen of het haar ogen waren, of haar huid, of haar geest, of haar ziel, – maar een verspreid schijnsel, witachtig zonder wit te wezen, vulde alles, teder, onaards, hemels, krachtig, ogenblikkelijk, kortstondig. Het was als een ontzaglijk en tegelijk teder weerlichten achter de wolken geweest. Nu zag hij het opnieuw: zij allen zaten voor een seconde onder een sprookjesachtig hemelvuur.

Hij stond op. Hij begreep dat hij nimmermeer in deze woning zou terugkeren. Het was goed zo; het moest.

Terwijl de anderen geen beweging maakten plaatste hij zich nog even achter zijn stoel en legde de handen op de rugleuning. Hij keek niemand aan, maar hij voelde Aga's ogen op zich gevestigd en het gaf hem een ontzaglijke vreugde. Hij keek op zijn handen en toen naar de handen van Johannes die bedaard de sigaret in het pijpje pasten. Die beide paren handen waren blank, verzorgd, vrijwel eender. Wat bij Johannes de natuur had gewrocht, had bij hem de cultuur bereikt. Hij zei:

'*Ik* heb het woord oorlog niet gebruikt. En ik wil het nog niet gebruiken.'

Hij stond zoals hij bij het binnentreden had gestaan, een onberispelijke verschijning. Er waren maar twee heren in deze kamer en dames geen. Maar die Aga, welk een vrouw!

'Tot de vergadering, Hugo,' zei ze met de oude spotlust.

Hij zag haar niet aan, hij gaf geen antwoord. Hij vertrok, hopend dat niemand hem uitgeleide zou doen. Achter zijn rug maakte Luca een zenuwachtig gebaar van hem te willen volgen. Hij zag het niet. Met een gebiedende wenk nagelde Aga haar zuster op haar plaats. Stompzinnig en geluidloos lachend droogde Luca haar tranen.

Het was doodstil in het vertrek. Er klonk enig bescheiden gerucht in de gang, dan het klikken van het slot, dan het zacht toetrekken der huisdeur. Zij hoorden nauwelijks het aanzetten van de motor, en vlak daarop, reeds van ver, en heel even, maar heersend, de vertrouwde diepe hoornstoot. Welkom legde zijn pijp in de asbak, en breed grijnzend trok hij in Hugo's richting met beide handen een lange neus. Aga sloeg zijn vingers neer.

'Laat dat,' zei ze gemelijk. 'Je neus is geen rijtuig.'

'Hoe dat zo?'

'Je neus bespan je nu eenmaal niet à la Daumont.'

'We zullen wel zien,' zei Johannes, opstaand en een geeuw onderdrukkend. 'Hij heeft er ons nog niet onder. En de Valcoogs...'

Tegen zijn gewoonte maakte hij zijn zin niet af. Hij ging naar boven, naar bed. Hij was vadsig, hij had alweer slaap.

GESPREK MET ANT

Welkom verliet het stil geworden huis. Hij moest zijn wagen naar de garage rijden. In de woningen van de zeekant waren hier en daar nog lichten aan, maar de motregen beperkte de blik; aan die zijde was het zicht op de dingen een beetje triest. Tijdens een zachte late avond in de winter kon het hier evenzo uitzien als thans. Westelijk had de regen een ondoordringbaar weefsel gespannen. Men zag van de zee niets, men hoorde haar ruisen.

Welkom ontsloot de garagedeuren, reed zijn auto binnen, stak de reeks tabakspijpen die op het kussen lagen in de zak van zijn regenjas, rolde met veel rumoer in de uitgestorven straat de deuren weer dicht en stond even besluiteloos op de rijweg, een kleine reus. Lust om in bed te kruipen voelde hij nog niet. Hij had van allen het minst nachtrust nodig, hij was van allen het beweeglijkst. Hij had ook wel elders kunnen overnachten, want er was hier toch niets voor de zaak te doen, maar de Pluvier trok hem desniettemin; zodra hij in de buurt van het huis was voelde hij de werking als een magneet. Nu, een prettig onderhoud had hij daar meegemaakt. Die Hugo was goed bekeken een stuk schorem, maar Aga had hem heel aardig in zijn hemd gezet. Hij vroeg zich niet af hoe zij zo precies de oorzaak van zijn falen te Alkmaar wist aan te wijzen. Hij bezat voor Aga niet de gecultiveerde bewondering van Johannes; hij vond dat zelf in hoge mate overdreven. Doch hij aanvaardde Aga zoals het kind zijn ouders aanvaardt. Wat zij doen is goed, wat zij zeggen waar. Aga bezat nu eenmaal het vermogen de medemens te doorzien; het sprak voor hem eigenlijk vanzelf.

Het was hier in Katwijk overigens een beroerde boel. Ze telden er vrijwel geen kennissen. Een enkel bezoek van buren, een praatje over de hekken van de voor- en achtertuinen. Een der twee huizen naast het hunne stond trouwens de hele winter leeg; die lui verschenen pas met het seizoen. In Leiden was het anders geweest. Daar was zijn vader lid van de sociëteit, hijzelf later ook. Maar toen zij hier kwamen wonen veranderde dat. Hier schoten zij geen wortel, en er stond niets tegenover. De zee liet hem totaal onverschillig.

Maar, in een voor hem zeldzame bui van inkeer verder nadenkend, moest hij toegeven dat zij toch ook te Leiden geen eigenlijke vrienden hadden bezeten, en dat hun omgang met talloze medemensen hoogst oppervlakkig was. Zelfs met de uitgebreide familie van weerskanten, tevens meestal aandeelhouders, was de aanraking gering. Nu ja, velen woonden ook ver weg; maar er bestonden treinen, trams, enkelen konden ook over een wagen beschikken. En Aga had haar eigen kar voor de zaak, maar ze kwam nooit verder dan de Kaag, waar ze zeilen ging. Van lieverlede stierf de omgang met anderen, voor zover niet geëist door het bedrijf, af; ze stonden meer en meer op zichzelf. Hij, Welkom, leefde nog het meest in de buitenwereld, en daar was hij van harte blij over, want had hij niet tussen de wielen gezeten, maar op de plaats van Johannes, hij zou zijn gestikt.

De gedachte aan beweging deed hem werktuiglijk zijn gang hervatten. Wat hij niet inzag en waar hij dus geen dankbaarheid voor voelde was de toegeeflijkheid van de jongste zuster te zijnen opzichte. Want zij was tegenover Marvédie en Luca veel strenger dan tegenover haar beide broers. Johannes mocht ook onder haar directeurschap zijn werkzaamheden thuis verrichten. Ze begreep wel dat het handhaven van die nog bij leven van de vader geschapen toestand geen aanbeveling verdiende, en ze had dat ook tijdens het gesprek met Hugo vrij duidelijk erkend. Toch was ze op datzelfde ogenblik reeds er op bedacht hoe ze het privilege van Johannes zou kunnen redden; de verdere eisen van Hugo, onder het mom van voorstellen, hadden intussen deze aangelegenheid op de achtergrond geschoven.

Ten aanzien van Welkom echter ging Aga nog veel verder. Zij duldde iets wat zijzelf als moreel noch maatschappelijk verantwoord voelde omdat zij een strenge opvatting omtrent zedelijke beginselen huldigde. Doch zij wist dat de natuur van Welkom nu eenmaal was ingericht op uitzwermen, en dat hij alleen voor de korf behouden kon blijven als men het vlieggat niet sloot. Zij vergunde hem dus een bijzit te houden, en voorkwam daarmee de ramp van een huwelijk. Zo bleven de vijf het uit één stuk gegoten blok. En daar zij niet huichelachtig was, had zij, al lang geleden, al van de aanvang af, ingesteld dat over deze onwettige verhouding ook openlijk gesproken zou worden, en de twee oudere zussen allengs hun preutsheid op dat punt afgeleerd. Zij was bovendien hartelijk verheugd dat Welkom het oog had laten vallen op een zo weerzinwekkend ordinair schepsel dat hijzelf terdege wist en ook wel zei dat hij met iets dergelijks als vrouw nooit kon aankomen. Maar Aga bleef waakzaam; zij waakte over Welkom, en over Johannes, en over alle vijf, altijd.

Naar dat schepsel richtte thans Welkom zijn schreden, zonder dat het tot hem doordrong. Want hij had tegen Hugo luchtigjes gejokt, hij had Ant en de kinderen nog niet bezocht. Hij bespeurde het pas, toen hij, de straat naar zee overgestoken, zich bevond in een wereld van nietige huisjes, omtrent de kerk. Toen stapte hij meteen door in dezelfde richting. Ant trok hem op dit ogenblik meer dan zij hem afstootte. Hij had eigenlijk moeten trouwen en was dan een redelijk goed echtgenoot geworden. Maar standsverschil zei hem niets. Onuitroeibaar was zijn neiging naar het lagere, het laagste volk. Dat bleek reeds in zijn mislukte schooltijd, toen hij zich met paupertjes afgaf, straatjongensstreken uithaalde en thuiskwam als een zwerverskind. Zo had hij zich in deze verschrikkelijke Ant vastgebeten, maar alleen omdat zij een arm schepsel was, niet uit een perversie van tegenstellingen. Trouwens, Ant was geenszins pervers. En tenslotte steunde hun relatie nauwelijks op erotiek. Welkom was ook in dat opzicht kinderlijk gebleven. Dat wist hij zelfs zo goed dat hij zich soms verbijsterd afvroeg hoe hij bij haar nog drie spruiten had kunnen kweken. Er waren tijden dat hij er zich niets meer van wist te herinneren. Met dat al stond zijn vaderschap voor hem vast, of zij had geen Ant Bessenboel geheten.

Katwijk aan Zee, dorp van omstreeks duizend vuren, herbergt een bevolking, voor een belangrijk deel haar brood winnend uit de Noordzeevisserij. Het is vreemd dat deze bevolking zo lang vijandig is blijven staan tegenover wie er zich komt vestigen. Elders goeddeels gesleten, leeft de benepen achterdocht in Katwijk nog sterk.

Het is ook vreemd dat deze bevolking, voor wie de ruimte onontbeerlijk schijnt, genoegen neemt met de meest denkbaar primitieve behuizing. De vissersdorpen zijn achterbuurten, met eigen stempel weliswaar, afwijkend van de gribus der stad, – achterbuurten niettemin. Elders veelal en weinig gelukkig gesaneerd, zijn er in Katwijk nog aanzienlijke delen van over.

In zulk een brokstuk van het oude dorp woonde Ant. Zij was er met haar gemeen type en drie bastaarden niet slechts aanvaard, maar ook populair. Moeilijk verklaarbaar, kon dit laatste slechts worden herleid tot de omstandigheid dat zij vooreerst een rasechte Katwijkse was en ten tweede alom bekend stond als zeer hulpvaardig.

Zij was een enig kind en sedert lang wees. Haar vader had de dood in de golven gevonden, haar moeder een natuurlijke, zij het ook vroegtijdige. Zij sprak het dialect van de zeekust dat vreemd aandoet, maar op de duur aardig klinkt omdat het half zingend wordt gesproken, erfstuk van geslachten op geslachten, die in de eeuwige zeewind spreken moesten. Zij had haar uitkering van Welkom voor de kinderen, en verder naaide zij wat of ging in de buurt wat uit bakeren. Een enkele maal ook oefende zij het beroep uit dat stereotiep is voor de vrouwen der zeedorpen: het boeten van netten. Doch zij bezat daarin geen bedrevenheid en werd alleen in tijden van grote nood door de schuurvrouw ontboden. Zij was populair bij het hele kwartier in die mate dat men die meneer Welkom niet doodsloeg of stenigde, en dat men haar zelfs de buitensporige namen der kinderen vergaf. Trouwens, zij kon dat niet helpen, want het was Welkom geweest die de kinderen had aangegeven, en daarbij zonder erg in de voetstappen van zijn vader getreden was. Wat ten slotte haar afgrijselijke opmaak betrof, zo kon de aanvaarding daarvan door de bevolking misschien verklaard worden door haar voorkeur voor het oranje, een kleur die op zichzelf de sterk koningsgezinde vissersfamilie slechts welgevallig wezen moest.

Welkom had geen belangstelling voor dit volkje en was er zich volkomen onbewust van dat hij zijn leven aan Ant dankte. Zou hij het hebben geweten, allicht had hij geantwoord dat zij op haar beurt een en ander aan hem te danken had. Voor zover het betrof de zegening met drie bastaarden was dit buiten kijf. Verder dankte zij hem weinig; Welkom, vrijgevig waar het hemzelf betrof, toonde zich tegenover anderen schriel.

Hij stond nu in het straatje, met grauwe honderdjarige huisjes bezet, voor het huisje van Ant. Hij opende de buitendeur door de klink te lichten. Er was geen gang, maar een klein portaal dat uitliep op een kast. Door een binnendeur rechts kwam hij in het enige vertrek, woon- en slaapgelegenheid. Daarachter lag nog een keukentje en een nietig erf met een bestekamer in de open lucht. Door de keuken bereikte men met een trapleer een zoldertje over welks planken bodem men zich slechts op handen en voeten kon voortbewegen.

In de kamer sliepen bij een oliepitje de drie kinderen. Ant was afwezig. Zij had hem in een onbeholpen en ook vrij onvriendelijk briefje naar zijn hotel te Alkmaar geschreven dat twee van de kinderen last hadden met hun gebit. In zover loog hij dus niet tegen Hugo. Hij was al voorbereid op veel gekerm, hij had het willen trotseren. Nu viel het mee; dat tenminste viel na de mislukte reis en de onplezierige avond mee.

Hij hield zijn hoed gedachteloos op en ging op een van de twee stoelen zitten bij de tafel met het pitje in het midden. Hij zag de kamer rond bij wankelend licht. In een diep en vrij ruim ledikant lagen de kindjes samen, de oudste twee naast elkaar, kindje Paul Kruger, nog niet zindelijk, er recht tegenover, een stuk zeil onder de bibsjes. Hij keek niet naar zijn kroost, hij zag naar het bed van Ant. Daar moest hij toch het drietal hebben gekweekt, maar hoe en wanneer, in godsnaam, wanneer en hoe? Hij krabde zich onder de rand van zijn hoed het voorhoofd; dan gingen zijn blikken weer rond. Er viel in de kamer weinig te zien, maar hij wist dat zij schoon gehouden werd en het rook er redelijk fris.

Welkom hoorde het zacht ontsluiten van de voordeur. Dadelijk stond Ant voor hem.

'Zo, wat doe jij hier?' fluisterde ze.

'Eens kijken,' zei hij hardop. 'Maak wat licht, Ant.'

'Ben je bedonderd?' snauwde ze, maar fluisterend. 'Moet je de kinderen wakker maken? En het licht op? Praat zacht of snij uit.'

Hij was gauw geïmpressioneerd, ook nu. Over het algemeen kon Ant hem om de vinger winden, behalve wanneer het over geld ging. Hij zei, thans zijn stem dempend:

'Nu, dat is me een mooie ontvangst, en dan nogal voor iemand van mijn naam... Zeg Ant, hebben ze nog pijn?'

'Je ziet dat ze slapen. Maar als ze wakker worden, dan breek ik je je...'

Hij viel haar in de rede.

'Weet ik allemaal al. Maar doe me een godsloon en ga minstens zitten. Ik heb je wat te zeggen.'

Ze stond aan de andere kant der tafel, een vrij grote vrouw, wat groter dan hij. Haar lichaam was nog jong en zelfs enigszins verleidelijk in deze soepele stand. Het donkerblond haar was overdadig en glansde in het schemerend licht. Maar het gezicht was niet te beschrijven ordinair met het klein, stekend oog, dat vals kon lonken, de neus met wulpse vleugels, en de mond die zo liederlijk in het vierhoekige kon opengaan, een vers beschilderd, tot leven gekomen brievenbusgat. Overigens vertoonde haar gebit zich niet slecht, nog blank, evenwel onregelmatig; als ze de mond gesloten hield priemde in een hoek de stift van een te lange oogtand een kuiltje in de onderlip. Zij was meer dan ontzettend opgemaakt, oranje, een dieper oranje de lippen. In de schemer leek zij vooreerst vuil. Toch lag over haar hele verschijning een waas van jeugd dat de vele zorgen weerstaan had, en dat bij machte was mannen van laag allooi of grove smaak in te nemen. Slechts haar handen waren ruig en oud, tevens ondubbelzinnige getuigschriften van eerlijke arbeid.

'Nu,' zei ze, zich zettend, 'kom ermee voor de dag.'

Hij hield zijn hoed steeds op, hij stopte een pijp.

'Ook dat nog,' zuchtte Ant. 'Nu moet ik dadelijk het raam weer opendoen.'

Doch ze wilde hem dit genoegen niet ontnemen. En nadat hij ferm de brand in de tabak had gezogen vertelde hij iets van wat er die avond in de Pluvier was voorgevallen.

'Je ziet dus,' besloot hij, 'als die man de baas wordt in onze zaak, dan zijn we opgelaten.'

'Waarom?'

'Omdat hij ons dan alle drie, mijn zuster, mijn broer en mezelf, omdat hij ons dan alle drie de deur uit kan trappen.'

Ant Bessenboel had al wel vermoed waar het zou heengaan. Uitkering stop, enzovoorts. Maar dat waren praatjes voor de vaak.

'Ben je gek? Dat gaat toch zo maar niet? Jullie hebben toch zeker een contract?... Jij hebt toch zeker een vast contract, zwart op wit?'

Hij sloeg de ogen neer en deed een paar vervaarlijke halen aan zijn pijp. Toen zei hij:

'Zeker heb ik een contract, nogal natuurlijk.'

Die Ant was toch goud waard. Maar daar moest hij niets van laten merken.

'Nu,' zei ze ruw, 'wat lig je dan te memmen?'

Hij gaf geen antwoord, frommelde in zijn vestzakje, streek een gekreukt biljet van tien gulden glad en vouwde het zorgvuldig in achten.

'Vangen, Ant.'

Hij wierp haar het biljet toe. Die Ant was toch zeker zo'n briefje van tien waard? Ze stak het kalm bij zich. Eerst janken dat hij brodeloos wordt en nu met geld smijten, dacht ze, toe maar.

'Ik ken je niet,' zei ze alleen.

Instinctief draaide ze zich met een ruk om. Daar was het hoofd van kindje Tosca boven de bedrand verschenen. Onze lieve Heer had het op haar begrepen. Nu werden ze vanzelf alle drie wakker.

Ze werden wakker.

'Kom,' zei hij vaderlijk, 'laat ik voor een enkele keer eens vader zijn.'

Ant stak het grote licht op en liet toe dat hij de kinderen uit het bed tilde. Hij was ineens opgevrolijkt. De kinderen scharrelden op blote voetjes over de houten vloer, met het klein gerafeld kleedje onder de tafel, het jongste dat nog niet spreken, wel lopen kon, mee. Ze hadden geen pijn meer, ze lachten en kraaiden. Welkom lachte uitbundig. Ant zag het stuurs, maar zwijgend aan.

Ten slotte zette hij het drietal op zijn knieën, hield het stevig vast, keek er op neer, en er kwam over zijn gezicht iets aardigs, iets meer dan een algemene uitverkoop van jovialiteit, bijna iets innigs. Dat duurde zolang hij, met de korte benen hobbelend en de kinderen dansen latend, zijn liedje zong. Hij zong het met een goede zware stem; het huisje weergalmde.

'Een twee drie, de jood in de pot, – fijngestampt, en het deksel erop, – en toen kwam er een meid, en die heette Saar, – en die keek in de pot, en de jood was gaar.'

Ant zag naar het groepje. Hij had haar veel narigheid bezorgd, telkens weer, bij de geboorte der kinderen. Ze was doorgaans nors tegen hem, deels uit deze oorzaak, deels omdat ze hem op die manier het best kon regeren. Nu ontspanden zich haar trekken een weinig.

Hij zong het liedje argeloos. Het was heel oud; zijn moeder had het voor hem gezongen toen hij nog klein was, en haar moeder weer voor haar. Terwijl hij werktuiglijk enige malen het lied herhaalde, bedacht zijn klein maar gewiekst verstand dat die ellendeling van een Hugo, die hun zaak achter hun rug poogde kapot te maken en het daarbij zeker niet laten zou, zijn verdere ongure plannen wel eens heel gauw tot uitvoering kon brengen. Hier was snel handelen vereist. Ant had de weg gewezen.

DRIE

DE PIJLEN

HEERENVEEN EN ZUTPHEN

Zij waren over de afsluitdijk, lint van steen, zee scheidend van binnenzee, halverwege gevorderd, toen Adeline haar verloofde vroeg te stoppen. Ze beklommen de verhoogde wal links. In de diepte klotsten de golfjes der Waddenzee zachtaardig tegen glooiing. De wind, heel licht, gaf een weemoedige geur van zilte wieren. In de verte vonkte een hagelwit zeiltje. Het uitzicht aan weerskanten was eender, enkel water tot de kim. En de afsluiting verloor zich rechts en links van hen in de troebele nevelachtigheid van de schone zomerhorizon. Nergens land, slechts dit vaste onder hun voeten, nergens leven behalve dat verre witte zeil, een enkele geluidloos op de lucht drijvende meeuw, zeil ook deze, en zij beiden. Adeline zag de dijk af, voor het ogenblik verlaten, zo enorm dat zelf in de drukste uren het verkeer er bescheiden leek.

'Ik geloof,' zei ze na een ogenblik van peinzen, 'dat de werken van waterbouwkunde eigenlijk de mooiste dingen zijn die je in ons land kunt zien. En dan denk ik speciaal aan onze zeeweringen, en daarvan spant deze dan weer de kroon. Alleen al de ontzaglijke afmetingen maken zo'n dijk mooi.'

Hij beaamde het.

'De afmetingen, ja, maar ook de zuiverheid en de eenvoud. De dijk bewijst hoe mooi een enkele rechte strakke lijn wezen kan in een wereld vol verandering... Dat zijn onze vestingen, die dijken; het hele land ligt vol van die vreedzame vestingen.'

Hij dacht weer aan de oorlog.

Toen zij een poos met matige vaart verder hadden gereden kwam de Friese kust verrassend naar voren in de warme atmosfeer. Grote wazige boompartijen doken omhoog aan de einder, een reuzige parkaanplanting op drijvende eilanden scheen hen te willen ontvangen, een overstelpende tropische groei langs paradijsachtige kreken, een nieuwe wereld onder die hemel die alles overdoezelde met leiblauw pastel. En het was enkel zinsbegoocheling, het doezelde weer weg, de vegetatie van de evenaar ging allengs over in eenvoudige woningen aan het water, dorpen, gehuchten, in de bescheiden romantiek van het Friese alluvium.

Ze koersten zuidoost, steeds gematigd gaande over de oude grillige landwegen te midden van de uitgestrekte weiden, langs terpen met soms een hofstede, soms een hele dorpskern en kerk, en het land recipieerde toch vreemder dan Adeline had vermoed. Want snijdend door en voorbij het conglomeraat der meren, waar het geboomte weer schaars werd en de uitzichten grenzeloos en waar niemand bleek te wonen, reden zij in een land waarboven een hoge onstuimige wind de augustuswolken had saamgedreven, van licht wit tot licht grauw. Daaruit schoten nu en dan in een wijde kring om hen heen de hozen omlaag, plotseling en zonder geluid, soms dicht de aarde rakend, lange, zwartachtige dolken gelijk, met een donkerder punt die gedoopt scheen in zwartgrijs bloed. Zij trokken langzaam weer op, de punt werd stomp, het wapen verdween in de wolk. Adeline kwam ogen te kort.

'Je hebt het alleen in deze tijd van het jaar,' legde Hugo uit.

'Het heeft iets dreigends. Zou zo'n windhoos je kunnen opzuigen?'

'Een heel grote mogelijk wel. Bij ons in Heerenveen kwam het niet voor, maar mensen uit het westen spraken er wel over, en de kinderen werden gewaarschuwd plat op de grond te gaan liggen. Van ongelukken heb ik anders nooit gehoord.'

De hemel koepelde weer zonnig en vriendelijk toen zij de stad bereikten. Adeline had een week vakantie van de boekhandelaar gekregen. Hugo ging haar nu eindelijk aan zijn ouders voorstellen, en zij hem aan de hare. Maar hij verklaarde bij voorbaat dat het onmogelijk was dat zij bij de kleine vent plus vrouw zouden logeren; een bezoek van een uurtje, daarmee uit. Hij bereidde haar bovendien voor op het ergste. Is dat nu een teken dat het huwelijk nadert? dacht ze. In elk geval had de reis ook een zakelijk doel, hij wilde het aandelenpakket van De Leydsche IJzerhandel uit de bank te Heerenveen lichten, daar dit voor de komende vergadering moest worden gedeponeerd ten kantore van de vennootschap.

Na het stallen van de wagen was hun eerste gang naar het hotel waar hij twee kamers had besproken. De logementhouder bleek Hugo nog goed te kennen; hij bracht hen naar een paar vertrekken op de tweede verdieping naast elkaar en met een verbindingsdeur. Adeline vond het vanzelfsprekend dat niet slechts de eigenaar aan haar werd voorgesteld, maar ook zijzelf als Hugo's aanstaande vrouw, en toch deed het haar genoegen om dat woord 'vrouw'.

Vervolgens gingen zij naar de bank. Het safeloket stond op naam van de kleine vent, maar Hugo bezat een algemene machtiging. Adeline was nog nooit in een kluis geweest. Hugo trok uit het respectabel loket een respectabele trommel te voorschijn en ging daarmee en met haar naar een couponkamertje. Hij maakte er licht en sloot hen beiden op.

Hij had haar overal zien rondkijken.

'Dit is nog helemaal niets,' zei hij. 'Dan moet je de kluizen zien van de grote banken in Amsterdam, met prachten van lettersloten op je safe, enzovoorts. Toch is het goed dat je het hier eens in het klein meemaakt.'

'Die lettersloten, verkopen de Valcoogs die ook?' vroeg Adeline.

'Nee, daar heb je speciale zaken voor.'

Ze wist het wel, maar ze wilde haar wetenschap bevestigd zien. Het kon haar soms ontstemmen dat dit tochtje in het teken van De Leydsche IJzerhandel en van die vervloekte familie stond, al had Hugo het doel der reis tevoren aangekondigd. Zijn antwoord gaf haar een zekere voldoening.

Hij opende de trommel, vol liassen waardepapieren.

'Dat lijkt meer dan het is,' zei hij. 'De ouwe heeft ook wel eens op het verkeerde nummer gezet.'

Hij spreidde bundels en afzonderlijke stukken over de tafel.

'Kijk, dit partijtje ziet er heel smakelijk uit, fijn gegraveerd en met een magnifieke diep groene kleur, echt Amerikaans. Als je er de wanden van een boudoirtje mee beplakt heb je stevig en origineel behangselpapier... Dit is al wat beter, en dat is een opperbeste belegging... Maar ik zie nu geen kansje dat allemaal te vertellen, want mijn maag begint een woordje mee te spreken en tegen zo'n geluid kan ik niet op... Als ik de ouwe was gaf ik de hele boel aan de bank in open bewaargeving. Maar die ouwe knakkers willen zelf hun coupons knippen, begrijp je?... Nu even stilzijn.'

Hij telde met een hand waarvan zij de vaardigheid bewonderde, omdat zij de hand van een kassier leek, de stukken van de affaire der Valcoogs. Tegen het eind schoof hij nu en dan een papiertje tussen de stapel. Hij had de aldus afgezonderde aandelen aan derden verkocht; de overdracht moest nog op de stukken zelf worden gesteld. Hij was klaar.

'Ik heb er indertijd vijfentwintig van mijn ouwe heer overgenomen, de rest is van hemzelf. Ik heb er tien verkocht, en nu krijg jij er vijf. Hebben?'

Hij hield ze haar met een glimlach voor.

'Laat ze maar hier. Ik zou heus niet weten wat ik ermee moest beginnen. Houd jij ze maar, Hugo.'

'Dat doe ik zeker niet. Weet je wat? Ik zal ze op jouw naam bij mijn bank deponeren. Ik zal ook een rekening bij mijn bank voor je openen. En je hebt nog geen giro. Je moet ook een postrekening hebben. Ik wil een zakenvrouw van je maken.'

Ze keek hem aan.

'Waarvoor is dat nodig? Eerlijk gezegd heb ik het liever niet.'

Zo van vlakbij miste haar oog zijn magische roodbruine werking; toch bleef het een aardig oog, dacht hij even. Maar zijn blik dwaalde langs haar, werd klein en nevelig.

'Ik wil van die rekeningen van jou, als het nodig is, ook zelf gebruik kunnen maken. Ik wil erop kunnen storten, en ik zal er misschien ook weer van afnemen. Maar ik wil iets achter de hand hebben, en ik zal er voor zorgen dat je rekening nooit debet komt te staan en dat je aandelen geen gevaar lopen. Ik doe soms tamelijk gewaagde zaken, vandaar die voorzorg. Maar een mens is sterfelijk.'

Zij voelde dit als een nieuwe vage toespeling op de oorlog. Het kon ook niet meer wezen dan een gewone banaliteit.

'In elk geval,' ging hij door, 'zal ik goed uit mekaar houden wat op die rekeningen van jou is en wat van mij.'

Ze schudde heftig het hoofd.

'Alles is van jou, ik wil geen cent hebben.'

'Akkoord,' suste hij. 'Dat bekijken we nog wel. Maar die vijf aandelen hier heb je al aangenomen. Denk trouwens niet dat je een cadeautje van vijf mille krijgt. Ik stel ze niet hoger dan op drie.'

Ze gingen, Hugo met in zijn aktetas het pakket fondsen dat hem niet verlaten zou eer ze Amsterdam hadden bereikt. Hij zei:

'Als ik ze verlies heeft een ander er niets aan, maar ik ben mijn stemrecht kwijt op de vergadering.'

'Volgt die al gauw?'

'Dat weet ik nog niet precies. Voor mijn part kunnen ze nog een poosje in angst zitten. Aan de andere kant hebben ze ook zelf het recht een vergadering te convoceren. Maar één ding, Adeline, ze dansen de laan uit, zo vast als een huis. Ik zal al die Valcoogs de ruggengraat verbrijzelen.'

Weer keek ze hem aan. Ze waren op weg naar het hotel. Ze kon het niet helpen dat deze wrede woorden weerklank bij haar vonden. Hij glimlachte tegen haar.

'Heb je al iets geleerd?'

'Van de zaken bedoel je?... Nog niet veel.'

'Dat komt wel. Ik denk er hard over je ook verder in te schakelen.'

'In die kwestie met de Valcoogs? Alsjeblieft niet.'

Hij kneep even haar arm.

'Nu, in die kwestie, of in een andere... En nu nog iets. Voorlopig heb ik Aga Valcoog als directrice geschorst.'

Hij sprak de laatste woorden reeds in de hotelhal en duwde haar tegelijk het restaurant binnen. Ze meende hem niet goed te hebben verstaan. Geschorst? Aga geschorst? Ging dat zo maar? Een schroom die zijzelf vreemd vond maakte dat ze niet op dit onderwerp dorst doorgaan. Hij vatte het echter weer op nadat ze hun maal hadden gekozen.

'Praat er verder niet over. Maar er gebeuren daar dingen die me niet bevallen. Daarom ben ik begonnen de directrice te schorsen. Natuurlijk had ik de twee andere commissarissen mee.'

Hij sprak nu zuiver onzijdig van 'directrice'. En nee, het deed haar toch geen genoegen, die betiteling niet, en de schorsing evenmin. Maar in elk geval was dat hooghartige schepsel van haar voetstuk gehaald.

'Wanneer heb je het gedaan?' vroeg ze.

Hij trok onverschillig met zijn schouders. Ze wist wel reeds ongeveer het antwoord.

'Een paar dagen geleden.'

Maar waarom vertelde hij dat pas nu? Dit evenwel vroeg ze niet.

'Dus mag ze niet meer in de zaak komen?'

'Niet zonder mijn toestemming. Maar ik heb geen bezwaar.'

'En wie is nu de directeur?'

'Ik... tijdelijk natuurlijk... waarnemend.'

'En haar broers?'

Hij wachtte een ogenblik. Toen zei hij ontwijkend:

'Die horen niet tot de directie.'

Ze onderzocht zijn gezicht. Het was volkomen uitdrukkingloos, zijn zakengezicht in de beste vorm. Ze vermoedde dat hij nog van allerlei voor haar verborg. Waarschijnlijk waren het zakengeheimen. Ze zuchtte even hoorbaar. Achteraf verheugde de schorsing haar toch wel degelijk, maar de blijdschap over zijn bewijs van kracht bleef vermengd met iets onbepaalbaars dat stellig onplezierig was. Graag had ze geweten hoe Aga de schorsing opnam, maar nu Hugo blijkbaar weinig belangstelling toonde in de persoon van Aga, vond zij het raadzaam van haar kant onverschilligheid althans te veinzen. Hij besloot:

'Er moet nog een massa worden gedaan. Maar we overhaasten ons niet. We laten hen wachten, en wederkerig wachten we hen af.'

'Dus nu is die zaak ineens gesplitst in twee kampen?'

'Je zegt het precies.'

Ze brachten die middag het aangekondigd bezoek bij Hugo's ouders. Hij zei:

'Tien minuten lopen, dan zijn we in de wolkenkrabber.'

Zij gingen langs het veenbruin kanaalwater dat op Adeline een beklemmende indruk maakte. Die huisjes, elk klein, elk op zichzelf, elk anders, elk lelijk, een verscheidenheid in wansmaak zover het oog reikte. En dat afschuwelijke smalle doodse water dat de rijen scheidde. Adeline kon niet laten Hugo's woorden van die ochtend te variëren.

'Zo'n kanaal bewijst hoe lelijk een enkele rechte strakke lijn kan wezen.'

Hij herinnerde zich zijn uitspraak.

'Het tegendeel van wat we vanmorgen vaststelden. En dit is nog niet het ergste. Er zijn veenkoloniën, bijvoorbeeld in Drenthe, waarbij vergeleken dit hier een Eden is.'

'Arm?'

'Dat hoeft niet. Maar om te huilen zo afzichtelijk. De mensen hebben daarmee misschien de nuttigheid gediend, maar een zonde begaan tegen de natuur en tegen zichzelf... Hier zijn we er.'

Ze betraden het erf van een huisje als de rest. Het was echter zeer proper en stak uitnemend in de verf. Binnen blonk het van spiegelglas en koper. Reeds in het vestibuletje kon men zich nauwelijks roeren; men werd er allerwegen geconfronteerd met de eigen beeltenis vanaf zuiver spiegelbeeld tot de wanstaltigste misvorming. De deur, waarvan het slot was vastgezet, viel achter hun rug met een dwinger weer dicht.

De ouders ontvingen hen in het salonnetje dat uitzicht gaf op de vaart. Hugo schudde zijn vader de hand met het hartelijkheidsvertoon van een meerdere. Toen drukte hij zijn moeder plichtmatig een kus op het voorhoofd. Ze weerhield zich ervan hem terug te kussen; dat durfde ze niet zonder zijn vragen, en hij vroeg niet. Het is waanzinnig, dacht Adeline, zoveel jaren verloofd en nooit hier geweest; maar nu wél hier is haast nog waanzinniger. Ze werd vluchtig voorgesteld.

De oude heer had een vreemde manier van tamelijk wijdbeens staande te buigen, alsof hij boog met zijn zitdelen. Adeline bedwong met moeite een lach; haar gezicht bleef effen. Overigens was de oude heer niet van streek, als de vrouw.

Tijdens het gesprek werd met geen woord gerept van verwaarlozing van kinderplichten. Ze had allang begrepen dat deze ouders zich geen kritiek op het gedrag van de zoon veroorloofden, dat, zo zij al durfden denken, zij toch niet anders dachten dan dat de presentatie van een aanstaande schoondochter, van deze schoondochter, en passant op een zakenreis, iets doodgewoons was. Ze voelde dat naast de persoonlijkheid van Hugo, naast haar eigen dubbele naam, de rechtvaardiging nu ook nog lag in haar verschijning.

'Zegt u beiden alsjeblieft Adeline,' verzocht ze.

Het werd niet gezegd, geen enkele keer. Haar, met de sociale ideeënwereld van haar jeugd, was deze verhouding een weerzin, een gruwel, een walg. Hugo deed of hij zich hier thuisvoelde, maar hij toonde zich er tevens ver boven. En hoewel ze hem gespeend vond van het geringste bewijs van ouderliefde moest ze hem toch bewonderen omdat hij hier zo torenhoog boven uitsteeg, er desondanks in wortelde, en zich het wortelen niet vals schaamde. Hij had voorzichtigheidshalve reeds dadelijk bij het binnenkomen verklaard slechts een uurtje te kunnen blijven. Het menu der traktaties werd dus in versneld tempo afgewerkt. Adeline merkte dat de moeder haar langzamerhand schuchter ging opnemen; de oude heer keek met openhartige bewondering. Ze begon hem een moppig kereltje te vinden, al kon ze zijn ontzettend lelijk spraakje slechts ten dele volgen. Hugo leek in uiterlijk niet op hem; hij aardde eerder naar de vrouw.

Toen Hugo over de aandelen sprak keek Van Delden Sr met een schuins oog naar de aktetas opzij van de canapé.

'Is dat niet gevaarlijk?'

'Geen steek.'

'Dan is het goed, zoon.'

Adeline kon het niet over zich verkrijgen in de kamer rond te kijken. Aan wat ze onwillekeurig zag had ze meer dan genoeg. Fabrieksmeubels, van de stevigste en duurste soort. Alle kleuren dooreen en tegen elkaar aan. Het geheel zo klein en propvol, dat een roker er dadelijk een mist schiep. En nu rookten er drie, zij inbegrepen. Hoe zou dat paar haar sigaret opvatten? Maar de oude heer rookte een kloek sigaartje, vrijwel pikzwart. Hij was een onrustig individu, rijdend in zijn leunstoel, terwijl zijn zwartknopen oogjes reden in zijn hoofd. De moeder scheen eindelijk de mond te willen openen, toen Hugo verklaarde dat zij nu moesten vertrekken. Onmiddellijk sprong de kleine vent uit zijn stoel en strompelde tussen zijn meubels toe op de suitedeuren van bruin glas, waardoorheen de achterkamer voor haar ogen had geschemerd in een rouwfloers. Hij opende de deuren met zekere plechtstatigheid, want ze moest ook dat vertrek nog even zien. Het was er iets minder vol, kleurig, helder blinkend, zielloos. Ze keek in het achtertuintje dat er ook alweer zo proper uitzag, waarvan de natuur was gebannen, ze voelde haar blik even triest worden en herwon zichzelf. De Friese meid kwam binnen, groot, rustig, hagele kap over zilveren kap.

'Dag Hugo,' zei ze en gaf een hand.

'Zo Hid, je bent weinig veranderd, meid,' zei hij met zijn aardige stem, en dat gemak in de omgang dat hem nooit en nergens in de steek liet. 'En dit is mijn meisje, juffrouw De Valleije Oofke.'

Maar de hand der Friese voelde niet plezierig aan. Het volk, langzaam ontbolsterd en zich van zijn rechten bewust, is echter nog niet zover gevorderd dat het de gelijkheid van mens tegenover mens in de handdruk tot uiting durft te brengen. In deze blijft onuitroeibaar het standsverschil behouden. Hij is geen handdruk, zelfs geen poging, doch een willoze overgave van willekeurige vingers in de macht van de sterkste. Adeline liet gauw los.

'Ja juffrouw,' zei de oude heer tegen haar, eenmaal met de arm molenwiekend door de kamer, 'dat is allemaal eigen, allemaal eigen, met mijn eigenste handen gemaakt.'

Het was ten dele symboliek, ten dele nuchtere waarheid. Want hij had het huis zelf gezet.

'En,' vervolgde hij met lepe lach, 'dat is nog niet het enige. Er is nog wel een klein beetje meer, en daar weet mijn zoon ook van.'

Zijn vrouw niet.

Hij klopte zich op de zwarte staatsieborst, maakte door dat gebaar kennelijk jeuk wakker, greep het vest, en schuurde ermee heen en weer over zijn schone linnen. Hugo had zich omgekeerd. De oude scheen plots door meer jeuk geplaagd, ofschoon onzindelijkheid er geen schuld aan kon hebben; de man was brandzuiver. Hij voerde nu de pink drilboorsgewijs de gehoorgang binnen, schudde hem heen en weer, en keurde vervolgens aandachtig de oogst van het oor op de nagel.

Adeline keek met onverholen weerzin neer op de ontzettende plebejer die niets merkte. En plotseling viel het alles van haar af, en zag zij de kleine vent zoals hij waarlijk was: enorm vitaal ondanks de vele jaren rentenierschap, de schepper van een vermogen, de *vader* van haar verloofde. Ze nam heel vriendelijk afscheid. Maar tot een kus aan de moeder kon ze zich niet opwerken. Er zijn tenslotte grenzen. Zo werd de moeder de dupe van Adelines wankele gevoelens. Maar zij was dupe, altijd, overal.

'Wel heel erg, hè?' vroeg Hugo bij het teruggaan.

Ze gaf geen antwoord. Of hij opzettelijk het vertoon van ongemanierdheidjes bij zijn vader ontlopen was, of louter toevallig, wist ze niet. Ze keurde zijn liefdeloosheid stellig af, ze zou hem daarin nooit volgen. Er stond intussen veel tegenover. En haar bewondering voor deze fijne en tegelijk sluwe en tegelijk ondoorgrondelijke zakennatuur steeg. Het bezoek aan de bron van zijn ontstaan was een openbaring.

In Heerenveen viel slechts één mooi huis, uit de achttiende eeuw, te bewonderen, een groot landhuis, thans gerecht. En even buiten de stad lag het fraaie park Oranjewoud. Het een trok hen evenmin als het ander. Zij besloten naar hun hotel terug te keren, dronken er thee, gingen dan naar boven en lazen er wat, ieder op zijn eigen kamer. Bij het middagmaal troffen zij muziek van een damesstrijkje en dit hield hen nog uren lang in het café, waar zij zich vermaakten met de tekenen van driestheid die enige jongelui vertoonden tegenover de vrouwelijke muzikanten, die verlegenheid moesten bemantelen en die door de kapel uitdrukkelijk werden genegeerd. Adeline had wel enig medelijden met deze meisjes, dat zij zelf van hoogst goedkope makelij oordeelde. Als de aanvoerster niet de viool bespeelde sloeg zij de maat met de strijkstok, een lange, sierlijke slag die met dirigeren niets uitstaande had.

Aangezien overigens Hugo's geboorteplaats hun beiden moordend vervelend leek en het onrustige bloed der jonkheid van hun eigen tijd hen beheersten namen zij het besluit om reeds de volgende dag, een etmaal vroeger dan hun aanvankelijk plan, de stad te verlaten en naar Zutphen te reizen. Hugo zou nog telegrafisch de ouders van Adeline verwittigen van hun eerdere aankomst.

Zij gingen vroeg weer naar hun kamers. Na een poosje klopte Hugo aan de tussendeur. Met snibbige stem wees ze hem af. Even later mocht hij binnenkomen. Ze was nu in bed, slechts de lamp op het nachttafeltje aan het hoofdeinde ontstoken. Prachtig lag haar haar uitgespreid op het kussen; het glansde als bloemenhoning. Hij was in een donkerblauwe kimono, gesloten met een koord om zijn middel; zijn blote voeten staken in rode slippers.

'Wat wou je?'
'Even bij je liggen.'

Ze schoof naar de muur. Hij strekte zich naast haar uit zoals hij gekleed was; hij lag op het dek.

'Ben je niet moe?' vroeg ze.

'Ik ben nooit moe.'

Het was waar. In al deze jaren had zij hem nooit vermoeid gezien, zelfs nooit zien geeuwen. Er leefde een onrust in hem, een angst voor de komende wereldbotsing, die nu al wel onvermijdelijk was; dat wist ze. Maar hij zou er haar nimmer iets van tonen, hoogstens in een enkel woord doen doorschemeren dat zijn gedachten met het conflict bezig waren; steeds duidelijker groeide hij uit tot een persoonlijkheid van krachtig evenwicht. Hij had zich dermate in bedwang dat de ogenblikken van emotie waarin de boers rollende r hem ontsnappen kon al zeldzamer werden. In het laatste jaar had hij dit nietig overblijfsel van kleinburgerlijk verleden geheel verborgen. Indien het even meeliep kon hij een ideaal echtgenoot blijken. En zij moest glimlachen omdat haar gedachten zich zo menigvuldig met hem bezighielden.

Alsof hij het vriendelijke in haar overpeinzing ried draaide hij zich op zijn zijde, en kuste haar lang, met innigheid. Ze zond hem haar merkwaardige roodbruine blik na toen hij zich ten afscheid in de tussendeur naar haar omwendde. Zij beiden voelden dat de dag, schoon begonnen, ook een schoon einde had genomen.

Tegen koffietijd waren ze in Zutphen. De ouders van Adeline bewoonden een statig huis dicht bij de indrukwekkende kerk en de IJssel. Hugo, overal thuis, was het ook hier, meer zelfs dan de eigen dochter. Het gezin was altijd klein geweest. Adeline bezat nog een broer, officier bij de marine, die meest door Nederlands-Indië kruiste en getrouwd was met een Noord-Amerikaanse uit hoge stand. Zij woonden in Bandoeng; de vrouw was nooit overgekomen. De ouders vertoonden Hugo portretten van beiden.

Hugo had in een oogwenk gezien dat Adeline van haar ouders nauwelijks minder afweek dan hij van de zijne. Zij was volkomen dame, onbetwistbaar, doch zij stak vol moderne ideeën. De eeuw had echter op de ouders geen vat. Zij waren ongelooflijk hooghartig, hoewel in de omgang van een hoffelijke eenvoud. Zij leefden hier vrij vereenzaamd, daar zij met de notabelen weinig aanraking hadden. Wel kenden zij er velen onder de trotse landadel van de

Achterhoek. Adelines moeder was de dochter van een jonkheer, en haar vader van een zo oud patriciërsgeslacht dat hij zich boven veel adellijken oordeelde, gelijk met patriciërs soms het geval is; zij wensen niet in de adelstand 'verheven' te worden, want zij zouden dat als een degradatie aanvoelen; voor hen is nieuwbakken adeldom een gruwel. Men kwam nu en dan in de namiddag samen op een der kastelen, ook wel in dit huis. Dan stonden mooie wagens en file in de straat te wachten op de terugkomst van hun bezitters. In de zomer, ondanks uitvallers, gingen deze bijeenkomsten door; aan het koffiemaal vertelde de oude heer dat hij straks zou worden afgehaald voor een clubmiddag op een slot in de buurt van Lochem, bij de graaf van Randerode.

Adeline had nieuwe stof voor bewondering van Hugo, wegens zijn volstrekt natuurlijke houding. Het was zeker dat haar ouders geen enkele poging deden hem te imponeren. Dat deden zij nooit, want zij bezaten de adeldom van de geest. Maar hier heerste toch bij alle grootheid op sterven, alle wrakheid van oude meubelen, alle sleetsheid van stoffering een sfeer die men niet kon verdonkeremanen al had men het gewild, een sfeer die de burger, en niet alleen de kleine, vangt in veel ontzag en een weinig vrees. Bij Hugo niets van dit alles. Adeline had haar verloofde nimmer in een dergelijk milieu meegemaakt; hij was zichzelf, geheel zoals zij had gehoopt en niet geweten. Maar Hugo was zonder dat zij het vermoedde verder gegaan; hij had reeds bij het betreden van de gang, in de eerste seconde, na een vluchtige maar onderzoekende blik dit gedacht: als er een van de oudelui sterft moet Adeline absoluut de nalatenschap aanvaarden onder benefice van inventaris. Hij bezat een zintuig dat de medemens naar zijn geldelijke positie feilloos peilde bij enkele steekproef. Na dit vonnis had hij geen wezenlijke belangstelling meer voor zijn aanstaande schoonouders. Hij wist dat zij verre van rijk waren, maar zó arm, – nee, dat had hij toch niet vermoed. Er zouden hier nooit zaken, van welke aard, zijn te doen.

Toen de oude heer vertrokken was toonde Adeline aan Hugo de porseleinkast met de beroemde verzameling famille verte. Hugo was echter niet universeel kunstzinnig en aardewerk zei hem toevallig niets. Best mogelijk vertegenwoordigde dit een kapitaal, maar dan zou er ook wel een kapitaal aan schuld tegenover staan, aan bescheiden schuld gelijk in deze geslachten voorkomt, schuld aan verwanten en vrienden die zich eerst na de dood aandient, rustig en onverbiddelijk. Liever zag hij een kleine meester, maar er hing er geen aan de wanden. Als ik hier een dag moet blijven, ben ik er geweest, dacht hij. Maar hij dacht anders toen hij de tuin zag, een grote stadstuin tussen hoge, warmkleurige bakstenen muren, zorgvuldig onderhouden. De beste bloeitijd was reeds voorbij, toch bleef hij een lust voor het oog, en prachtig was het gras dat achterin opglooide tot een enorme zodenbank. Hij zat er urenlang met Adeline in de weldadige zon. De moeder ging onderwijl haar stille weg door het huis.

Later zocht Adeline haar op, en zij spraken wat op Adelines meisjeskamer. Adeline wist dat haar moeder veel mooier was dan zijzelf. Toch was zij haar fonkelnieuw. Wat een allerliefst mens, dacht ze. Mevrouw Oofke had magnifiek sneeuwwit haar; het ontsprong bij de slapen zo teder dat Adeline erover had willen strijken; maar eigenlijk had ze haar moeder wel voortdurend kunnen omhelzen. Ze had hofdame moeten zijn, dacht ze verder. Het oog was niet groot, maar zachtblauw en onschuldig, het gezicht klein en lieflijk, de gestalte nog vrijwel volmaakt. En wat de huid aan glans had moeten inboeten, vergoedde zij door een eigenaardige wittige tint met een schaduw van paars. Zij spraken heel eenvoudig, of de dochter geen jaren was weggeweest. Want de moeder was niet iemand om ooit haar gevoelens bloot te geven; zij was bij alle innemendheid hoogst koel. Van Hugo zei ze alleen dat hij een welopgevoed jongmens was. Het werd niet neerbuigend gezegd, misschien argeloos, misschien meesterlijk bestudeerd. Adeline kon er niet wijs uit worden, maar het stoorde toch even, en het wekte bij het doordenken verbittering.

Zij bleven er twee volle dagen; aan de dode haard rookte de oude heer des avonds met Hugo een sigaar. Zij schoten redelijk wel met elkaar op. Zij wisselden hun opmerkingen uit boven de krant, waarvan elk een stuk las. De tweede dag maakte Hugo een toespeling, die, ofschoon voorzichtig geplaatst, toch onomwonden van antisemitisme blijk gaf. De oude heer De Valleije Oofke liet zijn dagblad geheel zakken en zei:

'Ah zo, meneer Van Delden, u offert blijkbaar ook al aan de

eeuw. Wij hier doen dat nog niet.'

Adeline had de woorden aangehoord. Ze vreesde een ogenblik voor onenigheid. Ze wist niet of Hugo toevallig of opzettelijk die woorden had geuit. Zoiets wist ze nooit van hem. Doch het leek ditmaar eerder toevallig, omdat hij met een glimlach slechts antwoordde:

'Zoals u het opvat.'

Adeline bezag haar vader, die zijn lectuur had vervolgd. Op haar moeder leek zij niets, maar van haar vader had zij het roodbruin oog en de roodbruine blik. De blik van haar vader evenwel trok niet, hij hield op een afstand. Hij had ook haar op een afstand gehouden. Met één oogopslag zag men in hem de gentleman. Zijn haar was dun en zilver, zijn neus gebogen en fijn. Onder het fijne scherp getekende jukbeen waren de wangen ingevallen, echter gezond gekleurd. Ouderwets en tegelijk voornaam stond hem de grauwe kortgeknipte snor boven een geestkrachtige mond. Maar die mond en die scherp vierkant gebeitelde kin bezaten slechts energie in hun lijn; zij misleidden eer nopens de levensdrift die gering was. Haar vader was dunsappig en zij had dat weer van hem, – zij stelde dat opnieuw vast. Toch was ook haar bloed te jong en te onstuimig – als bij Hugo – om het hier langer dan twee etmalen te harden. Bovendien wrokte in haar steeds dieper de uitlating harer moeder omtrent het welopgevoed jongmens. Het verstoorde het evenwicht harer ziel, als een gif dat van het lichaam. Nee, zij was van dit huis afgegroeid; de zonne-uren in de tuin naast Hugo konden haar niet hier houden; zij ging met hem naar Amsterdam terug en daar zou zij haar verdere vakantiedagen slijten.

Zij reden een omweg, door de Middachter Allee, langs de Veluwezoom, over Utrecht, aan de Vecht, en de Menistenhemel in zijn volle lengte. Zij gingen zeer veel schoons voorbij, bouwkundig en natuurkundig, en Adeline, die Hugo chaufferen liet, zag er veel van. Doch ook dacht zij veel aan beide bezoeken en zag opmerkelijke overeenkomst bij verscheidenheid. Hugo was vervreemd van zijn omgeving, zij ook. Hugo had de schijn bewaard zich in de zijne thuis te voelen, zij in de hare. Maar Hugo was thuis geweest in haar omgeving, zij niet in die van hem.

Ook zag zij overeenkomst en verschil tussen beide ouderparen.

Geen hunner had gerept over het lange wegblijven, maar Hugo's ouders niet omdat het voor hen vanzelf sprak, de hare niet uit hoogmoedigheid. Geen hunner had inlichtingen gevraagd over trouwplannen, maar Hugo's ouders niet omdat ze vreesden te vernemen dat ze nog ver lagen, de hare niet omdat ze vreesden te horen dat het huwelijk nabij was.

En zijzelven? Wás hun huwelijk nader gekomen? Ze wist het niet, en evenmin of ze om haar onzekerheid zich moest gelukkig prijzen of die bejammeren. En opeens kreeg ze een ingeving: niet zij beiden zouden beslissen, maar een blinde kracht, een geweld van buiten moest hen óf vernietigen, óf scheiden, voorgoed. Ze kon niet weten dat Hugo meermalen hetzelfde had gedacht.

DE SCHORSING

'Na het gesprek met Van Delden heb ik het geval nog eens overwogen. Maak zo gauw mogelijk een vast contract op schrift tussen Johannes en de zaak en mij en de zaak. Ga naar Binkershoek. Wanneer er dan wat gebeurt zijn wij tweeën safe. Welkom.'

Na een zware sinistere droom ontwaakt was Aga's oog op een snipper papier onder de drempel gevallen. Nu las zij Welkoms apostille met nog troebel hoofd, zittend op de rand van haar bed. Ze werd er klaarwakker van. Er was misschien geen minuut te verliezen. Acht uur; dus ze kon wel meteen bellen.

In haar pyjama stormde ze naar beneden. Johannes lag om deze tijd nog te slapen en haar zusters konden haar niet schelen. In de gang de telefoon grijpend vroeg ze verbinding met Leiden, met het kantoor van Mr Binkershoek, de advocaat van de zaak en van de familie. Ze bleef bij het toestel en trappelde na een halve minuut reeds van ongeduld. Tegelijk bekeek ze met welgevallen haar blote voeten, klein, hooggewreefd. Ze verzorgde haar voetnagels slecht, ze had daarvoor veel te weinig aandacht, maar hoe mooi lagen de twee rijtjes aflopende tenen daar op het kleed, zonder enige woekering, blank, glad, stevig, precies passend in elkaar, als het ware en bloc uit een doosje gelicht en op de vloer neergezet. Mijn god, wat zijn dat voor gedachten op zulk een ogenblik! vroeg ze zich af

Marvédie, steeds het eerst op, en bezig in de erkerkamer, stak haar hoofd door de gangdeur, zag Aga trappelen en verdween weer. Luca kwam omlaag en keek op het warrige hoofd der jongste, die terwijl zij langsliep woest onder de wilde haren uitgluurde en met de hielen een paar fikse schoppen tegen de muur gaf. Vlak daarop had Aga de verbinding, en de advocaat zelf aan de telefoon. Aan haar schorre hese stem, de slechte stem harer vroege ochtenduren, trachtte zij een verleidelijke klank te geven. Binkershoek kon haar als eerste ontvangen, mits zij te prompt negen uur verscheen.

Zij gebood Marvédie het nonsensicaal geredder in de huiskamer te staken en onmiddellijk de wagen voor te rijden. Aga bezat evenwel niet de normale vrouwelijke handigheid. Deze korte energieke vingers konden degen en sabel hanteren, stuurrad, roerpen, schoot, koopmansgoederen, – zij konden met het eigen toilet slecht overweg. Hoe zij zich haasten mocht, Aga slaagde er nooit in binnen het half uur gekleed te zijn, en thans deed zij er zelfs langer over. Zij slokte een paar brokken brood en een kop thee naar binnen, sprong in haar kar en reed weg. Een grote kalmte was over haar gekomen. Niettemin dreigde ze voor de gesloten spoorwegovergang aan de toegang tot de stad haar geduld opnieuw te verliezen. Dat begint slecht, dacht ze.

Mr Binkershoek hield kantoor en woonde tevens boven een winkel op de Nieuwe Rijn. Een der grootste merkwaardigheden van het aan verborgen verrassingen rijke Leiden zijn de trappenhuizen. Zij vertonen het type der stroomversnelling bij dozijnen varianten. Men struikelt ze af, en vooral struikelt men ze op. Ook plegen ze te liggen in het stikdonker of daaromtrent. De trap van Binkershoek was zulk een curiosum. Na de smalle entree begon men in de plots brede en tevens vrijwel nachtduistere gang met vertrouwen de eerste bocht der trap te bestijgen, samengevoegd uit lage, majestueus brede treden, om eensklaps zijn schoenneuzen te stoten tegen geheel andere maat. Dan steeg men niet meer, maar klom. En ten laatste dacht men met een schrikje in het ledige te stappen, totdat de schuchter tastende voet aan de tweede bocht de nieuwe treden, laag en van majestueuze breedte, gevonden had. De tegenstelling met het kantoor was groot, want prachtige kamers hadden vóór een uitzicht op breed water, veel vertier over beide wallen, en door de kolommen van de Korenbrug des zaterdags een frisse blik op de bloemenmarkt. Achter keek men uit op de ronde gekanteelde muur van de Burcht op haar heuvel en het zwaar geboomte aan haar voet.

Binkershoek was een grote man van ongeveer zestig jaar. Hij woonde hier eenzaam na de dood van zijn vrouw en het vertrek van zijn twee dochters en zijn zoon. Hij was niet bepaald slordig gekleed, maar toch zonder smaak. Hij behoorde niet tot de pleitbezorgers met voortreffelijke fantasie-coupe, en die de toga achteloos omhangen. Zijn beroepskledij integendeel was zijn enige zorg: hij droeg de toga altijd zorgvuldig gesloten, en zijn bef hing strak neer, glanzend wit, scherp geplooid. Hij werd daarin een ander wezen; de toga was zijn ware kleding; hij manoeuvreerde er in de pleitzaal mee, behoedzaam en verstandig; zij was een stuk van overtuiging in de zaak die hij voorstond, en een belangrijk stuk. Hij hield zich aan de oude methode, hij behoorde tot een uitstervend geslacht.

Maar hij behoorde ook tot degenen die zich niet laten meeslepen door het tempo van de tijd, hij haastte een cliënt nooit. Hij had een praktijk van matige omvang, doch van goede bestanddelen; hij dacht er niet over zijn cliënten het comfort te bieden van een kunstlicht op de trap, zij het nog zo nietig. Als ze de leuning vasthielden kon hun niets gebeuren. Indien de trap hun niet beviel konden ze wegblijven. Hij was van de oude stempel, hij zocht geen toenadering, liever zou hij afstoten. Die trap was een beginsel van zijn kantoor, zoals het een beginsel was dat hij enkel mannelijk personeel in dienst had, dat de toga van boven was gesloten, en de bef smetteloos. Hij had een grof gelaat met strenge uitdrukking.

Er bestond tussen hem en De Leydsche IJzerhandel een oude verbintenis. Zijn vader en hij hadden de affaire zien groeien, ook wel eens kwijnen, maar groeien meest, en onder alle wederwaardigheden hun diensten verleend.

Hij stond voor het raam toen Aga werd aangediend en vlak daarop binnenkwam. Zijn enige liefhebberij was een zoetwateraquarium, dat in zijn sobere, haast kale kamer onmiddellijk opviel als vreemd en bekoorlijk, met het diepgroen van vele planten waartussen zich raadselachtige wezentjes bewogen. Hij stond bij een venster. Hij had er juist naar gekeken. Ter wille van het behoud van deze teder gekweekte levens verkeerde de kamer des zomers door rolgordijnen in een halve schemering, waarbuiten men toch iets ontwaarde van bedrijvigheid op water en wallen. Hij wees Aga een plaats aan de andere zijde van zijn bureau. Het zachte licht viel op haar trekken. Ze was volmaakt rustig. Het voorzichtig opgaan van de beruchte treden had wat er restte aan zenuwachtigheid in haar binnenste verdreven. Kort en duidelijk zette ze de zaak uiteen. Ze sprak over zichzelf, Welkom, Johannes, Hugo van Delden. Ze vertelde wat er de vorige avond gebeurd was en verzocht hem contracten op te stellen. Ze overhandigde hem Welkoms briefje.

'Hebt u een exemplaar van de statuten van uw zaak?' vroeg hij, toen ze was uitgesproken.

Die had ze niet bij zich, wel op kantoor. Hij greep de telefoon.

'Meneer Kamp, kijkt u eens in dat dossier van De Leydsche IJzerhandel, waarvoor we de statuten nodig hebben gehad, in die zaak van... juist. En breng me de statuten.'

Hij sprak zijn eerste bediende, die nog onder zijn vader had gewerkt, steeds in de beleefde vorm aan. Het oude heertje bracht hem even later het exemplaar. Hij keek het vluchtig door.

'Precies. Over schorsing wordt niet gesproken. Dus hebben we alleen met de wet te maken; dat wil zeggen dat de directie kan worden geschorst door het college van commissarissen. Maar zolang de directie niet is geschorst is ze volledig handelingsbevoegd, behoudens enkele gevallen die hier niet ter zake doen. U vormt de directie, u kunt dus met uw twee broers een arbeidscontract aangaan voor laten we zeggen, om het niet te bont te maken, tien jaar, zolang als u niet geschorst bent. Ik ben bereid die contracten vandaag nog op te stellen, u kunt ze vanmiddag tekenen.'

Al had hij nooit zakelijk met hem te maken gehad, hij herinnerde zich die Van Delden wel. Hij had gestudeerd met zijn eigen zoon, beiden jurist, beiden student-Leidenaar, beiden clubgenoten. Maar hij mocht die Van Delden niet erg, met zijn quasi slaperig gezicht dat zoveel verborg. Hij had hem ook wel eens hier gehad, een begaafde jongen, maar zijn genre allerminst. Het was inderdaad zaak haast te maken.

'En ikzelf?' vroeg Aga.

Hij keek haar aan. Haar mocht hij wel, dit wonderlijk schepsel, die despotische natuur, die alleen scheen te leven voor haar zaak en haar gezin.

'Met u ligt het geval helaas anders. De directie kan volgens de wet te allen tijde door de vergadering worden ontslagen. Een contract op vaste termijn zou u dus niet in het zadel houden, als de vergadering kwaad wil. Gesteld u had een contract, dan zou een onregelmatig ontslag zich alleen in een recht tot schadevergoeding oplossen, en de rechter is erg vrij in het bepalen van de grootte van die schadevergoeding; ik bedoel niet naar boven, maar naar beneden toe. Maar bovendien moet *uw* contract aangegaan worden met de algemene vergadering; dus we zouden eerst dienen te weten of die op uw hand is.'

Aga's voorhoofd raakte bewolkt. Zij had hem goed begrepen.

'Dat is een lelijke streep door de rekening. We moeten met ons vijven van de zaak leven. We hebben ons huis waarin we zelf wonen, en de aandelen die de laatste jaren geen dividend hebben kunnen betalen. Haast ons hele kapitaal zit in de zaak. Het salaris van mijn twee broers en van mij, dat alles gaat in één pot, en daarvan bestaan we allemaal.'

'Uw broer heeft met zijn briefje de kwestie juist bekeken, doordat hij niet spreekt van u, maar alleen van zichzelf en uw andere broer.'

'Och, hij is maar een gewone domkop, hij weet niets... Nu ja, hij is een heel goed inkoper... Maar kunt u aan dat geval van mij geen mouw passen?'

'Onmogelijk.'

Aga stond ongeduldig op, een brede voor van boosheid tussen haar wenkbrauwen. Ze liep naar het raam en staarde neer. De advocaat bleef zitten.

'De salarissen van uw broers kan ik redden, dat hoop ik tenminste, maar meer niet. En natuurlijk geen buitensporige salarissen. We mogen niet verder gaan dan voor bijvoorbeeld tien jaar vast te leggen wat ze nu verdienen, op dit ogenblik, anders krijgt u later zeker moeilijkheden.'

Aga keerde zich weer om.

'Dat wordt dan zowat acht mille per jaar, in plaats van twaalf.'

'Me dunkt, daar kunt u dan toch nog van rondkomen.'

'Het zal wel moeten... Trouwens, ik geef me niet gewonnen. Ik laat me maar zo niet afdanken.'

'Dus,' resumeerde Binkershoek, 'zullen we met die twee contracten beginnen. Later zien we wel verder. En als die contracten uiterlijk om twee uur getekend zijn, kan ik ze vanmiddag nog geregistreerd krijgen. Ik ken de ontvanger persoonlijk goed, en ik kan tot twee uur de stukken aanbieden. Geeft u me even wat bijzonderheden.'

Hij maakte enkele aantekeningen. En toen:

'Als ze nu zo vriendelijk zijn met de schorsing die u vreest – of laat ik liever zeggen die ik voor u vrees – als ze met die schorsing tot morgen willen wachten, dan zijn uw twee broers tenminste geborgen.'

De gejaagdheid van Aga nam zichtbaar toe. Het woord schorsing, hoewel door de advocaat reeds herhaaldelijk uitgesproken, was nog langs haar afgegleden. Ze had de mogelijkheid van haar ontslag onder de ogen gezien, maar die van haar schorsing niet, met alle gevolgen, met het lamleggen van haar bevoegdheden. En toch voorvoelde ze iets. Ze wist niet precies aan te geven waarom ze zulk een haast maakte. Haar instinct had haar gewaarschuwd. De advocaat dacht verder. Hij opende haar ogen.

'Maar kan dat eigenlijk? Zo maar schorsen?'

'Tot mijn spijt kan dat.'

'En hoe gebeurt het?'

'Op verschillende manieren. Mondeling, en dan natuurlijk liefst met getuigen, of per brief en dan natuurlijk liefst aangetekend, of per deurwaardersexploot.'

Het laatste maakte op Aga grote indruk.

'God, stel dat er nu al een exploot in de zaak op me ligt te wachten.'

'Bij u thuis. In de zaak niet, maar bij u thuis zou het kunnen.'

'En dan?'

'Dan is er niets meer aan te doen; dan bent u geschorst.'

Weer was Aga opgesprongen. Haar ogen vlamden; ze steunde beide handen op het bureau.

'En u zegt dat maar zo kalm?'

'U vraagt. Wat moet ik anders antwoorden?'

'Dus dan kunnen we met ons vijven verhongeren?'

'Kom, kom, juffrouw Valcoog, zover zijn we nog niet. Het is heel jammer dat die contracten niet eerder... maar enfin, dat helpt niet. Ik zie intussen geen reden het geval nu ineens van zijn zwartste kant te bekijken. Die meneer Van Delden was nog gisteravond bij u?'

'Ja.'

'Dan lijkt het me toch al heel onwaarschijnlijk dat hij nu al, een paar uur later...'

'U kent hem niet. Hij had dat exploot misschien al in zijn zak... Want hij schorst me, o, daar ben ik absoluut zeker van, ik voel het, hij schorst me, en hij doet het met zo'n vervloekt exploot.'

'We kunnen niet meer dan ons haasten en intussen de moed niet verliezen.'

'En gesteld dat ik geschorst word, hoelang kan dat duren?'

'Twee, drie maanden op zijn hoogst, dunkt me, en uw salaris loopt zolang door. De algemene vergadering beslist over uw ontslag.'

'Kan ik hier mijn woonhuis opbellen?'

'Met genoegen.'

Even zwegen ze, in afwachting. Aga staarde naar buiten. De advocaat keek belangstellend naar de jonge vrouw, wier gelaat een grote tragiek verried. Ze beet zich telkens in de onderlip. Er trokken harde groeven langs haar neus. Haar bleekheid was nu niet meer blank, maar beslagen. Men kon zeker niet zeggen dat zij aldus mooi was. Maar voor haar golden andere dan esthetische maatstaven. Hij vond haar geadeld. Hoe jammer van het gebit dat af en toe de sproeterigheid zijner goudvullingen vertoonde op de paletten der snijtanden.

Middelerwijl werd Aga steeds nerveuzer. Ze voelde haar hele lichaam trillen. Ze moest iets bedenken, en kon niet vinden wat. Het lag vlak voor de hand in haar hersens, maar ze vermocht het niet te verwerkelijken. Dol was het daarbinnen, dol. O die ellendeling, die Hugo, met zijn bezoek van gisteren, en op wie ook haar zware droom van deze nacht betrekking had. Hij speelde daarin een rol, heel schimmig en heel gruwelijk. Verder wist ze niet. Maar de droom maakte haar dof, dol. Was dat een begin van krankzinnigheid? Haar handen sidderden. Die man daar mocht niets merken. Ze kneep haar vingers in haar schoot samen. Alles hing af van haar tegenwoordigheid van geest. Hoe in godsnaam kwam ze zo? Dat was zijzelf toch niet? Daar lag het, datgene waarom ze denken moest, vlak vooraan in haar schedel, en het lag ook op de punt van haar tong en ze wist het niet te bepalen.

De tweede bediende bracht een papiertje. De advocaat las wat er op stond: de naam van een nieuwe cliënt. De telefoon ging.

Het bleek Katwijk. Het was de stem van Marvédie.

'Met Aga... Nu moet je even goed je hoofd bij mekaar houden, Marvédie, en niet staan suffen. Ik ben hier bij meneer Binkershoek. Maar wanneer er thuis een brief voor me wordt bezorgd, of een stuk van een deurwaarder, bel me dan dadelijk dringend hier op, of aan de zaak. Ik ben daar of hier... Nee, uitleggen zal ik het later wel. Dus eerst hier bellen en dan daar. Bonjour.'

Vervolgens telefoneerde ze voor eigen gemoedsrust met de ijzerhandel, sprak de procuratiehouder en gaf overeenkomstige instructies.

'Is meneer Johannes er al?' vroeg ze aan het slot.

Want Johannes zou die ochtend naar Leiden gaan.

'Nog niet, juffrouw. Ik denk onderweg.'

Aga liet de hoorn vallen, greep hem nog tijdig, en legde hem, verdwaasd op het toestel. Haar gezicht trok wit weg, haar huid scheen ruw geworden, een onbeschrijflijke angst maakte haar uiterlijk terugstotend.

'God, meneer Binkershoek, mijn jongste broer, Welkom... mijn jongste broer, Welkom... ik weet niet waar hij is... Hij is vanmorgen vertrokken bij ons thuis... en ik weet bij god niet waar hij uithangt... Ik wist het aldoor dat hij weg was, maar ik kon er niet opkomen... Hij is weg, hij ging vanmorgen op reis... ik weet niet waarheen... Wat moet ik beginnen?'

De advocaat voelde wel enige deernis met deze geplaagde vrouw in haar verwarde taal, doch hij moest alles ten slotte herleiden tot eigen schuld, eigen onachtzaamheid. Zulke gevallen had hij honderd maal meegemaakt. Men stelt de dingen niet behoorlijk op schrift, men komt bij de raadsman wanneer het te laat is, of bijna.

'U kunt,' zei hij, 'nog wel even bellen met Katwijk en met de Oude Vest; misschien dat ze daar iets weten van de verblijfplaats van uw jongste broer... De andere is zeker te bereiken?'

Ze knikte bevestigend. De nieuwe telefoongesprekken brachten geen opheldering. Een denkbeeld schoot door haar brein.

'Dan tekent mijn jongste broer het contract later.'

'Natuurlijk, dat kan... tenzij de commissarissen u tevoren mochten hebben geschorst.'

'O nee, meneer Binkershoek,' antwoordde Aga met een plotselinge glimlach. 'Dan stellen we de datum vroeger, op vandaag.'

'Antedateren van contracten doe ik niet,' zei de advocaat droog en peremptoir.

En toen, als om zijn woorden te verzachten:

'Het zou ook gevaarlijk blijven. Ik wil die stukken juist laten registreren vanwege de datum... dat ze niet later kunnen zeggen: die contracten zijn pas getekend nadat de directie geschorst was.'

'En als ik nu voor hém teken?'

'Hebt u een volmacht?'

'Nee.'

De ontkenning was haar ontsnapt eer ze het gewaar werd. Gloeiende spijt vervulde haar; ze had zich kunnen afranselen. Binkershoek voelde wat er in haar omging en op zijn beurt heel even glimlachend zei hij:

'Met een enkel "ja" had ik toch geen genoegen kunnen nemen. U zou me een schriftelijke machtiging moeten vertonen. Die dingen zijn te riskant. Een mondelinge had ik niet aanvaard.'

Aga raakte buiten zichzelf.

'U wilt ook niets, niets... Riskant...? Weet u hoe ik u vind? U bent laf.'

Ze schreeuwde het haast uit. De advocaat rees kalm op.

'Hoor eens, juffrouw Valcoog, ik ben al heel wat jaren de raadsman van u en uw familie. Maar, hoewel het me spijt, als mijn houding in deze kwestie u niet bevalt, dan is er maar één weg.'

Hij had zoiets nog nooit hoeven zeggen tegen een der Valcoogs, en zijn vader evenmin.

'Nee, nee,' riep Aga, zijn hand grijpend en onstuimig drukkend in haar beide.

Ze rende de kamer uit. Maar het fijn instinct der vrouw tot zelfbehoud toomde haar in bij de hachelijke trap die ze behoedzaam afdaalde.

Regelrecht ging ze naar de zaak, en gelijk een dier dat in hol, nest, hok, mand, bescherming zoekt rende ze naar haar privé-kantoor in dat verweg gelegen oude pand, achter het statig voorhuis met de dierenriem in koper en het balkon in marmer. Ze ontstak het licht, gaf order dat ze voor niemand te spreken was, en zette zich toen zo kalm mogelijk tot denken.

Ze keek op haar horloge: halfelf. Ze stopte een pijpje, later nog een en nog een. De doorrookte kamer werd grijzig, werd grauw. Ze zat te midden van de ontstellende rommel te denken. Ze was hier thuis en voelde dat ze de oplossing hier moest vinden. Er bleven nog enige uren speling. Uiterlijk twee uur moesten de stukken getekend zijn. Als die stommerik van een Welkom maar niet te ver uit de buurt was. Echt iets voor hem. Een goede raad geven, een uitnemende raad – dat moest ze erkennen, al kwam hij er misschien te laat mee aan – en er dan zelf tussen uittrekken. Thans moest ze de rol van detective vervullen, een detective in eigen huis. Ze vroeg door de huistelefoon aan allen die er iets van zou kunnen weten waarheen meneer Welkom gegaan kon zijn, aan de procuratiehouder, aan Joziasse, aan de chef der expeditie, aan die van het magazijn. Niemand vermocht haar in te lichten, men kon hoogstens gissen. Voor alle zekerheid belde ze nogmaals Katwijk op, kreeg achtereenvolgens de stem van Marvédie en Luca; hun was omtrent de gangen van Welkom nog steeds niets bekend. Op de slaapkamer van Welkom bevond zich geen enkele aanwijzing. Ze zond Luca naar Ant Bessenboel met de opdracht haar slechts dan terug te bellen indien Ant een aanwijzing kon geven. Met zulk een tocht wilde ze de preutse Marvédie niet belasten; Luca evenwel, romantisch zieltje, deed het graag. Ze vroeg verbinding aan met het jaarbeursrestaurant te Utrecht, waar Welkom nogal vaak kwam, met enige grote koffiehuizen in Rotterdam, Den Haag, Haarlem en Amsterdam, die zij kende als de vaste cafés van hem en zijnsgelijken. Ze deed het ter wille van de volledigheid, zonder overtuiging. Want ze wist wel dat hij er niet was. Alle gesprekken waren dringend, ze had er soms enige vlak op elkaar en dan weer wachtte ze een tijd lang vergeefs. Het zou alles bijeen een aardig sommetje kosten, en steeds luidde het antwoord ontkennend.

Het was nu de tijd dat hij ergens een kop koffie dronk. Het werd bij halfeen, de tijd dat hij kon zijn gaan lunchen. Hij bleek nergens te wezen. Luca belde niet terug.

Toen nam de gejaagdheid opnieuw van haar bezit. Datzelfde gevoel kwam over haar van te weten wat ze doen moest, van te weten waar Welkom zich bevond, en het toch niet weten. Al dat tasten links en rechts leidde nergens heen. Haar denken moest één strakke gespannen lijn volgen, en langs die lijn schieten tot zeker punt. Daar bevond hij zich. Dan moest de stroom tot dat punt schieten. Dan had ze zijn stem. En de wetenschap dat zij het wist en niet wist wikkelde haar lichaam in een razernij van vibreren. Ze moest hem nu dadelijk hebben, nu dadelijk; had ze hem over een uur, dan was het te laat. Want morgen, o zeker, morgen, morgen vroeg – niet vandaag nog, maar morgen – dan werd ze geschorst, en de contracten moesten vandaag worden geregistreerd en uiterlijk om twee uur bij de ontvanger wezen. Dat enkele uur maakte een verschil van vierduizend gulden per jaar, tien jaar lang. Morgen was het te laat.

O die ploert van een Hugo, die haar zoiets aandeed. Maar nee, de woede mocht geen bezit van haar nemen. En ze dacht. Vierduizend gulden van Johannes, of achtduizend van beiden, dat was armoede of rijkdom. Mijn god, dat zij alle drie, alle vijf, alle zes – ook haar advocaat – zo stom waren geweest dit niet tijdig te voorzien. Ze steunde haar hoofd in haar handen op het blad van het bureau, ze woelde met haar vingers in de vracht van haar haren. Haar ene elleboog lag begraven in een berg as, haar andere had de steel van een pijpje doen knappen. Haar schedel kraakte van haar denken als een gelijmde oude kast bij plotselinge temperatuurswisseling.

'Ik ben een detective, ik moet het zijn,' zei ze luid, zonder het te weten.

Ze hief het hoofd op. Haar gelaat gloorde gelijk een bleke lamp door de mist. Weer nam ze de telefoon; haar hand was vast. Halfeen. Het kon nog.

'Lindeier, Alkmaar.'

Ze wachtte op de verbinding. Haar zenuwachtigheid was nu van een ander karakter geworden, de onzekerheid weggevallen. Slechts bleef de tijdnood over, de enorme tijdnood. Haar ondergoed plakte aan haar huid. Het rinkelen der schel. Dat was Lindeier, en het was Lindeier zelf.

'Met juffrouw Valcoog. Is mijn broer nog bij U?'

'Net weggegaan, een kwartiertje geleden.'

'God in de hemel... Ik moet hem dadelijk hebben. Het is ontzettend dringend. Waar is hij naartoe?'

'Ik denk naar de Hoogstraat... Wacht u eens even. Ik zal vragen. Misschien weten ze beneden...'

Ze hoorde de fabrikant door de huistelefoon spreken en dan:
'Uw broer is nog hier. Ik wist het niet, maar hij stond in de toonkamer te praten.… Daar is hij.'

Aga had toen nog een zware eindeloze tijd met zichzelf te doorworstelen. Ze rookte; de atmosfeer in de kamer was verstikkend. Ze luisterde naar elk geluid. Ze bevond zich zo inpandig en zo ver van alle bedrijvigheid der affaire, dat ze slechts flauwtjes het rumoer vernam van de straat. Eenmaal naderde een langzame stap door het gangetje. Dat was hij niet. Op de tik aan haar deur rukte ze deze open. Een bediende stond voor haar en deinsde achteruit.

'Ik ben er niet,' snauwde ze. 'Vlieg op!'

Als ordeloze pareltjes lagen zweetdruppels op haar voorhoofd. De beide overeenkomsten werden nog intijds getekend en aan het registratiekantoor aangeboden. Het gevaar dat de broers met een maand op straat zouden worden gezet was bezworen. Aga reed als een dolle naar Katwijk; een gloeiende band lag om haar hoofd, maar haar gelaat straalde van zege. Ze was geen ogenblik meer bevreesd. Ze wist dat er vandaag niets meer komen kon, wel morgen komen zou. En zelfs, al werd de schorsing haar vandaag nog aangezegd – het was niet gebeurd en het zou ook niet gebeuren – maar al gebeurde het nu, op dit ogenblik, dan waren de contracten toch nog getekend terwijl zij directrice was, en daarmee onaantastbaar. Al wat zij gedacht had van dat ene noodlottige uur was denderende kolder.

Ze ging thuis niet eten. Ze nam haar badpak en badmantel, ze zwom de zee een eindweegs binnen, dook, liet zich drijven, en het goede water, de blauw lustige zee spoelde alles weg uit haar lijf en haar ziel, klamheid, pijn, zorg, angst, en de restanten van woede. Bewegingloos liggend op haar rug keek ze naar haar voeten met een vrij denken in haar hoofd. Glimlachend bezag ze haar tenen die daar voor haar uitschommelden, tien dobbers, in twee rijtjes van vijf. Wat een grappige gedachte was haar ingevallen!

De ochtend daarop kwam ze vroeg omlaag. Ze zette zich in de vensterbank van de erkerkamer en wachtte af. Enkele minuten na achten verscheen een klein roze mannetje met een opgewekt voorkomen, met een aktetas. Ze kende hem niet; ze begreep wie hij was; ze deed zelf open.

'Spreek ik met juffrouw Valcoog?'
'Ja.'
'Met juffrouw Aga Valcoog?'
'Ja.'
'In persoon?'
'Ja.'
'Ik heb voor u een minder prettig bericht.'

Ze gaf verder geen antwoord. Het mannetje keek op zijn horloge, trok een gezegeld papier uit zijn tas, duwde – aangezien hem niet was verzocht binnen te komen en hij het raadzaam vond daar niet om te vragen – de tas tegen de stenen voormuur, duwde het papier op de tas, krabbelde op twee plaatsen iets met inktpotlood, zette aan de keerzijde zijn handtekening, en reikte haar het stuk over. Ze nam het met duim en wijsvinger van bei haar handen aan de bovenkant in het midden vast.

'Weet u wat we met zoiets doen...? Dit.'

Ze scheurde het vel over de lengte doormidden en wierp de twee verfrommelde ballen papier achter zich in de vestibule.

'Dat is uw zaak,' zei het mannetje, groette heel netjes en vertrok.

Na de deur gesloten te hebben raapte Aga de papieren weer op, en in de erkerkamer streek zij ze glad en paste ze samen. 'Heden, de 17e augustus 1935 des voormiddags te 8 uur en 5 minuten,' las ze. En dan verderop met grote letters: 'Geschorst voor de tijd van drie maanden.' Nu, van de rest zou ze straks wel kennis nemen; veel moois stond er stellig niet in.

Marvédie, binnenkomend met de thee, hoorde haar jongste zuster zeggen:

'Hugootje, vrindlief, je hebt me nog niet klein.'

'Zijn er hier ergens van die gegomde stroken, doorschijnend, je weet wel?' vroeg Aga.

Na de scheur gehecht te hebben dronk ze met smaak haar morgenthee.

En voorlopig had de ijzerhandel nog iets wezenlijk aardigs bereikt, zij het van bijkomstige betekenis. Want Welkom was naar Lindeier, de importeur van het mooie Engelse deurslot, gegaan, om hem onder het oog te brengen dat hun eigen gedelegeerd commissaris bezig was hun zaak, en dat met *zijn* hulp, in de grond te boren. En Lindeier – die natuurlijk niet bij het vorige onderhoud het achterste van zijn tong had laten zien – was er door hem deels met goede woorden, deels met ten tonele gevoerde razernij toe gebracht aan De Leydsche IJzerhandel nog een behoorlijke partij van diezelfde sloten af te leveren.

Aga lachte hardop. Toen las zij bedaard het exploot ten einde.

DE WEGEN VAN HUGO

Het exploot was op zijn minst tendentieus; het bevatte ook leugens en één perfiditeit. In de stemming van triomf waarin zij verkeerde kon Aga er alleen medelijdend om glimlachen. Binkershoek, wie zij het exploot ter lezing gaf, verklaarde ronduit dat daarmee haar zaak eer sterker dan zwakker kwam te staan. Hij vreesde het tegendeel, kennend het boosaardig genoegen van de mens in smaad en laster, en had dus kunnen zwijgen. Voor ditmaal week hij af van zijn voorzichtige terughoudendheid, deels uit medegevoel met de jonge vrouw, deels uit een overweging soortgelijk aan die welke een vader zijn dochter voor het naderend examen moed doet inspreken. Aga had met dit exploot misschien een vervolging wegens belediging kunnen instellen, maar het scheen niet bij haar op te komen, en dat verheugde Binkershoek die geen heil zag in bijkomstige verwikkelingen. Hij vestigde dus haar aandacht niet op die kant van de zaak. Hij sprak met haar af dat zij zich voorshands niet in de ijzerhandel zou vertonen, daar zij dan het gevaar liep van te worden afgewezen. Hij wilde haar houding overigens nog niet bepalen. Zij deed het best voorlopig af te wachten en het geval van alle kanten te bezien. De wederpartij was gedwongen, had zichzelf door dit stuk gedwongen binnenkort een algemene vergadering van aandeelhouders te beleggen, waarop de schorsing moest leiden tot hetzij eer- en rechtsherstel, hetzij ontslag. Zijzelf kon die vergadering ook bijeenroepen, – natuurlijk. Maar het had geen haast. Hij ried dringend aan dat haar broers geen enkele daad van openlijk of heimelijk verzet zouden plegen. Aga zag de juistheid van die raad zeer goed in.

Hugo, als waarnemend directeur, kwam enige dagen achtereen het bedrijf voeren, bijgestaan door de procuratiehouder. De laatste merkte dat zijn nieuwe chef meer van het bedrijf wist dan hij vermoed had, maar uiteraard rustte de leiding grotendeels op zijn schouders. Hugo deed niets dan veel vragen en zich wat inwerken. Hij was zo verstandig zich niet bloot te geven door vragen die onkunde konden verraden. De oppervlakkige kennis hem reeds als gedelegeerde eigen, zijn helder inzicht, en zijn zakelijke algemene ontwikkeling maakten dat hij in de ogen van de ander heel wat leek. Hij gedroeg zich tegenover Welkom alsof er niets was voorgevallen en Welkom behartigde de belangen als vanouds. Meest op reis, had hij met Hugo weinig aanraking.

Johannes werd tot een fundamentele verandering in zijn levenswijze genoopt. Slechts op twee punten greep Hugo in de affaire wezenlijk in, en die punten hingen nog ten nauwste samen. Hij begon met de hulpboekhouder Joziasse naar huis te sturen met anderhalve maand salaris. Of hij Johannes binnenhaalde om Joziasse, van moederszijde joods, te kunnen wegzenden, of omgekeerd, viel niet te zeggen. Met het luie leventje van Johannes was het evenwel gedaan. In een briefje van een paar regels verzocht Hugo hem zijn vroegere plaats in te nemen en zich te belasten met de boekhouding in volle omvang. Johannes kon niet tegenstreven of hij zou als arbeidsweigeraar op de keien komen te staan. Het door Binkershoek opgesteld contract werd nu enigermate een strop die Johannes om zijn eigen hals had gelegd: zijn functie als boekhouder was daarin niet bepaald tot de hoofdboeken. Voor het overige had de advocaat geadviseerd de contracten niet ter sprake te brengen aleer het noodzakelijk zou blijken. Nu, Hugo repte er gelukkig niet van. Hij was stellig onkundig, en, zou hij de twee broers het lot van Joziasse willen doen delen, dan was het tijd genoeg de contracten te vertonen.

De lokaliteiten voor het kantoorpersoneel lagen in het pand van de voorhene winkel, deels daarachter, deels daarboven. De winkeldeur was altijd gesloten. Men betrad de kantoorruimten door het expeditielokaal van de kleine goederen, een doorbraak van de scheidsmuur, en een oude kille gang. Het kantoor was overkoepeld door een glazen lantaarn en, hoewel nooit zonnig, toch voldoende verlicht, ook door twee ramen uitziend op een binnenplaatsje dat het achterhuis van de winkel scheidde. De lantaarn liep door over twee kamertjes, palend aan het bediendekantoor. Het grootste der twee was dat van de procuratiehouder, het kleinste werd opnieuw dat van Johannes. Door het ontbreken van zonneschijn was het daglicht in al deze ruimten kil, vaak somber; niettemin vertoonden zij iets gezelligs door de ordelijke meubilering met goedgeboende en gewreven meubels en blinkende kantoormachines, bruine lambrisering, geel gesausde binnenwanden, kastanjekleurige kokosbedekking op de vloer. Ook kon men er des winters met de centrale verwarming heerlijk stoken. Gebrek aan gezelligheid kenmerkte slechts de ontvangkamer, daar weer achter, onder een eigen, hoger gelegen lantaarn, die opstond als een spits dak, te veel hout vertoonde en te weinig licht doorliet. Aan dit vertrek in de vorm van een pijpenla was nooit zorg besteed, al ontving men hier iedere leverancier of afnemer die zelf wilde komen praten, omdat ontvangst in het privé-kantoor der directie volslagen onmogelijk was. Wie van de donkerbruine opstanden toevallig omhoog keek, zag als een wonderbaarlijk kerkdak een spichtige samenstelling van zeegroen houtwerk en vervuilde ruiten uitrijzen boven het glazen plafond.

Johannes schikte zich tot deugden, zuchtend, niet morrend, want daarvoor was zijn natuur te effen. Hij werkte op zijn lijzige manier, maar dacht geen ogenblik aan saboteren. Want Aga had hem in krasse termen bevolen nu eindelijk zijn best te doen. Met Welkom was dat niet nodig, met hem wel. En Aga, onttroond leidster, behield onbetwist de oppermacht in het gezin. Johannes kon tot zijn verbazing het werk aan. Nu was het, helaas, ook verre van druk in de zaak. Helaas en gelukkig.

Zijn kamertje beviel hem per slot zeer wel. Kleiner dan het aangrenzende van de procuratiehouder had het het voordeel van een raam op het binnenplaatsje. En in dat plaatsje vond hij zijn oude, vergeten genoegen terug. Men ziet die plaatsjes wellicht nergens ter wereld dan in ons land. Zij scheiden voor- en achterhuis der gegoede koopmanswoningen.

Dit plaatsje was altijd volkomen verlaten, behalve dat een dienstbode eenmaal per week de grote grauwe hardstenen plavuizen kwam schrobben en met de slang ramen en grijsgecementeerde muren nu en dan schoonspuiten. Het was zulk een kloek, stevig, door en door fatsoenlijk plaatsje, met nergens een ongerechtigheidje, zelfs geen wc-raampje, dat Johannes moest oppassen zich er niet door te laten afleiden. In zijn rug stond de kleine ouderwetse groene brandkast open; op zijn bureau prijkte het fraaie, belangwekkende portret van Aga, met zijn paperassen van Katwijk overgekomen. Hij arbeidde lijzig en gestadig, een allerdeftigste kale heer voor wie binnenkwam, en hij was niet ontevreden; te minder omdat Aga hem de afschuwelijke gang van en naar Katwijk per elektrische bespaarde. Hij kon niet chaufferen, altijd te vadsig geweest om zich die geringe kunst eigen te maken, maar ze bracht en haalde hem in haar wagen. Het was een waagstuk de kar aan te houden, maar ze moest wel op spoedig herstel hopen; en waarschijnlijk bevredigde ze aldus enigszins haar hang naar het bedrijf. Zij kwam evenwel nooit over de drempel, tenzij om haar kar te keren. De procuratiehouder had aan Johannes uit naam van Hugo meegedeeld dat deze geen enkel bezwaar had tegen een bezoek van de voorhene directrice aan de percelen, dat ze er mocht in- en uitgaan als eertijds. Maar dan kende die snuiter zijn zuster wel heel slecht. Zij was veel te fier om zulk een gunst te aanvaarden. Hij bracht de woorden niet eens over. En hij keek even naar het portret.

Hugo had er hier ook eenmaal naar gekeken. Hij kwam plotseling bij Johannes binnen; het was op de vierde dag nadat deze zijn oude plaats had ingenomen. Reeds eerder had Johannes de muzikale stem van Hugo intermitterend in het bediendekantoor horen klinken. Thans stond hij voor hem. Johannes bleef zitten, Hugo bleef staan. Zij waren daar samen, twee feilloos geklede jonge mannen, van wie evenwel de een welhaast de vader leek van de ander. Hugo maakte een hoogst onbenullig praatje, en Johannes gaf hem met gelijke nietszeggendheid partij. Toen zag Johannes dat Hugo naar het portret keek, en zag Hugo dat Johannes dit merkte. Toen stieten hun blikken samen. Het scheen een kleine herhaling van wat onlangs in de erkerkamer was voorgevallen. Het was een variatie daarop, een korte, en een in majeur. Hugo ging heen, Johannes voelde dat het ijlings was, doch Hugo deed daarvan niets blijken. Nadien hoorde Johannes Hugo's stem nog vele dagen door de aanpalende lokaliteiten zwerven; soms kwam zij zo krachtig nader zoemen dat Johannes dacht: nu verschijnt Hugo; hij vertoonde zich bij hem echter niet. Dat gaf Johannes stof tot denken, en die stof werkte hij gaarne uit in de erkerkamer, met Aga voor ogen, broedend in haar leunstoel aan de ronde rafel, de vinger kinderlijk gulzig geslagen om de korte steel van haar pijpje.

Het was na ongeveer twee weken, in het begin van september, dat Hugo zei het bedrijf nu tijdelijk te moeten verlaten voor andere werkzaamheden. Hij zei het tegen de procuratiehouder die hem zonder meer aanhoorde. Hij voegde er bij dat hij gewoonlijk per telefoon aan zijn huis te bereiken zou zijn en aan het eind van elke week een rapport nopens de gang van zaken verwachtte. Hij zei verder niets, zweeg over een aandeelhoudersvergadering, nam van Johannes geen afscheid en vertrok met een hooghartige knik.

De procuratiehouder, een slank heertje van vijftig jaar, dat er uitzag als zeventig en aan wie het meest de ouderwetse witte hardgesteven manchetten opvielen, een kurkdroog oud heertje, zeer propertjes opgedroogd, keek hem zwijgend na. Hij mocht die Van Delden niet, reeds niet als gedelegeerd commissaris. Niemand van het kantoorpersoneel had de oude Valcoog recht kunnen lijden, niemand deed het juffrouw Aga of meneer Johannes. Zij waren allen zo vreemde mensen, en voor juffrouw Aga was men bovendien bang. Industrie en handel – met het verkeer staat het beter – geven de employé zo gering perspectief; de geest blijft benepen, het hart baatzuchtig; voor gebrek aan menswaardige bejegening stelt men zich niet schadeloos door studie van wat in de hogere belangrijk is, of althans belangwekkend. De verhouding tussen leiding en ondergeschikte was hier steeds koel geweest, behalve dat men Welkom enige genegenheid toedroeg, kortzichtig niet achtend dat zijn opgewektheid geen warmte en hij in wezen koel was als de rest. Toch kon het personeel Van Delden in het geheel niet zetten en het wenste onder elkaar de directie terug. Dit bedrijf hoorde door een Valcoog te worden bestuurd en niet door een vreemde snoeshaan. Men zag de waarnemend directeur met plezier vertrekken.

Zoals hij elke dag gekomen en weer gegaan was, in zijn twoseater, maar steeds alleen, zo vertrok Hugo na zijn incidenteel bestuur van twee weken. Hij droeg aan de bankaccountant op een tussentijdse balans met toelichting samen te stellen. Hij was voornemens met zijn verdere maatregelen te wachten tot hij het rapport had kunnen lezen.

Hij ging terug naar Amsterdam. Op zijn verzoek nam Adeline een paar dagen vakantie van de boekhandel. Hij besteedde de tijd met haar niet aan pretjes en aan tochtjes in de omtrek; hij wilde haar zakelijk meer ontwikkelen; vaag was bij hem de gedachte gaande haar actief aan de ondergang van Aga te doen medewerken. Hij vermoedde dat dit haar per slot zou aantrekken. Hij bewoonde twee kamers van een benedenhuis in een voorname en stille straat achter het Rijksmuseum. Hij had een achterkamer met serre en een slaapkabinet op de eerste verdieping. De woning was ruim en goed gebouwd. Toch had hij beter kunnen kiezen. Hij wou echter niet; zijn eigenlijke wezen was zuinig. Hij deed wilde, soms roekeloze zaken en waagde veel. Spilzucht lag toch niet in zijn aard; op dat punt bleef hij de kleine voorzichtige burger die zijn vader was. Adeline, veel meer los van het geld, ondanks armoede, waardeerde niettemin zijn zuinigheid, omdat deze nooit tot schrielheid te haren opzichte verwerd, omdat hij integendeel zich tegenover haar altijd vrijgevig gedroeg en de kleine zelfoverwinning die dit hem kostte zo aardig verborg.

De zitkamer was door de serre wat duister, maar maakte met donkere meubels en donker leren clubs als herenkamer een uitstekend figuur. Zijn smaak op het gebied der beeldende kunst was te verfijnd en tegelijk te gezond om wuftheden aan de wand te hangen. Hij had er enkele gekleurde gravures van oude sport in dunne lijst, en een kleine kostbare aquarel, een spotprent, een originele Rowlandson.

Zijn pièce de résistance bevatte de serre die zijn eigenlijke kantoor vormde en waar hij het meest zat. Hij was nu zélf – sinds enkele dagen – in het bezit van een kleine Hollandse meester. De aankoop was zijn enige werkelijke overdaad, die hij uit valse schaamte bemantelde met de verzekering dat hij het paneel voor geldbelegging had gekocht. Geheel onjuist mocht die bewering niet heten; zij dekte echter slechts zeer onvolkomen de waarheid, te meer daar hij heel goed wist hoe veranderlijk de waarde van oude schilderijen is, indien ze niet behoren tot die weinige universeel beroemde die niet of nauwelijks meer van bezitter wisselen. Hugo had er bijna tien mille voor neergeteld en ondanks lang loven en bieden er geen cent van kunnen afkrijgen. Hij bezat een certificaat van een eersteklas kunstkenner, die niet meer durfde verklaren dan dat het werd toegeschreven aan Dou, daarbij voegend dat het een meesterwerk was. Hugo reisde naar de expert ten einde vast te stellen dat het certificaat niet vervalst was. Hem werd toen verzekerd dat als het stuk niet van Dou was men niet zeggen kon van wie dan wel, dat enkele bijkomstigheden met Dou moeilijk te rijmen waren en dat tien mille een grote som betekende, maar vermoedelijk niet te groot voor een werkje van zo hoge orde. Het stelde in allerfijnste uitvoering en allertederste veelkleurigheid een vrouw voor die over een visbak een vis biedt aan een klein meisje dat de mand voor haar openhoudt. Ronduit verrukkelijk aanstekelijk was het elkaar toelachen van vrouw en kind; de aanschouwer die even keek glimlachte aanstonds mee zonder het te weten.

Hugo had het paneeltje twee dagen lang voor zich laten staan in de herenkamer en zojuist opgehangen aan de wand van zijn serre, goed in het licht, maar in niet te veel licht, en geheel buiten het bereik der zon, ook een weinig hellend. Het trof uitstekend dat het tevens achter zijn rug hing; anders had hij weken lang hier geen zaken kunnen doen.

Adeline, die ochtend bij hem binnenkomend, zag dadelijk hoe het schilderstukje geplaatst was en glimlachte op haar beurt. Hij leek haar hierin zo kinderlijk. Zij had de behoefte van elke vrouw, in de geliefde man het kind te vinden. Zij vond het in hem overvloedig zodra hij deze voorliefde vertoonde. Het stuk zelf boeide haar wel, zij zag er echter bij lange na niet in wat hij zag. Hij nam haar hand en behield die, staande met haar voor de aanwinst achter de rug der bezige typiste. Hij voerde haar naar links, rechts, vooruit, achteruit, het scheen dat hij met haar heel langzaam een ouderwetse plechtige menuet danste, want hij had nog niet precies de plek bepaald, waar het het best uitkwam. Hij sprak over het stuk zelf niet; maar eenmaal zuchtte hij:

'O, die kleine Hollandse meesters, hun oeuvre is een gekleurde letterkunde, en helaas onze enige letterkunde van wereldroem.'

Het trof haar. Na enkele schuchtere aanvangen jaren geleden had ze nooit meer in gesprek met hem een literair onderwerp aangeroerd. Hij had te weinig belangstelling. Hij las hoogstens een boek dat in de mode was en dan nog vluchtig. Zijn boekenrek was beschamend klein en slecht voorzien.

De deuren der ruime serre stonden half open. Een trap voerde naar een erf, te gering voor behoorlijke tuinaanleg, en waar niemand kwam. Men had ook de overburen te dichtbij. Maar er viel toch veel zon in het vertrek en door de deuren kwam de geur der laatste zomerdagen binnen.

Een juffrouw bracht een dienblad met koffiekan en kopjes. Het meisje Uetrecht stond op en schonk in de grote kamer koffie voor hen drieën. Ze was een erg jong ding, pas meerderjarig, te zeer zelfbewust, rijzig, met mooie blanke benen onder een geblokt rokje, iets te kort. De vrouw is een uitstekend kenster van haar eigen sekse, maar het meisje Uetrecht behoorde tot een genre waarvan de vrouw de veroveringsmacht op de man te hoog aanslaat. Het leven is niet volmaakt; het volmaakte is tevens dood, en wat het volmaakte nadert herinnert aan de dood. Zulke schoonheden als van het meisje Uetrecht boeien de man niet blijvend, die desnoods fouten, maar in elk geval leven wil zien. Doch deze schoonheid van de blonde soort met zeer fijn opgemaakte trekken vormde wel voor de man een genoeglijk kijkspel.

Adeline, die onpartijdig het meisje veel mooier vond dan zichzelf, was overtuigd dat zij Hugo steenkoud liet, doch juist dat verwonderde haar. Het was duidelijk dat zij van haar verloofde geen uitleg vroeg. Hugo betaalde zijn typiste hoger dan haar middelmatige prestaties verdienden; hij betaalde inderdaad ten dele haar uiterlijk, dat een vluchtige bekoring vormde voor de zakelijke bezoeker, en een subtiele sfeer van verleiding schiep rondom het zakelijk onderhoud. In vele gevallen bleef die sfeer zonder gevolgen; een enkele maal meende hij, ja, was hij overtuigd er de invloed van te zijnen gunste te kunnen vaststellen. Om dit te activeren had hij zijn omgang met het meisje Uetrecht opgevoerd tot een allerknapst kunstwerkje, want hij sprak haar heel beleefd, maar ook heel effen toe met 'juffrouw Uetrecht'. Hij was in woord noch gebaar ooit gemeenzaam. En het meisje zelf, onbeduidend schepsel, en van dit alles niets wetend, speelde haar rol in de geraffineerde vertoning onbewust meesterlijk mee. Want zij was niet teruggetrokken als haar patroon, zij was vertrouwelijk in haar woord en in haar stembuigingen, doch zoals een hospita vertrouwelijk is tegenover een heer alleen op haar kamers, die zij lang kent, die goed betaalt en van wie zij nimmer last ondervindt – een vertrouwelijkheid waarin het erkentelijke doorklinkt en ook iets leuks dat heel even doet glimlachen. Wat men daarbuiten omtrent Hugo en het meisje mocht roddelen, daarbinnen vielen alle ongunstige onderstellingen weg. En dit samenweefsel van wezenlijke verhouding, slim, tevens natuurlijk toneel, en heimelijk oogmerk deed Hugo altijd weer ontzaglijk genoegen. Hij had desnoods het salaris van het meisje verhoogd om haar te behouden, en prees zich tegelijk dat zij niets wist van haar intrinsieke nuttigheid.

Adeline had voor het meisje weinig waardering. Ze vermoedde iets meer van de rol die het speelde, nu zij het een paar dagen in actie zag. Ze begreep er toch niet het rechte van. En het mishaagde haar uiteraard dat zijzelf alleen in de dentuur het meisje Uetrecht evenaarde. Toch meende zij dat haar aanvankelijk oordeel omtrent grote mate van zedeloosheid te scherp was. Zedeloosheid werkt spoedig ruïneus: het meisje had haar uiterlijke verschijning stellig veel te lief om zich daaraan te wagen.

Adeline bezat nog steeds geen grote zakenkunde, maar zij had een vlug vrouwenverstand. Zij merkte daarom aanstonds dat het meisje van de eigenlijke zaken van Hugo, dat wil zeggen van de uiteindelijke beweegredenen en doelstellingen, niet meer wist dan zijzelf. Al gauw merkte zij bovendien dat Hugo haar, Adeline, iets meer onthulde. Dan ging hij met haar in de grote kamer zitten en sloot de glazen schuifdeuren, zoals hij deed met sommige relaties in vertrouwelijk onderhoud. En het meisje Uetrecht mocht erbuiten blijven, maar het zat met voortreffelijk rechte rug aan het tafeltje en deed niet de kleinste poging achter zich te kijken.

Thans zaten zij drieën in de serre voor een ongedwongen praatje onder een kop koffie. Adeline was naar haar aanleg vriendelijk tegen het meisje, en op zeker ogenblik, elk in zijn club, lachten zij alle drie luid en toonden zes hagele rijen tanden.

Er traden twee heren binnen. Adeline herkende in hen de ongunstige individuen met wie Hugo in de bar gesproken had, toenmaals, ter gelegenheid van hun tocht naar de residentie. Zij hoorde hun namen en vergat ze dadelijk weer. Ook deze twee kregen koffie; hun ogen volgden de gestalte van het meisje en vooral de blote benen. Naar Adeline durfden zij niet te openlijk kijken. De oudste had dicht wit haar en een rood gezicht, de tweede een donkere tint, onstandvastige ogen. De laatste stond Adeline het minst aan; ze rees overeind.

'Wat ga je doen?' vroeg Hugo. 'Blijf gerust.'

Ze wilde niet. Ze zette zich in de herenkamer, greep een willekeurig boek en ging lezen. De lectuur boeide haar weinig. Toch wou ze niet luisteren naar wat er daarginds werd verhandeld. De enkele, eentonige stem van Hugo trok desondanks ten laatste haar aandacht. Ze keek op. Hij dicteerde iets aan het meisje Uetrecht, een lange brief of een verslag. Kort daarna vertrokken de bezoekers. Hugo kwam bij haar en sloot de deuren.

'Vandaag nog niet veel geleerd, wat?' vroeg hij een beetje neerbuigend.

'Nu ja, ik ben toch al wat wijzer geworden... Maar zeg, waarom stort je telkens zoveel op mijn rekening bij de bank? Vanmorgen was er weer een kennisgeving van vijf mille. Dat volk in mijn pension zal niets begrijpen van al die brieven.'

'Laten ze maar gerust denken dat je speculeert.'

Hij ging op haar vraag niet in. Hij rekte zich uit.

'Hè, hè,' zei hij.

'Hugo, niet gapen!'

'Ik ben het niet van plan. Maar waarom?'

'Dat is een van je attracties, dat je nooit gaapt.'

Hij lachte weer hardop.

'Die zaak van de Valcoogs kost me anders heel wat energie.'

Hij zweeg even, en toen op andere toon:

'Ik geloof dat ik rijk ben... Ik heb de laatste tijd grote zaken gedaan... ik bedoel niet met Leiden.'

Weer zweeg hij.

'Ik durf het nog niet op te tellen.'

Hij zei het langzaam en ietwat kinderlijk.

'Maar,' ging hij door, 'dat geval met De Leydsche IJzerhandel kost me te veel tijd. Soms denk ik: was ik er maar nooit aan begonnen.'

'Wou je het laten schieten?'

Tegenstrijdige gevoelens kampten in haar, hoop dat hij zich van de affaire der zwarte duivelin zou losmaken, vrees dat hij haar niet definitief zou onttronen. De vrees won.

'Nee, dat helemaal niet,' zei hij, en ze herademde. 'Ik wou alleen maar dat het geen zaak van vijf ton kapitaal was, maar van vijftig miljoen. Zó'n zaak te kraken, dat is nog eens de moeite waard. Nu heb ik het gevoel dat ik mijn tijd verbeuzel met een prutsgeval. Maar uitscheiden, nee.'

Zijn blik ging naar de verte.

'Dat zou ik willen, eens in mijn leven, ja, al was het maar eens, en dan liefst gauw, een bedrijf van miljoenen kraken tussen mijn handen... Napels zien en dan sterven.'

De oorlog spookte weer door zijn brein. Ze wist het precies. Hij behoorde tot hen die hevig leven willen op de flank van de rommelende vulkaan.

'Dat is theatraal,' zei ze. 'Ik neem aan dat je Napels wilt zien, maar van dat willen sterven geloof ik niets.'

'Je kunt ook na Napels sterven zonder het te willen.'

'Ben je bang, Hugo?'

'Misschien.'

'Ik ben het niet.'

'Je zei anders een poos geleden dat die filmjournalen je bang maakten.'

'Ja, voor het lot van de wereld, niet voor mezelf. En ik ben bang om jou, omdat jij een beetje bang bent.'

'Ik geef toe,' zei Hugo, 'ik ben soms heel bang, maar ik weet zeker dat ik niet laf ben en dat ik nooit laf zal zijn. Voel je het verschil?'

'Natuurlijk. En je zegt de waarheid. Daarvoor ken ik je genoeg.'

'Het is gek, Adeline, maar ik zal je nog wat zeggen. Ik ben soms bang om jou.'

'Waarvoor? Wat kan me gebeuren?'

'Dat is het juist, dat weet ik niet.'

'Kijk dan maar dikwijls naar je kleine meester, dan gaat het wel over... En nu nog wat. Schiet je goed op met de ijzerhandel?'

'Daar had ik juist nog even over willen spreken. Ik heb nu de controle over zowat honderddertig mille aandelen.'

'Dat is toch nog lang niet de helft.'

'Nee, maar dat is ook niet nodig. Als je de financiële rubriek van de kranten leest zal je zien dat er op de algemene vergaderingen altijd maar een klein kapitaal vertegenwoordigd is, ook van de grootste vennootschappen. De meeste aandeelhouders trekken er zich geen snars van aan. Die willen enkel dividenden zien.'

'Ja, maar met een familiezaak zal dat toch wel anders zijn.'

'Mijn compliment. Ik merk dat je goed vooruitgaat. Nee, lach nu niet, ik meen het heus... Alleen, de kwestie is deze dat De Leydsche IJzerhandel al lang geen familievennootschap meer is. Daar zijn de aandelen door vererving en andere overdracht in allerlei onverschillige handen gekomen. Als er drie ton op de vergadering verschijnt is het veel. Met meer hoef ik niet te rekenen.'

'Dus als je ruim anderhalve ton controleert, zoals je dat noemt...'

'Juist, dan ben ik vrij zeker van de macht. Trouwens, in de onzekerheid zit ook een aardig element, tenminste voor iemand als ik ben.'

'Ik heb het al meer gedacht, je hebt een spelersnatuur, Hugo. Als je maar oppast.'

Hij gooide een sigaret in haar schoot.

'Maak je geen zorg. Ik heb altijd geluk, en ik ben niet roekeloos.'

Adeline keek de rook na.

'Mag ik ook weten,' vroeg ze een weinig aarzelend, 'hoe je dat aanlegt?'

'Wat?'

'Om die aandelen in handen te krijgen.'

'Dat wou ik juist uitleggen. Het is doodsimpel. Je laat ze opkopen door anderen.'

'Aha, dat waren die twee lui van daarnet. Eerlijk gezegd staan ze me niks aan.'

Hij schudde van nee.

'Mij ook niet. Maar dat soort mensen heb ik nodig. Vooral de jongste is een handige rakker. De oudste moet het in hoofdzaak hebben van zijn adellijke naam... Maar je vergist je, meisje van me: die lui heb ik voor één transactie gebruikt. En dan hebben ze nog een akkevietje van de ijzerhandel in Alkmaar voor me opgeknapt. Dat vertel ik misschien later wel eens, misschien ook niet... Maar je voelt dat je niet altijd met dezelfde tronies bij de aandeelhouders kunt aankomen. Dan ruikt de tegenpartij lont, en zijzelf doen het trouwens ook. Aandeelhouders, vooral houders van aandelen op naam, hebben een fijnere neus dan je denkt. Je moet dus altijd weer andere ijzers in het vuur hebben. En je dient geslepen gladakkers te gebruiken. Ze moeten natuurlijk de waarde drukken, anders heb je een strop. En die twee boeven zal ik nog wel eens inschakelen ook... Maar zo heb ik dan toch honderddertig mille bij mekaar, mijn eigen portie inbegrepen, dat spreekt... De namen en adressen staan in het aandeelregister, dus dat is heel eenvoudig. De enige kunst is overreding... En dan heb ik ook, al een poos geleden, aandelen te koop gevraagd door een advertentie in een paar financiële bladen. Maar daar kwam weinig aanbod op los, en de vraagprijs lag veel te hoog... Ziezo, schenk me nu nog een kop koffie in.'

Adeline kreeg opnieuw het gevoel dat hij maar wat aan de oppervlakte praatte, dat de kwintessens voor haar verborgen bleef.

'Waarom doe je dat eigenlijk, Hugo? Waarom wil je die zaak van de Valcoogs hebben? En dan met behulp van boeven?'

De vraag was haar ontsnapt eer ze het wist, want ze wenste, alles bijeen, niets minder graag dan hem te weerhouden. In zekere zin bevredigde het antwoord:

'Ik weet het niet precies... Maar ik zit er nu eenmaal in, en ik ga ermee door, dat verzeker ik je.'

'Hebben ze het in de gaten?'

'Nu, en of. De aandelen worden toch overgedaan? Dan komen de nieuwe houders in het boek. Dat weten ze precies. En dat mogen ze weten. Maar wat ze niet weten is over hoeveel stemmen ik nog beschik door een volmacht. Dat merken ze pas op de vergadering. Daar kom je toch bij?'

'Ja, als het moet. Je weet anders...'

'Geen maren, kind. Er staat te veel voor me op het spel. Als ik het bedrijf eenmaal heb, dan zal ik er wel mee manoeuvreren, dan doe ik het denkelijk over, en dan verdien ik een sloot geld. Dan is het niet alleen gekraakt, dan verdwijnt het ook, opgeslokt, weggevaagd van de aardbodem.'

Zijn gelaat werd zo zwaar en massief als klei. De blik stak, echter niet naar haar. Toch was het het gelaat dat ze had leren duchten.

'Ik wil bij de Valcoogs nog één poging doen voor ik de vergadering bijeen roep. En daarmee moet jij me helpen, Adeline.'

DE WEGEN VAN AGA

Johannes zat in de hoek waar de slagen vielen. Hij was niet iemand van eerzucht. Zijn ouders hadden hem nooit de positie van procuratiehouder toegedacht, want hij miste daarvoor iedere geschiktheid. Het zittend baantje van boekhouder lag daarentegen in zijn lijn. En stond hij onder het oude heertje, hij verdiende haast evenveel. Hij zat het liefst thuis; hij had zich hier in de zaak zijn oude kamertje toch weer vertrouwd gemaakt. Hij geraakte net op dreef toen hem een groot ongeluk trof. De ritjes in Aga's auto werden gestaakt, en ervoor in de plaats kwam de tocht, tweemaal daags, met de gehate elektrische, en dat in een tijd van vroeg invallende herfstregens. Hij had zo genoeglijk door de ruiten van de wagenkap de schone dreigende wolkenvormen van september bekeken, de zware loodblauwe massa's met witte of vergulde zomen, hij had zich zo behaaglijk in zijn kleren geschurkt wanneer de regenstralen de raampjes met licht kwikzilver overstroomden. Het was een stellig genot op de achterbank te zitten, de ruitenwissers ritmisch en haastig de voorruit te zien overwaaieren, en vooral het oog welgevallig te doen rusten op de kleine zuster, aanbeden met koele beschouwing. Ze spraken geen woord, maar dat ferme schepsel Gods dreef resoluut de kar door het noodweer als een mes door de boter. Vlak daarna viel het zonlicht binnen en lag op de kleine, stevige, geschoeide handen, soms op de wilde haardos, zwart met enkele vegen allerdonkerst bruin. Zij hield zich zo fiks, de kleine zuster, ze zat des avonds thuis onheilspellend te broeden en te roken, maar ze was opgewekt wanneer ze hem reed en groette hem met een lach. Ze kwam tot voor de deur der zaak, doch niet als een sentimentele bedelares met een blik van hunkeren. Ze zette Johannes af, ze reed even verder de wijde poort in, en, brutaal gierend cirkelend over de grote binnenplaats dat de achtergevels weergalmden, reed ze de wagen grommend weer uit de panden en uit het zicht. Te prompt zes uur stond ze op de kade te wachten.

Het was ook te mooi geweest om duurzaam te zijn. Thans moest hij onder stortbuien te voet door de oude straatjes van Leiden en Katwijk zijn doel bereiken met groot gevaar voor de scherpe plooi in zijn pantalon en de glans op zijn schoenen. Hij vloekte binnensmonds, zacht en correct.

Binkershoek had enige dagen geaarzeld omtrent de te volgen weg. Zijn aard van bezadigd en verouderd man was wars van elke overhaasting. Zouden de Valcoogs door een aanvraag bij de huidige directie de vergadering forceren, of zouden zij wachten tot de directie haar eigener beweging bijeen riep? Voor beide viel te zeggen. Dit was zeker: tussen aanvraag en vergadering niet alleen, maar ook tussen convocatie en vergadering moest enige tijd verlopen, en in die tijd kon veel werk worden verzet. Gezien 's mensen veranderlijkheid was het intussen gewenst om de vergadering ook aan te vragen zodra de Valcoogs stappen zouden gaan ondernemen tot het werven van stemmen. Omtrent hen die bij volmacht verschijnen zouden was men zeker, maar degenen die zelf ter vergadering wilden komen moesten na bewerkt te zijn niet te lang met het uitbrengen van hun stem behoeven te wachten, want wellicht kwamen ze dan tot ander besluit. Doch hij wilde, zo mogelijk, eerst het rapport van de accountant der bank hebben gelezen. Hij volgde daarbij, zonder het te weten, dezelfde gedachtegang als Hugo. Hij wist door Johannes, via Aga, dat de accountant aan een tussentijdse balans bezig was; viel het verslag gunstig uit, dan kon Aga daarmee op de reis haar voordeel doen. De volmachten, aan de wederpartij verstrekt, zouden echter altijd een onberekenbare factor vormen, aangezien daarvan eerst op de vergadering zelf bleek.

Enige malen nog verscheen Aga op zijn kantoor met de lijst van aandeelhouders, waarin herhaaldelijk wijziging was en werd aangebracht, waarin oude, vertrouwde namen vervangen werden door nieuwe, vreemde. De tegenpartij was reeds lang aan het werk: de eerste veranderingen in de namen der gerechtigden dateerden al van maanden terug. Toen reeds had Hugo daar achter gezeten, toen reeds had Aga haar vermoedens, haar innerlijke zekerheden. Nu trad hij openlijk voor het front; hij deed ook delen van zijn eigen bezit over, van dat van zijn vader, obscuurlingen kwamen in zijn plaats, en het meisje De Valleije Oofke was nu belanghebbende voor vijf mille nominaal. De tegenpartij controleerde op het ogenblik naar schatting honderddertig stuks tegen de Valcoogs een goede honderd, al kon er nog veel bijkomen. Aga werd intussen hoogst ongeduldig; Binkershoek remde haar. Maar Johannes had een uitlating opgevangen van de assistent van de accountant dat het rapport vermoedelijk zou meevallen, en met die wetenschap kon Binkershoek het verwijt van Aga dat het rapport ook door de tegenstander benut zou kunnen worden tot zwijgen brengen. Aga was hem een onstuimige hond, pas op straat, aan de lijn, die trekt en trekt, zodat de baas hem met moeite bedwingt; wordt het musketon losgemaakt dan vliegt hij pijlsnel vooruit.

Binkershoek merkte nog iets. De tegenpartij manipuleerde uitsluitend met de pakketten aandelen van enige betekenis. Hugo leek de kleinste houders te verwaarlozen, maar hij, Binkershoek, dacht daar niet over. Ieder, indien bereikbaar, moest worden afgewerkt; één stem kon de doorslag geven.

Ten laatste was de tijd om te handelen aangebroken. Op verzoek van de raadsman had de accountant zich gehaast, en toen Aga en hij het rapport doornamen viel het inderdaad mee. Met enige kopieën daarvan en een aantal volmachten toog Aga op weg. De allerverst gelegenen kon Welkom voor zijn rekening nemen. De advocaat stuurde aan de enkele buitenlandse houders brieven, en sloot een volmacht in. Eén belangrijke, de christelijke schoolvereniging, eigenares van tweeëntwintig mille nominaal, zou Binkershoek persoonlijk bezoeken.

Hij verzond nu een aangetekende brief naar de 'waarnemend directeur' van De Leydsche IJzerhandel, en naar commissarissen, en vroeg hun een buitengewone aandeelhoudersvergadering bijeen te roepen over deze vraag: ontslag van de directrice of haar aanblijven met opheffing van de schorsing. Ruim een week later kwamen er op de Pluvier vijf gestencilde oproepen binnen tot het bijwonen van de algemene vergadering. Zij zou, als gebruikelijk, gehouden worden in het winkelperceel aan de Oude Vest. De agenda vermeldde vijf punten. Aga was toen reeds lang aan de slag.

Binkershoek had nog zijn onderhoud met voorzitter en secretaris van het bestuur der schoolvereniging. Hij wist dat deze aandeelhoudster óf niet, óf persoonlijk zou komen, maar nooit bij volmacht verscheen. De mogelijkheid van vertegenwoordigd worden stipte hij dus niet aan. De herkomst van dit deel in het kapitaal was hem bekend; de school had het indertijd gekregen van een neef van de kleine vent Van Delden; in zover stonden dus de kansen ongunstig. Hij betoogde dat men de eerbied niet te ver moest drijven, dat in elk geval het belang der vereniging de doorslag moest geven, dat dit belang niet gediend was met een gloednieuwe directeur. Hij las ook iets voor uit het rapport van de accountant, waarin de nadruk gelegd werd op de slechte tijden en het bedrijf zelf levenskrachtig geoordeeld. Hij zei nog dat, indien de piëteit mede gold, men niet moest voorbijzien dat de huidige directrice daarop het meest aanspraak had als rechtstreeks afstammend van de stichter. En wie was degene die haar taak zou overnemen? Niemand kende hem.

Binkershoek kon van het schoolbestuur geen stellige toezegging vergen; hij vertrok toch niet ontevreden. Maar met hoeveel volmachten zou de tegenpartij voor de dag komen; daarin zat hem de kneep. Voor het overige moest op de vergadering zelf stellig overredingskracht worden aangewend; hij deed zich daarom een aandeel door de Valcoogs afgeven. Deze daad werd prompt beantwoord door een gelijksoortige transactie van het andere kamp, dat de advocaat Mr Viglius uit Amsterdam aanwees. Waarschijnlijk ging het straks tussen de twee raadslieden heet toe.

Middelerwijl reisde Aga met de volmachten het land door. Trof ze de houders niet thuis, dan kwam ze terug, tot twee-, driemaal. Omtrent een die verhuisd bleek deed ze navraag op het bevolkingsregister: deze werd in een nieuw plan van bezoeken ingedeeld. Ze wendde al haar geestkracht, al haar lichamelijk uithoudingsvermogen aan, en beide waren groot. Ze kon de smaad van aan de dijk te worden gezet niet verdragen; schorsing was al erg genoeg, ontslag onduldbaar. Hier was haar zakeneer in het geding. Ofschoon het belang om deze te redden onvergelijkelijk veel meer telde dan de armoede die hen allen even had gedreigd – want zij had, als haar ouders, de ijzerhandel lief, en was bereid, als dezen, voor een ongerepte handelsnaam tot het uiterste te vechten – zo was Aga toch niet meer onderhevig aan de gevoelens van woede, wanhoop en gejaagdheid welke haar bezeten hadden op die zwarte dag van Welkoms briefje. Ze beheerste zich nu volkomen, ook innerlijk. Maar al stemde het haar niet mistroostig, ze moest, en vooral in de aanvang, erkennen dat de uitslag van haar pogingen bij lange na niet beantwoordde aan haar verwachting. Ze was geneigd de schuld daarvan te laden op het getreuzel van Binkershoek. Ze had veel eerder, al maanden eerder moeten beginnen. Dat wachten op het rapport was dwaasheid geweest. Toch wond ze zich niet op als ze bij juist de kleinste aandeelhouders, die van een of twee stemmen, veel onverschilligheid, soms verzet ontmoette. Dezen wilden niet overkomen naar Leiden; dat loonde de kosten niet, nu de vennootschap in de laatste jaren geen dividend had kunnen uitkeren. En wat het tekenen van een volmacht betrof, – men stond wantrouwend tegenover zulk een gezegeld stuk, hoe eenvoudig het was gesteld en al maakte het de reiskosten overbodig.

Welkom bezocht slechts de uithoeken; zijzelf bereisde het grootste deel van het land; haar weg kon als een spoorwegnet in zijn kaart worden getekend. Ze overnachtte in allerlei hotels, ouderwets deftige, wijd en zijd beroemd om keukenspecialiteiten, nieuwe zonder renommé, bloeiende en vervallene, goedkope gulle en dure schriele, rumoerige en grafstille. Het was op zichzelf onderhoudend. Ze had alleen te weinig tijd voor opmerkzaamheid. Doorgaans trof ze ongunstig weer, maar ze dreef haar wagen erdoorheen met eendere kracht. Hij kon over slechte, zwaar beslijkte wegen komen aanrollen als een onbepaalbaar monster dat het vuile water in golven voor zijn borst uitstuwde. Maar de motor bleef met kloeke regelmaat arbeiden, zijn kracht aftappend van het kloeke, regelmatig kloppende hart der onwrikbare bestuurster. Des avonds modderomkorst binnengereden stond het rijbeest de volgende ochtend vroeg weer blinkend op haar te wachten.

Het enige waaraan Aga in deze wagen toegaf, omdat zij het als noodzakelijk voelde, was bij goed weer een blik van ontspanning over de fris groene, aan de kim zich verliezende weilanden, soms nog vol van dat welgedaan, prachtig zwaar zwartbont vee waarvan de schoongewassen huid glansde met de adeldom van dik satijn, of meer oostelijk, van het roodbont, bescheidener in kleur en afmeting, maar evenzeer met zijn nobele vredigheid passend in het kalm geheel. Bij Aga, hoe weinig geletterd, kwam, dit ziende, toch de gedachte boven dat, als Salomo geleefd had in het Nederland van deze tijd, hij aan zijn spreuken er een had toegevoegd in de volgende trant: Gij mens van heden, ga naar het weidevee en bedaar.

Een andere maal, bij een rit over de heide, werd zij getroffen door het kardinaalspurper der miljarden bloempjes tot ontzaglijke lappen samengeweven, zo diep van gloed dat het aan de horizon paarse mistbanken leek te vormen, waarvan de kleur door de wolken werd weerspiegeld. Maar in de loofbossen, waar het groen bij plekken welkte, werd ze droefgeestig. En hoe gevoelig van oorsprong voor het harmonisch palet der natuur, was het slechts een korte stonde dat deze landschappen haar boeiden; haar ogen zouden van zulke panorama's niet kunnen blijven genieten; zij konden de levendigheid niet ontberen van mensen in een drukke stad, van branding langs een kust.

Verkwikt ging Aga dan aan haar taak. Zodra ze weer een doel genaderd was telde slechts dat. Ze verslapte geen ogenblik, at haastig en ongeregeld, sliep weinig maar diep. Al spoedig merkte ze dat sommige ouderwetse luitjes, meest bejaard en in kleine plaatsen, haar chaufferen misprezen, zo zij al geen bedenking hadden tegen een auto op zichzelf. In bepaalde streken oordeelde men het reizen op de rustdag zondig; er waren plattelandshotels waar ze dan niet terecht kon. Ze aanvaardde dat alles zonder mopperen; ze richtte zich naar haar publiek. Deze gedraging sproot niet uitsluitend voort uit praktisch beleid, ook uit nieuw verworven inzicht. De reis scheen haar geest te verruimen; het primitief verbetene, het verblinde maakte plaats voor soepelheid en verdraagzaamheid. Ze erkende voor zichzelf dat er andere standpunten bestonden die zeer wel verdedigbaar waren, dat geen sterveling de wijsheid in pacht had. Het druiste lijnrecht in tegen wat men van iemand met haar aanleg zou verwachten, ofschoon zij dat niet van zichzelf bevroedde, te weinig ontleedkundig waar het haar eigen wezen betrof. In elk geval was het bestemd tot kortstondigheid, – een bedekking waarin zij zich hulde en die zij straks weer achteloos zou laten glippen om opnieuw de kern te worden van het blok der Valcoogs, kortzichtig en fel. Doch deze tijdelijke verwijding van haar maatschappelijk inzicht kwam haar uitnemend te stade. Bereikte zij niet wat zij had verwacht, het is zeker dat de Aga der oude methodiek nog veel minder zou hebben bereikt.

Ze liet haar auto al gauw in de garage staan, om de bezoeken, soms meermalen hetzelfde, te voet af te leggen. Ze reed zonder wrevel door naar andere hotels, ver uit de buurt, die haar op zondag wel wilden ontvangen. Ze ging niet slechts naar de villadorpen, de landhuisjes die stijf op een rij staan, de bungalows, verscholen in het naaldhout, ze bezocht bepaaldelijk ook de stille stadjes, want juist daar lag een aanzienlijk deel van het kapitaal der affaire versnipperd. Het waren vaak merkwaardige stadjes, maar haar belangstelling was van huis uit niet bouwkundig gericht, en bovendien ging ze nu een bijzonder doel na. Van haar tochten door die stadjes herinnerde ze zich niets, en wilde zich ook niets herinneren dan de echo die haar eigen stap, kort en kordaat, er had wakker geschud in de uitgestorven straten, dan de doodse bochtige reeksen van bevroren opstanden waarlangs haar warme levendheid had gepopeld.

Haar ervaring vertoonde, hoezeer over het algemeen teleurstellend, toch nog een bont beeld van verscheidenheid. Ze maakte vluchtig kennis met een aantal heel verre familieleden met wie de band al lang was verbroken. Het sprak vanzelf dat die band door zulk een visite niet weer werd aangeknoopt. Maar sommigen schepten er kennelijk genoegen in haar een paar uur op te houden met het uitrafelen van de verwantschap. Aga kreeg er naar het uitviel een kop koffie of thee, hoorde lijdzaam allerlei namen noemen die haar niets zegden en vertrok meest onverrichter zake. Mensen op wie zij al bij de aanvang vast en stellig bouwde wensten uiteindelijk geen machtiging te geven. Anderen van wie zij niets verwachtte zetten vlot hun poot onder het stuk. Dikwijls verwees ze naar het rapport van de accountant, zonder hierbij, een heel enkel geval daargelaten, baat te vinden. De meesten van haar aandeelhouders uit die kleine steden stonden argwanend tegenover het instituut der accountancy, in hun jeugd totaal onbekend, en hun dermate vreemd dat, zo zij er al ooit van hadden gehoord, zij het woord accountant op zijn Frans uitspraken en dus Aga aanvankelijk niet verstonden. Maar ze liet zich door niets uit het veld slaan.

Ik lijk Welkom wel, dacht ze eens – alleen reis ik in stemmen, en gros, en détail; en denkelijk doe ik het minder goed dan hij. Maar vlak daarop meende ze zich onrecht aan te doen; Welkom toch was een verdienstelijk inkoper, maar hij zou, te gauw afgeleid, haar systematiek en uithoudingsvermogen nooit hebben kunnen vertonen; *zij* was de enige, zij was de *enige* die iets vermocht te bereiken – al betekende het niet veel – en ze had beter gedaan geen deel van de taak, hoe gering ook, aan haar broer over te laten. Ze was ontevreden, op zichzelf, op Binkershoek, vanwege de velerlei tactische fouten; toch verliet haar opgewektheid haar niet. Een paar malen belde ze de ijzerhandel op om te vernemen hoe het stond met de bemoeiingen van Welkom. Er was afgesproken dat hij elke gewonnen stem zou melden. Hij had nog weinig bereikt. Toegegeven moest worden dat zijn taak zwaar was; in de uithoeken huisde het achterdochtigste volkje. Juist daarom had zij hem niet mogen laten gaan.

Wat haar bovenal opviel en toch vanzelf sprak, was dat ze nu en dan ervoor dat de wederpartij haar voor was geweest. In dit opzicht werd de overeenkomst met Welkoms normale bezigheden treffend. Zelden zei men het haar ronduit dat ze nummer twee was, en nog zeldener waartoe dat eerder bezoek had geleid of leiden zou. Doch haar innerlijke gespannenheid reageerde uiterst gevoelig op de zwakste verschijnselen, een verbazing, een aarzeling, een teruggetrokkenheid, een koelheid, een geslotenheid. Ook de wederpartij had zijn wegennet in de kaart van het land getekend. Op de kruispunten moesten zij soms langs elkaar heengereden zijn; misschien hadden zij dan elkaar met onderzoekende blik even bekeken. Zij konden in de hotels slaapkamerburen zijn geweest, aan de grote eettafels overburen. Hing de damp van zijn auto-uitlaat hier niet nog in de lucht, klonk daar niet ver weg zijn hoornsignaal? Aga was zo gevoelig, ze bespeurde hem overal. Soms scheen de haar geboden stoel nog warm van haar voorganger, soms leek zijn schaduw juist om een straathoek weg te glijden, zijn stap te verklinken. Met dat al bleef ze nuchter en rustig. Want wederkerig moest hij, de vijand, indien hij de sfeer even fijn aanvoelde als zij, ondervinden dat de weerstanden waarop hij op zijn beurt stuitte wortelden in haar, Aga. En slechts hierin stond ze vermoedelijk bij hem achter dat hij haar wel zou kunnen signaleren, en zij omtrent zijn persoon in het duister tastte.

Want van de aanvang af verwierp ze de gedachte dat Hugo er

zelf op uit zou zijn getrokken. Deze opvatting vond ze bevestigd in de beschrijvingen die ze wist los te krijgen van houders welke uiteindelijk enige geneigdheid tot ontboezeming toonden. Maar de mens is in doorsnee een slecht opmerker en nog slechter kenschetser. De signalementen bleven vaag. Soms was het één persoon geweest, soms waren het er twee. Slechts stond het voor haar vast dat het nooit Hugo was. Hij scheen echter niet altijd dezelfde lieden te gebruiken; de beschrijvingen liepen daarvoor te zeer uiteen. Er kwam eenmaal een meneer in voor met erg rood gezicht en een meneer van donker type, voor het overige andere en onderling zeer verschillende individuen. Hugo leek een leger van tussenpersonen aan te voeren. Ondanks zichzelf moest ze de stille kracht bewonderen die van hem uitging; zelfs werd ze niet pijnlijk getroffen door de laakbare middelen waarmee hij somtijds bleek stemgerechtigden te hebben gewonnen, de enkele malen dat men tegenover haar tot wezenlijke vertrouwelijkheid kwam. Maar ook volhardde hij bij dezelfde principiële fout. Ofschoon zich niet meer bepalend tot de grote aandeelhouders, liet hij toch steeds de allerkleinste terzijde. Het verheugde haar niet onvermengd, want steeds meer viel dit geschermutsel in haar smaak. Het werd voor haar van lieverlede minder strijd dan wedstrijd, met geblinddoekt aftasten van het terrein. Ze had zo nog wel maanden in actie willen zijn, want haar energie bleef op hoog peil. Indien zij, wetend van vroeger bezoek, er in slaagde een stem te verkrijgen, kwam een gevoel van buitengewone zege over haar. Zeker, ze vocht in de voornaamste plaats om haar eer, nu haar familie door de contracten naar menselijke berekening tegen armoede was gevrijwaard. Toch werd deze reis al gauw voor haar een sport waarvan ze als sportsvrouw genoot.

Ten slotte kreeg ze nog een vrij aardig aantal stemmen op haar hand. Werd haar de heet begeerde volmacht verstrekt, dan was ze zeker; beloofde men zelf te zullen komen en voor haar zijn stem uit te brengen, dan was ze het nog niet ten volle.

Het helderst in haar herinnering bleef het bezoek dat ze bracht aan een oud dametje in Twente. Het woonde ontzettend ver weg, maar mocht zeker niet worden overgeslagen, want het bezat in het kapitaal der vennootschap maar liefst negentien mille. Dit was geen geval dat aan Welkom kon worden overgelaten. Aga reisde er zelf heen; inderdaad was het haar eerste bezoek. Stellig had Hugo er zijn krachten op beproefd. In hoeverre hij geslaagd was zou ze nu misschien merken. Vooral vanwege dit dametje betreurde ze de periode van werkloosheid en het geaarzel van Binkershoek. Enfin, ze zou wel zien; de aandelen waren in geen geval overgedragen. Mogelijk had echter Hugo een volmacht in zijn knuisten. Het oude dametje, mevrouw Glerum, was een eindje in de tachtig en een menselijke snuisterij. Ze woonde op een pastorie. Wijlen haar man had als predikant het dorp bediend. Zijn opvolger vond goed dat de weduwe een paar kamers voor zich aanhield. Die opvolger was op zijn beurt bejaard geraakt; mevrouw Glerum woonde nog steeds bij hem in. Ze leefde stil voor zich heen, ze bezorgde niemand overlast.

Het dametje ontving Aga in een leunstoel met haast kaarsrechte rug en achter een glad tafeltje. Ze was keurig in het zwart gekleed, een lorgnet voor de bolle uitdrukkingloze ogen, het witte haar tot een pracht van een kroontje omhooggestreken. Ze troonde klein in de strenge, machtige stoel, een oude hofdignitaresse. Het was jammer van de ogen die door de brillenglazen nog vergroot werden en herinnerden aan de vissenogen van Marvédie.

Aga tobde zich een vol uur met het dametje af, zonder haar enig standpunt, welk ook, te kunnen ontlokken, zonder te kunnen uitvorsen of zij reeds haar houding had bepaald, laat staan hoe, zonder enig woord van betekenis uit haar te krijgen. Haarzelf werd niets geboden dan een stoel aan de andere kant van het tafeltje. De bolle ogen keken haar onafgewend aan, ze leken dat hele uur geen ogenblik te knipperen. Volmacht, rapport, het aanbod van een auto voor heen en terugreis met gratis logies en vertering in een hotel, – niets trof doel. Eensklaps verscheen een leep lachje aan de oude mondhoeken, het dametje bukte naar de stoelpoot, haalde een grote tas omhoog, opende de knip, en stortte kletterend de hele inhoud op het glas van het tafeltje. Aga dacht dat er iets belangrijks kwam, toen zij de bejaarde vingertjes zag zoeken in de rommel van doosjes, nagelgarnituur, kleine spiegels, naaigerei, propere zakdoekjes met kanten boordsel en dergelijke. Maar mevrouw Glerum viste er slechts een allerkleinste, ronde, zilveren bonbonnière uit vol groene suikeren balletjes. En een daarvan stak ze zich snel en leep in de mond. Aga, toenmaals nog weinig geoefend in geduld, stond op.

Een oorspronkelijke truc paste Aga toe op een heel verre verwante, ook weduwe, en pas geworden, wonend in een grote stad in het oosten. De plotselinge dood van haar echtgenoot liet haar niet berooid, wel hulpeloos achter. Zij had vijf aandelen, en toch bleek ze tot Aga's verwondering nog heel niet bewerkt door de wederpartij. Aga stond tegenover een zielig mens, zonder stuur, telkens uitbarstend in schreien, maar veel te schichtig om wat dan ook te willen tekenen. Mogelijk had Aga haar met bars bevel kunnen dwingen. Dat verwierp ze evenwel, doch niet uit nauwgezetheid van geweten. Want het handelsfatsoen van Aga beperkte zich strikt tot het eigenlijke bedrijf der affaire, het inkopen en het verkopen. Voor wat buiten dit gebied lag golden geen overwegingen van behoorlijkheid; daar gold slechts het belang. Maar zij verwierp geweld omdat de reis sportiviteit in haar had gewekt, en ook een zekere jolighed. Terwijl de klagende vrouw tranen vergoot in een overvloed herinnerend aan die van Luca rijpte bij Aga een plan, ingegeven door een argeloze mededeling dat de echtgenoot der weduwe nog vast en stellig om haar waarde. Ze bezocht in het koffieuur een kennis uit haar jeugd die hier reeds vele jaren woonde. Een stad als deze moest enige helderzienden tellen, en hoewel de kennis ze niet kon aanwijzen wist haar dienstbode een adres te noemen. Aga ging erheen en kort nadien lag in de bus der jonge weduwvrouw een briefje met het verzoek die eigen middag bij de helderziende, die haar een gewichtige mededeling had te doen, aan te komen.

De helderziende, indrukwekkend van zwarte ogen en haardos, begon tegen de uit het lood geslagen dame te zalven van missiven door hem opgevangen van de overzijde, afkomstig van haar gemaal, die daarin zeer stellig te kennen gaf dat zij de familie Valcoog behoorde te steunen. Nog de eigen avond kreeg Aga van hem de volmacht en de vijf aandelen in handen, waarna ze zijn palm zalfde met een royaal honorarium dat ze voor deze grap gaarne over had. De dame in kwestie zou die volmacht niet herroepen, verzekerde de helderziende Aga; zij zou ook niet op de vergadering verschijnen; hij had haar alles goed ingeprent; zij was weerloos overgeleverd.

De dame in kwestie deed nog bij Aga een briefje bezorgen met de smeekbede de volgende ochtend gezamenlijk een gebed op te zenden aan het verse graf. Aga liet bellen dat zij verhindering had, en vertrok de morgen daarop naar Leiden. Ze had niet, zoals Hugo, fondsen overgenomen; daarvoor ontbrak het de familie Valcoog aan liquide middelen, en krediet voor zulk een transactie kreeg zij niet van haar bank. Wel waren haar enige toezeggingen van steun op de vergadering gedaan, waaraan zij wijselijk geen grote waarde hechtte. Het meest betekenden de volmachten, vergezeld van de daarbij behorende aandelen, die voor de vergadering moesten worden gedeponeerd en die zij tegen reçu had overgenomen. Voorlopig ging dat alles in de safe op Johannes' kamer van de Pluvier. Ook Welkom bleek tussen zijn andere bezigheden door iets te hebben bereikt. Het kon met dat al niet in de schaduw staan van Aga's resultaat. Dat was begrijpelijk. Ze toonde zich tevreden.

AGA EN ADELINE

Die zaterdag in de tweede helft van september, haar vrije middag, ging Adeline naar Hugo. Het meisje Uetrecht deed open.
'Meneer Van Delden is er niet. Maar komt u vast binnen. Hij zal dadelijk terug zijn.'
Het rijzige jonge ding, nog steeds blootbeens, het rokje iets te kort, ging haar voor naar de deur der achterkamer. Adeline, het meisje volgend, stelde met enige verwondering vast dat het zich de moeite gaf over zo'n korte afstand van deur tot deur te heupwiegen en dat zonder de man als toeschouwer. Adeline miste dit soort behaagzucht. Daarvoor was zij te zeer dame; ze moest evenwel toegeven dat het jong ding niet smakeloos in haar bewegingen was. Adeline zette zich in de serre en een gesprekje zonder achtergrond ving aan.
'U hebt toch de zatermiddag vrij?'
'Ja, maar ik wou nog wat afwerken, en ik heb de tijd aan mezelf.'
Een aardig ringetje sierde de fijne hand. Een verlovingsring is eigenlijk nuchter, dacht Adeline; men moest er toch iets op vinden om daarin wat meer verscheidenheid te brengen. En, zoals een vrouw doet, nam zij onder het vriendelijk gekout het meisje onopvallend op, niet begrijpend dat dit menselijk prachtstuk zo weinig indruk op Hugo maakte. Als *zij* een man was, dan was ze er tot haar hals toe verliefd op geworden. Het meisje babbelde onbevangen, dwars op haar stoeltje voor de machinetafel, waarvan zij blijkbaar alle benodigdheden even schoon hield als haar vingers. Het meisje Uetrecht miste wel iets; het was te kunstig, het leek op een roos van was; men moest het eigenlijk geen product van kunst, maar van kunstnijverheid noemen, en dan een, ontegenzeglijk van verdienste.

De roze oorlel scheen een rozenblad en het zedig knopje van diamant daarin de dauwdruppel van de morgenstond. Het mooiste was wel het gebit, het enige brok zuivere natuur van het hoofd, niet vermooid, slechts onderhouden. En tegelijk wees dat gebit op iets vaag ontzettends, want het was de mens op zijn dierlijkst. Hoe kon uit zoveel broze en ietwat doodse verfijning opeens de harde, levende wreedheid van al dat elpenbeen naar voren springen, en dan nog wel in een vrolijke lach? Mijn tanden, dacht Adeline, zijn net zo, en die van Hugo ook; ik vrees dat ik de middag somber inzet.

Maar er was iets dat haar dwars zat. Hugo wilde volstrekt dat zij Aga zou bezoeken. Hij had slechts zijn wens kenbaar gemaakt en uitlegging ontweken. Hoe dan ook, het lustte haar niet. Middelerwijl ging het gesprekje voort.

'Ik zag dat u een aandeel hebt in die ijzerhandel in Leiden, juffrouw Uetrecht.'

'Ja, en ik weet dat u er vijf hebt.'

'Is het de bedoeling dat u op de vergadering komt?'

'Ik weet het niet. Dat zal van meneer afhangen. Ik zou het wel leuk vinden. Natuurlijk heb ik het niet echt gekregen.'

'Nee, dat begrijp ik.'

Adeline keek op haar pols. Het meisje zag de beweging.

'Meneer blijft langer weg dan ik dacht.'

'Waar is hij naartoe?'

'Naar zijn advocaat, Mr Viglius. Hij zei dat hij een jood ging kraken.'

Adeline stond op en keerde zich om. Kwanswijs bekeek ze de kleine meester. Daar was het weer, afschuwelijk! Dat vervloekte Duitsland besmette heel Europa, met vrees, met antisemitisme. Antisemitisme was bewustzijn van minderwaardigheid als individu, onderdrukt door dat van meerwaardigheid als groep. In ons land bestond dat toch niet, en hoefde niet te bestaan. Het was een mode van zekere kringen. Adeline was overtuigd dat Hugo de man van wie het meisje gerept had evenzeer zou 'kraken' indien hij geen jood ware geweest; hij 'kraakte' wanneer hij daarin nut zag. Alleen, hij zou het dan waarschijnlijk minder cru zeggen, en in elk geval klonk het dan minder onmenselijk. Hier echter trad hij op met zijn staalhard gebit, met het dierlijkste wat hij bezat. Toen, om deze loop van haar gedachten, moest ze voor het doekje weer glimlachen. Ze zou hem geen verwijten doen; het gaf toch niets. Doch om zulke uitlatingen kon ze zich driftig maken.

Het meisje was in haar rug aan de schrijfmachine bezig. Hugo kwam binnen. Hij had de blik van Adeline naar het schilderijtje nog juist opgevangen; er blonk een lichtje in zijn oog. Hij was steeds ingetogen bij hun begroeting in aanwezigheid van derden. Hij zoende haar dan nooit, en ze was daar erkentelijk voor. Even stond hij zwijgend over de schouder van het typend jong ding neer te turen. De brief was af, hij tekende.

'U kunt nu wel gaan, juffrouw Uetrecht. Laat de rest maar tot maandag. U bent al ver over uw tijd.'

'Ik heb thee gezet ook, meneer Van Delden. Ze staat daar.'

Ze had de vrijmoedige toon die Adeline kende, en die zulk een tegenstelling vormde met zijn teruggetrokken houding. Ze ging.

Adeline knikte naar de deur.

'Je hebt haar een aandeel van de Valcoogs gegeven.'

'Ja, formeel.'

'Ze wil graag ook zelf op de vergadering komen, dat zei ze tenminste.'

'Dat kan. En ik denk ook dat ik het doen zal. Ze kan natuurlijk een volmacht tekenen, maar niet op mij. Dat herinner ik me nog van de collegebanken; de directie en al dat soort gespuis mogen niet als gemachtigden optreden... Je weet dat de vergadering volgende week zaterdag is. Heb je je vrijgemaakt?'

'Ja. Ik heb nog drie vakantiedagen te goed. De chef trok wel een zuur gezicht omdat ik nu twee zaterdagen achter mekaar weg ben, maar hij laat me toch gaan.'

'Prachtig... Alleen spijt het me dat je op zo'n manier weinig aan je vakantie hebt,' zei hij voor de vorm.

Ze voelde dat en zweeg.

'Maar,' vervolgde hij, 'nu kan je me vandaag nog met wat anders een groot plezier doen. Ga, als je wilt, vanavond naar de Valcoogs. Ik zal dadelijk belet voor je vragen. Praat nog eens met Aga. Neem mijn wagen, en overnacht in Leiden. Ik zal daar een kamer voor je bestellen, en morgen ben je terug... Nee, laat me nog even uitspreken. Ik heb dit plan: vanmiddag samen naar De Uitkijk; daar loopt een surrealistische film, dan een aperitief, dan vroeg eten, jij om zeven uur op weg en om acht ben je in Katwijk... Ik ga niet mee; het lijkt me beter dat jij alleen gaat, en, trouwens, ik heb andere besognes.'

'Aha, zeker in verband met het kraken van die jood.'

Haar stem klonk scherp. Hij antwoordde droog:

'Dat is hier niet aan de orde. Maar ik merk dat het meisje Uetrecht uit de school heeft geklapt. Ik zal haar op haar vingers moeten tikken.'

'Een fraai standpunt tegenover mij, dat moet ik zeggen.'

'Ja kind, ik kan je heus niet alles vertellen, daar moet je aan wennen. Een dokter heeft ook zijn geheimen tegenover zijn vrouw.'

'Hugo, je zegt dat je geen antisemiet bent, maar je bent het wel, je wordt het aldoor meer. Het verergert met de week. En ik vind dat afschuwelijk, rondweg afschuwelijk en onduldbaar.'

Ze zaten in de serre tegenover elkaar. Hij keek onbewogen tegen de achtergevels der buren.

'Laat ik dan om je gerust te stellen verzekeren dat het werk dat me hier houdt niets met de joden te maken heeft.'

Zijn toon was koel en hooghartig, zijn gezicht echter ondoorgrondelijk. Adeline wist dat zij zich zo opwond, omdat hij haar voor het feit stelde van een dadelijk bezoek aan de zwarte duivelin, en omdat ze wist voor zijn wens te zullen buigen, tenzij... en onverwacht kwam de gedachte bij haar op: Als ik met hem brak, want *dit* is het moment! Ze vermocht het niet. De zwevende toestand werd tot in het oneindige gerekt. Ze wendde de blik van hem af en keek stroef naar buiten. Een hele tijd gebeurde er niets.

Toen zag zij zijn oog van vlakbij in het hare en het was vriendelijk.

'Ik kan werkelijk niet alles vertellen. Maar dat doet niets af van je waarde voor me. Neem van me aan dat ik je absoluut nodig heb. Een man als ik kan niet ongetrouwd blijven.'

Had hij haar gedachten geraden? Voor het eerst sinds lange tijd sprak hij weer van hun huwelijk. Ze trok haar wenkbrauwen op. Ze bleef stuurs.

'Hè ja, laten we het daar eens over hebben... Dus een vrouw voor de wereld.'

Hij leunde terug in zijn club en lachte, een korte klankrijke, en ze moest erkennen innemende lach.

'Ook, zeker, ik geef het volmondig toe. Een man die ongetrouwd blijft en het toch heel ver brengt is een grote zeldzaamheid waarvoor ik overigens heel veel respect heb. Als ik zo iemand ontmoet denk ik altijd: Hoe heeft hij het hem gelapt?... Maar ik kan dat niet, ik behoor tot de middenklasse, ik moet op de duur getrouwd zijn om vooruit te komen. Ik weet zeker, als ik ongetrouwd blijf, dat ze me dan met een scheel oog zullen aankijken, precies als...'

'Precies als ze doen met een jood; zeg het maar ronduit.'

'Jij bent degeen die het zegt. Maar gelijk heb je... Dan krijg je een soort sfeer om je heen, dat voel je, en dat voelen de anderen ook, en dat is een onbehaaglijke gewaarwording in gezelschap. Maar... ik hoef je toch waarachtig niet te zeggen dat je nog iets anders voor me betekent dan een complement dat ik voor de buitenwereld nodig heb.'

Het kritieke ogenblik was voorbij. Het was ook geen zeldzaamheid geweest. Hoelang reeds, misschien een jaar, misschien veel meer dan een jaar, kwam telkens het denkbeeld van de verbreking bij haar boven, nu eens met hem als spreker van het noodlottig woord, dan met haarzelf. En steeds werd het bedwongen, alsof een kracht buiten hen om hen samenhield in dit los verband, een kracht groot toch, en slechts door een machtiger te overwinnen. Ze was opgelucht, maar bleef nors kijken.

'Nu, zeg dan wat je van me wilt en waarom. Je weet dat ik aan de Valcoogs een gloeiende hekel heb.'

Ze noemde niet Aga, doch hij moest begrijpen dat ze op deze doelde. Hij veronachtzaamde de laatste woorden.

'Ik zou dit van je willen. Ga naar Aga en biedt haar honderd aandelen te koop voor tachtig mille. Honderd voor tachtig. Onthoud het goed. Ik weet dat ze het niet kunnen betalen, maar dat hindert niet. Ze kunnen de tachtig mille van me te leen krijgen en aflossen met stel tien of desnoods vijf mille per jaar tegen laten we zeggen vier procent. Je ziet, ik maak het niet te bont. En tot zolang houd ik de aandelen in onderpand, dat wil zeggen, ik zal ze deponeren bij een notaris in Leiden, en als er dan een vergadering is kunnen de Valcoogs ze lichten en hun stemrecht uitoefenen. Na afloop gaan ze dan weer bij de notaris in de brandkast... Heb je het goed begrepen?... Dus een ton aandelen voor tachtig mille... En dan natuurlijk ook: ik kom niet op de vergadering, de schorsing vervalt, de juffer wordt weer directrice, en: tout est pour le mieux dans le meilleur des mondes... Maar ik ga niet lager, en dit is ook mijn laatste woord... Heb je het goed begrepen?' herhaalde hij.

Hij was onder het praten opgestaan en keek bij het raam neer in de tuin. Hij stond juist als zo-even achter het meisje Uetrecht, de rechterhand in de broekzak. Zijn pantalon viel onberispelijk op onberispelijke schoenen; zij toonden bij de hak niet de minste sleetsheid. Het blauwgrijs geheel stond hem uitstekend; maar alles stond hem uitstekend; hij koos nooit anders. Zijn colbertjas zat volmaakt om zijn brede borst gegoten, niet te zwierig getailleerd en niet te weinig. Het opschorten van het rechterpand, daar waar hij de hand in de zak hield, trok geen enkele kreuk boven zijn middel. Zijn kop was, van welke kant ook bezien, zwaar, haast massief, maar evenwichtig in onderdelen, en evenwichtig tegenover de tors. Hoe goed ook verzorgde hij zijn haar, hoe zorgvuldig was het aan het achterhoofd geknipt, in de nek enkel een zweem en dan langzaam verdonkerend naar boven. Zijn kapper was even perfect als zijn tailleur. Het klonk misschien krankzinnig, maar ze kon hem niet missen. Deze gedachte bepaalde nog haar standpunt toen de woorden tot haar waren doorgedrongen. Want twee omstandigheden wekten langzamerhand haar uiterste verwondering: vooreerst dat hij nu toch, op het laatst, wilde terugtreden, in de tweede plaats dat hij dáárvoor haar tussenkomst inriep. Haar snelwerkend brein zag voor deze houding tal van beweegredenen en van de tegenstrijdigste. Het doek ging voor haar op over het panorama van een baaierd. Het was een en al verwarring, het waren de diepste roerselen der menselijke ziel. Ze zag ze daar liggen, verstrengeld tot een kluwen dat zich bewoog bovendien. Ze kon niets onderscheiden. Het is misschien mooi en misschien afschuwelijk, maar ik word er geen steek wijzer van, dacht ze prozaïsch. En toch – want ook zijzelf bezat haar samengesteldheid – betekende Hugo juist op dit ogenblik voor haar heel veel; het ondoorgrondelijke liet nimmer af haar te boeien.

Hij duwde een sigaret tussen haar lippen en ging toen in de herenkamer thee schenken. Van daaruit zei hij:

'Ik wil die affaire hebben, en ik wil die affaire niet hebben. Ik hoop dat je met je opdracht slagen zult, maar of ik dat meen weet ik niet.'

Dit cryptum was zijn laatste woord. Dat zij nog kon weigeren verwierp hij stilzwijgend. Hij kende haar beter dan zij hem.

Hugo belde dringend met Katwijk, doch deed Adeline door de telefoon met Aga spreken.

'Ze kan me vanavond hebben,' zei Adeline na de hoorn te hebben neergelegd. 'Ze deed heel gewoon, maar als ze straks over de schorsing begint knijp ik dat resoluut de kop in.'

'Dat zal niet ter sprake komen,' antwoordde Hugo.

Hij verwachtte dat Aga's trots zich zou verzetten tegen zelfs de geringste toespeling daarop.

Te zeven uur vertrok Adeline uit de stad, in haar bezit een afschrift van de lijst der deelgerechtigden, tot het laatst bijgewerkt. De procuratiehouder had van iedere wijziging per telegram moeten kennisgeven. Hugo begreep dat de Valcoogs door middel van Johannes evenzo op de hoogte waren.

Adeline reed niet snel de eentonige weg door de Haarlemmermeerpolder, die zij nog kort geleden met hem was gegaan. De wagen kon lopen als een duivel, nu liep hij als een engel. De lage kap was op, want de tijd bleef buiig, en ze zag van haar omgeving minder dan haar lief was. Toch lag de hemel groots voor haar. De dalende zon scheen van terzijde zonder te verblinden, nu en dan onderschept door magnifieke wolken, van sneeuwwit tot zwartig. De trans adelde het landschap. De brede verkeersweg ging telkens in de verte omhoog voor nieuwe bruggen over vaarten; als een grauw blok torende elke helling voor haar op en werd spelend genomen. Dan kwam het fraai traject waar ze zich altijd weer voelde glijden over een soort viaduct dat de landen beheerste. Links blonk de wereld van de Kaag in het avondlicht. In de schuinse stralen der zon schitterden nog zeiltjes in tal van scheve standen. De zon verdween achter een vlakke wolk als de zitting van een taboeret en drie zware gouden poten rustten op de einder.

Middelerwijl waren haar gedachten ook met Hugo bezig. Ze had geen enkele uitleg gevraagd. Ze begreep dat, zo ze al geen zakenvrouw was, ze toch de juiste houding had getoond van de vrouw van een zakenman: niet vragen – doen. Ze kon niet helpen dat de vraagtekens in haar hersens opsprongen. En het grootste vraagteken was hijzelf. In haar diepste wezen hoopte ze niet te zullen slagen, want ze zag Aga graag verpletterd, de overblijfselen weggebezemd. Maar ze was te eerlijk om geen ernstige poging tot vergelijk te ondernemen. Of hij iets ried van haar tweestrijd zou ze niet kunnen zeggen. Zo ja, dan stelde hij in haar een vertrouwen dat ze niet mocht beschamen. Maar wat deed hem de verzoenende hand uitsteken? Was het eerbied voor een verleden, voor die familie, voor Aga in het bijzonder? Was het vrees voor een nederlaag? Dit laatste scheen het geloofwaardigst, en ongetwijfeld zou Aga de poging aldus opvatten. Maar Hugo was toch niet iemand om strijd uit de weg te gaan? Ze vermoedde dat er veel meer achter school; ze wist het door dat cryptum. De structuur van het geval was oneindig ingewikkeld, zó dat ze het nimmer tot haar bevrediging zou ontrafelen. Ze had het goed gezien, daarnet, als een kluwen. Hoe dat zij, haar taak was moeilijk, haar gang zwaar. Zijn eerste opdracht – hij wist wel wat hijzelf uit de weg ging, haar overliet.

Een eind voor Leiden zwenkte ze af en nam de smalle weg door de afzichtelijke zelfkant van Rijnsburg, waarachter het ouderwets dorp aan weerskanten van de vaart met brugjes en met de merkwaardige toren verscholen ligt. Spinoza! Ze herinnerde zich eens te hebben beproefd de Ethica te lezen. Het was veel te moeilijk. Hugo had zelfs geen poging gedaan. Hij wist niets van wijsbegeerte, hij gaf weinig om letterkunde, hij hield oppervlakkig van muziek, en het was goed bezien een groot toeval dat zij juist door de muziek, door dat huisconcert, met elkaar in aanraking waren gekomen. Het enige waarvoor hij begrip toonde was de beeldende kunst, en dan nog op een bijzonder terrein, voorts het levend beeld der film. Dan zei hij aardige dingen, maar het raakte haar weinig; voor plastiek bezat ze niet het ware oog. Zij hadden weinig punten gemeen, tenzij thans de zakelijkheid. Spraken ze even over de dingen die hem niet lagen en haar wel, dan ging het van zijn kant op een toon van meerderheid, soms spottend, soms honend, heel weinig – toch ergerniswekkend. Het schoot haar te binnen dat hij eens een aandrang harerzijds om een goed, modern Nederlands boek te lezen – ze noemde het toen, ze wist het nu niet meer – dat hij die zachte drang had beantwoord met de uitspraak: 'Hoe primitief is alle letterkunde vergeleken bij het leven.' Een hard woord, een mistroostig woord. Doch ook, dat voelde Adeline, een woord van ware klank voor deze ingewikkelde, nevelachtige persoonlijkheid, wier enkele geboorte een raadsel was. Want spruit van allerkleinst, haar weerzin wekkend burgerdom, moest Hugo toch de kiemen der onduidelijke, maar grote ontplooiing hebben ontvangen, via die ouders, uit een mistig voorgeslacht.

Katwijk naderend werd bij haar de stemming opgewekter. De onderhandeling drukte haar thans niet meer, en toen ze voor de Pluvier stilhield voelde ze zich op goede spankracht, strijdvaardig, lichtelijk strijdlustig. Er was nog licht aan de hemel, er dreef nog licht op de zee.

Hugo had zijn verloofde enigszins voorbereid: waarschijnlijk ontvangst in het klein kamertje boven, waarschijnlijk verstikkende atmosfeer, waarschijnlijk een slechte stoel, mogelijk beneveling. Luca, haar achterna gaand, vergezelde haar tot de bovenste treden, wees naar de deur en verliet haar. Adeline stond in het klein, somber rookhol vol grijze damp. Haar eerste gedachte was: Hier houd ik het geen tien tellen uit. Er hing een geur van sterke drank. Toen zag ze nog bovendien dat Aga beschonken was, en erg. Walging vervulde haar; het was veel vreselijker dan ze zich had kunnen voorstellen. Maar aan weglopen dacht ze niet; zelfs een verzoek het raampje of de deur te openen scheen haar een voetval voor de tegenstander, een grove vergissing. Ze hardde zich, ze mocht niets laten blijken. In een ogenblik was het draaierig gevoel voorbij. Maar ook haar frisse opgewektheid was verdwenen, niet echter haar wil haar taak goed te volbrengen. Ze zou niets liever dan deze vijand straks op de vergadering verslagen zien, toch wilde ze pleiten voor het voorstel tot bemiddeling. Ze zat in een behoorlijke leunstoel, niet op dat wrakke meubel dat Hugo onzekerheid had moeten bijbrengen; tenminste één punt gewonnen.

Terwijl ze haar opdracht kalm en met overleg uitvoerde kon ze toch niet voorkomen dat ze van afkeer vervuld bleef voor dat dronken schepsel, minder nog om het feit op zichzelf dan om de schaamteloosheid der openbare vertoning. Onder het spreken dat ze meende goed te doen verliet haar het gevoel van lichamelijke benauwenis; ze vergat haar omgeving voor Aga en zichzelf.

Aga hoorde haar aan zonder een enkele onderbreking. Haar gelaat vertrok zich niet tot een spotternij, haar oog blikkerde niet onplezierig. Ze schudde slechts tegen het einde, en even, het hoofd ontkennend. Hoe gemakkelijk zou het geweest zijn te sarren met woorden als: 'Wel bedankt voor zoveel grootmoedigheid die vrees verbergt.' Daarvan niets. Haar trekken, gezwollen en roodachtig eerst, werden smaller en ietwat vaal. Uitgesproken moest Adeline vaststellen dat die trekken ook hun tijden van schoonheid aanwezen. Zij vertoonden de schoonheid van een door oorlog verwoeste landouw bij vallende nacht, zij waren beklemmend schoon. En hoe klein leek het wezen daar in die kantoorstoel voor het afzichtelijk bureau. Het scheen verschrompeld, door verdriet of hartstocht.

'Nee,' zei Aga, 'van je verloofde neem ik niets aan, ook niet het mooiste voorstel. Hij heeft de oorlog gewild, hij is met een schorsing begonnen... daar praten we niet over, maar we zullen vechten tot het eind.'

Ze boog zich half van haar af, plantte de ellebogen op het bureaublad en begroef haar handen in de haren langs haar slapen. Verder betogen had geen zin, dat voelde Adeline; ze stond tegenover een onverzettelijk besluit, en ze was daarover verheugd, want ze had op de afwijzing gehoopt. Het pijnlijke daarvan kwam niet op haar neer, maar op Hugo, haar opdrachtgever. Toen begon ze de houding van Aga vreemd te vinden. Wat betekende dat? Schreide ze? Aga bleef onbeweeglijk zitten. Het duurde een hele tijd, het was doodstil en Adeline durfde de stilte niet verbreken. Intussen bracht Aga met de opperste geestkracht waarover zij beschikte twee contacten tot stand. Toen hief ze het hoofd op. Nee, ze had niet gehuild. Haar gezicht zag nu weer roodachtig en gezwollen, de blik was weifelend, vol bedwongen toorn. Ze rommelde in een lade, en spreidde met bevende vingers een papier op het blad.

'Dat ken je natuurlijk. Kom eens dichterbij.'

Adeline schoof nader. Ze bogen zich samen over het vel papier en Adeline moest zich intomen om niet weg te vluchten van de bezwangerde adem der andere. Het was de lijst van aandeelhouders. Adeline zag het aan de namen. Er stonden voor haar onbegrijpelijke tekens bij, rode en blauwe kruisen, strepen in potlood, nultekens, vraagtekens, afchecktekens en parafen. De vinger van Aga waggelde langs de kolom, sloeg het blad om en waggelde zwaar voort. Onderwijl zei ze:

'Ik sprak daar van oorlog en dat is waar. Maar je moet niet denken dat het Hugo is die me dwars zit. Hugo doet tenslotte wat hij als zakenman moet doen, of meent... Maar (en hier hield haar wijsvinger halt) dát is het, dat dáár, dát zit me dwars... Hij is er natuurlijk ook geweest.'

Haar vinger bleef aldoor wijzen. Adeline las de naam van mevrouw Glerum.

'Hij is er natuurlijk ook geweest,' herhaalde Aga, en wendde zich naar haar bezoekster van vlakbij, met het volle gelaat, het volle lichaam. 'En hij heeft natuurlijk ook niets gedaan gekregen... Maar dat ouwe kreng, zoals ze me behandeld heeft, zoals ze... zoals ze...'

Aga stotterde van woede en dronkenschap.

'Dat wijf,' zei ze haast schreeuwend, 'dat me behandelde als oud vuil, dat geen bek opendeed, geen bek, dat maar keek... dat had ik kunnen... dat had ik kunnen...'

Ze plofte in haar vorige stand, de handen in het wilde haar. En ze fluisterde, maar zo zacht dat Adeline het nauwelijks hoorde, dat ze het eigenlijk niet hoorde en toch meende, ja zeker wist het wel te hebben verstaan en tevens niet:

'God, god, ik ben te ver gegaan.'

Adeline kreeg een ingeving. Althans dat dacht ze. Want het was wezenlijk een ingieting.

'Nu, ik ga dan maar,' zei ze, opstaand. 'We komen toch niet verder.'

Ook Aga stond op. Het was zichtbaar dat ze zich met de grootste moeite herwon. Haar gelaat klaarde op, het werd vriendelijk en ze reikte Adeline de hand.

'Bedankt voor je komst. Denk niet dat ik het gebaar van Hugo niet op prijs stel. Maar de vergadering moet beslissen.'

Adeline ademde buiten bevrijd, ging naar haar hotel en dadelijk naar bed. Ze sliep slecht; ze zag nu haar weg. Hugo zou het goedvinden, hij moest het goedvinden, en misschien, heel misschien bracht ze een prettige verrassing mee. Ze zag haar weg ook in een benauwende droom, werd desondanks fris wakker en reed dwars door het land naar het oosten. Aan de hotelportier had ze opgedragen Hugo te verwittigen dat ze eerst later kwam.

Haar bezoek aan het oude dametje Glerum scheen zonder succes te zullen verlopen. Ze moest lang wachten in een zijkamer. En toen ze eindelijk werd ontvangen staarde de weduwe haar een hele tijd wezenloos aan. Adeline beleefde wat Aga had beleefd. Ze werd evenwel niet ongeduldig; ze ging niet weg eer ze een stellig woord, in welke zin ook, aan de hoorster had ontlokt. Het was alleen spijtig dat ze geen volmacht kon doen tekenen. Toen, nadat het dametje kletterend de inhoud der tas had neergestort, een suikertje had genomen en door Adeline was geholpen bij het weer inproppen van de rommel, begon er iets van begrijpen in de oude oogjes te schemeren. Adeline betoogde met steeds meer klem dat wijziging in de directie geboden was, slechts hield ze uit edelmoedigheid het argument der dronkenschap achter. Van lieverlede kwam er een heel ander dametje tegenover haar te zitten, dat levenslustig bleek, aardig wist te lachen, naar de theetafel dribbelde om eigenhandig een kopje te schenken, en steeds duidelijker zwichtte voor Adelines overredingskunst. Ze vertrok met de pertinente verzekering dat mevrouw Glerum op de vergadering komen zou en voor een nieuwe directie stemmen. Afgehaald behoefde ze niet te worden; ze waagde zich aan geen auto; ze ging met de trein en zou voor twee nachten belet vragen bij Leidse kennissen.

Toen ze die avond bij Hugo aanreed was Adeline rechtmatig trots. Hugo toonde zich erkentelijk, zij het voorzichtig. Hij zei:

'We zijn er nog niet helemaal, want we kennen niet de kaarten van de Valcoogs. Maar als dat ouwe mens werkelijk komt hebben we toch negentien stemmen gewonnen.'

'O,' zei Adeline, 'ze komt vast. Ze zei nog nadrukkelijk: "Weer of geen weer".'

Hij glimlachte en kuste haar:

'Flinke zakenvrouw!... Ik heb op dat ouwetje zo gezegd mijn tanden kapotgebeten. Je moet weten dat zij de enige was naar wie ik zelf ben toegegaan, en ik kon geen woord uit haar krijgen, nog geen gebaar. Maar áls ze komt, laat het dan slecht weer zijn. Zoveel te beter.'

DE VERGADERING

Het was slecht weer. Op de dag vóór de vergadering goot het en stormde, op de dag zelf eveneens.

Volgens oude overlevering werd zij gehouden in de voorhene winkel, op de plek waar de affaire was geboren, in een oud pand met somber voorhuis. Daarachter, voorbij een gang, hokken, kasten en een olijke binnenplaats, lag het achterhuis, wat gemoderniseerd. Daar hield men het kantoor, daar werkten Johannes en de procuratiehouder in hun eigen vertrekjes, daar was het betrekkelijk licht en heerste een zekere gezelligheid. De dwarse pijpenla van de ontvangkamer sloot stroef en vreemd dit complex af dat men altijd van terzij betrad. De winkeldeur ging slechts open op de dagen der algemene vergadering.

De winkel was vooraan, hoog, van nature donker, en bezat enige statigheid van neerdrukkend karakter. De twee smalle ramen, tot halver hoogte afgeschermd door etalagekasten, gaven niet veel licht in de diepe zaal van onregelmatig grondplan. Aan één zijde sprong de zaal uit, tot tweemaal toe; zij was van achteren breder dan van voren. In die uithoek ging een oude eiken wenteltrap in volslagen onbruik geraakt, met kostbare gesneden leuning naar de verdieping boven de winkel. Daar hield men een ander gedeelte der kantoren, bereikt langs een trap van het achterhuis. Aldus werd van de winkel niets benut voor het dagelijks bedrijf. Hij lag er als bewijs van een vrome toegeeflijkheid aan onherroepelijk gesloten verleden. Wellicht was het de onderbewuste eerbied voor het verleden die hem een enkele keer tot kortstondig leven wekte, gelijk thans.

Hij was somber, zindelijk, wijd, ruim, duister, rijk aan afwisseling en aan stemming. De hoge toonbank op zichzelf vormde een machtig meubelstuk, met een grote lap zink vol putten belegd en twee schone ouderwetse koperen weegschalen geflankeerd door ijzeren en koperen gewichten. De wand tegenover de toonbank werd ingenomen door een enorm rek vol laden in verschillende grootten, de kleinste boven, bij de zoldering. Twee ongebruikte ladders stonden tegen het rek. Vanuit die laden waren indertijd de kleine en minder kleine, de meest gangbare ijzerwaren verkocht. Iedere lade bleef nog gemerkt door een monster van het artikel dat ze bevatte. Het hing in een oog naast de trekknop. Alle laden waren leeg. De stellage herinnerde aan de opstand die men in oude drogisterijen vinden kan; ze was evenwel veel omvangrijker. Decennialang gebruik had hier en daar het voorhout wat geschaafd, maar het veld van donkerbruin geverfde vakken bleef toch een genot voor de aandachtige blik, – het veld juist niet eentonig door de afwisselende grootte der onnoemelijk talrijke vakken met de ronde donkerbruine knoppen waarvan niet één ontbrak. Over dat alles spiegelde een bescheiden glans. De onbekende timmerman had hier met liefde voor de ambacht een meesterstuk afgeleverd, en wie weet voor hoe weinig geld. Elke lade gleed langs haar houten lopers in en uit het rek met een precisie, een gemak als de laden van een stalen kast. Dit geheel echter leefde, door de persoonlijkheid van zijn schepper en doordat het vervaardigd was van levende materie.

Achterin, waar de winkel breed en tevens opeens veel lager werd, was in het plafond een licht uitgespaard. Wie de winkel betrad zag derhalve in de verte het donker verlevendigd door een ietwat geheimzinnig, zij het kil schijnsel, waarvan hij de bron niet ontwaarde. Thans was op de scheilijn van hoog en laag dwars een lange tafel geplaatst, van stoelen omgeven, onder drie stralende lampjes met kapjes van groen glas, een stilleven van clair-obscur dat straks bezield zou raken. Doch geen buitenstaander kon de beweging aan die verre tafel volgen. De lege uitstalkast over de beide straatramen had immers een hoge opstand; voorts was de deurruit binnenwaarts afgedekt door een luik.

Onder het bovenlicht waren twee tafeltjes geplaatst. Aan het ene zou de procuratiehouder de stembriefjes uitreiken, aan de andere zou een Leids notaris met twee getuigen het protocol van het verhandelde opstellen. Tevoren waren de beide advocaten, Binkershoek en Viglius, overeengekomen omtrent het wenselijke der aanwezigheid van een notaris en de keuze van de persoon.

Hugo kwam met Viglius in zijn wagen; hij was een van de eersten. Adeline zou met juffrouw Uetrecht de reis per trein maken. Hij was zeker van de komst van zijn verschillende handlangers, totaal omstreeks tien. Dat hij zich van zo groot gevolg voorzag viel niet aan één oorzaak toe te schrijven: poging om met veel zelfde stemmen indruk te maken op weifelaars, – zucht om zijn overmacht op zijn handlangers te verstevigen door een zege, – zucht ook om de wederpartij ontzag in de boezemen (ofschoon hij daarvan geen grote verwachtingen koesterde), – behoefte aan een publiek, van welke stemming ook, al ware het vijandig gezind, – lust om te voldoen aan fantasie en avontuurlijke zin, – de wens bovenal om achterdocht te wekken bij de tegenstander die in het naar voren brengen van een reeks trawanten allicht meer zou vermoeden dan enkel overbodigheid. Er kon hem ook niets gebeuren. Bleef er iemand van zijn kant noodgedwongen weg, dan was hij bij voorbaat gedekt door een volmacht, die hij op het laatste ogenblik kon invullen op Adeline of juffrouw Uetrecht. Daar hijzelf niet als gemachtigde mocht optreden kwamen de beide meisjes in de plaats van hen die zijn zijde gekozen hadden, maar de vergadering niet wilden of konden bijwonen.

De procuratiehouder, het droge heertje dat twintig jaar ouder leek dan het was, zat aan zijn tafel, een bediende van de zaak bij zich, keek een lijst na en reikte de getypte stembriefjes uit.

Binkershoek verscheen met druipend regenscherm, wierp zijn overkleding op het zink, vertoonde het ontvangstbewijs van zijn aandeel, kreeg zijn biljet en ging bij de grote kolomkachel met Viglius staan praten. Hij kende Viglius niet persoonlijk, hij nam hem op met onderzoekend oog dat op de duur elke advocaat eigen wordt, hetzij hij staat tegenover cliënt, wederpartij, raadsman of rechter. Hij wist dat Viglius associé was van een kantoor van goede naam; zoveel smaak had die Van Delden in ieder geval getoond; daarvoor verdiende hij een loffelijke aantekening. Viglius was langer nog dan Binkershoek, omstreeks vijftig, lichtblond en dun van haar, heel tenger, met smal puntig gezicht, het gezicht van een verstervende, een scherpe, kristalheldere blik. Op zijn voorzichtige manier mocht Binkershoek hem wel; hij betreurde alleen dat exploot van schorsing, vol venijn, afkomstig uit het kantoor van deze confrère. Maar met de vaste gewoonte der advocaten om nimmer over de slag te spreken eer hij geleverd is, onderhielden zij zich over de gang der wederzijdse praktijken in het algemeen. Onderwijl zochten hun handen de weldadige warmte der kachel. Even later voegde de Leidse notaris zich bij hen. Binkershoek keek nu en dan steelsgewijs achter zich naar Hugo. Hugo stond bij het tafeltje van de procuratiehouder een sigaret te roken, het registreren volgend van de binnenkomenden. Binkershoek had, als vroeger toen zijn zoon Hugo wel bij hem thuis had gebracht, jij en Van Delden gezegd bij de begroeting. Maar zijn toon was koel geweest; hij misprees de inhoud van het exploot, uit de koker van die kerel gekomen, meer nog dan de schorsing op zichzelf. Hij was intussen ook iemand die voor een tegenstander, en juist voor een gevaarlijke, oprechte bewondering kan koesteren. En hij moest de fijne tact van Hugo erkennen in de opneming van het tweede punt der agenda: eervol ontslag op eigen verzoek aan de presidentcommissaris, een zekere Van Haan, wegens gevorderde leeftijd, en benoeming van een nieuwe commissaris, als hoedanig werd aanbevolen een zekere Terburg, hem, Binkershoek, totaal onbekend. Natuurlijk had de familie Valcoog haar eigen kandidaat, dat zou straks blijken. Maar Binkershoek was overtuigd van een subtiele opzet achter dit schijnbaar onbeduidend onderwerp. Want ongetwijfeld had Van Haan nog wel met ontslagneming kunnen wachten tot de eerstvolgende, gewone, jaarlijkse vergadering, en was hij door die Van Delden geprest tot tussentijds verdwijnen. En nu sprak het vanzelf dat stemming over een nieuwe commissaris zou voorafgaan aan stemming over een nieuwe directie, en lag het voorts in de lijn dat wie Terburg zou kiezen ook daarna op de nieuw voorgestelde directeur stem zou uitbrengen, zodat de mening der vergadering bij voorbaat was gepeild. Best mogelijk dat tussen beide stemmingen de tegenpartij nog een hem, Binkershoek, overigens onduidelijke kans zou aangrijpen, indien de eerste ongunstig mocht uitvallen. Het was zaak op zijn uiterste hoede te wezen. Doch hij erkende de verfijning in de zet. Dat was niet Viglius, dat was met volmaakte zekerheid die Van Delden.

Er kwamen anderen binnen, enkel mannen. Zij legden hun jassen en hoeden op de toonbank.

Adeline kwam binnen met juffrouw Uetrecht; zij hadden getreind, getramd, fikse buien opgelopen, hun regenmantels glinsterden, hun overschoenen glommen. Zij werden naar een kleine garderobe tussen voor- en achterhuis geleid, waar zij zich wat konden opknappen en van de natte plunje ontdoen.

Hugo nam Adeline even terzijde.

'Nu begrijp je misschien waarom ik dit noodweer zegen.'

'Nee.'

'Wel, de aandeelhouders van buitenaf die hun aandelen gedeponeerd hebben, maar geen volmacht gegeven, die komen nu natuurlijk niet. Het zijn er maar een paar en het zijn ook maar kleintjes; toch is het één element van onzekerheid minder. Ik geloof dat we het zullen winnen.'

'Heb je mevrouw Glerum al gezien?'

'Nog niet.'

'En als zij zich nu ook eens door dat hondenweer heeft laten afschrikken?'

'Dan moeten we zien wat we ervan maken... maar volgens jou zou ze in elk geval komen.'

'Ik begin te twijfelen... Weet je dat het al vlak bij elven is?'

'O dat hindert niet. We zijn nog op geen stukken na klaar. De notaris moet alles nog controleren ook. Als we om halftwaalf beginnen is het vroeg.'

Aga trad binnen met Marvédie. Aga droeg een kostbare zwarte bontmantel. Ze hield van bont; ze was de enige van de familie die wezenlijk mooi bontwerk kon vertonen. Ze was geheel in het zwart, met een kleine zwarte hoed, niet bleker als anders, en nu stellig bekoorlijk, maar meer nog vreemd. Het was jammer, maar ze leek in haar bont propperiger dan ze was. Het viel op dat ze niemand groette. Ze hield de jas aan; er lag nauwelijks een druppel regen op, ze kwam zo uit haar wagen.

Marvédie, haar volgend als een ondergeschikte, droeg uiteraard een ingeslagen hoofddeksel tamelijk scheef; ze maakte in haar sobere kleding en met haar fijne enkels de indruk van een proper poppetje. Wie haar nooit thuis had meegemaakt zou niet vermoeden dat zij er daar zo benepen armoedig kon uitzien, en op handen en voeten de trap opliep.

Aga was de eerste die zich aan tafel zette, aan het uiteinde, recht tegenover de voorzittershamer. Binkershoek kwam naast haar. Volgens de statuten had op de vergadering de president-commissaris de leiding, de oudste commissaris bij zijn ontstentenis. Binkershoek vroeg Aga hem de voorzitter aan te wijzen. Ze keek even rond, voor het eerst, en duidde op een oudachtige man. Hij stond met Hugo te praten. Binkershoek oordeelde hem innerlijk zuchtend een slap type. Er hing zoveel van de leiding af.

Men zette zich langzamerhand. De notaris was bezig de aandelen te tellen. Dan ging hij de lijst na van de aanwezigen en het aantal stemmen dat ieder vertegenwoordigde.

Er kwam een heel oud dametje binnen. Door de geopende deur zag men dat er een rijtuigje stond. De koetsier sloot de voordeur in haar rug. Zij was mevrouw Glerum. De procuratiehouder sprong op met de buitensporige galanterie van oud tegenover oud, verdween, en toen zij tot aan zijn tafeltje gedribbeld was, was hij er terug met een gemakkelijke stoel. Zij bleek de laatste; ze wou geen enkel kledingstuk uittrekken. Ze zat omtrent het midden. De onbenutte stoelen werden weggenomen. Men kon zich iets ruimer bewegen.

Er gebeurde niets. Men praatte wat met zijn buren. Even later werd door twee kantoormeisjes koffie aangeboden. Adeline kreeg een gevoel zoals zij wel had ondervonden na een begrafenis: de mens in zijn leed is nog verplicht voor anderen te zorgen, want nooit is de bezoeker zo kinderlijk onbeschaamd, nooit smaakt hem de koffie of de hete bouillon zo lekker als na het graf. Aldus ook min of meer hier; onafhankelijk van het drama waarin hij straks ging medespelen eiste de aandeelhouder vooraf de verkwikking van zijn ingewanden. Doch daarom liet ze haar koffie niet staan; ze dronk integendeel gretig.

Hugo zat naast de voorzitter, schuins tegenover Adeline, ver van Aga. Behalve de eigenlijke partijen en hun pleitbezorgers, de stromannen van Hugo, en de voorzitter, telde de vergadering nog drie aandeelhouders. Twee hunner, zonder tot enige eigenlijke aanhang te behoren, hadden hun stem vastgelegd, mevrouw Glerum door haar toezegging aan Adeline, de schoolvereniging minder stellig tegenover Binkershoek. Maar de kaarten lagen nu op tafel, de volmachten waren getoond, de neuzen geteld, en Hugo had gecijferd: zoveel stemmen op zijn hand, zoveel op die van Aga. Hij was behoedzaam, en aangezien hij geen duidelijke uitspraak had kunnen ontlokken aan de schoolvereniging rekende hij haar tot de wederpartij, maar hij kon het rustig doen, want met de domineesweduwe had hij de meerderheid.

Een afzonderlijke figuur onder de aanwezigen was een employé van de bank der affaire, van de Disconteering West N.V., die twee aandelen bezat en alle vergaderingen deed bijwonen, doch slechts om een controlerende vinger in de pap van het bedrijf te hebben, – en die uit beginsel bij belangenstrijd nooit anders dan blanco stemde. Dat was Hugo onder meer enige jaren geleden gebleken toen hij met geringe meerderheid tot commissaris gekozen werd.

Adeline zag de kring rond. Het groepje van Aga was klein: zijzelf, Marvédie, de advocaat, – misschien nog de school. Hugo had later Adeline opnieuw terzijde genomen en gezegd dat hij van de overwinning vrijwel zeker was; hij rekende het haar in enkele cijfers voor. Marvédie bleek weliswaar in het bezit van meer stemmen bij volmacht dan hij, maar niet voldoende om daarmee aan de Valcoogs de meerderheid te verschaffen. Al wat hier verder zat was aan Hugo verbonden, de onbekende manspersonen. Ze zag de twee ongunstige typen, de oude heer met het rood gezicht, en de donkere, olieachtige; ze was hun namen allang vergeten. Ze zaten links en rechts van het jong ding; ze kenden haar goed en hun houding was vertrouwelijk. Het jong ding gedroeg zich niettemin hoogst ingetogen, wetend van de vele mannenogen die zich op haar verschijning verrast hadden opengesperd.

Adeline betreurde haar gang hierheen allerminst. Het tweede element van onzekerheid – de machtigingen – was weggevallen, maar daarmede de vergadering nog niet tot een saaie vertoning gedoemd. Ook bij vooraf wiskundig bepaalbare uitslag zou het spel van krachten hier nog gespeeld worden; Aga was niet iemand die vrijwillig het veld ging ruimen. Daarvoor kende Adeline haar genoeg. Men las het besluit trouwens af van dat gelaat.

Aga deed de bontknopen van haar mantel los en gooide hem ongeduldig achter zich, over de rugleuning. Marvédie zat stil naast haar, de ogen half neergeslagen. Aga had enkel Marvédie gekozen om de familie en wie haar bijvielen te vertegenwoordigen. Welkom kon zijn tijd elders beter besteden, Luca was volkomen ondeugdelijk en slechts bij machte de strijd met oppervlakkige huilbuien te begeleiden, nog daargelaten haar gevaarlijke onberekenbaarheid, van Johannes, die graag zou zijn meegegaan, vreesde ze de dichterlijke vlucht die zakelijk tot afdwaling en flaters kon leiden. En toen ze het meisje Uetrecht had gezien vond ze het pas recht gelukkig dat ze deze broer op zijn kantoorstoel had weten te houden. Het uitstallen van een troep slaven – want dat waren die onbekende mannen zonder twijfel – dit spel van Hugo op de engelenbak, lag haar volstrekt niet. Ze hield zich enkel aan haar zuster die koel en nuchter was, die niet zou falen. Want Marvédie, als kind door de vader geplaagd en verwaarloosd, had wel een schuchtere aard, maar in de nabijheid der jongste voelde zij zich sterk en rustig tevens.

De voorzitter gaf een bescheiden tik met de hamer; de samenkomst was geopend. De notaris deelde de vergaderden het aantal stemmen mee dat kon worden uitgebracht, elf minder dan overeenkwam met het aantal neergelegde aandeelbewijzen. Het wegblijven van de betrokkenen zou wel een gevolg daarvan wezen, – en de notaris schetste een gebaar in de richting van de binnenplaats waarop de regen kletste.

Hugo las de notulen van de vorige vergadering. Zijn welluidende stem was overal goed te verstaan. De notaris die een beetje doof was bracht vreedzaam zijn tafeltje dichter bij de grote. Zo werd het eerste punt der agenda in gemoede afgewerkt.

Bij het tweede had de voorzitter een brief in de hand van Van Haan, de president-commissaris, die aftrad. Hij herdacht in de gebruikelijke termen diens belangrijke adviezen, verdiensten voor de vennootschap, en zo meer. Hij stelde voor het ontslag onder dankbetuiging te verlenen. Geen sterveling had er iets tegen.

Op zijn vraag of iemand een opmerking wenste te maken over de voorgestelde nieuwe commissaris Terburg zei Binkershoek te willen worden ingelicht omtrent deze kandidaat. Was hij niet commanditair vennoot in de affaire van Beudeker, Rotterdam?

De voorzitter beaamde het.

'Welnu,' zei Binkershoek, 'dan heeft mijn groep bezwaar tegen de kandidatuur, en groot ook.'

Door het woord groep te bezigen splitste hij de vergadering van dat ogenblik af in twee kampen. Hij deed het weloverwogen. Hij vervolgde:

'Beudeker, een concurrent van De Leydsche IJzerhandel, en naar men zegt niet altijd even fair, is wel de laatst aangewezene om in dit bedrijf te worden geïntroduceerd, tenzij daarmee de eerste stap beoogd wordt tot een soort fusie. En dat wenst mijn groep niet. Daarin zit de familie Valcoog die op geschiedkundige gronden, als ik me zo mag uitdrukken – en trouwens niet alleen daarop – hecht aan de zelfstandigheid van haar zaak. Wij kunnen iemand als Beudeker niet aanvaarden, nooit. Beudeker heeft al twee zaken opgeslokt; hij zal het met deze zaak weer doen. Er zijn ook nog andere bezwaren in te brengen. In handelskringen heet Beudeker financieel niet overmatig sterk... Enfin, we stellen een tegenkandidaat, Schalm, uit Breda, fabrikant van ijzerwaren, en nog een ver familielid van de Valcoogs... Ik heb hier een bericht dat hij zijn benoeming aanneemt.'

Hij gaf een brief door die van hand tot hand ging tot de voorzitter. Deze las de inhoud hardop. Er ontstond enig geredekavel over dit punt. Ofschoon het aan de partijen zelf had kunnen worden overgelaten achtte Viglius het aan zijn prestige verplicht tegenover het woord van Binkershoek een wederwoord te stellen. Zijn cliënt, meneer Van Delden, kende Terburg persoonlijk goed en Beudeker kende hij ook. Terburg was sinds kort stil vennoot bij Beudeker. In een twijfelachtige zaak zou hij nooit geld steken.

'Zal ik jullie eens even vertellen wat voor een fijn merk die Beudeker is?' zei Aga met schor maar krachtig geluid.

Daarbij leunde ze gemeenzaam met de onderarmen op de tafel. Haar borst kwam naar voren, kloek en stevig voor een zo kleine vrouw. Haar ogen vestigden zich op de voorzitter die de zijne al gauw neersloeg.

'Een jaar geleden hielp ik hem aan een partij verchroomde kranen. De man had er zogezegd door de telefoon op zijn knieën om liggen huilen. Enfin, ik help hem, voor een heel schappelijk prijsje, dat spreekt, want ik wou helpen. Na een week belt hij me op dat er zoveel krassen op zitten. Bestaat niet, zeg ik, de boel is behoorlijk ingepakt. Toch waar, zegt hij weer, en hij wil tien procent van de factuur aftrekken. Toen zeg ik: meneer Beudeker, dan stuurt u me alles maar terug, want De Leydsche IJzerhandel levert geen goed waar fouten aanzitten, en u krijgt van mij een andere partij. En nu de klap op de vuurpijl: nooit meer iets van de vent gehoord... Vindt u dat fijn, vindt u dat eerlijk zaken doen, voorzitter?'

'Ik hoor het voor het eerst,' zei Hugo onverschillig, 'en ik vind dat, als juffrouw Valcoog daar nog na een jaar verontwaardigd mee aankomt, ik als gedelegeerd commissaris het wel eerder had mogen weten.'

'Ja, u kwam *toen* nogal veel hier!'

'Pardon, ik wou nog iets zeggen. Ik vind (en hier keek hij met een slaperige ironie de vergadering rond) ik vind dat gevalletje eerlijk gezegd ook niet zo ontzettend hemeltergend. Ik beschouw het meer als een koopmanshandigheidje, en ik geloof dat we met iemand van die gesmade firma Beudeker als commissaris hier in de zaak heel blij zullen mogen zijn. Misschien komen we dan weer eens tot dividenduitkering.'

Aga werd bleek van woede. Binkershoek die haar krachten wilde sparen voor het volgende agendapunt legde bedarend zijn hand op haar arm. De groep van Hugo lachte; hij had gemakkelijk gewonnen. Zelfs mevrouw Glerum lachte. Adeline lachte niet. Hoe kon Hugo zo achteloos het grof bedrog vergoelijken, meer nog aanprijzen? Kijk, hier werd toch iets onthuld van het ruim geweten dat zij steeds in hem had vermoed. Ze raakte er verdrietig onder, ze kon hem desondanks niet afvallen; dat zou ontrouw betekenen, dat was bij voorbaat uitgesloten.

'Hoe heet die man van u ook weer?' vroeg mevrouw Glerum aan de voorzitter.

'Terburg, mevrouw, het staat op uw biljet.'

'O ja, en die ander?'

'Schalm,' riep Binkershoek, 's, c, h, a, 1, m.'

Mevrouw Glerum schreef de namen met bevende hand onder elkaar op haar convocatie. De voorzitter sloot het debat, de eerste bediende van de notaris deelde de stembriefjes uit. Elk briefje was geparafeerd door de procuratiehouder en vermeldde het aantal daarop uit te brengen stemmen. Het duurde even eer ze ingevuld waren, want sommige aanwezigen hadden er verscheidene, Marvédie de meeste. Onder het schrijven hield ze het papier verborgen achter de opstaande gehoekte linkerhand, als een wastafel achter een kamerschut. De notaris ging zelf rond om de stemmen op te halen, dan telden hij en zijn twee helpers terzijde. De uitslag was: twee stemmen blanco; vier stemmen meer op Schalm dan op Terburg. Er viel een vreemde doodse stilte. Het kolenbed in de kachel schoof zacht omlaag. Hugo hoorde opeens heel duidelijk een horloge tikken. Kwam het van zijn pols, van die van Viglius? Het scheen zover en tevens zo alom, het had kunnen komen uit de vestzak van Binkershoek. Een lucifer siste. De notaris stak neutraal de brand in een sigaar, de vergadering kwam weer tot leven.

Hugo fluisterde iets in het oor van de voorzitter, stond op, slenterde naar de notaris, zoog zijn sigaret aan de sigaar tot gloed en terwijl hij een dikke witte wolk uitstootte vingerde hij even in de stembriefjes verspreid op de bijtafel. Hij had het dadelijk gevonden. Een biljet dat negentien stemmen uitbracht meldde in oud, bevend, duidelijk schrift de naam Schalm. Hij slenterde naar zijn stoel terug, maar op het ogenblik dat hij zitten ging schrok hij bijna en vele aanwezigen schrokken, want er klonk een harde slag. Niemand had mevrouw Glerum zien bukken naar haar stoelpoot. Nu stortte ze de inhoud van haar tas als een regen van stenen uit op het houten tafelblad en viste naar een klein zilveren doosje. Dan gleed ze zich een minuscuul groen suikerballetje leep tussen de tanden en het zuigend adempje verspreidde een zwakke geur van pepermunt. Zij, de enige in een leunstoel hier, vlijde zich behaaglijk mummelend achterover.

Hugo had zijn meest gesloten gezicht; zijn oog stak, dat van Aga keek groot en fel terug. De aanraking duurde een seconde en kost veel woorden van beschrijving. In deze blik voelden zij zich en tevens elkaar uitgroeien boven de anderen; onder de aanwezigen groeiden zij uit tot aanwezigheden, tot wezens van onwaarschijnlijke afmetingen; de dader, de begrijper. Want Hugo wist dit: Aga had hem misleid, hem en Adeline. Aga had Adeline op de domineesweduwe afgestuurd, in deze intuïtief het gewicht vermoedend dat de weegschaal beheerste. En het stond vast dat Aga daar kort tevoren zelf was geweest, want Adeline had handig aan de dienstbode der oude dame de beschrijving ontlokt van een vroegere bezoekster, een onbekende jonge vrouw, heel klein, bleek, resoluut, en van wie haar de naam was ontschoten; het kon zeer wel Valcoog zijn. Ook stond het vast dat Aga toenmaals niets had bereikt; anders zou zij Adeline niet hebben gezonden; bovendien was zij duidelijk ontstemd, zonder groet, uit de pastorie vertrokken, naar Adeline van de dienstbode had vernomen. En ten slotte stond het vast dat Aga Adeline die richting had uitgedreven door haar enkele wil, toenmaals, op dat kamertje, de hoofden vlak bijeen. Wat Adeline in haar kinderlijkheid beschouwde als een ingeving, verkregen door het halthouden van de waggelende vinger bij die naam, was inderdaad de oplegging van een wil geweest, een ingieting. Slechts wat hij niet begreep, noch wel ooit zou begrijpen – dat was zulk een uitslag. In deze seconde steeg zijn bewondering dermate dat hij los kwam van de aarde. De behoefte tot mateloze verering van zijn tegenstandster deed hem op de hoogte waar hij zweefde en met de bovennatuurlijke reikwijdte zijner handen ook het laatste scherm oprollen. Uit de sombere landouw van Aga's ziel rees aan de horizon een groot spookachtig vraagteken, dat van haar dronkenschap. Of was het niet mogelijk dat zij zich de drankzucht – misschien onbewust, misschien bewust – had aangeleerd uit instinctief aanvoelen dat deze haar eenmaal te pas zou komen, omdat de nuchtere zich zo gaarne verbeeldt dat de beschonkene geheimen prijsgeeft? Of sprak hier bij hem slechts de wil een ondeugd door idealisme te adelen? Nee, nee, hij geloofde van niet, hij was reeds zeker van niet. Het idealisme was hem vreemd, hij ging langs de lijnen der zuivere rede. Daar stond geen vraagteken meer aan de kim, daar stond het antwoord geschreven.

Maar stellig zou hij hiervan tegenover Adeline zwijgen. Een uitvlucht was gemakkelijk. Ze mocht niet weten te zijn tekortgeschoten. Zij, speelster, was van de aanvang tegen die tegenspeelster niet opgewassen geweest. En hijzelf? Hij had het in zijn diepste innerlijk dadelijk vermoed. Het ging te mooi, het liep te glad, daar stak de wederpartij achter, belichaamd in die ene. Hij keek even naar Adeline; ze zat met neergeslagen ogen, heel bleek; het verontrustte hem.

Hugo vermoedde de oorzaken; hij zou nimmer de toedracht weten. Zij was deze. Het ging toentertijd terwijl Aga in het kamertje naast Adeline nadacht met grootste intensiteit, door haar heen in een flits. Het was bij haar inderdaad een ingeving: mevrouw Glerum!

Ze bezat geen enkele aanwijzing te zullen slagen. Ze kon het echter beproeven, ze stelde door de proef niets in de waagschaal.

Toen bracht Aga twee contacten tot stand. Het ene eenvoudig en vlakbij, het andere ver weg en moeilijk. Wellicht sliep mevrouw Glerum reeds. Het hinderde niet; ze zou ook dan haar iets ingieten, maar daarmee was haar taak niet beëindigd. Zodra het sluiten van de huisdeur achter Adeline klonk greep Aga een blocnote en begon aan een telegram. Daarin werd mevrouw Glerum tot drieërlei uitgenodigd: vooreerst indien Adeline kwam zich ogenschijnlijk aan haar gewonnen te geven; in de tweede plaats op de vergadering te verschijnen; ten derde mee te stemmen met de oppositie. Toen ontbood ze Marvédie, roepend omlaag aan de trap met de metalen klank in haar stem. Marvédie kwam op handen en voeten naar boven.

Maar zó werd het telegram niet verzonden. Beneden schreef Marvédie het over, tevens heimelijk de taalfouten verbeterend; daarna bracht ze het met de wagen naar het telegraafkantoor te Leiden. Als dringend telegram aangenomen werd het de volgende dag, zondag, van uit de naast stad bij de predikantsweduwe bezorgd, te omstreeks acht uur des morgens. Zo vroeg zou de niets vermoedende Adeline daar niet aanschellen. Maar die oude dametjes zijn in de regel matineus. Het kwam ook alles uit. En Aga had de woorden van het uitvoerig telegram, haast een brief, in een verbeten, suggestieve stijl, neergeschreven met zo groot doordringingsvermogen dat ze van hun macht nog moesten hebben behouden na dubbele gedaantewisseling, in het schrift van Marvédie, in dat van het apparaat.

De rest verloor zich in ongewisheid. Het was mogelijk dat mevrouw Glerum onder parapsychologische controle geraakte, het was evenzeer mogelijk en misschien waarschijnlijker dat zij zich de gelegenheid geboden zag tot een bijzonder amusement. Want die oude dametjes, indien helder, zijn in staat tot krasse guitenstukjes en nemen graag een jolig afscheid van het leven. Hoe dan ook, het telegram deed zijn invloed gelden en mevrouw Glerum speelde haar rol tegenover het jonge meisje als een geboren actrice. Ze speelde in die mate goed dat Adeline geen enkele poging deed nog andere stemmen te winnen, die van de allerkleinste aandeelhouders. Ze was volstrekt zeker. En toch, had ze er slechts vijf bijgekregen, de toeleg van Aga ware mislukt.

Hugo keek naar het raadselachtige dametje dat als een engel op haar suiker zoog, de ogen klein geknepen. Uitstel, uitstel, dat is het enige, dacht hij; ik moet uitstel zien te krijgen.

DE VERGADERING, DE PAUZE

Het was een kwartier over twaalven. De voorzitter stelde het volgende punt der agenda aan de orde. Verscheidenen waren op het voetspoor van de notaris en van Hugo gaan roken. Het gaf de heren een houding, nu het moeilijk onderwerp zou worden behandeld. Een buurman van mevrouw Glerum vroeg beleefd vooraf verlof.

'Ga gerust uw gang,' zei ze. 'Ik heb jaren lang in de rook gezeten. Mijn man zaliger, de dominee, blies de kamer blauw, vooral op de avonden voordat hij moest preken.'

Ze gaf een krassend lachje. Adeline keek voor het eerst naar het oudje. Het ving haar blik heel even op, met bolle ogen zonder uitdrukking achter de brillenglazen. En Adeline, wier vrouwelijk inzicht in haar de spelbreekster ried, walgde opeens. Hugo, die niet ried maar wist, voelde iets van bewondering. Weer dacht hij wat hij vroeger even had gedacht en tegen zijn meisje uitgesproken: hoe eeuwig jammer dat de strijd slechts loopt over een bedrijf van vijf ton en niet van vijftig miljoen.

Doch de voorzitter had het punt voorgelezen, en onmiddellijk ving de oorlog aan. Hij haalde uit zijn aktetas een gezegeld papier. Het was verfrommeld, weer gladgestreken, en over de lengte samengeplakt. Hugo zag het uit de verte, hij zag daarin de verontwaardiging die Aga's hand had bestuurd, hij las als het ware haar vingerafdruk. En hij had dat stuk willen bezitten, een aandenken.

'Ik moet,' zei Binkershoek met sterk geluid, 'beginnen met protest aan te tekenen tegen dit exploot waarmee aan mijn cliënte kennis werd gegeven van haar schorsing als directrice.'

'Dat doet hier, geloof ik, niet ter zake,' mompelde de voorzitter.

'Dat doet het wel, dat doet elk stuk, vooral waar de eer van een vrouw op het spel staat. Ik doel op één speciale alinea. De rest kunnen we dadelijk onder de loep nemen, maar ik doel nu op een alinea die ik niet zal voorlezen, maar die zonder dat door de betrokkenen ook wel zal worden begrepen. Die alinea is een perfidie en een infamie. Ik eis dat die hier openlijk zal worden teruggenomen.'

Toen stond Viglius op. Hij was de eerste die van zijn stoel rees. Zijn hoofd kwam buiten de lichtstorting der drie lampen, in de hogere schemer. Maar Aga zag heel goed zijn ogen op haar gevestigd als spiegels van kwarts. Hij zei langzaam en duidelijk:

'Juffrouw Valcoog, wat uw raadsman verlangt doe ik graag. De redactie van het exploot is van mij afkomstig. Ik heb die alinea met tegenzin neergeschreven, maar daarmee wil ik niet beweren dat ik er me niet verantwoordelijk voor stel, integendeel. En onder het aanbieden van mijn verontschuldiging aan u persoonlijk neem ik die alinea terug, gaaf en onvoorwaardelijk.'

'Bravo, confrère,' riep Binkershoek. 'Maar één opmerking: had de enkele schorsing betekend, man, maar niet met al die omhaal. Dat was volstrekt overbodig.'

'Dat, confrère, is de zaak van mijn cliënt en mij,' antwoordde Viglius droog en ging zitten.

Aga lachte goedgemutst.

'Nu, dat is dan wat u betreft van de baan. Maar ik denk zo, meneer Viglius, dat u tot een andere opvatting gekomen bent toen u me zag. U had natuurlijk iemand verwacht met zo'n kokkerd van een rooie neus.'

Of de anderen er veel van begrepen zou Adeline niet hebben kunnen zeggen, doch haarzelf ging een licht op. In het stuk was gezinspeeld op Aga's drankzucht. Opeens voelde ze weer vreugde over haar aanwezigheid. Dit was mooi, ridderlijk spel. Viglius steeg aanmerkelijk in haar achting, vooral omdat ze inzag dat deze insinuatie uit de koker van Hugo was gekomen, en toch de raadsman, die dit heel fijn door het woord 'tegenzin' had aangestipt, de schuld niet afwentelde op zijn cliënt.

'Het is van de baan,' herhaalde Aga, 'tenminste tegenover u, meneer Viglius. Maar ik zou graag willen dat het ook van de baan was tussen mij en iemand anders hier.'

Ze keek naar Hugo. Hugo keek niet terug. Hij glimlachte even.

'Och,' zei hij achteloos, 'juffrouw Valcoog heeft me nog kort geleden uitdrukkelijk verzekerd dat het tussen ons oorlog was. En nu ja, in de oorlog maak je niet altijd gebruik van de meest kiese middelen.'

Dat was aanmerkelijk minder mooi. Aga's gelaat raakte bewolkt.

'Daar kan ik alleen maar op antwoorden,' zei ze met klem, 'nu je het niet ruiterlijk wilt intrekken, waarnemend, dat ik je dan een rechtstreeks nazaat vind van Willem de Onbeschofte... Maar goed, we praten er niet verder over. Ik heb nog meer op mijn hart. Er staan in dat stuk andere dingen, en die raken ook kant noch wal... Meneer Binkershoek, mag ik het even hebben?'

Ze nam het papier uit zijn hand, ze stond op.

'Daar staat bijvoorbeeld op dat mooie papiertje van je, waarnemend, dat ik tegen je zin onbekwaam personeel heb willen handhaven. Dat slaat op die Joziasse, onze hulpboekhouder, een stumper van een man die een joodse moeder heeft, en die je hebt ontslagen zodra ik er niet meer was en jij dus de kans kreeg, en alleen daarom, alleen daarom, want de man is altijd goed geweest voor zijn werk.'

De voorzitter maakte een gebaar naar de hamer. Hugo weerhield hem snel.

'Uw persoonlijke toon, juffrouw Valcoog, laat ik voor wat hij is, en tegenover uw aantijging stel ik alleen dit: we moeten bezuinigen, en de man kon best gemist worden. Vraag het maar aan de boekhouder, uw broer Johannes.'

Aga trok ongeduldig haar schouders op. Ze was te zeer geladen om elk onderdeel uit te pluizen.

'Jaja, we weten het allang. Je bent zo glad als een aal... Maar ik ga verder. Er staat in dat papier nog meer. Er staat bijvoorbeeld nog in dat ik zo slordig ben. Dat geef ik toe, ik ben slordig. Maar wat heeft het in godsnaam met het hele geval te maken? Ik bega toch geen fouten, ik laat de boel toch niet in het honderd lopen? De zaak marcheert best.'

'Nu, best, best,' zei Hugo, 'best is te kras. Waar blijven de uitkeringen aan onze aandeelhouders?'

'Daar kom ik straks op... Dan staat er nog in, ook zo wat moois, dat ik inkopen heb gedaan tegen de wil van commissarissen. Dat slaat – want ik begrijp je precies, waarnemend, ik lees dat exploot als een roman die ik tussen haakjes nooit lees – maar dat slaat dan op die partij Engelse sloten die we toch nog van Lindeier hebben kunnen lospeuteren, terwijl jij erop wou gaan zitten.'

'Inderdaad,' zei Hugo rustig en bekeek zijn handen, 'gedeeltelijk tenminste slaat het daarop. Want ik zie in die sloten niets en daarin sta ik niet alleen. De bouwers willen er niet aan, daarvan ben ik overtuigd. Allemaal weggegooid geld.'

Aga raakte buiten zichzelf.

'Nu lieg je,' riep ze met de gespierde klank in haar stem, 'je liegt als een prospectus, Hugo. Je hebt ons zelf het grootste deel van die partij voor onze neus weggekaapt.'

Weer maakte de voorzitter het gebaar, en weer voorkwam Hugo. Binkershoek legde zijn hand bedarend op Aga's arm. Haar heftigheid schaadde haar. Wat moest niet de schoolvereniging denken van zulk een onparlementaire taal! Straks liep ze naar de tegenstander over; dan was de zaak verloren.

Hugo zag nu kalm op. Het hatelijk, herhaald 'waarnemend' had hem niet geprikkeld. Hij keek in de vlammende ogen; hij vond ze op dat moment zeer schoon. Hij zei:

'Die bewering is niet nieuw voor me. Ik heb het al eens tegengesproken en ik doe het bij deze weer. Ik ontken het met de meeste nadruk... Maar we dwalen af. Hoofdzaak is dat het bedrijf niet gaat, en ik moet helaas bij mijn standpunt blijven dat het bedrijf onder de leiding van juffrouw Valcoog niet gaat. Ik wil strikt zakelijk wezen, maar ik moet tot mijn spijt vaststellen dat ze het waarschijnlijk niet door deze moeilijke tijdsomstandigheden weet heen te brengen.'

Hij was geslepen. Anders dan Binkershoek die het vreesde, vertrouwde hij er niet op dat de schoolvereniging zou omdraaien enkel en alleen omdat Aga te fel was in haar uitlatingen. Daar moest voorzichtig worden voorbereid en in die richting deed hij nu het debat zwenken. Aga kon zijn manoeuvre niet kennen. Ze liep in de val die hij had opengezet. Ze was ineens veel kalmer, doch ze bleef strijdlustig staan.

'Precies, de moeilijke tijdsomstandigheden. Dat is de hele kwestie. De tijd is tegen me. En nu wordt dat aangegrepen om mij eruit te werken, en om in mijn plaats hier iemand neer te poten van wie ik nog nooit heb gehoord. Wie is die meneer C. L. Oolgaard? Die man zal waarschijnlijk zijn capaciteiten nog moeten bewijzen. Maar ik denk eerder dat hij een willoos werktuig zal zijn in de handen van commissarissen.'

Sedert het voorval met de stemming was Adeline in een hoogst wankele gemoedstoestand. Toch verbaasde ze zich over de jonge vrouw, en eigenlijk moest ze haar in haar hart prijzen. Want ze kende de volstrekte ongeletterdheid van Aga, en hier werden niet alleen durf en de grootste vrijmoedigheid vertoond, zij het af en toe vermengd met wat zij vulgair oordeelde, maar ook een stellige slagvaardigheid en zelfs een zekere eloquentie. Ze bedacht niet dat Aga, rap van aanpassingsvermogen, bij een natuurlijke aanleg ook blijk gaf van geoefendheid in het taaleigen der zakelijke samenkomsten. Ze had zoveel jaren reeds vergaderingen meegemaakt.

'Meneer de voorzitter,' zei Hugo, 'ik wil hier even opmerken dat commissarissen ten volle in staat zijn de keus van de nieuwe directie aan aandeelhouders te verantwoorden.'

'Goed,' vervolgde Aga, 'dat komt straks. Ik ben even afgedwaald Voorlopig is hier nog alleen mijn eigen persoontje aan de orde. Ze willen me hier weghebben, coûte que coûte, ze willen me treffen, en nu worden de tijdsomstandigheden er met de haren bijgesleept. Alsof die onbekende sinjeur daar iets aan zou kunnen verbeteren. Alle kans dat hij de zaak hopeloos verknoeit, als hij hier wat te zeggen krijgt. Je moet De Leydsche IJzerhandel kennen, en die kent hij niet. Zelfs de waarnemend kent de zaak niet... En nu moet u heus niet denken, beste mensen, dat ik hier voor mezelf sta te pleiten, omdat ik een Valcoog ben. Zo sentimenteel ben ik niet, en dat zou malligheid zijn. Maar ik weet wat ik waard ben. Mijn vader heeft in mij de toekomstige directrice gezien en mijn vader was heus niet de eerste de beste. Hij mag het bedrijf niet gemaakt hebben, hij heeft het grootgemaakt, samen met moeder. En als mijn ouders hier waren zouden ze op de manier waarop ik het bedrijf geleid heb niets aan te merken hebben, niets.'

'U hebt de laatste tijd veel te veel bijgekocht, juffrouw Valcoog,' viel Hugo in, voor het eerst scherp. 'Dat is het bezwaar dat bij commissarissen het meeste gewicht in de schaal heeft gelegd. U zult niet ontkennen dat ik u dikwijls heb gewaarschuwd, maar u hebt het alles in de wind geslagen, u hebt gekocht en nog eens gekocht. Resultaat: de magazijnen staan stampvol. Weet u hoe we dat allemaal zullen kwijtraken, ik bedoel zonder afbraakprijzen? Ik weet het niet.'

Hij haalde uit zijn tas een rapport. Aga begreep wat het was.

'De magazijnen zijn vol. Akkoord. Maar ik ben niet bang dat we met de boel zullen blijven zitten, zeker niet met de nieuwe spullen. Er komt toch eens een opleving? Trouwens, het begint er al wat beter uit te zien. De enige kwestie is: je moet doorzicht en vertrouwen hebben, je moet het bedrijf kennen, je moet het voelen tot in je vingertoppen. Ik help het heus wel over de depressie heen. Als u bent overgelaten aan zo'n onbekende kwibus, zo'n meneer Oolgaard, C. L. Oolgaard, ook al weer uit Rotterdam, tien tegen één dat hij de zaak gemoedereerd in de grond boort. Maar ik ken de zaak, ik heb vertrouwen, en ik voel dat ik goed heb gedaan met bijkopen. Straks slaat de markt om, en dan zijn we het eerst aan bod met artikelen die we heel schappelijk hebben ingekocht en die misschien voor fancyprijzen van de hand gaan.'

Hugo was haar blijven aanzien met kleine ogen.

'Optimisme is goed, juffrouw Valcoog, maar u verliest de grond onder uw voeten.'

'Helemaal niet. Ik zie daar het rapport. Ik heb het ook. Dat rapport is optimistisch, meneer Van Delden, en het is uitgebracht op uw verzoek!'

'Ik moet de vergadering even meedelen,' zei Hugo, 'dat de bankaccountant een tussentijdse balans heeft opgemaakt, en, zoals juffrouw Valcoog zegt, op mijn verzoek. En ik geef toe dat het niet zo slecht is als ik heb gevreesd. Of het niet te rooskleurig is in zijn conclusies, dat is een andere zaak. Niemand kan in de toekomst zien. Maar één ding staat voor me vast, en dat is dat verschillende waarderingen te hoog zijn. In die opvatting word ik ondersteund door die beruchte meneer Oolgaard... (de meeste aanwezigen lachten even). Ik durf die naam nauwelijks uitspreken, maar ik waag het er op... (weer gelach). Maar enfin, zo staat de zaak, en dan stuit ik ook nog op een paar dubbelzinnige passages die opgehelderd dienen te worden... Dames en heren, dit is een zeer gewichtig punt. We moeten een juist beeld van het bedrijf hebben. Ik stel voor de vergadering even te schorsen om de accountant gelegenheid te geven tot een mondelinge toelichting.'

Dit was het wat Binkershoek vreesde. Niet slechts zag hij in dat een uitstel van een uur, van een halfuur, de tegenpartij de gelegenheid zou bieden tot 'bewerken', maar, oude rot, zag hij ook dadelijk wie er moest worden 'bewerkt' – de voorzitter der schoolvereniging. Hij gaf van zijn vrees geen blijk.

'Telefoneert u even met Wassenaar. Hij is meestal thuis. U kunt spreken, of meneer Viglius, en ik zal meeluisteren.'

Hugo schudde van nee.

'Dat gaat niet, er valt veel te veel te vragen en te zeggen. Ik wil hem absoluut hier hebben.'

'Daar ben ik absoluut tegen.'

'Waarom, als ik vragen mag?'

'Omdat ik er het nut niet van inzie. Laten we afwerken.'

Hij kon onmogelijk zeggen welke vrees hij koesterde. Hij zou er niets mee gewonnen en de aandeelhouders beledigd hebben. Viglius had ook begrepen waar het heenging. Hij zei:

'Maar meneer Binkershoek, daar kan toch geen sterveling in redelijkheid bezwaar tegen maken, tegen schorsing voor een uur?'

'Er kan nog van alles gebeuren,' pruttelde Binkershoek die niet verder durfde gaan.

'Ik zie het niet in. De aandeelhouders hebben recht op volledige voorlichting. U bent toch niet bang voor de uitslag? Ieder brengt zijn stem uit zoals hij verkiest. We zijn in een vrij land.'

'Mooi vrij land met al die poppenkast hier aan tafel.'

Binkershoek pruttelde zo zacht dat alleen Aga hem verstond.

'Dan verlang ik stemming,' zei hij luid.

'Dat gaat niet,' antwoordde Viglius snel. 'We kunnen niet stemmen over alle wissewasjes. Zou meneer Van Delden verdaging hebben gevraagd, dan lag het geval misschien anders, maar schorsing voor een uurtje, daarover beslist de voorzitter.'

'Ik ben het niet met u eens, confrère... Wat zegt onze notaris?'

De notaris kwam nader. Hij schudde het hoofd met een glimlach.

'Daar blijf ik liever buiten, heren.'

'En,' zei Hugo, 'vergeet u niet, meneer Binkershoek, dat op zo'n manier de positie van uw cliënte misschien nog verbetert. De vergadering is soeverein, zoals meneer Viglius zei, en waneer de accountant gunstig mocht rapporteren, nu, dan stijgen misschien de kansen van juffrouw Valcoog.'

Binkershoek balde de vuisten in zijn zakken. De schavuit, die nu nog mooi weer speelde, terwijl het hem er slechts om te doen was dat uur te benutten ten einde de positie der jonge vrouw fataal te ondermijnen.

'We zullen even dringend met Wassenaar bellen,' zei Hugo en stond op om instructies te geven. 'Gaat u mee, meneer Binkershoek'

De advocaat knikte nors van nee. Zijn enige hoop lag hierin dat de accountant niet thuis zou zijn. Dan bestond er kans dat de vergadering met dezelfde stemmenverhouding als zo-even van geen verdaging zou willen weten, omdat Aga de slechte indruk van haar debuut goeddeels had weggenomen. Dan werd ook dit agendapunt zonder toelichting op het rapport afgehandeld, en Aga mogelijk toch nog herkozen. Maar hij verwachtte niet zijn hoop in vervulling te zien gaan. De accountant was meestal thuis. Hij liet het uithuizig werk over aan zijn assistenten. De vergaderden wachtten.

Kort nadien kwam Hugo met zijn onzijdigste gezicht weer binnen, zeggend dat de accountant over een uur met zijn wagen hier zou zijn. Hij moest eerst nog iets anders afdoen.

Ook daar zit die duivelse Van Delden weer achter, dacht Binkershoek. De man had er in tien minuten kunnen wezen, maar hij is natuurlijk pas over een uur ontboden; jammer, ik had dat telefoongesprek moeten bijwonen. Hugo vervolgde:

'Het komt wel goed uit ook. Het is halftwee. We kunnen hiernaast een broodje eten. Ik denk dat de meesten honger zullen hebben. En wie wil kan dan ook het rapport inzien... Maar de beslissing is aan de voorzitter.'

Hij keek hem aan. De slappe voorzitter nam de hamer.

'Dan schors ik de vergadering voor een uur.'

Hij liet de hamer vallen. Binkershoek riep:

'Ik elk geval teken ik daar protest tegen aan. Notaris, u wilt het wel notuleren.'

'Natuurlijk, natuurlijk.'

De notaris liep naar zijn tafeltje terug. De aanwezigen stonden op. Hugo was veel te goed diplomaat om nu aanstonds op de schoolvereniging af te koersen. Terwijl de meesten naar de ontvangkamer liepen, wendde hij zich naar het tafeltje van de notaris waar deze met beide raadslieden even stond te praten. Binkershoek rommelde, gelijk Hugo had gedaan, in de stembriefjes. Ja, daar bleek het; mevrouw Glerum was op hun hand. Hij had het al vermoed. Hij kende de geste van zijn cliënte met de oude dame niet, maar hij had begrepen dat zij de doorslag gegeven hebben moest. Nu, hij geloofde ook verder op haar te kunnen rekenen. Die deksels roekeloze Aga had het bij het ouwetje, naar hij hoopte, door haar houding niet bedorven; ze had bij de felle invectieven geamuseerd naar de spreekster gekeken. Een hand omspande voorzichtig zijn bovenarm. Hij keek om; Hugo stond naast hem.

'Een ogenblik, meneer Binkershoek, als het u schikt.'

Hij deed met Hugo een paar stappen terzijde.

'Ja? En?' vroeg hij kort.

'Ik wou u dit vragen. Zijn er arbeidscontracten met de twee broers van juffrouw Valcoog?'

Binkershoek keek hem van vlakbij achterdochtig aan. Na een ogenblik nadenken beaamde hij het. Er verscheen een glimlach op het doodse gezicht van de jonge man.

'Kort geleden gemaakt? Want voor zover ik weet bestonden er vroeger geen contracten. Ik meen als waarnemend directeur het recht te hebben, die vraag te stellen. Dus... van de laatste tijd?'

Binkershoek was klaar tot nieuwe krijg. Hij kruiste de armen over de borst.

'Je hebt zelfs recht op antwoord, Van Delden. Inderdaad van de laatste tijd. Om het precies te zeggen: één dag vóór dat exploot van schorsing heb ik zelf die contracten gemaakt en doen tekenen. Ze zijn gesloten voor tien jaar vast, op de oude salarissen. Wist je dat niet?'

'Ik wist er niets van. Maar ik heb zoiets wel verwacht.'

De toon van Hugo klonk oprecht. Binkershoek zag, hij voelde, hij was ervan overtuigd dat de ander op dit ogenblik naar waarheid verklaarde.

'En verder?' vroeg de advocaat.

'Niets. Ik wou het alleen weten. Het is volkomen regelmatig. Ik heb geen enkel bezwaar. Ik dank u.'

En Hugo slenterde naar de ontvangkamer. Hij liet Binkershoek achter, verbijsterd. Hij was het zelden, hij was het nu. Er ging hem een licht op; het was onbegrijpelijk groot en onbegrijpelijk vreemd. Hij stond wel een paar minuten doodstil. Toen zocht hij Aga. Hij vond haar dadelijk. Hij hoorde haar stem; ze belde in het bediendekantoor. Het kantoor was leeg, het personeel gaan koffiedrinken. Slechts was er een klerkje bij de telefoon gebleven. Aga hing de hoorn aan het apparaat. Hij zei:

'Ik moet u even spreken... Ga jij een ogenblikje de kamer uit, jongmens... Of nee, wacht, komt u hier, juffrouw Valcoog.'

Hij had de deur geopend van het kantoortje van Johannes. Er bevond zich daar niemand. Johannes was in de achterzaal bij de broodjes. Binkershoek sloot de deur. Hij ging leunen tegen het bureau van Johannes.

'Ik moet u iets vertellen waar ik niets van begrijp. Daarnet sprak Van Delden me aan. Hij vroeg me of uw broers nu arbeidscontracten hadden, en toen ik zei dat ze dateren van één dag voor uw schorsing zei hij dat hij dat had vermoed en dat hij er niets tegen had, ook niet tegen tien jaar. Ik kan daaruit maar één conclusie trekken. Van Delden heeft u of uw broers, hoe u het noemen wilt, respijt gegeven.'

Aga werd zeer bleek.

'Respijt?' vroeg ze ongeduldig. 'Wat bedoelt u?'

'Uitstel. Hij heeft de schorsing één dag uitgesteld om u de gelegenheid te laten die contracten te maken. Ik kan het niet anders zien, maar ik ben een boon als ik het vat. Ik vond die jongen altijd eigenaardig, maar dit... maar dit... Wat kan hij daarmee bedoeld hebben?'

Aga werd nog witter. Ze gaf geen antwoord. Haar hand tastte blindelings naar een stoelleuning achter haar rug.

'Wat hebt u? Bent u niet wel...? Ga toch even zitten, juffrouw Valcoog.'

De stem van Binkershoek klonk bezorgd. Ze hoorde het niet, ze zag niets. En ze zag tegelijk veel, ze zag alles. Een ontzaglijke meteoor had de wijde terreinen van het menselijk denken verlicht, was uiteengesprongen, en liet een suizen achter in de gehoorgang. Ze voelde het wezenlijk in haar oor suizen. Maar ze was niet verdoofd, en vooral niet blind. Het beeld had uiterste scherpte bezeten. Hugo was edelmoedig geweest. Na die avond van zijn bezoek had hij haar onmiddellijk kunnen schorsen. Hij had het ook kunnen doen zonder bezoek, plotseling, verraderlijk. Hij deed het niet, kennend de positie van Johannes en Welkom ten opzichte van het bedrijf. De openbaring werkte verpletterend. Ze voelde zich eensklaps doodmoe; ze had willen liggen en slapen. Haar gedachten arbeidden eigenzinnig verder. Want over het verpletterende stortte zich een nieuwe steenlawine: zij had het altijd geweten; zij was er zeker van geweest haar broers te redden, Welkom vooral, indien zij er slechts in slaagde op de dag na dat avondgesprek hen te doen tekenen. En nog iets anders kwam over haar, maar dit was vager en verwarder. Desondanks meende ze ook daarin de vingerwijzing aan te treffen naar een schimmige grootmoedigheid: zijn verwaarlozing van de allerkleinste aandeelhouders. Ten slotte de laatste lawine, de steenval die verpulverde: zij wist dit alles met onwankelbare stelligheid, gelijk hij dat wist tussen haar en Adeline. Een enkele blik, een enkel woord, en zij lazen gedachten; o mijn god, hoe wanhopig goed kenden ze elkander!

'Ik moet even alleen zijn,' stamelde Aga die nimmer stamelde. Ze liep naar de deur. Binkershoek zag haar de gang in gaan naar de winkel. Over het plaatsje heenkijkend zag hij de kleine gestalte even bewegen in het licht van de drie lampen; toen verdween zij. Hoewel bang voor de ernstigste gevolgen dorst hij haar niet aanstonds nalopen. Haar consigne was uitdrukkelijk. Ten slotte begaf hij zich schoorvoetend op weg. Hij kon het niet over zich verkrijgen bij het personeel dat begon binnen te komen navraag te doen naar juffrouw Aga Valcoog. Zich houdend of hij een nieuwsgierig bezoeker was dwaalde hij rond door het complex waar hij de weg niet wist. Hij liep met de handen op de rug, quasi kuierend, de sigaar tussen de tanden. Nog altijd was hij het niet met zichzelf eens. Hij zag overal de hervatting van de arbeid. Hij kreeg een gevoel als van een vader die een verloren kind zoekt; dat gevoel bleef echter onbestemd en leidde niet tot krachtig optreden. Daar was een merkwaardig voorhuis, verrassend, koperen cirkels in een marmeren vloer, een balkon aan de binnenwand. Langzaam beklom hij de eiken trap; hij stond voor een deur. Nog altijd aarzelde hij. Hij klopte bescheiden en kreeg geen antwoord. Hij morrelde voorzichtig aan de kruk; de deur bleef gesloten. Ze moest daar wezen. Binkershoek ging zuchtend terug.

Aga was in haar oude kantoor gevlucht, haar toeverlaat, haar hol tijdens het noodweer der ziel. Ze hoorde iemand schuifelen, kloppen, heengaan. Het moest haar raadsman wezen. Het was haar wonderlijk te moede geworden bij het betreden van dit vertrek, voor haar thans formeel verboden. Ze was er nog eenmaal geweest, op de dag na de schorsing, op verzoek van de procuratiehouder, die zij enige cahiers en bescheiden, voor het bedrijf nodig, overgaf, omdat hijzelf die nooit had kunnen vinden. En nu zij terugkwam was de kamer gesloten. De sleutel hing naast de deur aan de spijker. Daar behoorde hij te hangen, maar zij vergat het meestentijds. Ze ontsloot de deur en vond de kamer zoals ze haar had verlaten, de rommel alom, de baaierd van het schrijfbureau, de as, de zwervende snippers en papierproppen. Het licht brandde, die ene peer vanaf de zoldering; het had denkelijk wekenlang gebrand. Allerwegen lag stof. Er was hier niemand geweest. Gelijk men de herinnering aan een dode bewaart door het ongerept laten van zijn geliefde omgeving, – zo ook hier. De kamer was een deel van haar verleden. Hugo had het aldus bevolen. Dit bleef van haar, dit was zijzelf.

Ze ging zitten op haar oude plaats, in haar oude houding. Haar sombere ziel raakte overweldigd in een mate dat de gedachte door haar heen schoot thans, thans, onmiddellijk, af te rekenen met zichzelf. Het was maar even. Een borende pijn boven de oogkas bracht haar tot bezinning. Ze grabbelde in een lade, vond een buisje aspirine, nam twee tabletten, dronk uit een stoffig glas het oude water van de beslagen karaf.

Ondertussen had Binkershoek, met veel moeite, omdat hij niet wou vragen, de weg naar de ontvangkamer gevonden. Van Van Delden begreep hij niets, van Aga niets. Doch hij zag dadelijk dat hij in één opzicht Van Delden juist had geschat. Hij zat op de divan langs de muur vertrouwelijk te praten met de voorzitter der schoolvereniging die volstrekt lijdelijk bleef, maar blijkens de strakke, kleingetrokken ogen aandachtig luisterde. Daar werd gewerkt en bewerkt, en Binkershoek zuchtte zwaar. Hij had er wel tussen kunnen komen, maar zo grove methoden lagen hem niet. Vermoedelijk was het ook te laat.

De stapel broodjes met kaas en vlees was aardig gedund, doch hij had nog keus. Hij nam er een, hongerig, en ook een kop koffie. Toen keek hij het zaaltje rond. Er waren hier geen lampen ontstoken. Het lag in een koel, vreemd, aquariumgroen licht. Even moest hij meesmuilen om die gedachte bij hem, liefhebber van aquaria. Opkijkend leek het hem een palmenkas, met de talrijke houten spanten, dicht opeen, heldergroen geverfd.

Voor de velen hier die hand- en spandienst verleenden had hij geen belangstelling. Viglius praatte met de notaris. Daarin wilde hij zich niet mengen. De oude dame zat weer in een stoel met zijleuningen en de procuratiehouder maakte haar het hof als een deftig heertje uit achttienhonderdvijftig; zijn ouderwetse, blinkende manchetten vielen tot op zijn knokkels. Dat heel knappe jonge ding stond met drie mannen te ginnegappen, een oude rode, een jonge donkere, beiden weinig gunstig van type, en een derde die hem trof, gesoigneerd, wat buikig, waardig kaal, zeer wellevend. Hij kon hem eerst niet thuisbrengen; toen herkende hij in hem de broer van Aga, Johannes. Het mooie meisje beet juist met magnifieke tanden in een broodje, dat Johannes voor haar van de schotel had genomen. Het deed Binkershoek beseffen dat zijn honger nog niet gestild was. Hij nam opnieuw, ook nog een kop koffie, en wilde zich met dit een en ander terugtrekken, toen Adeline hem aansprak. Ze mocht hem zoveel meer dan Viglius, al behoorde hij tot de tegenpartij.

'Smaakt het u, meneer Binkershoek?'

'Ja, dank u,' antwoordde hij verstrooid.

Adeline vervolgde:

'Weet u wat ik van zo'n maaltijd vind...? Het doet me denken aan eten na een begrafenis. De mensen hebben verdriet, maar ze mogen niet alleen zijn, ze moeten nog onthalen op de koop toe.'

'Ja, ja,' herhaalde hij afwezig.

En toen, nadat haar woorden tot hem waren doorgedrongen, met een lach:

'Kom, u bent werkelijk te somber. Er wordt hier niemand begraven, dat verzeker ik u.'

'Ik ben bang van wel,' zei Adeline. 'En ik moet het hopen ook. Maar voor u hoop ik het niet, alleen voor...'

Er werd met een lepeltje op een koffiekop geslagen, er ontstond een stilte. De slappe voorzitter nodigde uit tot hervatting van de vergadering.

Aga was in de deuropening verschenen.

DE VERGADERING, HET SLOT, HET INCIDENT

Marvédie ging niet met de anderen mee. Ze bleef in de lege winkel, op haar plaats, dicht bij de kachel, naast de bontmantel van haar zuster, alsof ze hem bewaakte. Het rapport lag op de tafel precies zoals Hugo het daar had neergeworpen. Niemand had er zich nieuwsgierig naar getoond, ook zij niet. De warmte en het licht, maar meer nog de omgeving van haar kinderjaren deden behaaglijk aan. Ze veegde de kruimels van haar schoot, nam een brief uit haar tasje en ging zitten lezen – een oude jongejuffer in stemmig donker, met een platte hoed die misschien iets te zwierig stond.

Men kwam weer binnen, men zocht zijn vroegere plaats, men zat. Er was bij sommigen een lichte onlust in de gelaatsuitdrukking kenbaar na het maal. De heren zaten in elkaar gezakt, ze zaten op hun stuit, zoals dat gebeurt bij lange vergaderingen, ze schenen kleiner, gekrompen, ze digereerden. Het algemeen niveau was lager komen te liggen; de dames staken erbovenuit. Het hinderde vaag dat er nu weer geredetwist moest worden; liefst had men het genoeglijk gebabbel in de andere kamer voortgezet.

Adeline voelde zich moe. Toen keek ze naar Aga, en de vermoeidheid viel eensklaps van haar af. Hugo keek naar Aga, anderen ook, velen – maar ze deden het even, tersluiks, als bang om te worden betrapt. Binkershoek keek, scheen iets te willen zeggen, en zweeg. Mevrouw Glerum keek niet, ze dribbelde kwiek naar haar armstoel en herschiep zich daar in het vertrouwde wassen beeld. Hugo had haar afgeschreven; ze kon hem niet meer verrassen; maar hij zou het de vergadering wél; hij had drie kwartier kunnen keuvelen met de voorzitter der schoolvereniging onder een paar broodjes en een kop koffie en een goede sigaar uit de koker van de ander; hij was praktisch zeker dat hij hem gewonnen had; daarbij had hij het juiste beleid getoond, door niet zozeer over Aga te spreken in ongunstige zin, als wel over zijn kandidaat voor de directie in woorden van warme aanbeveling, het eer doende voorkomen of er hier een vacature viel te vervullen. De ander, die niet veel zei, knikte een paar maal instemmend. Ten laatste zinspeelde Hugo nog omzichtig op degeen aan wie de vereniging dit vermogensbestanddeel te danken had, op de oude neef van zijn vader. Hij merkte dat men hem begreep.

'We hoeven tenslotte,' zei de toegesprokene, 'tegenover niemand rekenschap af te leggen van onze stem.'

Het klonk hoopgevend. Dat de ondervraging van de accountant nog roet in het eten zou gooien achtte Hugo uitgesloten. De taxaties waren voor enkele artikelen werkelijk aan de hoge kant, niet door een fout, maar door prijsdaling op de markt van de laatste weken, wat de procuratiehouder desnoods zou kunnen bevestigen. En Hugo was zeker van te grote voorraad; dat had de assistent van de accountant hem mondeling meegedeeld. Het stond in het rapport niet geheel duidelijk, maar zijn vragen zouden vooral dat punt betreffen. Het leek menselijk onmogelijk dat de schoolvereniging de familie Valcoog zou blijven steunen.

Er werden nog twee stoelen bijgeschoven, voor de accountant en zijn helper. Er waren aan de rechthoek der tafel nog telkens ogen die even naar Aga werden opgeslagen en weer neer, als spelende lichtjes af en aan. Men dacht in velerlei vorm hetzelfde; de strijd had zijn hoogtepunt nog niet bereikt; er zouden harde woorden vallen.

'Dan heropen ik de vergadering,' zei de voorzitter, 'en ik geef aan de waarnemend directeur de gelegenheid om de bankaccountant om enkele ophelderingen over het rapport te verzoeken.'

'Niet schrikken,' zei Aga zacht tegen haar zuster.

Hugo bladerde in het stuk, hij zag niet meer op.

'Graag, meneer de voorzitter.'

Aga sprong overeind.

'Spaar je die moeite, Hugo. Ik neem ontslag.'

Eensklaps was daar de dramatische sfeer terug. Er heerste een ogenblik doodstilte, tastbaar, ademloos. Dan klonken geschuifel, gesmoorde uitroepen; men veerde recht omhoog tot het oorspronkelijk niveau, want dit had men allerminst verwacht. De opschudding maakte zich zelfs van de marionetten meester. Men keek nu openlijk naar Aga, men nam haar waar met volle aandacht; men dorst het nu te doen. Deze vrouw was bijna onherkenbaar, waswit, met diepe lijnen. Binkershoek greep haar arm en wilde haar neertrekken.

'U weet niet wat u zegt, juffrouw Valcoog.'

'Stil, meneer Binkershoek, laat u dat. Ik weet het heel goed. Ik bied mijn ontslag aan.'

Zo al niet haar gelaat – haar stem had zij volkomen in bedwang.

'Maar dat is niet mogelijk,' riep de raadsman. 'We hebben juist alle moeite gedaan om...'

'Meneer Binkershoek, ik heb er goed over nagedacht, dat verzeker ik u. Ik neem ontslag... U hoort het allemaal hier, ik neem ontslag, nu dadelijk. En daarmee uit.'

Binkershoek stond op. Hij stond groot naast de kleine vrouw. De ogen der vergaderden gingen van haar naar hem en terug.

'Er moet hier iets gebeurd zijn dat ik – dat wil ik eerlijk verklaren – niet begrijp. Maar zoveel is zeker, en dat weet u allen ook: juffrouw Valcoog en haar zuster en haar hele partij en ik zijn hier gekomen met het doel alles in het werk te stellen om haar te handhaven, met het doel daarvoor zo nodig te vechten. Iets anders dan dat zat niet bij ons voor, een andere afspraak is nooit gemaakt. Ik meen dat aan de vergadering te mogen en te moeten mededelen in het belang van mijn cliënte. En ik beschouw haar woorden als een gril, on the spur of the moment, als iets dat ze niet wezenlijk menen kan, waar ze straks spijt van zou hebben als ze tot zichzelf gekomen is. Ik verzoek de vergadering daarom met dat los daarheen geworpen gezegde geen rekening te houden. Laat de accountant de vragen beantwoorden, en dan straks, als het ontslag weer aan de orde is, kunnen we verder zien. Ik ben overtuigd dat juffrouw Valcoog dan stemming verlangen zal.'

Aga had tijdens deze toespraak aldoor somber voor zich uit staan staren. Haar gezicht vertrok, onmerkbaar en toch zichtbaar, steeds meer naar het onherkenbare. Terwijl haar raadsman sprak schudde ze telkens afwijzend het hoofd. Hij merkte het wel, al zag hij haar niet aan. Met een korzelig gebaar ging hij zitten.

'Nee,' zei Aga, steeds zonder enige hapering, 'er is geen sprake van dat ik niet weet wat ik zeg. Denkt u niet dat het me strijd genoeg heeft gekost? Dat ik niet besef dat ik de zaak opgeef van mijn ouders en van mezelf, en wat dat voor me betekent? Om hier weg te gaan betekent voor mij oneindig meer dan voor mijn opvolger om mijn plaats te bezetten. Maar mijn voornemen staat onwrikbaar vast. Ik neem ontslag, nu dadelijk, en het enige waar ik op reken is dat het me eervol zal worden verleend.'

Ze stond doodstil, in afwachting, een kleine tragische figuur, een gelaat met noodlot geladen. Haar blik was gevestigd, terzijde van Hugo, op de schemerige achtergrond der zaal. Hugo zei niets; zijn gezicht was ook niet bleker, alleen blonk er iets vreemds in zijn oog. Hij scheen haar blik te willen vangen, maar slaagde niet. Vijftig miljoen, dacht hij, honderd!

Binkershoek, volkomen overrompeld, en innerlijk in de hoogste mate vergramd op de jonge vrouw, verloor niet zijn tegenwoordigheid van geest. Aga's laatste woorden boden hem de kans nog iets voor haar te redden. Hij voelde in de klank van haar stem de onwankelbaarheid van het raadselachtig besluit, hij was zich tevens vaag bewust dat het samenhing met zijn eigen woorden, zo-even tot haar gesproken in de kamer van Johannes; het verband ontging hem, maar hij wilde haar tot het laatste, ook op de domein der onbegrepenheid, bijstaan. Weer rees hij overeind.

'Dat is dan aldus te verstaan, meneer de voorzitter, dat als de vergadering mijn cliënte ontslaat, dat zij zich daar dan bij wil neerleggen, onder voorbehoud natuurlijk van haar recht op schadevergoeding.'

Aga begreep hem ten volle. Bleef zij bij het zelfgenomen ontslag, dan verspeelde zij dat recht. Weer kwam er iets nieuws over de verzamelden, die eigenaardige, bijna tastbare sfeer welke uitgaat van een menigte in het beslissend ogenblik der gelijke gezindheid, en tevens vanuit een onbepaalbaar punt haar schijnt te worden aangeblazen. Binkershoek voelde het in de lucht, keek naar Aga, wachtte af. Sterker nog voelde het Hugo; de sfeer was zo wankel dat hij de mogelijkheid voorzag van een herkiezing van Aga bij stemming, indien nu, op dit moment, – zelfs tegen haar wens.

De trekken van Aga werden een seconde tot een beeld van ellende, wanhoop, verwoesting – tot een niemandsland; ze verborg haar gelaat onmiddellijk achter haar handen. Men moest haar kennen in al haar felheid en dynamiek om dit gebaar te waarderen als zuiver oprecht. De nuchterheid waarop de gemoedsbewegingen der meesten zich bewogen, gelijk levendige spelers tegen een achtergrond van rust, deed hun deze geste veroordelen als theatraal. Zij had weer eens haar kansen laten glippen. Maar het bleek zonder betekenis. Zij nam de handen van het gezicht. Het had zich geëffend. Zij keek in het licht; haar ogen waren groot en blinkend.

'Nee,' zei ze, 'ik *neem* ontslag.'

'Daar wens ik dan toch als aandeelhouder protest tegen aan te tekenen,' riep Binkershoek.

Hij wist dat het geval hopeloos lag. Liefst was hij weggelopen, maar hij wilde ook nu nog de jonge vrouw niet in de steek laten. Viglius zweeg en keek hem even ironisch aan. Aga zat, heel klein, bijna nietig. Tegen het fond der zwarte voering van haar bontmantel leek ze Hugo te zitten als in een rouwkamer. Ze zei verder geen woord. Ze maakte geen gebaar van opstaan; ze staarde voor zich uit, naar de hamer op het hoofdeinde der tafel.

'We moeten nog over het ontslag stemmen, meen ik,' zei de voorzitter aarzelend.

'Onnodig,' verklaarde Viglius. 'Als de notaris wil aantekenen dat juffrouw Valcoog ontslag vráágt, op staande voet, dan kan de vergadering dat verlenen. Is iemand tegen?'

'Ik,' zei Binkershoek koppig.

Hij was de enige. Toen stelde Hugo nog voor de vorm een paar vragen aan de accountant; men luisterde niet. Het volgende punt werd snel afgewerkt. Een zekere verlegenheid was bij velen merkbaar. Mevrouw Glerum nam een suikertje zonder het gebruikelijk misbaar. Men zag dat ze haar stembriefje oningevuld dichtvouwde. Zo deden Aga en Marvédie, wie door haar zuster even iets was ingefluisterd. Veel stemmen bleken blanco, de overige waren uitgebacht op C. L. Oolgaard, één op Aga, die van de onverbeterlijke Binkershoek.

Bij de rondvraag had niemand een opmerking. De voorzitter sloot; men verrees. Binkershoek stapte toe op zijn ambtgenoot en trok hem in een hoek, iets joviaals over zijn trekken, en sprekend met die gemoedelijke toon en houding die cliënten zo vaak misverstaan. Want zij menen dat het zich slecht verdraagt met de goede orde, bijaldien niet ook hun pleitbezorgers elkaar in de haren zitten.

'Nu, Viglius,' zei hij gemeenzaam als oudere tegenover jongere, 'mijn gelukwens. Ik had niet gedacht dat het zo zou lopen... Maar een vraag. Weet jij wat het moeilijkste beroep is?'

'Advocaat?'

'Je doet jezelf en mij te veel eer. Nee man, op geen stukken na. Het moeilijkste beroep,' zei Binkershoek, en wees met brede armzwaai achter zich naar de vertrekkenden, 'het moeilijkste beroep is dat van waarzegger.'

En hij ging heen met zware stap, hij zocht zijn jas, hoed, paraplu op de toonbank, hij verdween in de stromende regen. Hij was gloeiend kwaad op Aga, hij kookte alweer, hij wilde haar niet zien, hij deed of ze niet bestond. Het rijtuigje van mevrouw Glerum wachtte. Wat ze dacht van het verloop kon niemand zeggen. Er was voor haar kennelijk geen buitenwereld meer. Doch de procuratiehouder had op haar geloerd. Hij schoot toe en spande zijn eigen regenscherm op het trottoir boven haar hoofd. Vanuit het binnenste van haar rijtuig groette ze hem met diepe, minzame buiging, een vorstin.

Marvédie wachtte op Aga die langzaam haar mantel aantrok en met wazige blik rondkeek, ten afscheid. Marvédie had nimmer iets doen blijken, vazal die de leidster blindelings volgde. Het was bedroevend dat het zo liep, maar geen gedachte aan kritiek kwam bij haar op. Aga's besluit had ongetwijfeld zijn reden; zoals Aga handelde was het goed. En Marvédie was vol bewondering voor de kranige houding van haar zuster. Overigens moet worden toegegeven dat ze de consequenties verbonden aan de ontslagneming niet ten volle begreep. Voor haar was het verschil met schorsing gering, en leidden beide tot staking van de salariëring. Een ontslag, hoe dan ook, had ze na de schorsing altijd gevreesd.

Zij beiden waren nu alleen in de achterwinkel, met Hugo en Adeline. Aga's blik ontwaakte, ze zag Hugo's verloofde, ze stevende op haar af.

'Ziezo, Adeline, nu heb je toch nog je zin.'

Ze zei het met duidelijk sarcasme; met dat al stak er in haar woorden niets bepaald beledigends. Ook was de toespeling op de voorgeschiedenis slechts voor een ingewijde begrijpelijk. Doch aan Adeline ging een licht op. Dit was waarlijk een ingeving, en het was tevens een openbaring en een gruwelijke vernedering: Aga had haar misleid, ze was de dupe geworden van een verraderlijke truc, toenmaals, met haar bezoek aan het oosten. Hoe wist ze niet, en het interesseerde haar niet. Maar wat Hugo haar had willen besparen zag ze in de opperste duidelijkheid: ze was door die-daar in de val gelokt, ze was er willoos ingelopen.

'Reptiel,' zei ze.

Het was onzeker of Aga die zich reeds had afgewend dit woord hoorde. Ze liep naast Marvédie kalm door de winkel. Op het zien van deze kleine, onverschillig heengaande verschijning werden bij Adeline alle banden verbroken. Hugo, die begreep dat de tragedie zich toespitste, dat een uitbarsting aanstaande was, pakte de arm van zijn meisje. Maar alles viel van Adeline af, de deernis die ze soms voor Aga gevoeld had, even, op de vergadering, de bewondering van andere ogenblikken, de cultuur van het huis in Zutphen, tussen ouders die nimmer een onvoegzaamheid uitspraken, laat staan deden. Ze moest zich wreken, nu, onmiddellijk. Dat heengaan daar van de zwarte duivelin, achteloos en sarrend kalm alsof er niets tegen haar gezegd was, vormde een belediging te meer. Weerwraak, weerwraak! En nog iets anders bewoog haar, duister en helder: de wetenschap dat zij door die-daar de liefde van Hugo niet volkomen bezat. Ze rukte zich los, ze liep snel Aga na, en ze deed iets wat ze dadelijk daarop ten diepste betreurde. Want in de open deur duwde ze Marvédie ruw opzij; toen, vóór Aga komend, plantte ze bij het passeren haar hak gevoelig op Aga's wreef. Er kon geen twijfel bestaan; dit betekende geen mispas, dit betekende opzet.

Hugo had alles gezien. Hij nam Adeline opnieuw bij de arm, gebiedend, hij dwong haar in de gereedstaande two-seater, zelf nam hij het stuur en reed weg.

Aga had geen geluid gegeven.

'Ga met de tram,' grauwde ze tegen Marvédie en klom in haar auto.

De wagen van Hugo reed voorzichtig over de smalle kaden, kronkelde door de oude stad, leeg in de stromende regen, winkellicht reeds ontstoken, en vond de weg naar de grote heirbaan. Ze zwegen, Adeline steeds bleek en bevend. Een beklemming deed haar omzien. Aga's wagen reed dicht achter hen.

Hugo keek in het spiegeltje. Hij dacht erover vol gas te geven; hun auto kon ongetwijfeld veel sneller rijden. Het zou echter een vlucht beduiden, een onmannelijkheid. Anderzijds was het met die duivelse vrouw het veiligst. Hij verkeerde nog in tweestrijd toen zwaar motorbrommen aan zijn oor klonk. Aga reed hem voorbij en sneed hem met het meesterschap van een agent der verkeerspolitie de weg af. Hij stopte onmiddellijk. Aga sprong op straat, kwam op hen beiden toe en trok het wijde portier van de two-seater open, aan Adelines kant.

'Je hebt me beledigd,' zei ze met ingehouden woede. 'Ik daag je uit tot een duel, Adeline, op de sabel.'

Hugo boog zich voor zijn meisje heen. Adeline beefde over het hele lichaam. Ze bleef onbeweeglijk zitten, alsof er niet tegen haar gesproken werd; ze keek voor zich uit; haar lippen trilden, haar ogen waren door tranen omfloerst.

'Dat is krankzinnigheid, Aga,' zei Hugo. 'Een duel, en dan tussen jullie twee... Kom tot jezelf.'

Hij zag Aga een gebaar maken. Hij kon haar niet afweren, hij had zijn handen niet vrij. Doch hij sprong uit de auto, hij rende eromheen. Hij was te laat.

'Als je dat niet wilt, kom dan hier,' zei Aga tussen wreed saamgebeten tanden, 'kom dan hier en trap me nóg eens op mijn voet.'

Eer Adeline erop verdacht was had ze haar om de middel en trok haar van haar plaats. Adeline verkeerde in een vreemde toestand van machteloosheid. Ze had nog niet het besef haar handen uit te steken. Haar voorhoofd bonsde tegen de rand der kap. Haar hoed viel af. Toen voelde ze zich zweven, dan een ontzettende slag, een gloeiende pijn overal. Aga had haar in de sterke armen opgetild, toen als een worstelaar over haar schouders neegekwakt, languit, op de klinkerweg.

Adeline gaf een gil. Hugo was bij haar en richtte haar op. De regen stroomde windloos, effen neer. Haar gelaat zat vol slijk, waardoor bloedstraaltjes speels hun weg zochten. Het ergste was het onder een der ogen, een gapende wond waaruit een lap vlees hing. Ze moest zijn gevallen in een stuk puntig steen, een scherf glas. Het oog scheen geraakt, verloren, het licht was eruit. Maar ze voelde dat niet zozeer, ze voelde het elders erger branden, onder haar kleding. Daar waren ontvellingen aan al haar gewrichten, misschien breuken.

Ze was onherkenbaar besmeurd, ze kreunde zacht, ze kon nog lopen. In de volle witte regen deden de beide wagens achter elkander het rijklaar ruisen horen van hun mechanismen. De weg en de landen lagen alom verlaten. Hugo had één gedachte: het naaste hospitaal. Hij keek Aga niet eenmaal aan. Hij hielp zijn meisje instappen, hij keerde en reed naar Leiden terug.

Aga had toegezien, haar armen los hangend langs het lijf. Er was nog een tinteling in haar spieren, gevolg der krachtsinspanning. De weerwraak was gekoeld.

Toen reed ook zij terug. De beiden waren allang onzichtbaar. Aga stopte bij het politiebureau, vroeg de commissaris te spreken, gaf verslag van het gebeurde en verzocht opsluiting. Ze bleef die nacht in de cel. Te negen uur, de volgende dag, werd ze vrijgelaten. Ze kreeg haar wagen weerom en reed door het herfstachtig landschap naar Katwijk, onder opklarende lucht. Ze wachtte drie dagen. In die tijd zat ze meest op haar kamertje boven te roken. Ze gaf geen uitleg van haar wegblijven, waaromtrent men trouwens niet bovenmatig bezorgd was geweest, wetend dat zij altijd handelde naar eigen lust, en geen onderzoek doende bij de politie – daarnaast het ook niet recht durvend. Aan de eettafel zweeg ze dermate onheilspellend dat Marvédie, Luca, Johannes ternauwernood onder elkaar praatten. Haar houding weerhield bij ieder de vraag waar zij die nacht had doorgebracht. Welkom, overgekomen tijdens de maaltijd, zat aan als een groot kind dat niet weet wat het misdeed en toch beangst is. Die avond hoorde hij de toedracht in een tweegesprek met Johannes. Doch van mishandeling wisten de vier niets af; dit vernamen zij pas veel later, terloops. Want thans zou, als Hugo reeds eer, Adeline zich in dit huis niet meer vertonen.

Aga wachtte drie dagen. Toen bracht ze opnieuw een bezoek aan het politiebureau en vroeg waarom ze niet werd ontboden voor een proces-verbaal. De commissaris vertelde dat Adeline, in een ziekenhuis opgenomen, uitdrukkelijk de wens te kennen had gegeven dat de zaak niet zou worden doorgezet, aangezien zijzelf zich ook schuldig vond. Op hoge toon eiste Aga haar eigen vervolging en bestraffing. De commissaris zei dat daar geen sprake van kon zijn. Ten slotte raakte hij ongeduldig over zoveel volharding bij zoveel dwaasheid en zond haar weg. Dit zaakje hoorde in de doofpot, en daar kwam het in.

De blessures van Adeline waren met één uitzondering onbeduidend. De schaafwonden, ook aan het gelaat, genazen snel en spoorloos. Ze had niets gebroken. Een bloedvergiftiging kon in de aanvang worden onderdrukt. Maar haar gelaat zelf behield de littekens der mishandeling om het oog. Het gezichtsvermogen was niet verminderd, maar het oog traande aanhoudend, het hoornvlies lag van traanvocht overstroomd, al trad het zelden buiten de rand. Ze zou niet meer de eigenaardige, boeiende, roodbruine blik, dat oculair optimum, uitzenden; het oog behoort tot die lichaamsdelen welke om schoon te zijn het tweelingschap niet kunnen ontberen. Na haar herstel trouwde zij met Hugo, op de kortste termijn.

Binkershoek hoorde van het gebeurde nimmer iets en dat was in zekere zin jammer. Want hij zou daaruit een bewijs hebben kunnen putten, een bewijs te meer hoe moeilijk het beroep is van waarzegger.

VIER

DE DRAPERIE

GEDWONGEN RUST

Men moest thans in de Pluvier met vijf personen leven van een jaarlijks inkomen van achtduizend gulden, aangezien het voorshands uitgesloten was dat de ijzerhandel dividend zou uitkeren. Aga paste enige bezuiniging toe. Zij verkocht haar wagen waarvan ook de anderen nut hadden gehad, zij hield haar zeilboot Moeders Angst aan die uitsluitend voor haar eigen genoegen diende. Zij ontsloeg de dienstbode en laadde daardoor meer huiselijk werk op haar beide zusters. Dit was Marvédie niet ongevallig; zij placht toch veel rond te sloven, en kon met huispersoneel niet recht overweg. Luca daarentegen, die deze arbeid met tegenzin, zij het gewillig, verrichtte, betreurde de verandering, maar zweeg.

Aga voerde niets uit. Zij had dezelfde tegenzin als Luca, maar bovendien stonden haar handen verkeerd. Zij had moeite met haar eigen toilet, zij kon geen kopje wassen zonder gevaar van breken, zij verstond van koken niets, men kon zich geen slechter huisvrouw denken dan haar. In een ondergeschikte betrekking was zij niet op haar plaats. Haar onafhankelijke geest weigerde in het gareel te lopen; ook was ze onbekend met de eenvoudigste kantoorwerkzaamheden. Ze schreef de moedertaal met veel fouten, en haar handschrift was abominabel. Ze deugde nergens voor behalve voor de leiding van het eigen bedrijf. Dit stond bij de kinderen Valcoog stilzwijgend zo stevig vast dat niemand de mogelijkheid opperde dat de jongste andere arbeid zoeken moest.

Het sprak ook vanzelf dat niemand haar het genomen ontslag verweet. Zij leefde nu op kosten van haar beide broers, die gedwee hun salaris inbrachten. Zij hadden altijd zo gedaan, slechts enig zakgeld voor zichzelf afhoudend. Zij deden thans niet anders. Want Aga, onttroond, behield de oppermacht. Eigenlijk ging haar macht verder. Zij was de enige die in dat huis te zeggen had. Haar bevoegdheden, van oorsprong discretionair, waren naar haar aard totalitair geworden. Niemand weerstreefde waar het de grote dingen betrof. Johannes noch Welkom zou over de gang van zaken bij De Leydsche IJzerhandel reppen zolang Aga daar niet naar vragen zou. Zij vroeg niet. Toch spookte de affaire rond in aller gedachten. Het had niet anders gekund, en zij wisten het van elkaar. Maar de vier wisten van de vijfde bovendien dit: dat, als zij wilde, zij er zou kunnen weerkeren. Zij wisten het zonder een schijn van bewijs, van aanwijzing. Zij wisten het zonder wetenschap, krachtens die vaste overtuiging die niet anders is dan geloof, krachtens dat geloof dat niet anders is dan verwachting, krachtens die verwachting die niet anders is dan verlangen. De huidige toestand was ongerijmd; daar legt de mens van zekere leeftijd zich niet meer bij neer, want hij gaat te rade met zijn ondervinding. De vier gingen zelfs zover van de toestand te ontkennen. De jongste was voor hen altijd nog de directrice. De onttroonde vorst blijft vorst voor dweepzieke of gedrilde naturen. De slotsom steunde bij Marvédie, Luca en Welkom op vrijwel eendere grondgedachte. Geen van drieën goede denkers, verwierpen zij het bestaande uit een behoefte aan eenvoudige ordelijkheid. Aga geen directrice meer was revolutie. En de wereld kon wemelen van omwentelingen, – niet alzo het gezin Valcoog. Zij staken de kop in het zand en nu was er geen revolutie.

Johannes bezat een eigen zienswijze. Hij zag het alles zowel wijsgeriger als meer monumentaal. Hij was het tegengestelde van een struisvogel, hij was een ziener. Hij ging uit van de grondstelling dat slechts datgene bestaat wat de mens ervaart.

Hij zag wel de nieuwe directeur, die C. L. Oolgaard, doch hij ervoer hem niet als zodanig. Hij was voor hem slechts een plaatsvervanger bij ontstentenis van de werkelijke leiding. Hij ontliep de moeilijkheid niet, gelijk de drie anderen. Hij keek juist die C. L. Oolgaard zeer goed in zijn gezicht. En hij zei bij zichzelf: jij bent niet de directeur: geef mij honderd schriftelijke bewijzen van aanstelling, en je bent het nog niet; en vriend, pas op, want als je niet zorgt uit vrije wil het veld te ruimen zodra het de directie behaagt hier weer te verschijnen, dan zal ze je bij je kraag pakken en niet op straat zetten, maar in de gracht smijten.

Na een paar weken van regelen en thuis broedend zwijgen werd in Aga de voorhene rusteloosheid wakker. Om het denken aan de affaire kwijt te raken zocht ze lichaamsbeweging, vermoeienis en afwisseling. Ze ving aan elke morgen een zeebad te nemen. Het was thans oktober, de lucht leeggeregend. Het najaar trad duidelijk naar voren in de straffe ochtendkoelte, bij lichtblauwe strakke hemel. De dagen waren zeer schoon, doch vol van een vage ijzigheid. Er ging des morgens vroeg niet de minste wind. Het badbedrijf was reeds enige tijd gesloten. Evenwel bleven er een paar koetsjes beschikbaar voor de enkele thalattomanen die hier jaar op jaar baden bleven tot somtijds de kerstdagen.

Het strand was leeg, het zand koud aan de onbeschermde voet, en daar waar de vloed het had gemangeld en de eb het hard, plat en gaaf afleverde, voelde het onder de zool aan als fijn vergruisd ijs. Het was fraai van vonkende kristalletjes alom; de enkele schelpen, her en der half begraven, werden door de lage zon in een zachtrood gedoopt en liepen uit in lange strepen zachtmauve slagschaduw.

Na de bijtende koude der lucht ontving het zeewater Aga verhoudingsgewijs warm. Het bad was verrukkelijk. Ze bleef eerst dicht onder de kust, in het eigenaardig verraderlijke spel der branding. Want hier stonden nu en dan uit het kalm deinend watervlak ontzaglijke golven op. Zij werden geboren uit een nietige rimpeling, zij klommen hoger en hoger, volkomen geruisloos, zij rezen te berge, zij kwamen als een statig baldakijn boven de argeloze bader en stortten neer op rug en schouders met een slag die kon bedwelmen, een slag als een moker. Maar wie de speelsheid der zee kende dook in de golf en voelde niets, en liet zich verderop heerlijk drijven over nieuwe waterberg, door nieuw waterdal. Achter hem ruiste de golf woelend uit.

Na een wijle ging Aga dieper. Haar voet raakte de grond niet meer. Hier zwom zij in allerlei houding, zij dook lang; het zong en gonsde in haar oren. Zij rustte uit op haar rug, en terwijl slechts haar gelaatsvlak vrij lag en haar lijf wiegelde, luisterde ze met dichte ogen in een geheel andere wereld van tonen, waar het zoemde, klokte, klepelde, en brak als glas.

Ze genoot hevig. Hoezeer had dit bad haar voorkeur boven dat van de zomer. Ze werd nooit gestoord. Een enkele bader, man of vrouw, bleef ver weg. Soms kenden ze elkaar en groetten even met een armzwaai.

Op de duur deed de koude van het water zich gelden. Aga was niet roekeloos. In den beginne had ze een te lang verblijf in zee met brakingen moeten bekopen. Dat vermeed ze al sinds jaren. Nog eer haar lichaam te veel warmte zou afstaan en door arbeid niet genoegzaam herwinnen, verliet ze de zee, plassend door het ondiep, dan rennend naar de koets, haar badmantel aan de waterzoom terloops grijpend van de grond en in de ren omslaand. Dit ogenblik, tussen water en wind, was uiterst koud; nu pas besefte men de nadering van de winter. Ze wreef zich ruw droog in het hok; haar hele lijf zag als koraal; haar vlees was nog vast en gaaf, maar het had geen zin daarbij in gedachten te verwijlen. Haar tong streek de vochtigheid der zee van haar lippen; dat vleugje zoutigs en bitters vond ze altijd heerlijk. O hoeveel liever zwom ze in zee dan in het visachtig geurend water der meren, al was het de romantische plassenwereld van de Kaag.

Zij rookte nog steeds veel, maar dronk niet meer. Op ongelijke uren verdween ze naar haar kamertje boven, waar ze een gashaardje had doen plaatsen. De potkachel die ze nooit behoorlijk had kunnen aanmaken was opgeruimd. Op haar bureau stonden de kruik oude klare en het bitterglaasje. Men wist niet of ze zich aldus hardde in zelfbedwang of wezenlijk naar de drank niet meer taalde, maar ze raakte de kruik niet aan. Ze kon tijden in het kamertje blijven, soms maaltijden overslaand. Wat voerde ze daar uit? Sliep ze? Er kwamen dagen van vroege vorst en oostenwind. Dan was het in het kamertje nauwelijks te harden met het slechtgevoegd venster waardoor de koude binnenstroomde. Ze nam een bontmantel mee en kwam na uren beneden met blauw gezicht en blauwe handen. Op andere dagen ontwikkelde het haardje verstikkende hitte; dan verscheen ze bleek, domig, met klamme haren in de erkerkamer.

Johannes beschouwde in deze weken zijn jongste zuster met nog groter aandacht dan gewoonlijk. Als zij zo zat te broeden moest zij wel in gedachten met het bedrijf bezig zijn, dat sprak voor hem vanzelf. Zij scheen echter geen uitweg te kunnen vinden; hij wachtte op een verlossend gebaar waarmee zij zich in de vroegere positie moest terugbrengen. De affaire liep stroef – het was wel te voorzien geweest. Hugo kwam na kort betoon van ijver nog slechts zelden; Oolgaard deed blijkbaar zijn best maar bezat niet de flair van de koopman, Schalm, de nieuwe commissaris, verscheen dikwijls in de zaak, en had dan meestal onenigheid met Oolgaard. Eenmaal, op een vergadering van de directeur en de commissarissen, was Hugo na heftig geredekavel weggelopen; sindsdien liet hij zich aan de gang van zaken weinig gelegen liggen. Dit alles wist Johannes minder uit eigen waarneming dan door de procuratiehouder. Want Johannes behoorde tot degenen die bijzonder goed zien en horen wat hen interesseert maar niet raakt, en die daarnaast onaangedaan blijven voor allerlei waarbij ze nauw betrokken zijn. Nu bestond er vanouds een kloof tussen directie en personeel, daterend uit de tijd van de oude Valcoog en zijn vrouw; de toestand was in het minst niet verbeterd onder het bewind van Aga. Deze kloof lag ook tussen het personeel en Johannes, die hoewel geen leidende figuur toch als een Valcoog impopulair was. Hij bleef niet slechts afzijdig, hij zette zich ook op een troon; tenminste, men voelde het zo aan. Gewoonlijk merkte hij weinig van wat er om hem heen gebeurde, of hield zich aldus. Daalde hij eens af, dan was het met een vormelijke beleefdheid die haast beledigend aandeed. De enige die het personeel wel lijden mocht was Welkom, zij het minder dan men bij zijn jovialiteit zou verwachten. Nu scheen door Aga's ontslag een toenadering te ontstaan. Zij kwam met name van de procuratiehouder, die daarbij intussen ook nog andere doeleinden in het oog had. Op die wijze vernam Johannes iets over de onenigheid in de boezem der leiding, en dit trok, zij het weinig sterk, zijn belangstelling omdat het het eerherstel van Aga nader bracht. Daarom kon hij op de duur een gevoel van teleurstelling niet bedwingen. Het ging met de affaire zoals hij verwacht had, en zij natuurlijk ook. Daar moest toch een middel wezen om de leiding weer in handen te krijgen? Waarom sloeg zij dan niet toe? Toch zou hij er nooit zelfs maar op zinspelen. Hij keek slechts, hij wachtte. Hij was degene bij wie het proces van verbrokkeling aanving.

Aga was in deze tijd lastig voor haar beide zusters. Zij vergaf hun altijd minder dan haar broers; zij begreep wel ongeveer wat er omging in Marvédie, Luca en Johannes; ze verwachtten dat zij haar positie zou heroveren, maar de verwachting was onzinnig en dat maakte haar tegenover haar zusters geprikkeld. Zij behoorden in te zien dat iemand met eergevoel de smaad van een ontslag voorkwam door vrijwillig heengaan. Met deze goedkope slotsom deed zij voor zichzelf het geval af, omdat ze aan de fijn samengevlochten structuur niet wilde raken, niet durfde raken. En waarschijnlijk zou ze het geval ook niet hebben kunnen ontwarren; ze was nu eenmaal een vrij primitief wezen met geringe neiging tot afdalen in het eigen innerlijk. Dit stond in elk geval vast; ze zag geen mogelijkheid bij de huidige groepering der aandeelhouders haar plaats als directrice te hernemen. Gesteld een ander zou het hebben geopperd – zijzelf kon dat zeker niet – dan was een fiasco het enig resultaat. Zonder wijziging in de samenstelling der deelgerechtigden was herstel van de oude toestand absoluut uitgesloten. Ze had de schorsing dapper doorstaan – een kleine kunst omdat ze zeer actief was gebleven. Hoe zou ze de periode van lediggang doorkomen? Ze wist het niet. Nergens deugde ze voor dan voor ijzerwaren. Voor het opzetten van een concurrerend bedrijf ontbrak haar het kapitaal, maar bovendien kon ze geen poging doen De Leydsche IJzerhandel te torpederen waarin haast het hele vermogen der familie was belegd. Aan Hugo trachtte ze zo weinig mogelijk te denken. In de strijd had hij gewonnen op een wijze die zij als zakenvrouw waarderen wilde. Verder kwam ze niet, primitief gebleven, en ook met grote vrees voor dieper gaande ontleding. Ze vermoedde in zijn doen en niet-doen de verwezenlijking van een verfijnde, hoogst gecompliceerde opzet.

Zij ging nu onwetend haar moeder navolgen, zij maakte lange wandelingen langs het strand. Zij overtrof daarbij haar moeder in duur en veelvuldigheid der wandelingen, zij liep twee-, driemaal per dag. December lag somber en groots over de kust. Zij was het eerst van allen uit bed en vertrok in de nacht. De vuurtorenlichten fonkelden langs het strand dat zij flauw voor zich zag. Soms, als zij weerkeerde, was het nauwelijks dag. Er werd nog steeds gebaad. Het weer was zachter geworden en onstuimig. En zij zag, terugkomend, meermalen een man tussen de golven. De zee stond hol, rond hem, over hem. Het water kwam op in zwarte gepolijste afgronden met dikke zomen van leem; het schuim leek leem. Het was zo fantastisch, zij had er gaarne bij vertoefd, maar zij kon als vrouw daar niet blijven. Langsgaand keek zij toch goed uit. Somtijds was het zo duister dat zij een omspoelde zwartige strandpaal aanzag voor een mens, en deze mens voor een strandpaal. Dan bewoog het even, ja, het was de bader. Hoe graag had ook zij daar gestaan; ze durfde niet recht, er scheen iets in haar kapot, of tenminste verzwakt. En zij herinnerde zich eens, jaren geleden, in de demonie van het decemberwater te zijn geweest, dagen na elkaar, dagen van zware wolken, gelijk nu, die in het oosten begonnen te bruinen, terwijl de grondzeeën haar spokig omwervelden, zwart en geel, en de vuurtorens schitterden.

Wanneer de dag doorbrak zag zij de wolken in etages van grauw langs de horizon, traag oprijzend uit de afgrond, en een onweerstaanbare hand naar die verre hal kon haar bevangen. Om haar beter te zien, om ook te zien wat aan de andere kant was ging zij nu haar weg wijzigen. Ze daalde niet meer naar het strand, ze liep de boulevard noordwaarts en dan neergaand tussen de zware klompen van enkele villa's, in hun tijd modern en gedurfd, maar heel lelijk en onbewoond, en over de sluis besteeg ze langs een pad van kolengruis de duinen. Daar was ze in midden december eenmaal getuige van de machtigste zonsopgang uit haar leven. Een brede wolkenbank, gelegerd van pal noord naar pal zuid, deelde het schild van de hemel in tweeën. Rechts worstelde een zon van karmijn zich omhoog door het ruwe gaas van zwartachtige nevels, links hing tussen enkele sterren de volle maan boven een zee van zacht spelend groen en zilver. Deze tovenarij duurde tien minuten en was onvergetelijk.

Sedertdien zorgde Aga er altijd voor op een duintop de dageraad af te wachten. Het verschijnsel herhaalde zich niet. De koude viel opnieuw in. De wind zwenkte naar oost, de lucht raakte schoon, droog, ijl, hard. De kraaien krasten luider, de meeuwen dreven in hele vluchten, zacht en welluidend mondorgelend. Alle geluid drong ver door. Toen beleefde zij nog één mooi ogenblik, en ook dat blijvend, al stond het niet op de hoogte van die conjunctie der beide hemellichamen. Maar de verre koele zon raakte waterpas de helmstoppels, en deed ze gloeien als draden waardoor de stroom wordt gejaagd, over het ganse duinlandschap, tot om haar voeten. Deze feeërie duurde seconden. Het was haar laatste morgentocht.

AGA ZIEK

Aga werd ziek, zij werd langzaam ziek. Nog tweemaal liep zij een middag, en eenmaal des avonds bij stikdonker over de zanden. Toen bleef ze thuis. Zij had, als haar moeder, baat gezocht bij de zee, zij had, als deze, en ondanks buitengewoon natuurschouwspel, veel gedacht aan het bedrijf daarginds, doch de lichaamsbeweging versterkte haar niet.

Zij bezat reeds als kind een aard van transpireren, niet aan de handen, maar op het voorhoofd en over het lichaam. Zij had een sterk gestel; ook dat evenwel kan zijn zwakke plekken bezitten. En zij herinnerde zich zeer goed, wanneer de moeder haar als klein kind 's nachts even opnam en zij wakker werd uit haar diepe slaap, hoe zij dan soms zich zo klam kon voelen dat het nachtgoed aan haar huid plakte. Ook later, als zij zwaar gedroomd had, leed zij bij wijlen aan nachtzweet. Dit was sinds een paar weken teruggekomen, en in erger graad dan ooit voorheen. Zij meende dat het dit was dat haar zo afmatte. Zij sprak er met niemand over, maar zij sleepte zich letterlijk naar de badkamer waar zij zich onder de douche rijkelijk en nagenoeg ijskoud afspoelde. Het bracht verfrissing, onloochenbaar, maar het wekte haar krachten niet op, en zij slofte naar beneden, doodsbleek, kringen onder de ogen. Zij droomde vaak gruwelijk, altijd zwaar, wist er 's morgens niets of nauwelijks iets meer van, en strompelde naar het stortbad.

Daarop bleef zij 's morgens in bed, daarop tot de avond, eindelijk de hele dag. Zij had geen eetlust meer, geen enkele lust. Verschillende tonica die zij beproefde werkten niets uit. Zij lag veelal te suffen in haar slaapkamer, tijden lang; het maal, haar gebracht, ging dikwijls weer naar de keuken zonder dat ze er zelfs maar een blik op had geworpen. Was zij nu ernstig ziek, of weinig, of in het geheel niet, of slechts geestelijk ziek? Niemand wist het, zij ook niet, en het liet haar onverschillig. Ze nam haar temperatuur nooit op, maar vermoedde dat zij nu en dan enige koorts had, des nachts en in de namiddag. Het transpireren hield aan, in de ochtend bij het ontwaken was de natte pyjama haar gruwelijk koud aan de huid. 's Middags kreeg ze wel een onfrisse blos en dan kon haar oog het licht afschampen als in haar dronkenschap, doch veel sterker. Het fonkelde, niet met het levend licht van de diamant, met het nagemaakte vuur der pastiche, en de eigenlijke blik daarachter was troebel en bewolkt. Het oog bezat volstrekt geen luister meer, het leek soms bijna krankzinnig. Ze rookte veel en uitsluitend sigaren. Dat was het enige wat haar smaakte. Ze rookte wel tien grote sigaren per dag, en kist na kist werd bij haar boven gebracht. Op een ochtend dat zij haar eerste sigaar had opgestoken kreeg zij na een paar trekken de zonderlingste smaak in haar mond, wrang, zuur, scherp, of zij zoog aan een beschimmelde citroen. Ze rook de blauwe bijstroom; nee, aan de sigaar lag het niet. Ze opende haar pyjama aan de hals daar ze opeens meende te begrijpen en, hoewel onbekend met dit symptoom, van anderen wel gehoord had. Inderdaad was er midden op haar borst een bruine vlek verschenen, rijksdaaldergroot. Dat moet dan in godsnaam maar een poosje uit zijn, dacht ze. Trouwens, ze taalde niet meer naar tabak.

De overstelpende vermoeienis tot in de uiteinden van haar ledematen duurde voort. Pijn voelde ze nergens, maar dit niet kunnen rusten hoe ze zich keerde leek haar minstens even erg. Soms was ze volkomen onmachtig om zich te bewegen, andere malen gelukte het pas met uiterste krachtsinspanning. Na het wakker worden bleef zij steeds enige tijd als verlamd.

De dromen werden wat minder zwaar en schrikwekkend; dat was het enige waarin zij verbetering bespeurde of meende te bespeuren. Ze zag dikwijls landschappen, het strand, de duinen, en altijd was er voor haar gevoel de nabuurschap der zee. De herinnering aan deze nieuwe reeks dromen behield ze ook na het ontwaken, somtijds heel duidelijk. Ze werden ook aldoor lichter en luchtiger. Aga raakte los van de grond, drijvend in een bad van dun wit licht en neerziend op natuurtaferelen als van beschilderde horren. Er waren ook ijle, zeer muzikale stemmen aan haar oren die tot haar spraken in samenstellingen van woorden van een onzinnige verhevenheid. Bij het overdenken vond ze deze visioenen verrukkelijk, tevens met iets vaag angstwekkends.

Toen, zekere nacht, gingen midden in zulk een visioen haar ogen open, zat ze met plotse kracht rechtop in bed en bracht werktuiglijk de handen aan haar slapen. Haar hoofd had geen inhoud meer; het was volkomen leeggeblazen, als een ei, en de schedel dun als papier. Een ontzaglijke benauwenis drukte haar samen, haar longen waren vliezen geworden en kleefden aaneen. Zweet, angstzweet brak uit al haar poriën, de druppels wandelden gelijk een kolonie walgelijke insecten langs haar ruggengraat omlaag. Dat is het einde, dacht ze, – dood of gek.

Tot dusver had ze onderzoek geweigerd; nu riep ze de dokter aan haar bed, voor het eerst sinds haar volwassenheid. Dokter Algra, een Fries, van middelbare leeftijd, was sinds veel jaren de huisarts, maar had slechts regelmatig te maken gehad met Luca, met haar talrijke, afwisselende, echte of verbeelde kwaaltjes. Een maal ook was hij bij Welkom geroepen, voor een furieus geval van neteluitslag, waar geelzucht op volgde. Maar Marvédie, Johannes noch Aga hadden hem ooit nodig gehad.

Hij was een grote, evenredige verschijning, kloek en koel, met een klaar, sterk oog van grijs. Stellig in gebaar en woord, had hij het vertrouwen der eenvoudigen niet minder dan hun ontzag. Doch hij wist wel tegenover Aga een andere toon te moeten aanslaan. Het was hem bekend dat zij ontslag had genomen als gevolg van moeilijkheden; zoiets blijft niet geheim in een kleine plaats. Hij liet haar uitspreken, en waardeerde de beknoptheid en zakelijkheid waarmee ze haar geval ontvouwde; van zijn patiënten was hij het anders gewend. Hij voelde haar pols die veerkrachtig sloeg, iets te snel maar met regelmaat. Aan haar longen scheelde ze niets, doch hij ontdekte midden op de borst de bruine plek en zei kortaf:

'Roken nalaten.'

Uit een zekere schaamte had Aga de kist sigaren en de bak met peukjes verstopt, ook het vertrek gelucht. Toen boog dokter Algra zich met de stethoscoop over het hart, luisterend naar het voor de leek verwonderlijk, maar de arts vertrouwd orkest van strijkers in de borstkas. Hij duwde voorzichtig, diep met de hand heen en weer bewegend, op de buik, vond geen zwelling, slechts de wand slap.

'Het best zou voor u een kuur zijn in een rusthuis, met dieet en al die dingen meer. Ik zou uw bloeddruk nog kunnen opnemen, maar nodig vind ik het niet. U vertoont geen enkele afwijking.' Hij begreep wel ongeveer waar zij aan leed, aan het werkeloze leven, de overgang; ook al doorzag hij de toestand niet tot de bodem, al vermoedde hij nog andere oorzaken – overwerktheid misschien, een liefde, wie weet –, hij oordeelde het niet noodzakelijk verder te vorsen. Wat ze hem had verteld volstond. Maar ze bloosde eensklaps purper.

'Nee dokter, dat nooit. Hier wil ik rusten, wanneer het dan beslist moet, maar ik heb ook nog zoiets als eergevoel.'

Hij keek een ogenblik verwonderd; toen dacht hij haar te vatten en glimlachte koeltjes. Deze weinige woorden hadden hem onverwacht een blik gegeven in haar zin van onafhankelijkheid, haar dynamiek, haar originaliteit. Ze werd van dat ogenblik voor hem meer dan een patiënte – een mens in wie hij belang stelde.

Na drie dagen kwam hij terug en toen verder van week tot week. Aga bleef voor hem een geval dat zich om zo te zeggen bewoog op de grens van het rusthuis. Verandering van omgeving verricht voor de meeste naturen wonderen; alleen, hij twijfelde sterk of zij tot die naturen behoorde. Hij durfde het niet goed aan; ook zou mogelijk zijn grootste overredingskracht hier hebben gefaald, na die eerste ondubbelzinnige reactie op zijn voorstel. Hij vond haar ook niet achteruit gaan, doch zij vorderde evenmin.

Bij het vierde of vijfde bezoek zei ze:

'Ik houd niet veel van mensen, ik heb aan mijn naaste familie genoeg, maar ik vind het prettig, dokter, als u komt.'

Dat deed hem besluiten haar hier te houden. Zij behoorde tot de minderheid die zich desbewust zelf geneest, indien zij wil. En hij keek haar aan. Zij en haar naaste familie. Vijf ongetrouwde, nog jonge mensen. Van de twee andere meisjes liet het hem koud. Maar deze, hoezeer klein, met een rijke boezem en een ruim huis, bij machte zich voort te planten in een soliede kroost! Wat bezielde haar? Wou zij verdorren, was er een treurspel? Hij vroeg niet, van opvatting dat dat geen dingen zijn voor een dokter tenzij uit vrije wil opgebiecht. Ze zag hem na, wezenlijk opgemonterd door zijn bezoek.

Maar na korte tijd kreeg de lusteloosheid weer de overhand. Met het tegenwoordige bemoeiden haar gedachten zich niet. Hugo liet ze nauwelijks in haar gemijmer toe en het enige wat ze herhaaldelijk bepeinsde was zijn voorstel van een tweehoofdige directie; ze wist wel zeker dat hij het had geopperd uit het oogmerk van veelvuldiger aanraking met haar; die had ze ontlopen, en zo was het goed.

Verder dwaalde haar denken; haar leven trok in een ordeloze optocht voorbij; slechts bande ze zoveel doenlijk alles wat op Hugo betrekking had. De herinnering aan de afstraffing van Adeline kon haar van gemengde gevoelens vervullen, maar zij riep haar vanzelf ook Hugo voor de geest en daarom poogde ze iedere gedachte aan dat voorval uit te sluiten. Graag verwijlde ze bij haar kinderjaren, de ruzies, haast achterbuurtruzies tussen haar ouders. Marvédie was dan bang; zij anderen gaven er niet om. En eens had zij vader dwars door de broekspijp heen zo fiks in de kuit gebeten na een kastijding waarvan ze de rechtvaardigheid achteraf had moeten erkennen, dat het bloed er langs liep. Tot haar grote verwondering had hij haar daarvoor in het geheel niet meer onder handen genomen; misschien dacht ze met een poging tot glimlachen, was een slecht gebit haar straf. Maar nee, – ook Luca en Welkom hadden een lelijke dentuur.

Ze was veel alleen. Marvédie en Luca brachten om beurten haar eten boven, praatten even en vertrokken. Na de eerste dagen, misschien weken van wezenlijke belangstelling verflauwde de aandacht der zusters merkbaar, gelijk pleegt te gebeuren bij langdurige ziekte. Aga merkte zeer goed dat ze heel wat anders aan haar hoofd hadden, – het kon het huishouden zijn, het kon van allerlei betekenen, en het liet haar onverschillig. Ze vroeg haar zusters nooit een ogenblik aan haar bed te komen zitten; uit eigen beweging deden ze het niet. Marvédie was karig in woorden, gesloten, Luca lacherig, opgewonden, haar oude zelf. Aga bleek overigens wat het eten betreft geen gemakkelijke patiënte. Ze veronderstelde dat elk bij voorbaat weten zou waarin ze geen trek had, en daar dat vrijwel alles was was het ook vrijwel nooit goed. Tegen het gesnauw kon Luca driftig ingaan, Marvédie verdroeg het met beledigd stilzwijgen. Wat het erger maakte was de nu aanhoudend hese stem der zieke, die bij het uitvallen rauwe tonen afgaf, zonder een spoor van de machtige klank, en die op zichzelf prikkelde tot tegenspraak.

Welkom verscheen met de duidelijke tekenen van plichtgevoel. Zijn ogen en zijn gedachten dwaalden al na een minuutje van het bed weg. Wilde hij over de zaak beginnen, dan vroeg Aga hem kortaf zijn mond te houden. Hij irriteerde haar in een mate erger dan een der anderen, zonder dat ze het begreep en ook zonder dat ze behoefte voelde de oorzaak op te sporen. Hij vertrok met zichtbaar verlangen naar zijn pijp beneden. Uiteraard waren zijn visites het zeldzaamst; ze waren ook nog het kortst, en desondanks lagen ze Aga het minst. Eens zei ze bij het afscheid onomwonden:

'We zien elkaar wel weer in de erkerkamer.'

Dat was duidelijke taal; hij verstond haar perfect, was niet beledigd, integendeel, en bleef voortaan weg.

Johannes kwam ongeregeld, weinig, en ook zijn bezoek was kortstondig. Doch hij toonde een eigen gedraging. Zowel uit algemene hoffelijkheid als uit hoofde van de bijzondere verhouding die hij tussen zichzelf en zijn zuster had geschapen kwam hij nooit anders dan te voren aangediend en na belet te hebben gevraagd. Onwil en dwarsheid bij Aga hielden meestal haar deur voor hem gesloten. Verscheen hij, dan bleek hij niet in het minst gebelgd, zette zich even, en toonde de onberispelijke vouwen in zijn pantalon, een verzorgdheid van kleding die haar altijd even aan Hugo herinnerde en waarom zij haar broer haatte. Deze deed zijn blikken onzijdig gaan over de warwinkel der kamer, en vestigde dan het door blank zwaar lid half geloken oog afwezig op de kleine zieke. Hij praatte een ogenblik over koetjes en kalfjes. Hij zat zo kalm en op zijn gemak, of hij zich hier voor het leven had geïnstalleerd, maar hij keek zonder belangstelling. Aga, die zijn voorhene opmerkzaamheid kende en deze als een natuurlijke hulde had aanvaard, bleef tegenover zijn veronachtzaming onverschillig. Ze had haar greep op het viertal verloren, stuk voor stuk; het was haar om het even. Hoe eer Johannes vertrok, des te liever zou het haar wezen.

Ze hield van muziek en had ook een draaischijf voor de radio op haar kamer, maar na een week deed ze het toestel weer verwijderen; het was alleen maar hinderlijk gebleken. Luca, die graag een mopje hoorde, maakte ze er weer gelukkig mee. Haar bleef echter de liefde voor bloemen bij, speciaal voor geurende bloemen. Er was evenwel weinig geurigs te krijgen; ze behielp zich met een bosje fresia, dat zwak, fris, scherp, zurig rook, en waarvan ze genoot.

En dan was er de zee. Haar kamer lag boven in het huis, op het westen, naast die van haar ouders, waar thans Marvédie en Luca sliepen. Zijzelf had altijd voor een afzonderlijk slaapvertrek gezorgd; ze duldde des nachts niemand naast zich. Ze maakte elke morgen haar bed op, ze deed haar kamer aan kant, maar ze deed het op haar eigen manier en de rommel was onbeschrijflijk. Ze had haar bed verrold naar het raam; vandaar kon ze uitkijken over de zee. Het was mogelijk de zee die haar behoedde voor algeheel uitdoven. Want zij kon uren liggen op haar rug met vaag, troebel gedachteleven, en dan opeens wendde ze zich terzijde en zag het water. Een kamer, op wijd water uitziend, wordt ook zelf daardoor verhelderd en verruimd. Zo geschiedde het aan Aga; dan werd het hoog en diep om haar heen, tochtend, zilt, zout, bitter, dan was het een verbazing die allengs toenam tot een verrukking en enkele minuten aanhield.

Toen eind januari felle vorst inviel, haar kamer overdag niet onverwarmd kon blijven en een petroleumkachel daar onaangename besloten hitte bracht, was toch een enkele oogopslag door het venster voldoende om haar dat gevoel van koele kristallen verblijding te schenken. De kortstondigheid was toereikend.

De vorst zette zo machtig door dat Aga de ijskoude der zee kon aflezen van het klein gekrabbeld golvenschrift. Een ontzaglijke steenrode winterzon verstikte in een kim, opgeworpen uit grote, grove, violetgrijze korrels. Dan bluste de zee langzaam en de hemel kwam zwart open met achter een raggen, roerloze mistigheid naaldscherp gefonkel.

EEN PAAR

Hugo, hoe overhaast getrouwd, had voor alles gezorgd, een prettige woning en een fraai meubilair. Van huis uit praktisch was hem ook nog de ervaring, opgedaan in zijn leven van jonggezel, te stade gekomen. Ze woonden thans diep in Amsterdam-Zuid aan een ruim plein met hoge populieren en een wit stenen beeld. Het drukke verkeer dat ver weg de overkant nam gaf gezelligheid zonder hinder. Het was een benedenwoning van twee verdiepingen met souterrain, in een bolle bocht, van achteren smal, aan de voorzijde met kamers links en rechts van een kleine hal en een trappenhuis met breed portaal, voor twee mensen rijkelijk groot. Die zijde lag pal zuid; de meeste kamers hadden volop zon. Tuin bezaten ze niet; het huis liep uit in een klein puntig erf waarmee eigenlijk niets te beginnen was. Ze betreurden dat allerminst, er stond te veel gerief tegenover. Een dergelijke huisvesting was in de grote stad een zeldzaamheid.

De wond onder Adelines linkeroog was kundig geheeld; zij behield daar een litteken, een harde rode zwelling om de onderkant der oogkas die het gelaat licht misvormde. Ook traande het oog dat zelf niet gekwetst was aanhoudend. De blik was weergekeerd; toch zag ze met dat oog door een waas. Voor de buitenwereld heette het dat ze op straat heel ongelukkig gevallen was; tenslotte was het niet onjuist.

De innerlijke kwetsuur van Adeline bleek ernstiger. In gezelschap maakte zich aanstonds een gevoel van minderwaardigheid van haar meester. Ze bespeurde alom medelijden, en, hoe delicaat vaak verborgen, was het nauwelijks duldbaar. Dat maakte haar houding stuurs. Men begon haar langzamerhand een onmogelijk schepsel te vinden. Ze wist het en kon zich niet veranderen. Ze haatte Aga furieus en voelde er desondanks geen ogenblik spijt over dat ze de strafzaak gesust had.

In het samenzijn met Hugo gedroeg ze zich beter. Ze brachten gezellige uren met elkaar door; doch ze toonde af en toe opstandigheid tegen het lot, die steeds met een crisis van huilen eindigde. Hugo besefte dat de onherstelbare schade aan het gelaat voor een jonge vrouw, ook van niet overdreven behaagzucht, pas na verloop van jaren draaglijk zou worden. En het was voor hem de vraag of het ooit verbeteren zou zolang zij dat tranen behield als sarrende herinnering aan het ondervondene. Zijn gedragslijn daartegenover was er zo weinig mogelijk acht op te slaan. Hij hield dat voor verstandig; het was het wellicht; het was zeker gemakkelijk.

Ze waren getrouwd op huwelijkse voorwaarden die iedere goederengemeenschap uitsloten, en Adeline bracht bij notariële akte een aardig vermogen zogenaamd aan. Het bestond uit de gelden en fondsen die Hugo van lieverlede op haar had vastgezet, en uit het meubilair met uitzondering van het kantoor en een heel kleine herenkamer boven. Zelf het schilderstukje aan Don toegeschreven was in haar eigendom overgegaan. Hugo zei:

'Met iemand als ik ben kan van alles gebeuren. Ik geloof het wel niet, maar het is beter voorzichtig te zijn. Kom ik in moeilijkheden, dan kunnen we van jouw deel altijd nog behoorlijk bestaan.'

'Ja maar,' antwoordde Adeline, die nu enige praktische kijk had gekregen, 'de schuldeisers kunnen toch nagaan dat ik dat alles niet van mezelf heb.'

'Dat,' zei hij, 'is zeker in theorie mogelijk. Maar vergeet niet dat, hoe meer tijd er verloopt, des te moeilijker het ook wordt de herkomst van je kapitaal te bewijzen. En ik ben vooreerst niet van plan fout te gaan, ik ben het nooit van plan, maar zeker niet de eerste jaren. En dan, als de nood aan de man komt, zien we wel verder.'

Hij zweeg even en vervolgde met een glimlach:

'Ik heb je algemene volmacht. Als het moet breng ik je kapitaal nog wel ergens elders onder. Ik kan beter manipuleren met het jouwe dan met het mijne. En ik ben ook van plan het te laten aangroeien. We nemen er geen cent van af, we leven alleen van *mijn* inkomsten.'

Iets in deze opzet stuitte haar wel. Zo was hij altijd waar het zaken betrof, op de grens van het oneerlijke, en misschien erover. Ja, ze geloofde dat hij er soms ver over was, bereid tot het ergste bedrog als hij meende dat het nut afwierp. Er ging nog zoveel in hem om wat haar een raadsel bleef, en dat boeide haar. Ze zou zijn gesloten gezicht nooit precies kunnen lezen; daarom hield zij er van. En – thans genoeg de vrouw van een zakenman om te weten dat ze aan zekere dingen niet moest pogen te raken – legde ze zich bij het raadsel neer met die gemakkelijke, als het ware ingeschapen berusting van de getrouwde vrouw, waar de nog ongehuwde, de verloofde in verzet zou zijn gekomen. Ze verwezenlijkte het zich niet, doch in haar had zich de wijziging reeds goeddeels voltrokken die het huwelijk de vrouw veel meer dan de man doet ondergaan. En per slot had ze er nog wel een kinderlijk plezier in dat er een groot kapitaal op haar naam stond.

In één opzicht zou ze zeker geen concessie hebben gedaan: zo er iets was gebleven van een verhouding tussen Hugo en de zwarte duivelin. Ze kon zich nog telkens ontzettend schamen over haar daad en tegelijk haatte ze dat wezen oneindig meer dan ze ooit iemand gebaat had. Ook was ze van de eigenlijke gemoedstoestand bij Hugo verre van zeker. Het stond niettemin vast dat hij met die Aga niet meer in aanraking kwam; daar moest ze tevreden mee zijn. Er werd, dat sprak, door geen van hen beiden ooit op het voorval gezinspeeld. De laatste maal dat de naam Aga genoemd werd was in het Leidse ziekenhuis toen Adeline verklaarde geen vervolging te wensen. Zij was onwetend van Aga's ziekte; Hugo wist het wel; hij zweeg er echter over.

Hij bezocht aanvankelijk regelmatig tweemaal per week de ijzerzaak. Hij deed zich dan somtijds vergezellen van het meisje Uetrecht. Het meisje was meeverhuisd en zat in een kleine kantoorlokaliteit van hun woning naast de keuken. Vlak daarboven bevond zich de kleine herenkamer. Daar ontving Hugo zijn zakenbezoek; de ruimte was toereikend; hij had nooit meer dan twee bezoekers tegelijk, en het meisje kon er desnoods bij. Adeline was stroef tegen het meisje geworden. Het oog maakte haar stroef. Maar zij was het slechts bij tweegesprek. In aanwezigheid van derden, Hugo inbegrepen, nam Adeline de enig mogelijke houding aan voor een huisvrouw tegenover een jong ding dat haar man helpt en dat veel mooier is dan zij: die van rustige vormelijkheid. Zo men het onderling verkeer tussen Adeline en Hugo had kunnen opensnijden als een vrucht, zou men ontwaard hebben dat het vanbinnen redelijk gaaf was. Adeline bezat haar fouten en zij was innerlijk zeer geschokt door het incident na de vergadering en wat het met zich had gesleept, doch zij gedroeg zich juist in het tête-a-tête op haar best; moeilijke perioden daargelaten. Hugo had tijdens haar ziekte deze woning gehuurd en gemeubeld, zonder haar voorkennis, en minder uit bemoeizucht dan uit het verlangen haar te verrassen. Hij was opeens zo overtuigd van de noodzaak van hun huwelijk en dermate zeker dat zijn verloofde hetzelfde dacht, dat hij zelfs zonder over aanstaand trouwen te reppen de gemeenschappelijke woning koos en installeerde. Hij had goed gezien, en hij verraste zijn bruid daarenboven, want hij bezat verstand en smaak, en zij kon de inrichting slechts prijzen. Sinds haar vertrek uit Zutphen gewend zichzelf te helpen, stond Adeline tegenover een huishouding niet vreemd noch afwijzend. De kring van hun kennissen – de zakelijke daargelaten – was klein; hij zou door het soms vreemde optreden van Adeline gevaar van verbreken hebben gelopen, maar daar was altijd weer Hugo om de toestand te redden. Of hij dichtte door anderen tot zich te trekken een ontstane leemte. De charme die van hem uitging was vluchtig en tegelijk van een subtiele nadrukkelijkheid. Hij viel bij de meesten dadelijk in de smaak; kende men hem beter, zoals Binkershoek, dan mocht men hem niet; en wie hem nog dieper doorschouwde begreep hem nooit te zullen kennen, maar werd, als Adeline, somtijds gewonnen door het nevelige.

Wanneer hij niet voor zaken afwezig was of op zijn kantoor werd gehouden maakte hij na het koffiemaal bij goed weer een wandeling van een half uur, een uur, door de buurt. Hij nodigde Adeline altijd uit, hij sloeg dat nooit over, doch zij ging zelden mee, nog steeds ongewend het gehavend gelaat in het openbaar, vooral in het daglicht, te vertonen. Vaak spookte de oorlogsdreiging door zijn brein, de luchtaanvallen met name, het gevaar voor zijn persoon, de dood, en erger, de verminking. Op de wandeling viel dat van hem af en dacht hij ongestoord aan Aga. Zijn denken aan haar was evenwel eenzijdig gericht: hij hield doorgaans stil bij haar ontslagneming; haar ziek liggen bestond voor hem nauwelijks. Hij zou het tegen niemand uiten; hij oordeelde zijn intrige van toenmaals meesterlijk. Het meesterschap lag niet daarin dat hij op de algemene vergadering de schoolvereniging op zijn hand had gekregen. Dat was kinderspel geweest; zoiets telde bij hem luttel, en het was ook niet meer dan een maatregel van voorzichtigheid, een polis die hij gesloten had. En zoals een polis zich verhoudt tot het leven, zo verhield zich zijn machinatie met de voorzitter van die vereniging tot wat daaraan voorafgegaan was: het neerleggen door Aga van de directie en hetgeen hem daartoe had gebracht. Dat was werk, mooi werk, een bouwwerk door hem opgetrokken in het hart der naamloze vennootschap. Het was thans bijna gereed, en hij zag het vóór zich, glasdicht. Als hij dit bedacht kon hij op de wandeling glimlachen met het kleine oog, zo diep verholen glimlachen van zege dat zijn gelaat er niets van weerspiegelde. Op zulke momenten was hij best met zichzelf tevreden. Dan keek hij eens rond, vond de wijk altijd wijd, fris, mooi, stemmig vrolijk ook onder de somberste najaarsluchten, de mensen aangenaam, het huis dat hem wachtte gezellig. Ze waren stil getrouwd, met een paar kennissen tot getuigen. Ze hadden geen huwelijksreis gemaakt, want Hugo zei dat hem daartoe met zijn velerlei beslommeringen de tijd ontbrak, en dat zij later wel zouden zien. Adeline, die nogal wat van het buitenland kende, stemde daarmee gretig in. Eigenlijk werd er een last van haar afgewenteld, omdat zij enerzijds de reis aan Hugo had willen gunnen zo hij daarop zijn zinnen zou hebben gezet, anderzijds er erg tegen opzag om als jonge vrouw in een soort openbaarheid, zij het in een vreemde omgeving, de wittebroodsweken door te brengen met zo opvallende kwetsuur. De wederzijdse ouders werden pas van de stap verwittigd toen hij was gedaan. Uit dat Heerenveen waar zeer kleine gegoede mensjes in zeer lelijke huisjes wonen, kwam een abominabel gestelde gelukwens uit het huisje van de kleine rijke vent, mede namens vrouw en meid, maar verder niets. Want hij zou niet hebben geweten wat te moeten geven aan dit hooggestegen paar. Kort daarop gaf hij zichzelf. Hij zond een tweede briefje waaruit het verlangen naar overkomst duidelijk en naïef sprak. Ook Hid wou graag komen, 'moeder' echter niet.

De ouders van Adeline hadden een kistje wijn gezonden. Zij en Hugo spraken af eerst zijn vader uit te nodigen en dan haar ouders.

De kleine vent verscheen met de Friese meid. Hem werd de ruime logeerkamer boven de keuken toegewezen, voor haar een noodbed opgeslagen in het badkabinet achter. Ze paste daarin precies; ze was echter aan nauwe behuizing gewend.

Hugo's vader keek scherp naar het oog van Adeline, hoorde van het 'ongeval', sprak een gemeenplaats uit en zweeg er verder van.

'Dat is een mooi huis, zoon, een kapitaal huis,' zei hij met oprechte waardering.

Hij bleef met Hid maar drie dagen; toen hadden alle partijen er schoon genoeg van. Doch in die tijd toonde hij zich het onrustige individu van voorheen. Adeline kon zich geen groter tegenstelling denken dan tussen de beweeglijkheid van de oude en het effene van haar man. Het was duidelijk dat zij in de vader nooit een schoonvader zou leren zien. Zijn hele wijze van gedragen stond haar tegen, en toch trof haar zijn vitaliteit. In gezelschap was hij niet te vertonen. Hugo zei eenvoudig:

'We hebben vanmiddag bezoek, vader.'

'Best, zoon,' werd hem geantwoord, en de oude heer verdween intijds naar boven of ging kuieren.

De achteloosheid van Hugo had Adeline kunnen ergeren, maar ze bedacht dat deze schikking ook de kleine vent zelf welgevallig zijn moest. Ze vermoedde dat, indien Hugo wel eens zaken had moeten doen in het kleine huis daarginds, met derden, hij op dezelfde manier zijn ouders de kamer, hun kamer moest hebben uitgestuurd. Daarin kon zij enig heimelijk plezier hebben.

Hugo's vader ging uiteraard naar geen museum, naar niets wat onder de eigenlijke bezienswaardigheden der hoofdstad telt. Hij zag die drie dagen enkel een stukje Amsterdam-Zuid, en het is wel zeker dat hij ook dat nog niet zag. Hij liep maar en hield zich daarmee in goede conditie.

Eenmaal ging de meid Hid mee. Ze was beschaafder dan de patroon; dat scheelde veel; en ook sprak zij beschaafd. Met het tijdsverloop had zij nog meer adeldom in houding, gebaar, beweging verkregen. Adeline mocht deze frisse bejaarde vrouw opnieuw ten zeerste; slechts speet het haar dat de Friezin, gelijk haar heer, at enkel met de vork. Dan vond zij zich daarom weer benepen. Hoeveel liever zou zij de grote kalme gedaante met de statige kap in haar huis hebben gehad dan de blufferige stadsdienstbode waarmede ze nog blij moest zijn op de koop toe. Maar het ging tussen Hid en de juffrouw Uetrecht helemaal niet, en dat kwam door Hid, die van de eerste seconde af een grenzeloze minachting voor de schoonheid toonde, zó, dat het meisje niet anders kon doen dan beledigd zijn. De uitwerking op de kleine vent was lijnrecht tegengesteld. Hij had nooit zoveel verrukkelijks bij elkaar gezien – het meisje, haar opmaak, haar kleding – dat zo precies in elkaar paste. Hij zat in een stoel en zijn kaak viel omlaag. Alle vitaliteit sloeg uit hem weg; hij kreeg haast een beroerte van bewondering. Toen keek zijn oog sluw naar de zoon. Hij kon het meisje niet passeren of daar ging alweer de kaak.

De klucht van dit bezoek nam na drie dagen een eind, want de oude had zich toch niet op zijn gemak gevoeld, met hoeveel kleine trots en moed hij dit ook verborg.

Kort daarop kwamen de ouders van Adeline over en hun bezoek werd bijna een tragedie. Er zijn dingen die men meent onmogelijk te kunnen nalaten, ook al zou het achterwege blijven nimmer wereldkundig worden – enkel uit besef van plicht en ter wille van gemoedsrust. Nu de kleine zich had uitgenodigd, vond Adeline dat zij ook haar ouders moest vragen. Zij kwamen inderdaad – ook zij konden niet anders. Het scheen te zullen meevallen. Mevrouw De Valleije Oofke was steeds hetzelfde allerliefste mens; zij nam haar dochter opnieuw geheel in, en deze betreurde het een ogenblik dat zij zo zelden ontving, want gaarne had zij met haar moeder willen pronken. Zij was ook ongedwongen en leek hartelijk; ze zei dadelijk 'Hugo'. Wat er daarbij in haar omging met betrekking tot de mesalliance van een De Valleije Oofke aan een Van Delden, was iets waarover Adeline zich liefst het hoofd niet wilde breken, vooral wanneer ze bedacht dat het huwelijk tussen haar broer en de Amerikaanse van hoge stand wel genade had gevonden in de ogen der oudelui, doch ook niet meer. De moeder gedroeg zich echter innemend, soepel. Het lag overigens voor de hand dat zij noch haar man ooit onder de indruk kwamen van een interieur, hoe weelderig ook, ook niet van dit.

Maar de oude heer bleef tegenover Hugo op een afstand. De vocatief was voor hem een netelig vraagstuk, niet voor zijn schoonzoon die zich had voorgenomen de schoonouders toe te spreken als mevrouw en meneer Oofke voor zolang als zij dat niet anders wensten en die, nu zij op dat punt zwegen, daarbij bleef. Maar de zaak was voor de oude heer ingewikkelder. Vooreerst rees de vraag hoe hij Hugo zou noemen, maar daarnaast deed zich de nog moeilijker kwestie voor hoe hij hem zou toespreken, in de gemeenzame of ongemeenzame stijl. Geen van beide stond hem recht aan, en in de weifeling gebruikte hij de neutrale stijl. Hij vroeg bijvoorbeeld niet: 'Heb je het druk in zaken?' maar: 'Is het druk in zaken?' Dikwijls kostte het zichtbaar moeite van het terrein der neutraliteit niet af te raken. Adeline vond haar vader hopeloos kleinzielig; ze was echter veel te hooghartig om iets te zeggen, zelfs in vertrouwen tegen haar moeder afzonderlijk. Voor het overige begon, gelijk steeds, na korte tijd haar geestdrift voor haar moeder zienderogen te verflauwen. Ze had nauwelijks enige belangstelling getoond in het getroffen oog harer dochter, en heel niet gevraagd naar bijzonderheden. Dat zij dan toch niet de waarheid had opgebiecht vanwege het hopeloos vulgaire, dat de ouders meer zou hebben gekwetst dan de mishandeling, ontging de dochter.

Het was onzeker hoe lang het oude paar zou blijven; Adeline snakte na enkele dagen reeds naar het einde. Toch was zij gebelgd op Hugo toen deze, die er ook zijn bekomst van had, het uitlokte. Hij had alles rustig over zijn kant laten gaan, maar op de avond toen zijn schoonvader over zijn woorden struikelde bij het formuleren van een erg moeilijke neutrale zin, zei hij, en keek kalm op:

'Wanneer u dat liever doet, zegt u dan gerust meneer Van Delden tegen me.'

Er trad een kleine stilte in, en de oude zei niets terug. Hij had aan de slapen roodblauwe, sterk sprekende adertjes die wezen op verkalking. Zij traden duidelijker naar voren. Het scheen zijn enige reactie, doch des ochtends daarop verklaarden de oudelui vóór de koffie te willen vertrekken, en gaven geen verdere uitleg. Toen zij heen waren moest Adeline haar boosheid even tegen Hugo luchten, want zij zag duidelijk het verband tussen zijn opmerking en dit verdwijnen. Maar na een paar woorden van zijn kant verklaarde ze met een lach:

'Eigenlijk heb je gelijk.'

LUCA, MARVÉDIE

Het blok van de vijf was niet onsplijtbaar. Het werd samengehouden door de meer dan normale kracht van éne, doch die kracht bleef onderworpen aan de zwakheden der menselijke natuur. Het was daarom niet verwonderlijk dat, toen Aga lichamelijk en geestelijk ineenstortte, de verschijnselen zich openbaarden van desintegratie. Het lag voor de hand dat zij bij Johannes aanvingen, de afgodendienaar, doch tevens de beschouwer en denker. Toen de wederopstanding der directie uitbleef, toen integendeel alles begon te wijzen op verlamming en onmacht, raakte hij los van het blok, aanvankelijk nog op zuiver psychisch terrein en meer door afwezigheid dan werkzaamheid van eigen wil.

Bij de andere drie, levend op zoveel kleiner gezichtsveld en tegelijk meer animaal, trad al spoedig een losmaking in, zich openbarend in daden welker oorsprong voor de bedrijvers – min of meer te goeder trouw – toch grotendeels verborgen bleef. Zij waren als ondeugende kinderen in een klas zonder onderwijzer die schier gedachteloos, schier werktuiglijk tot kattenkwaad komen. Een toeval bracht Luca met Hugo in aanraking. Zij was voor een boodschap in Leiden, en met een begrijpelijke hang naar de percelen van haar jonkheid zocht zij daar Johannes op en stond tegenover Hugo. Deze, glimlachend met heel even iets van spot, vroeg haar ook nog een ogenblik op zijn kamer te komen. Welke motieven daarbij voor hem golden was moeilijk te bepalen, maar Luca ging graag op zijn voorstel in en hield hem een half uur op met leeghoofdig geratel. Zij zaten in een kleine kamer boven de winkel. Daarnaast was een deel van het bediendekantoor ondergebracht. Luca vroeg waarom hij niet het oude privé-kantoor van Aga in gebruik had genomen.

'Hm,' zei hij alleen met een lachje, verzwijgend dat dat vertrek zijn museum was.

'Zeker ondoenlijk om op te ruimen, hè? Er bestaat op de hele wereld geen groter sloddervos dan Aga.'

'Je zegt het precies.'

Hij keek haar in het klein, warm, troebel, loensend oog. Het loensen kan bekoorlijk zijn, dacht hij, maar zij doet het juist iets te erg. Al spoedig trok een vaalrood door het onfris matbruin van haar tint. Haar kleine vingers speelden onder het drukke praten opgewonden met elkaar. Hij was jegens haar niet onmild in zijn oordeel; toch dacht hij: nu al gekkelijk, is ze over een jaar of wat een volslagen malloot.

Luca vroeg niet naar Hugo's vrouw en ze bracht haar familie niet verder te sprake. Ze achtte dit onderhoud echter van haar kant volstrekt geen overlopen naar de vijand. Hugo was hier nu eenmaal heer en meester, een feit waarbij je je moest neerleggen. Indien men Johannes en Welkom er geen verwijt van kon maken dat ze onder de nieuwe leiding aan de zaak verbonden bleven, dan trof haar toch zeker geen blaam wegens een enkel bezoek. De waarheid was ondertussen dat Luca met Hugo dweepte, ook dat ze, nu de strijd was gestreden, meende haar gevoelens voor hem vrij te mogen laten. Natuurlijk toonde ze niet meer dan een meisje in zulke omstandigheden pleegt te tonen; ook vergat ze niet dat Hugo thans getrouwd was. Het enkele zitten in dit kamertje over hem, het spreken tegen hem verrukte haar.

Ze kwam nadien nog meermalen en werd telkens in een andere lokaliteit ontvangen. Al gauw begreep Hugo wat er achter school. Het verbaasde hem bij zulk een dweepzieke aard niet, en de overwinning liet hem steenkoud. Maar hij duldde haar; hij zag door haar heen iets van Aga. Zij op haar beurt zag hem steeds tegen een grijze achtergrond, een grijze zeeschelp vol geluid, zij zag hem zoals hij haar eens aan haar deur was voorgekomen: een vreemd, door de zee aangespoeld weekdier, rechtstandig opgericht. Met deze visie, had hij haar gekend, zou hij stellig weinig ingenomen zijn geweest.

Het luwde, het moest luwen, want hij kwam al minder in de zaak; zij ving terloops geruchten op omtrent onenigheid met de commissaris Schalm; men zei dat Hugo hier zijn langste tijd als gedelegeerde had gehad. Het luwen ging gepaard aan huilbuien erger dan normaal. In haar crises was ook Luca er één die de zee zocht. Ze maakte overdag strandtochten en men kon voorspellen dat ze zou terugkeren met het verhaal van een ervaring van luguber karakter. Inderdaad zag ze weer aangespoelde lijken van mannen, of lijken drijvend in zee. Soms sprongen hun de garnalen uit de oogkassen. Wanneer het geweten haar plaagde 'meende' ze lijken op de golven te hebben gezien.

Marvédie benutte deze periode om haar zuster meer dan gebruikelijk te treiteren. Ze legde het zo aan dat Luca zich prikken moest aan naalden of punaises, stortte quasi per ongeluk inkt op enige paren kousen bij het wassen, en ontkende alle opzet met blanke verbazing. Luca verdroeg het. Eens begroef Marvédie een haarborstel aan het eind van Luca's bed. Toen ze de stekels met de blote voeten aanraakte gaf ze een doordringende gil, was een toeval nabij, en look die nacht geen oog. Ook dat verdroeg zij; zij verdroeg alles. Maar zij werd, wat het huishouden betreft, moeilijk, zij liet dikwijls na wat Marvédie haar opdroeg, en Marvédie moest zwoegen voor twee. Daarbij was Luca in haar aanhoudende opgewondenheid hoogst vermoeiend; ze floot en zong door het huis of er niemand ziek lag, en vals bovendien. Haar heldere zangstem kon even een aardige verrassing vormen na de doffe spreekstem, maar al gauw werkte het op de zenuwen wegens te groot doordringend vermogen en onzuiverheid. Het was zieldoorvlijmend; men raakte dol.

De opgewondenheid wreekte zich des nachts. Dan schrok **Luca** wakker, morrelen horend in huis of mannen ziende in de gemeenschappelijke slaapkamer, wekte haar zuster en deed deze op haar beurt schrikken. Aga kon van al zulke inhuizige stampage niet onkundig blijven; ze was echter apathisch en maakte nooit een aanmerking; het scheen haar niet te hinderen.

Wat zij niet wist was dat Luca nu ook uithuizig raakte. Het bleef niet bij bezoeken aan de zaak; deze hielden integendeel allengs op toen de kans op een ontmoeting met Hugo te gering werd. Luca's ziel raakte trouwens erger in verstrooiing dan ooit. Marvédie wist iets van de gangen van Luca, doch zweeg met goede redenen.

In Luca was een verlangen ontwaakt naar oude vrienden, kennissen, familie te Leiden, vele jaren verwaarloosd na het vertrek van de Valcoogs naar Katwijk. En zonder met open armen te worden ontvangen was zij na koele eerste bejegening toch niet onwelkom, immers een geboren kwaadspreekster. Haar broers en zusters gingen meedogenloos over haar radde tong, Aga uitgesloten. Hugo hielp de oude affaire naar de kelder (dat zij hierbij de waarheid vertelde besefte zij niet), en geen sterveling stak een hand uit ter redding. Er waren onder haar gehoor aandeelhouders die zeer lange gezichten trokken. Het kwam de bank ter ore, en C. L. Oolgaard kreeg benauwde uren te doorstaan in het privé-kantoor der bankdirectie. Het krediet wankelde. Luca voelde zich ontzettend gewichtig, kreeg een portie, en roddelde voort over wat anders.

Middelerwijl misdreef ook Marvédie jegens de saamhorigheid, op haar heimelijke wijze die toch aan het kleine rappe verstand van Luca niet onopgemerkt was gebleven. Marvédie zondigde slechts in één opzicht en thuis viel er niets buitengewoons aan haar te bespeuren. Zij was de stille schuwe natuur die alleen Luca aandurfde. Doch ook zij kreeg het met de verliefdheid te stellen. Hier werkte eveneens het toeval dat in de middelmatig grote stad meer bewegingsvrijheid heeft dan in de grote.

Marvédie had van de hele Leidse aanhang een enkele vriendin overgehouden, als zijzelf oud meisje. Het was ternauwernood een vriendin, maar zij bezochten elkaar toch steeds op de verjaardagen. Toen nu Marvédie op de feestavond de vriendin kwam gelukwensen – waartegen zelfs Aga geen bezwaar had kunnen inbrengen – ontmoette zij daar in een kring traditionele gasten als nieuwe figuur de procuratiehouder. Het oude heertje, dat omtrent vijftig jaren telde en omtrent zeventig leek, was haar nooit buitengewoon opgevallen, en op dat punt bestond er wederkerigheid. Het scheen evenwel dat zij elkaar in de nieuwe omgeving ook in een nieuw licht zagen. Over beiden kwam een geheimzinnige bekoring, nog versterkt toen de procuratiehouder na afloop een eindje met haar opliep. Hij bracht haar naar de laatste tram. En terwijl zij aan de halte wachtten, bij recht koude winterregen onder paraplu's, en lang moesten wachten daarenboven, overwoog hij, hoezeer weinig ingenomen met de gang van zaken bij De Leydsche IJzerhandel, dat Marvédie nog niet zulk een kwade partij was. Tijdnood bracht hem op het horen van de sirene der naderende wagens tot een onomwonden voorstel. Marvédie zei niets terug, of, indien ze wat zei, kon hij het door het krassen der remmen niet verstaan. Hij zag slechts een niet onaardig, nog rank, bijna wuft figuurtje de hoge treden opstappen en rijkelijk vertoon van spillebenen en fijne enkels. Hij wachtte de zondagmiddag daarop bij de gemeenschappelijke vriendin. Inderdaad, zij het een uur over tijd, verscheen Marvédie. Beiden waren ontzaglijk verlegen. De vriendin, haar rol van koppelaarster voor het eerst doch met talent spelend, schonk onmiddellijk thee. Marvédie moest erkennen dat het kleine keurige mannetje met zijn ouderwetse kokermanchetten ook bij daglicht in haar smaak viel. De bezoeken herhaalden zich. Langzamerhand kwamen de beiden tot wandelingen daar, waar alle geneigde Leidse harten wandelen: de zeven Singels; doch, niet meer zo heel jong, wandelden zij er enige.

Marvédie had nooit wezenlijke hoffelijkheid ondervonden. De buitensporige galanterie van de procuratiehouder deed haar weldadig aan. Hij sprak niet van minnekozen, van zoenen, van gearmd lopen, wat haar zou hebben verschrikt. Hij deed haar lichtjes en heel prettig schrikken door haar arm te grijpen wanneer zij zou oversteken voor een nog ver verwijderde auto. Hij sprong kwiek achter haar op de smalle stadstrottoirs bij naderend voetvolk, en soms liep hij hele tijden op de keien en zij op de asfalttegels. Hij reikte haar de hand bij het uitstappen van de tram, wipte er vóór haar in, hees haar op, en wipte er dan weer uit. Hij waagde zich aan woorden van lof over haar toilet dat schamel was, maar goed zat, en verklaarde haar ingeslagen hoeden oorspronkelijk te vinden. Zijn onbeduidend, maar fris gezichtje blonk van welwillendheid. Toen hij haar eindelijk overhaalde tot een zoet slokje in een koffiehuis waar zij hoopte geen bekenden te zullen treffen, sprong hij vóór haar en drukte de zware draaideur open met een vertoon van kracht of hij een volle handkar tegen een ronde brug opreed. Hij sprak over zijn godsdienst, hervormd, die de hare was. Het bleek, dat zij er geen van beiden veel aan deden. Hij sprak over zijn leven van vrijgezel dat het hare was, en waarvan zij eenstemmig de leegte voelden. Hij werd steeds duidelijker. Hij somde de gerechten op waarvan hij veel hield. Zij gaf toe dat die ook haar voorkeur hadden en verklapte dat zij ze goed wist te bereiden. Van liefde en trouwen spraken ze niet, deels omdat het nauwelijks nodig was, deels uit voorzichtigheid van niet meer jonge mensen, die de kat terdege uit de boom kijken, voor wie de ongehuwde staat niet aanlokkelijk is, doch de gehuwde wellicht ook niet het ware. Als Marvédie het slokje op had, kwam een flets blosje de magere wangen kleuren, en het halve vissenoog onder het hangend lid smeulde van een vochtig strovuur.

Luca wist van dit alles af. Zij niet alleen; het paar dat zich redelijk verborgen waande werd allerwegen opgemerkt.

WELKOM, JOHANNES

Voor haar broers was Aga toegeeflijk. Dat bleek het meest overtuigend in het geval van Welkom. Niettemin had Aga deze grens gebakend: het huis der Valcoogs was voor Ant Bessenboel en de kindjes verboden terrein. Voor het ogenblik was Aga evenwel onschadelijk gemaakt. Er kwam bij Welkom een schalksheid boven. Hij ging naar Ant en bracht haar en de oudste twee in de Pluvier; Paultje Kruger werd aan een buurvrouw toevertrouwd. Ant klemde de handjes van kindje Rembrandt en kindje Tosca in elkaar, zeker dat zij pas op bevel zouden loslaten. Zijzelf, oranje beschilderd, ging er achter naast de vader. De kleinen, reeds enigszins van de verkeersregels op de hoogte, druk babbelend, wachtten gehoorzaam op haar aan de stoeprand alvorens over te steken. Ant keek met innerlijk welgevallen en een stuurse blik, die zij passend vond, naar het paar. Zij noemde haar jongetjes Rem en Pau, maar de naam van het meisje vond ze mooi; daar paste geen afkorting. Ze had voor het meisje enige voorkeur; het was ook wel het aardigst, met korte dansende krullen van bruin en een goedgevormd stevig lijfje.

Welkom dorst, bij de Pluvier gekomen, niet de koninklijke weg te gaan. Hij nam een pad van koolas tussen de erven en bracht aldus bijzit en nakomelingschap door de achtertuin in de keuken. Daar bleef het bij; Ant kreeg er een stoel en de kindjes vermaakten zich. Op het rumoer kwam Luca toelopen; zij had Ant wel gesproken tijdens een boodschapje. Ze groette dan ook heel gewoon en raakte al gauw vertederd van het kroost. Het bezoek duurde meer dan een uur, en eindigde daarmee dat Welkom zijn kinderen deed hobbelen op zijn knieën en zong van de jood in de pot. Na afloop diende Marvédie uit ijverzucht haar zuster een geweldig standje toe, dreigend dat ze alles aan Aga zou vertellen.

'Was er liever zelf bijgekomen,' zei Luca met een kleur van opwinding. 'Enig.'

Dit was wat Marvédie eigenlijk gewild had. Haar schuwheid en ook het overblijfsel van een vrees voor Aga hadden haar weerhouden. Doch Aga die toch wel iets gehoord moest hebben stelde geen belang.

De volgende keer verscheen Ant volgens afspraak. Ze werd door Welkom niet gehaald, maar opgewacht, en ze bracht ook het jongste mee, in een wagentje. Marvédie kwam toelopen en het was na een paar minuten een herrie van belang in de keuken. De wijze waarop de twee oudste meisjes – ook Marvédie na enige reserve en houterigheid – zich tegenover de kleinen lieten gaan zou Aga veel te denken hebben gegeven, had zij het toneel kunnen bijwonen. Er was suikergoed gekocht. Er kwam ook thee voor Ant. Welkom nam met vaderlijk gebaar het jongste op zijn schoot. Zijn zusters, verrukt en naijverig, trokken aan weerskanten; de baby zette een keel op; Welkom zat in het midden als Salomo en rookte een pijp, maar sprak geen recht. Hij haalde uit een binnenzak een nummer van de laatste catalogus, nog het werk van Aga die aan deze vorm van reclame altijd veel zorg en kosten had besteed. Een kast vol laden, op het bediendekantoor boven, bevatte alle clichés van de aanvang af. De catalogus was fraai uitgevoerd, ten dele op geglansd papier, hier en daar meerkleurig bedrukt. Hij toonde de plaatjes; de kinderen maakten er zich van meester en verscheurden ze voor zijn ogen op de vloer terwijl hij onbedaarlijk lachte. Ten laatste liet hij het vrouwvolk met de kleinen achter; zijn beweeglijke aard eiste andere ontspanning; hij reed in zijn wagen naar Leiden om in een hem vertrouwd koffiehuis een glas bier te drinken en zo mogelijk een partijtje te keuen. Een borrel nam hij nooit indien hij nog moest rijden.

Na zijn heengaan ving Ant aan te klagen dat het op deze wijze toch geen leven voor haar was, met een klein steungeld, schrale bijverdienste en drie kinderen. Welkom deed zich graag te goed, maar voor anderen was hij schriel, en in het bijzonder voor haar. Ze vroeg ronduit of de dames niet van mening waren dat Welkom haar moest trouwen. De dames durfden het in afwezigheid van Aga beamen.

Ant verscheen nu vaker, ook wanneer Welkom op reis was,

steeds vergezeld van een paar stuks van haar kroost, en steeds terugkomend op het huwelijk. Ze gaf grif toe dat zij niet tot de stand van Welkom behoorde, maar was het niet beter met haar getrouwd te zijn dan haar te moeten aanwijzen als de moeder van drie bastaardkinderen? Daar legde hij toch ook weinig eer mee in, en dan zweeg ze nog van het lot dat die onschuldige bloedjes later wachtte. Haar woord maakte vooral op Marvédie indruk. Ze hield ervan kwellingen toe te brengen, en op deze manier kon aan Aga, die daar boven maar lag niets te doen en te commanderen, een ontzettende ergernis worden bereid. Het zou wel goed zijn als zij haar trotse kop eens boog en voor het feit werd gesteld van de nieuwe schoonzuster Ant. Haar broer en de vrouw hoefden niemand toestemming te vragen; zij konden elk ogenblik trouwen. Zij ving aan op het gemoed van Welkom te werken.

'Schei uit, mens, daar begin ik toch zeker nooit mee,' zei Welkom.

Maar hij zei het met weinig overtuiging. Luca viel haar zuster bij. Ze had een vaag beeld van fris jong leven in dit huis, van ravottende kindjes in de erkerkamer en Ant die flink in het huishouden zou helpen. Hoe dat allemaal hier moest worden ondergebracht maakte ze zich niet duidelijk. Het beeld was daarvoor te verleidelijk.

Ant kwam nog steeds door de achterdeur binnen, maar ze werd nu reeds tot het heiligdom, de erkerkamer, toegelaten. De oudste twee mochten zolang in de tuin spelen, want al te veel uitdagendheid tegenover Aga vertonen waagde men niet recht. Ze sulden door het troosteloos lapje zand met vertrapte helm aan de achterzijde der woning, door de berghokken voor grove artikelen van reiniging, emmers, bezems, en voor kolen, briketten, turf. Ze kwamen er ontoonbaar uit, maar Ant nam het op de koop toe, omdat deze gesprekken zo gewichtig waren. Het jongste dat weinig luidruchtig was indien men niet te veel aan hem raakte mocht binnenkomen en zat plat op het kleed met een vriendelijk lachje en midden in de mond een kwartet spierwitte tandjes zodra men maar naar hem keek.

Eens werd tijdens Ants bezoek het onderwerp in volle ernst behandeld toen ook de vader zelf aanwezig was. Hij keek licht geroerd naar zijn jongste. De drie vrouwen zaten hem met haar argumenten krap op de hielen.

'Daar moet ik eens even over denken,' zei hij.

Nog nimmer had hij zoveel geneigdheid getoond. Ze begrepen ieder voor zich dat ze daarmee tevreden moesten zijn en wisselden veelzeggende blikken die hem ontgingen. Wat later bracht hij Ant door de keuken naar buiten. Ze riep Rembrandt en Tosca die met zwarte handen kwamen aandansen. Dat was een voor Ant minder gunstig moment.

'Thuis is het er in een ogenblik af,' zei ze in het algemeen.

'Gelukkig is het al donker,' zei Welkom verstandig.

Luca vroeg:

'Zal ik ze niet even een beetje wassen?'

'Laat maar,' zei Ant gemeenzaam, 'we zijn zo thuis, en we nemen de donkere steegjes. Bij mij is er zeep genoeg te vinden.'

Welkom, zich het armoedige doch propere woninkje herinnerend, weifelde alweer in een voor Ant gunstige zin. Ze nam thans definitief afscheid:

'Ik zal er vandaag verder over zwijgen. Maar denk erom, Welkom, dat je niet onder de pantoffel komt van je jongste zuster.'

De aarzelingen waaraan Welkom onderhevig was bleven aanhouden. Weliswaar vergat hij alles zodra hij de huisdeur achter zich had dichtgeslagen, maar zij keerden bij elk van zijn bezoeken aan de Pluvier met meer kracht terug. Hij was zo wankelmoedig dat hij vaak op het punt stond toe te geven, vooral op die ogenblikken waarop van buiten weinig druk tegen hem werd uitgeoefend. Hij had soms lust om midden in een onzijdig gesprek opeens 'ja' te schreeuwen, hield zich op het nippertje terug en schrok hevig van zichzelf. Eenmaal ging zijn mond zelfs open; het was zijn pijp die hem redde door eruit te vallen en een regen van vonken rond te strooien. Ant bleef er onwetend van hoe dicht ze in die seconde de staat van gehuwde vrouw was genaderd. Had zij wezenlijke verleidingskunsten toegepast, met tranen en zo meer, liefst van de meest goedkope makelij, – Welkom ware ongetwijfeld bezweken. Doch Ant was daarvoor te eerlijk; zij wilde de vader overtuigen met redelijke woorden; zij dacht er niet aan haar kracht te zoeken in geveinsde zwakheid. Toen het lente begon te worden had Welkom nog steeds niet gecapituleerd, en toch herhaaldelijk op het punt gestaan dit te doen.

Ondertussen vertoonde zich het verschijnsel van voortschrijdende desintegratie van het blok ook bij Johannes. Het was bij hem eerder dan bij de andere drie begonnen. Luca kreeg na de kortstondige opvlamming van een oude verliefdheid een onbedwingbare lust tot zwerven, van deze familie naar gene; Marvédie wilde geborgen wezen in een late rustige echt; Welkom dacht erover om een onstevige verbintenis uiteindelijk vast te leggen. Ook op Johannes verloor Aga haar greep; tevens raakte hij in de greep van een ander.

Ondanks zijn ontgoocheling bleef Johannes de jongste zuster op zijn koele wijze vereren. Hij zag ook in dat haar verzwakking van tijdelijke aard moest zijn, hij hoopte half en half de wederopstanding van haar elementaire kracht te beleven. Het moest echter – zo oordeelde hij thans – niet te spoedig gaan, want inmiddels was zijn eigen vlees zwak geworden. Het begon heel onschuldig daarmee dat hij losser raakte van Katwijk en vaster aan Leiden. Hij kwam niet meer regelrecht na zijn kantoorwerk thuis, hij ging eerst een koffiehuis binnen en zat er aan de leestafel of in een stille hoek met een kop thee. Aanspraak van anderen zocht hij niet. Vervolgens kreeg hij in de Pluvier opmerkingen te horen over ongeregeldheid. Hij trok er zich niets van aan, en zijn zusters, zelf ver van brandschoon op het gebied der huiselijke orde, zeiden niet te veel en warmden zijn eten na. Maar nu kwam er voor Johannes iets heel anders bij. Dat was het meisje Uetrecht.

Hij had haar voor het eerst gezien op de noodlottige vergadering van aandeelhouders, haar een broodje gegeven en met genoeglijke aandacht bijgewoond hoe gretig dit fraaie wezen de blinkende tanden zette in de eenvoudige spijs. Zou, indien men de met smaak aangebrachte opmaak wegdacht, het meisje even mooi zijn, of minder, of meer? In elk geval, de schoonheid der vrouw is dun als sigarettenpapier. Dacht men zich bij het jonge ding ook nog de opperhuid weg – een kwestie van misschien een tiende millimeter – dan deed men er verstandig aan helemaal niet meer aan haar te denken. En daarmee zette hij haar uit zijn hoofd.

Zij kwam echter terug, zij vergezelde Hugo enige malen, zij woonde conferenties bij van Hugo en C. L. Oolgaard, en moest notities maken. Hugo vermeed de aanraking met Johannes. Hij stuurde het meisje Uetrecht naar diens kamer voor gegevens uit de boeken. Het zat dan even lichtjes geparfumeerd aan zijn bureau, de hoofden neigden zich over dezelfde saaie cijfers, Johannes zag hoe het meisje arabesken trok op haar blocnote en aan de dunheid der menselijke opperhuid dacht hij niet meer.

Zij had al wel een dozijn huwelijksaanzoeken uit eigen stand terzijde gelegd. Zij hoopte op beter, en meende dat haar uiterlijk haar daarop recht gaf. De helft der dokters trouwt met een verpleegster; waarom zou zij dan niet trouwen met een heer uit goede stand? Het was een koud en dom meisje, maar pienter. Van kindsbeen af had ze zich behoed voor het grote avontuur, en dat mocht zeker een prestatie van betekenis heten bij de enorme verleidingen waaraan haar opvallende schoonheid bloot stond. Het kon wel waar zijn dat zij niet in die mate tot echtgenote werd begeerd als lelijker vrouwen dan zij zich van haar voorstelden – voor een dure scharrelpartij met haar zouden reeksen mannen te vinden zijn geweest. Maar zij wilde niets van dien aard, en daarom had zij ook nooit getracht het aan te leggen met haar patroon die, toen zij in dienst trad, reeds lang verloofd was.

Evenwel zag zij in Johannes een begeerlijke buit. Ofschoon in het minst niet verliefd mocht zij hem van de aanvang af. Hij kwam haar al dadelijk enigszins vertrouwd voor, hij herinnerde vaag aan de patroon zonder dat zij dit nader kon bepalen. Zeker zou de patroon zelf meer in haar smaak gevallen zijn, doch bij gebrek aan brood eet het verstandige huwbare meisje korstjes van pasteien. Had zij hem eenmaal stevig ingepalmd, dan stelde zij als voorwaarde voor volledige overgave het stadhuis.

Johannes liet zich gaan. Zijn laatste liaison was reeds veel jaren geleden geëindigd, maar oud kon men hem nog in genen dele noemen; hij mocht er zeker wezen, hij was heel wat minder oud dan zijn laatste liaison. Hij stelde zich veel plezier voor van een nieuwe vluchtige verbintenis. Hij ontmoette haar na afspraak op een zondag in Amsterdam; zij gingen naar een variété, toen naar een bar, en dan eten. Bij het scheiden zeiden zij Johannes en Cobi. Na enige herhalingen van zijn bezoek aan de hoofdstad begon Johannes Cobi in te wijden in de schoonheid van Leiden. De aanwezigheid der geliefde brengt de man op een geestelijk platform, dat hij hoger gelegen acht en dat in elk geval niet vrij is van exaltatie. Johannes had altijd een zekere genegenheid voor zijn geboortestad behouden, doch het genot stak voor hem ditmaal hierin dat hij de ogen van Cobi even ontvankelijk als de zijne waande. Hij was te oorspronkelijk voor de geijkte rondgang der verliefden over de zeven Singels. Johannes kende zijn stad goed en zou een kunstminnaar tot bewonderen hebben gebracht, want nog steeds is Leiden ontegenzeglijk zeer schoon, daarenboven te weinig bekend. Het was er op de winterzondagochtenden stil op straat. Hij dwaalde onder het fijne grijze licht met de heupwiegende beelderigheid langs de vele watertjes en wees haar op het schilderachtige van juist de onaanzienlijke, het heel smal, schier eindeloos en vreemd knakkend verloop der Uiterste Gracht, de reeksen kleine huizen van de Waardgracht, met spitse pannendaken die alle licht helderrood zagen aan de zuidkant en alle fletsgroen beschimmeld aan de noordzijde. Zij beklommen de statige Burchtheuvel, Leidens centrum, zo moeilijk te vinden voor de oningewijde, zij wandelden door de hofjes waaraan Leiden rijk is, sommige zeer bekoorlijk zelfs op vale winterdagen, zij bekeken natuurlijk ook de indrukwekkende gevels van het Rapenburg en hij kon haar een enkele keer een blik gunnen in een van die machtige Louis Quinze-gangen van marmer, stuc en lofwerk waar de huisvrouw van thans haar hart voor vasthoudt en de dienstbode van thans voor rechtsomkeert maakt. Hij bracht haar op de smalle stille pleintjes rond de torenende kerken, en op een kleine plek die wellicht de wonderlijkste naam draagt van enige plek in ons land: het Ruime Consciëntieplein. Zij zagen veel, maar het was de vraag of zij het zag. In elk geval hield ze zich opperbest, en het kleintje koffie en de warme lunch daarna had ze ten volle verdiend.

Ze mocht hem wel lijden. Het was jammer van zijn zwaarlijvigheid; wat het figuur betreft kon hij niet tippen aan de patroon, doch hij was toch ook uitstekend gekleed en zijn coupeur kwam onverdeelde lof toe. Daarbij was hij veel beter bespraakt; ze kon lang niet altijd de vlucht van zijn gedachten volgen, maar wat hij zei klonk steeds grappig, en het werd op een bedachtzame manier voorgedragen in keurige zinnen. Ze had Aga en Marvédie ontmoet;

ze vond dat samenhokken van vijf zussen en broers onmogelijk. Daarvan repte ze niet; wel poogde ze hem over zijn naaste familie een beetje uit te horen. Omtrent Aga liet hij zich geen woord ontvallen; nopens Marvédie verklaarde hij slechts schouderophalend:

'Niets van te zeggen. Een oud vrijstertje met een paar bibsjes die het prachtig zouden doen in de vitrine van een antiquair.'

Hij maakte overigens zelden gewaagde toespelingen; hij was een weinig aanhalerig, maar niet opdringerig. Ze gaven elkaar de kleinste zoentjes in beschaduwde hoeken. Wilde ze erg lief zijn dan vlocht ze even haar spitse vingers om zijn kale schedel gelijk roze bladeren om het bekkeneel van een caesar.

Zij hield halt voor de uitstalramen der boekhandels die in Leiden talrijk zijn. Ze wist dat dat op zichzelf interessant staat voor een mooi meisje, en bovendien bekoorde ze daarmee de boekenminnaar in Johannes die dit een charmant trekje van haar vond. Vervolgens moest hij stilstaan voor de modezaken, en hij deed het met graagte. Het herinnerde aan de tijd toen hij met Hugo de uitstallingen bekeken had van schoenen- en kousenwinkels.

Cobi was heel voorzichtig. Ze voelde dat overijling bij iemand van het slag van deze aanbidder die midden in de flirt zo afwezig kon kijken alles bederven zou. Ze wachtte rustig tot hij rijp zou zijn voor het grote antwoord. Ze zou het desnoods geven zonder dat de grote vraag was gesteld, maar het rechte ogenblik was nog niet aangebroken. Hij was buiten kijf verliefd, naar haar oordeel echter ontoereikend.

Middelerwijl sprak half Leiden ervan dat die bedachtzame Johannes zich openlijk te grabbel had gegooid voor een vreselijk werelds ding dat veel weg had van een cocotte en dat stellig weinig zaaks beduidde.

EEN DAAD VAN HUGO

De nieuwe directeur Oolgaard was een goedwillend man, geen volkomen botterik, maar sterk onder de invloed van Hugo. Deze had daarbij de slag denkbeelden aan te geven op een wijze dat de directie menen kon dat ze aan haar brein waren ontsproten. Hugo eiste vervolgens een voorstel op schrift, ten einde bij mislopen gedekt te zijn. Zo was door hem een nieuwe inkoper gesuggereerd, door de directie schriftelijk voorgesteld, en door de meerderheid in het college van commissarissen aanvaard. De nieuw geschapen werkzaamheid schoof die van Welkom niet terzijde. Welkom was inkoper, maar hij reisde nooit naar het buitenland; hij kende nog niet de beginselen van welke vreemde taal ook. Men had zich beholpen met enige buitenlandse agenten, men kocht voorts zo veel mogelijk op monster, en de briefwisseling werd gevoerd door een bijzondere bediende, volkomen op de hoogte van handelscorrespondentie in de belangrijkste wereldtalen. Dat had het bedrijf niet geschaad.

Nu nam men een inkoper voor het buitenland, en de keus was hoogst ongelukkig. De kerel bleek een windbuil van de duurste soort; hij versmeet grote bedragen en werd ten slotte van een portefeuille met tienduizend gulden beroofd door een landhaai onder omstandigheden die de eenvoudigste buitenman hem niet zou hebben verbeterd. Men smoorde de zaak zo goed mogelijk, vooral tegenover het personeel. Schalm kwam er achter; het ging heet toe op de eerstvolgende conferentie van leiding en commissarissen, Hugo wapperde met een briefje van Oolgaard, en deze ontving de volle lading.

Maar Hugo deed nog meer domme dingen. Er werd een grote partij Amerikaans gereedschap voor houtbewerking aangekocht, van voortreffelijke kwaliteit en in die mooie verpakking waarin men aan de overzijde van de Grote Sloot uitblonk; het was evenwel te duur voor de Nederlandse handwerkende stand. Ook benoemde Hugo een aantal subgrossiers die kleine neringdoenden moesten bevoorraden, doch die met even weinig zorg gekozen bleken als de buitenlandse inkoper, en van wie er een spoedig bankroet ging, een ander een oplichter bleek, enzovoorts. Hugo was natuurlijk steeds door Oolgaard gedekt.

Wat beoogde Hugo met dit alles? Was het inderdaad zijn voornemen het bedrijf te kraken, zoals hij Adeline eens had verkondigd? Wilde hij het van de aardbodem wegvagen, voor een schuifje overlaten aan en doen opslokken door een grote onderneming? Van enig plan in de laatste zin trad toch niets aan het licht. Met dat al viel van hem als zakenman niet te onderstellen dat hij dergelijke flaters anders dan opzettelijk beging.

Hij kwam aanvankelijk nog vrij regelmatig in De Leydsche IJzerhandel. Hij eiste voor zich als gedelegeerde een eigen kantoor. Bij de veelheid aan gekamerten kon er gemakkelijk een voor hem worden ingeruimd. Hij bleef er hoogstens een paar weken en eiste een ander vertrek. Dit gaf nodeloze tijdverspilling met verplaatsen, extra kosten met telkens veranderde telefoonaansluiting, omhaal en verwarring in het hele bedrijf. Men sloeg hem Aga's privé-kantoor voor; hij weigerde. Hij kwam er soms dicht in de buurt te zitten; hij kwam er nooit.

Hij raakte op gespannen voet met zijn medecommissaris Schalm. Indien hij het bedrijf nog begeerde zou het hem, naar Aga's woorden van indertijd, niet als een rijpe appel in de schoot vallen, doch als een rotte. Begeerde hij het echter?

Het scheen van niet. Hij gebruikte een hooglopende onenigheid met Schalm – waarbij hem onverwacht eenmaal de boers rollende r ontglipte – hij gebruikte deze onenigheid om zijn ontslag als gedelegeerde te nemen; Schalm kwam in zijn plaats.

Van toen af vertoonde Hugo zich nog maar hoogst zelden. Hij had zijn eigen zaken in Amsterdam die veel tijd in beslag namen, en heel wat winstgevender waren dan al wat hij ooit met mensenmogelijkheid zou kunnen slaan uit de verwenste Leidse affaire. En toch, toen hij er eenmaal afstand van had genomen, kon het hem toeschijnen dat hij daarginds zijn beste werk had geleverd, dat hij nimmer meer iets zou bestaan gelijk dat. Het was nog niet volledig, en hij liet het doelbewust in de steek, maar tijdelijk. En het zou ook uit de verte aan zijn aandacht niet gans ontglippen, want het mocht niet voor hem verloren gaan. Dan kwam, op zijn korte wandelingen door de hoofdstad, even die glimlach van zege in zijn oog.

Hij bleef overigens de gesloten persoonlijkheid. Hij verborg zijn onrust goed. Niemand zou deze als oorzaak hebben kunnen aanwijzen voor de onzinnige verplaatsingen van zijn privé-kantoor in de ijzerzaak. Toch vloeiden zij daaruit voort. Hij was er te dicht bij Aga en tevens te ver van haar vandaan. Er kwam nog iets bij. Hij kon Johannes volstrekt niet meer verdragen. Het enkele weten dat zij in hetzelfde gebouw vertoefden werd op de duur Hugo te veel. Aga was ziek, dat had hij vernomen; nu, ze zou wel weer beter worden; ze was zo sterk als haar beste koopwaar. Hij kon haar zich eenvoudig niet bedlegerig voorstellen. Indien Johannes behoefte had haar hoog te verheffen, had hij het nog meer. Maar, jaloers en argwanend, kon hij het niet dulden dat Johannes met Aga onder één dak vertoefde. Zijn ontslagneming als gedelegeerde, zijn distantiëring van het bedrijf deden hem verademen. Desondanks bleef Johannes zijn vijand.

Hij stak vol vijandschap. Hij gaf nu onbewimpeld toe, ook aan Adeline, dat hij een jodenhater was. Hij gaf niet toe dat hij uit die gezindheid indertijd de halve jood Joziasse, de hulpboekhouder, had ontslagen. Zoiets zou hij nooit doen; het lag niet in zijn lijn een ontkenning door een bekentenis ongedaan te maken. Hij zei dat hij van lieverlede een jodenhater was *geworden*. Misschien was het ook wel juist. Toch had hij nooit een jodenvriend kunnen heten. Tegenover Adeline verklaarde hij zijn houding met het goedkope en valse argument dat, zo er in Duitsland geen joods vraagstuk had bestaan, de wereld van Duitsland ook niets te vrezen zou hebben gehad. Voorheen zou Adeline daarop hebben geantwoord dat een dergelijke redenatie haar stikmisselijk maakte. Thans, als getrouwde vrouw anders gericht dan als verloofde, ging ze er niet op in, ergerde zich minder, doch viel hem evenmin bij. Ze hoopte dat hij zich op de duur wel weer zou wijzigen, indien het Duitse gevaar overdreef – en, al vreesde ze het tegendeel, dan zag ze toch wel in dat zijn neiging samenhing met de druk die Duitsland op de wereld legde, en met de spanningen die, hoe meesterlijk verborgen, zij in hem ried. Zijn beklemming, zijn angst – hij reageerde het af in zijn antisemitisme. En daarnaast, dacht ze, was het ook nog bon ton in de kringen waarin hij verkeerde. De zakenman zou zich nimmer in hem verloochenen.

Hij moest hevig leven, op de rand van de vulkaan. Het enkele zakendoen, hoe ook vol afwisseling en gevaar, was hem niet genoeg. Hij moest ook nog kunnen haten, en hij moest aan iets, aan iemand, zijn haat kunnen koelen. Hij haatte Johannes, hij haatte de joden. En nu kwam er nog iemand bij, die hij niet slechts haatte, van de aanvang af, maar die hem ook de bevrediging zou schenken van een wraakneming. Dat was de broer van Adeline, Victor de Valleije Oofke. Hugo speelde met hem een ingewikkeld spel temidden van een reeks elkander snel opvolgende catastrofen. Zou hij zichzelf hebben kunnen doorgronden, dan zou hij wellicht tot deze slotsom zijn gekomen: dat hij in zijn spel met die Victor een compensatie zocht voor de schande in eigen ogen te moeten gelden voor een goed mens.

De officier der Indische marine was gehuwd met een Amerikaanse van hoge stand en tamelijk fortuin, afstammeling van de eerste Hollandse volksplanters, en met de Nederlandse geslachtsnaam: Van Ruytenbeen Brugman. Zij kwamen gereisd over de Verenigde Staten waar zij hun twee kinderen hadden achtergelaten bij de grootouders, op een klein landgoed in Californië. Zij hadden veel van de wereld gezien en stelden zich enige genoeglijke maanden voor in ons land, waar zij volgens afspraak voorlopig hun intrek zouden nemen in Victors ouderlijk huis, dat groot genoeg was.

Adeline wachtte hen op aan het station te Zutphen. Zij was zo veranderd dat Victor haar nauwelijks herkende. Aan haar uiterlijk zag hij dat er iets ergs was gebeurd. Inderdaad was zij die morgen per telegram in allerijl naar de oudelui ontboden omdat haar vader in de nacht een verlamming had gekregen. Hugo was met haar meegekomen. Kans op herstel bestond er niet; de oude heer leed aan aderverkalking in de hoogste graad. Het kon best zijn dat terwijl zij hier stonden het daarginds met hem afliep. Zij reden door de stad op de IJssel toe, en, onmiddellijk doorgaand naar de ziekenkamer, troffen zij de patiënt nog in leven, echter steeds bewusteloos.

Mevrouw De Valleije Oofke hield zich flink, doch scheen hinder te hebben van de voortdurende aanwezigheid der anderen in het vertrek. Zij gedroegen zich zo rustig mogelijk, zij fluisterden wat, doch konden niet helpen, en gingen ten slotte heen. Adeline wees aan Victor en zijn vrouw hun kamer, en even later kwamen zij omlaag voor de thee. Daar troffen zij toen ook Hugo, juist teruggekeerd van een zakenbezoek in de buurt.

Adeline en Victor hadden nooit op vertrouwelijke voet gestaan, Adeline kende voorts Linda slechts van portretten, en Hugo was een volkomen nieuwe verschijning. Ondanks de druk van het naderend einde waren de wederzijdse gezindheden op zijn minst koel, terwijl de beide zwagers dadelijk een hekel aan elkaar hadden.

Die eigen middag nog stierf de patiënt, en zo plotseling dat, toen zijn vrouw de kinderen boven riep, het reeds te laat was. Hij had geen ogenblik zijn bewustzijn herkregen. Het deed pijnlijk aan naar dit verkrampte gelaat te kijken waarin niets meer aan de statige patriciër herinnerde.

Zij praatten onder elkaar nog een tijd beneden, die eigen avond, nadat de dode was afgelegd, en het leek er even naar alsof er enige toenadering zou ontstaan. Adeline had met Hugo een kamer in een hotel besproken; zij vroeg haar moeder of het niet beter zou zijn dat zij deze nacht bij haar bleef. Mevrouw De Valleije Oofke wenste het niet; zij had toch haar zoon en schoondochter bij zich; ze ried ieder aan vroeg naar bed te gaan en zou dat zelf ook doen. Weer kwam bij Adeline de oude bewondering boven, omdat haar moeder onder deze onverwachte slag zo weinig veranderd was en zich zo opmerkelijk goed hield. Want zij wist dat haar ouders veel van elkaar hadden gehouden.

De dag na de begrafenis gingen zij en Hugo naar Amsterdam terug. Hugo voorzag dat er door dit sterven een kapitaal aan schuld voor de dag zou komen; hij bezat een zintuig voor zulke dingen. Reeds bij zijn eerste bezoek had hij gedacht: Adeline moet de nalatenschap aanvaarden onder voorrecht van boedelbeschrijving. Hij kon zijn schoonmoeder niet redden, want zij was in wettelijke goederengemeenschap gehuwd; hij kon echter zijn vrouw voor een aandeel in de schuld behoeden. En hoewel het tussen hem en Victor in het minst niet boterde, was hij bereid hem te waarschuwen. Bij het afscheid zei hij tot zijn zwager, hem in de vestibule even apart nemend:

'Als ik u was, meneer Oofke, zou ik niets aanraken voordat de notaris hier is geweest.'

'Aha,' antwoordde Victor met een onaangename lach, 'u bent blijkbaar bang dat er iets zal worden verdonkeremaand, van het familie verte bijvoorbeeld.'

Victor had Hugo goed begrepen, en Hugo voelde dat. Ook voelde Hugo dat Victor zijn hart veel te hoog droeg om er zich door een ander op te laten wijzen dat zijn ouders in de schuld staken, en daarom een goede raad met een belediging in de wind sloeg.

Barst, vent, en wacht maar tot ik je krijg, dacht Hugo, zich zonder een woord omkerend.

Victor zou zijn verblijf in het huis, waar pas een dode was uitgedragen, bekort hebben. Zijn loopbaan had hem de jovialiteit gegeven die het zeevolk eigen wordt, doch hij was in wezen iemand van ongenaakbare trots. Hij overtrof daarin nog zijn ouders. Uit berekening had hij Linda getrouwd, zich verbeeldend dat al die oude volksplantersfamilies schatrijk waren. Dat viel hem achteraf nogal tegen. Hij was desondanks op een koele manier wel van zijn vrouw gaan houden, en zelfs onder haar invloed gekomen. Linda was een nog jonge vrouw met minder schoonheid dan bekoringsmacht, een klein verstand, een sterke wil, een snelle ontroerdheid. Ze oordeelde dat ze in deze omstandigheden haar schoonmoeder niet aanstonds verlaten konden, ze hield haar man dus hier. Ze bezochten kennissen van vroeger in de omtrek, ze gingen wel eens voor een paar dagen op reis, maar keerden altijd naar Zutphen terug. Linda vond het oude huis aantrekkelijk ondanks de vervallen grootheid der meubilering. Eens bezochten zij ook Hugo en Adeline te Amsterdam, na hun visite een paar uur tevoren per telefoon te hebben aangekondigd. Hugo kon er dus voor zorgen afwezig te zijn. Adeline, die door hem was ingelicht nopens het met Victor voorgevallene, billijkte zijn verdwijnen; het kwam haar zelfs als de beste oplossing voor, want zij moest vrezen voor verwikkelingen tussen de beide mannen tijdens dit bezoek, dat alleen werd afgelegd omdat het moeilijk achterwege kon blijven zonder breuk. Zij vermoedde dat haar schoonzuster haar broer tot deze visite had aangezet. En zij was na afloop heel blij dat zij Hugo wegens zaken had verontschuldigd, aangezien het bezoek, hoe kort ook, rijk was geweest aan ergernissen. Zij kwamen uitsluitend van Victor.

'Wat betekent die schram?' vroeg hij voor het eerst, wijzend naar haar tranend oog, maar sprak er dadelijk overheen.

Voor de inrichting van haar woning had hij geen woord over. Ze bood dan ook niet aan de andere kamers te tonen. Hij vergeeft me niet dat ik met Hugo ben getrouwd, dacht ze. Ze betreurde het dat ze haar broer niet in een achterbuurt, in een krotwoning had kunnen ontvangen. En, beledigd in haar democratische gevoelens, opstandig tegenover zo grenzeloze bekrompenheid aan zijn kant, zou ze zeker met hem hoge ruzie hebben gekregen, zonder Linda die ze per slot wel mocht, die aardig was en eenvoudig, en die het gesprek wist gaande te houden. Toch hoopte ze het paar in lang niet weer te zien.

Het kwam anders uit. De oude mevrouw begon kort nadien en nog voordat zij haar notaris in de boedel had gemengd op een vreemde wijze te verbleken, tot in de tint van haar bloed dat wittig werd. Zij bleek lijdend aan zware acute leukemie, kon niet worden gered en volgde haar man zeer snel. Dit sterven bracht opnieuw de twee gehuwde paren voor enkele dagen samen. De uitvoering van het plan, dat Hugo had ontworpen, werd daardoor aanvankelijk iets geremd, maar niet gestuit – integendeel, zijn uiteindelijke verwezenlijking versneld. Want hij kon nu zonder zijn schoonmoeder te kwetsen zelf ingrijpen; hij wenste een overzicht van de nalatenschap en deed de boedel door de familienotaris beschrijven. Daarmede kwam hij het enige te weten wat hem nog ontbrak, de schuldeisers en de schulden. De schulden beliepen een indrukwekkend bedrag; het had zelfs geen zin te aanvaarden onder benefice; Adeline, die reeds van het recht van beraad gebruik had gemaakt, verwierp de nalatenschap.

Daarna ging alles van een leien dakje. Een van de zoons van Van de Water, de leraar bij wie Hugo als kind en gymnasiast te Leiden had gewoond, was sinds enige jaren aan Hugo verbonden en trad op als tussenpersoon bij verschillende van zijn duistere financiële manipulaties. Hij was die jonge man van donker uiterlijk die Adeline een paar maal had ontmoet zonder zijn naam te hebben onthouden, eens bij Hugo thuis, eens op de algemene vergadering, beide keren in gezelschap van de oude mislukkeling met het rode gezicht. Door de verlopende jongen nog verder omlaag te halen bevredigde Hugo een hekel die hij altijd aan de vader had gehad. Hij zond de jonge man naar Zutphen en deze zocht overeenkomstig zijn opdracht aanraking met de dienstbode der familie Oofke, een oude, zure vrouw, die in het bijzonder de hooghartige Victor haatte en hem tegen goede betaling graag in de val zou laten lopen. Hugo had gemerkt dat Linda er zeer op gesteld was iets van het familie verte te bezitten. De dienstbode moest haar daartoe aanzetten en bij slagen het gebeurde verklappen aan een der schuldeisers. Daarvoor had Hugo de graaf van Randerode gekozen.

Het liep glad en toch, gelijk meestal, niet geheel volgens de opzet. De oude meid, ofschoon door de schrandere jongen bekwaam gedrild, behoefde niet als verleidster op te treden. Victor en Linda namen in haar tegenwoordigheid eigener beweging een stuk porselein uit de kast, zeggende dit als aandenken te willen bewaren. Zij toonden zich daarbij eerlijk: Victor schreef aan Adeline wat hij tot zich had genomen, en ried haar aan hetzelfde te doen met een ander, gelijkwaardig stuk. Dit briefje gaf Hugo veel genoegen, maar hij wilde het, om zijn vrouw te sparen, slechts in uiterste noodzaak gebruiken. Het was niet nodig: de dienstbode vertelde het voorgevallene aan het personeel van de graaf, en aldus kwam het deze zelf ter ore. Kort nadien ontving hij een briefje van Hugo's advocaat, Mr Viglius te Amsterdam.

De advocaat zette op zijn kantoor de graaf de stand van de boedel uiteen. Er zou bitter weinig van zijn vordering terechtkomen.

'Ik heb het altijd wel geweten,' zei de bezoeker. 'Ik heb geleend en nog eens geleend, en toch had ik niet gedacht dat het er zó ellendig bij stond... Maar enfin, u schreef me over een gewichtige zaak. Ik hoop dat u me niet alleen verzocht hebt hier te komen om me te vertellen dat mijn vordering praktisch geen cent waard is.'

'Allerminst,' antwoordde Viglius met een glimlach. 'Het is niet onmogelijk dat ik laten we zeggen tussen de twintig en dertig mille voor u red, tegen volledige kwijting natuurlijk. Geeft u me een blanco volmacht voor twee weken, onderneem in die tijd zelf niets, en ik bericht u nader. Heb ik dan al het geld niet, dan toch een soliede schuldbekentenis, waarop u binnenkort het geld krijgt, – tenminste wanneer ik slaag. Het spreekt vanzelf dat er voor u geen kosten aan verbonden zijn; u bent niet mijn cliënt.'

'Nee, dat spreekt voor mij helemaal niet vanzelf.'

'Misschien hebt u gelijk. Maar ik kan in dit stadium van de zaak geen verdere uitleg geven. Ik beloof u echter op mijn erewoord dat u van mij na afloop opheldering krijgt. Maar één ding moet u me van *uw* kant beloven: ga morgen op reis, blijf veertien dagen in het buitenland en laat niemand uw adres kennen. Ik wil dan nog alleen dit verklappen, dat degene in wiens opdracht ik handel ook niet geleid wordt door de zucht om iets aan de zaak te verdienen, maar door heel andere beweegredenen. Het geval zal vreemd lijken...'

'Inderdaad.'

'Het is desondanks volkomen in de haak. U hoort alles later. Maar ik moet tot zolang uw vertrouwen hebben.'

De graaf keek de advocaat scherp aan. De lange man met het ernstige, verstervende gezicht en het buitengewoon helder oog viel in zijn smaak. Hij dacht een avond over de zaak na, stemde toe, tekende, en vertrok.

Het bezoek van Victor aan Viglius verliep stormachtig.

'Als u beweert,' riep Victor uit, 'dat ik voor alle schulden van mijn ouders aansprakelijk ben geworden alleen omdat ik dat ene vaasje genomen heb, – dan geef ik om uw kennis van meester in de rechten geen duit.'

Viglius keek ironisch in de kop van zijn pijp.

'Hoe u me beoordeelt laat me volkomen onverschillig. Maar ik herhaal: door dat vaasje tot u te nemen hebt u de nalatenschap zuiver en onvoorwaardelijk aanvaard en komen alle schulden voor uw rekening. En als u mijn voorstel niet aanneemt, dan wordt de zaak zeker niet geregeld. Uw zuster heeft de erfenissen verworpen; u bent de enige erfgenaam, en dat kan u meer dan twee ton kosten aan de schuldeisers in plaats van de twintig mille die ik vraag. Neem mijn raad aan en wees verstandig, meneer Oofke.'

'Daar zit die vervloekte zwager van me achter, die plebejer Van Delden. Ik ben zo stom geweest hem over die vaas te schrijven.'

'Ik weet van geen brief,' zei Viglius.

Hij verklaarde naar waarheid. Hugo, die nooit meer mededeelde dan hij voor het ogenblik dienstig achtte, had daarvan gezwegen.

'Maar ik weet wel dat u niet zult ontkennen. Een gewezen dienstbode is er getuige van geweest dat u de vaas hebt meegenomen. U zit muurvast aan die nalatenschap, tenzij u naar rede wilt luisteren.'

Victor stond op, kreeftrood; hij ziedde van boosheid. Hij vertrok zonder groet en sloeg met de kamerdeur. Na zijn heengaan liep Viglius naar het raam en keek peinzend over de gracht. Hij bezat niet de nauwgezetheid van geweten die Binkershoek eigen was. Hem trokken wel zulk soort gevallen die hijzelf ietwat twijfelachtig oordeelde. Hij deed het echter ditmaal uit sportiviteit; ook hij verdiende er niets aan, hij wenste het zo.

Victor kon nu wel gaan uitvaren tegen de oude dienstbode die inmiddels in een hofje was gaan wonen, maar hij zag daar het nutteloze van in en liet het na. Een poging om de graaf van Randerode te vermurwen mislukte door diens afwezigheid. En de tijd drong. In overleg met Linda tekende hij een schuldbekentenis. Zijn vrouw moest daarvoor fondsen verkopen; het zou binnen drie maanden geregeld zijn.

De dure porseleinen vaas keerde in de beroemde verzameling weer. Victor verwierp de nalatenschappen op zijn beurt. Zij kwamen daarop onder curatele en de notaris wikkelde ze in overleg met de schuldeisers af. De graaf had zonder uitleg en zonder dat iemand het ware wist zijn vordering teruggetrokken. De overige crediteuren prezen onder elkander dit gebaar als een gebaar van piëteit tegenover een gestorven vriend. Zij stelden zich tevreden met de activa van de boedel, want Hugo had dit als tegenprestatie hunnerzijds bedongen voor het niet opkomen door de graaf als gegadigde. Een faillissement der nalatenschappen werd op die manier verhinderd en de geslachtsnaam bleef onverlet. Hugo zorgde daarvoor ter wille van zijn vrouw. Ook haar broer had er het voordeel van; hij wist het niet.

Indien Adeline de toedracht mocht vernemen en hem afvallen, kon – zo overwoog Hugo – zij toch niets bewijzen. Het onvoorzichtige briefje had geen dienst gedaan. Maar hij hield Victor voor veel te trots om over hem bij zijn zuster te klagen, en daarin zag hij juist. De beide paren kwamen niet meer bijeen; de breuk was volkomen, zonder dat een der paren dit bejammerde.

Hugo moest, nog weken lang, telkens opnieuw aan het voorval denken. Het had hem vrij veel geld gekost, maar de moeite geloond; zijn wraak was gekoeld. Dan lachte het voor een seconde diep in zijn oog.

AGA BETEREND

De zee sliep die winter week na week aan één stuk door. Soms trokken hoge vage wolken uit het oosten over haar heen, en sneeuwde het voor Aga's ogen heel lichtjes bij windstil weer dwars door onwezenlijke zonnestralen, sneeuwde het uit het verbleekt hemelblauw. Soms lag alles in een rulle mist, dag en nacht. En hoogstens ruiste het water zoals de adem van de mens ruist in zijn slaap.

Maar op zekere ochtend werd de zee hardhandig wakker geschud; een stevige, heldere meid schudt op die manier een lang beslapen beddentijk. Daarna blonk er iets vochtigs en olijks over het water en in de lucht.

Aga had ook in de periode van grootste uitputting haar kamer zelf aan kant gehouden. Het was er naar geweest, maar ze verdroeg daarbij geen hulp van haar zusters. Nu werd ze er zich eensklaps van bewust dat ze langzamerhand sterker geworden was. Ze zat die dag voor het eerst in een gemakkelijke stoel bij de ramen.

Ze had trek in roken, stopte een pijpje en het smaakte. De bruine vlek op haar borst was verdwenen.

Dokter Algra kwam haar nu en dan nog bezoeken, meer op haar wens dan uit noodzaak – en ook omdat hij gaarne met haar sprak. Ze was niet zijn interessantste geval, wel echter zijn interessantste patiënte. Hij vermoedde van alles in haar, ofschoon hij weinig van haar begreep. Het enige wat hij zeker wist, en denkelijk beter dan zijzelf, was dat haar ontslag als directrice haar een knauw had gegeven. Nu had ze zich genezen.

'U hebt uzelf gecureerd,' zei hij. 'Ik was er eerst bang voor dat het niet zou gaan. Ik heb u een rusthuis voorgeslagen, dat weet u nog wel. Maar ten slotte dacht ik: als ze weigert, laat haar dan in godsnaam haar gang maar gaan. U hebt een sterke wil, juffrouw

Valcoog, misschien meer dan u beseft.'

Meer dan hij van zijn kant besefte ook. In een roekeloos verbruik van geestkracht had ze haar wil gekneusd. Nu had hij zich herwonnen.

Er was nog iemand voor wie haar kamer openstond, de gedelegeerd commissaris, Schalm. Ondanks volkomen lusteloosheid bleef ze, haast animaal, zich aan haar zaak verbonden voelen. En ze wilde wel weten hoe het daarmee stond, niet van Welkom of Johannes, alleen van hem. Hij was een fabrikant uit Breda die, omdat hij haar vader goed gekend had, bereid was zich met het bedrijf in te laten, en die thans veel verdienstelijk werk had gedaan zonder daarvoor dank te verlangen. Hij was een klein mannetje van twijfelachtige ouderdom, met een klein bleek gezichtje dat niets zei noch beloofde, maar die zich in zijn denkbeelden vastbeet en niet losliet, nooit. Hij moest erkennen dat de affaire een kwade winter had doorgemaakt, met verkeerd gekozen tussenpersonen en zo meer. Thans wond hij echter Oolgaard om zijn vinger. Hij was in zijn oordeel onbarmhartig; meestal raak.

'We zijn op de goede weg,' zei hij, 'nu Van Delden zich erbuiten houdt. Dat was een gevaarlijke kerel, kind... Maar Oolgaard, nee, die man is nog de kwaadste niet, die wil per slot wel luisteren. En onze voorzitter.., nu, laat ik daar liever over zwijgen.'

'Een closetrol van een vent; je trekt hem uit zover je wilt en hij geeft mee,' zei Aga en lachte kort.

'De enige voor wie je moet oppassen, dat is die Van Delden,' herhaalde Schalm. 'Enfin, ik hoop dat we hem kwijt zijn. Ik houd hem voor een schavuit.'

Aga ging er niet op in. Hij had ook nog andere verwachting, hij, Schalm. Dat het bedrijf er slecht bijstond trof hem als klein aandeelhouder weinig; het bezat daartegenover misschien ook zijn goede zijde – voor haar. Dat verzweeg hij, want hij was een voorzichtig koopman. Maar hij had die Van Delden al eens veelbetekenend horen verzuchten. En hij ging heen.

Aga bleef één dag op haar kamer in de stoel bij het venster. Ze had ook wel reeds beneden kunnen komen, en zitten in de erker. Ze wou die dag nog alleen zijn, vermoedend dat nieuwe moeilijkheden in haar weg lagen. De volgende ochtend was ze op de gewone tijd uit bed. Het aankleden ging nog langzaam en ze had voortdurend last van transpireren. Haar vingers trilden, haar adem ging kort, telkens moest ze even uitrusten. Ze was razend op zichzelf wegens haar zwakte. Ze hoorde de voordeur dichtslaan; dat was Johannes die vertrok. Een instinct deed haar zijn kamer betreden. Het bed was nog onopgemaakt, maar de kamer zag er als steeds verzorgd en ordelijk uit. Zijn dagagenda lag als steeds op zijn bureau. Graag met allerlei problemen bezig en kennend de gemakkelijke afdwalingen van eigen gedachten had Johannes uit overmaat van ordelievendheid voor zich een drievoudig agendastelsel ingevoerd, één op kantoor, één op zijn privé-kamer, één als schakel in zijn zak. Hij placht daarin vanouds ook zijn onzakelijke besognes op te tekenen. Aga wist dat. Ze sloeg de agenda open en las verscheidene malen de naam van Cobi, Cobi hier, Cobi daar, Cobi dit, Cobi dat. Ze begreep ogenblikkelijk wat het beduidde. Op de vergadering had ze het meisje Uetrecht door de mannen die haar flankeerden, trawanten van Hugo, juffrouw Cobi horen noemen, iets wat Hugo zelf nooit deed.

Het zweet van zwakte brak Aga uit; er was nog geen sprake van dat ze Johannes aan zou kunnen. Doch ze herkreeg snel haar krachten. Ze wandelde langs het strand, reeds de eerste keer een heel eind. Een paar dagen later nam ze des ochtends vroeg de tram naar Leiden, huurde daar een fiets en reed naar de Kaag. Ze had de dag tevoren haar komst telefonisch aangekondigd, en Moeders Angst lag voor haar gereed in het boothuis. Het was een simpel zeilbootje met een mast en een gaffeltje. Het had van de winter wat water gemaakt, maar was nu leeggehoosd. Het moest even op de helling, doch Aga had daarvoor thans geen tijd; dat kon wachten. Ze zeilde nu dag aan dag op de plassen, de eerste, de enige, lang vóór het seizoen. Uit voorzorg nam ze de verbindingskanalen waar het verhoudingsgewijs luw was, en de grote stukken water stak ze niet over, maar hield de wal. Daar middenop ging het nog te ruig toe voor dit notendopje. Het lag uit de verte gezien als een vonk vuur met geelwit vlammetje onder de lucht. De enkele mens die haar ontwaarde was verbaasd reeds nu een plezierscheepje te zien, en dan een vrouw aan het roer.

Aga, hoe dik gekleed, liep er dadelijk een geweldige verkoudheid op. Haar stem was des ochtends volkomen weg, doch ze zette door. Het was vooral geestelijke kracht die ze behoefde. Haar longen pompten deze binnen uit de zuivere, straffe atmosfeer, uit de zon die al iets van gloed gaf, ook uit regen, hagel en natte sneeuw. Nog licht in haar hoofd, duizelde ze de eerste dag van de eindeloosheid der hemelvergezichten, grootser dan die van haar kamer gezien, immers zich naar alle zijden uitstrekkend. De wolken krulden er tot allerhand formaties, de regens rookten aan de kim, de wind blies scherp in het dode riet dat armoedig opstak uit vuil schuim. Doch het zoete water bezat minder haar liefde dan het zoute, met de adeldom der branding. Haar voeten waren zo verkleumd, dat als ze de boot terugbracht en opstond ze de grond niet voelde. Dan draafde ze een eind over de weg met de fiets aan de hand, sprong op en reed in dol tempo naar Leiden terug. Haar hart bonkte pijnlijk; ze vergde er veel van, maar het moest. Er bestond de grootste tijdnood. Niet alleen het geval van Johannes bekommerde haar. Ze had ook het getier gehoord van Welkoms kinderen in de keuken, het zingend spreken van Ant Bessenboel in de erkerkamer. Marvédie en Luca waren ongeregeld geworden, telkens het huis uit en elk ging een eigen richting. Er viel thans meer te doen dan enkel uitkloppen en stof afnemen; het was de beurt van de grote schoonmaak. Ze moest haar oude energie herkrijgen en niet handelen eer ze er absoluut zeker van was het maximum van haar kracht te bezitten. Ze zou bliksemsnel moeten ingrijpen.

En toen was Aga zover. Ze koos Johannes. Waarom ze haar keus op hem bepaalde zou ze niet stellig hebben kunnen verklaren. Misschien had ze gevoeld dat bij hem de verbrokkeling was aangevangen; misschien ook zag ze in dat hij iemand was die door het woord moest worden gedwongen; misschien dacht ze dat zo hij voor haar woord zwichtte, de anderen hetzelfde zouden doen, woordeloos, terwijl, zo ze bij de anderen aanving, haar woord hem toch nog afzonderlijk diende te overtuigen, – misschien was het louter toeval. In elk geval was hij een persoonlijkheid naast haar, gehoorzaam minder uit gedweeheid dan genegenheid, en met die beschouwende kijk, ook op zichzelf, ook op haar, die het gevaar der losmaking in zich borg. Dat wist ze, al had ze het moeilijk kunnen uitleggen. Misschien werd haar keus uiteindelijk bepaald door het inzicht dat hij het zwaarste geval vormde, en zij niet beter kon doen dan haar kracht allereerst op hem gebruiken.

Ze had, zekere avond, met hem een gesprek op zijn kamer. Het duurde kort. Het was, in woorden, niet belangwekkend. Er werd van haar kant niet veel gezegd, en van de zijne weinig. Ze voelde zich in buitengewoon goede conditie, en ze viel hem dadelijk op het lijf. Hij zag reeds bij haar binnenkomen wat er te gebeuren stond, hij las het af van haar trekken. Toen legde hij zijn barnstenen sigarettenpijpje voorzichtig in het gleufje van de asbak, vouwde zijn handen berustend en keek haar aan. Ze plantte een stoel vlak over hem en ging er dwars op zitten, gelijk ze wel meer deed indien ze met klem wou betogen. Ze zat er klein, gedrongen, geladen. En hij voelde reeds iets van de oude bewondering, wat haar niet geheel ontging.

Haar betoog was volstrekt oninteressant. Een losse verhouding, – à la bonne heure; die duldde ze ook bij Welkom. Maar dit meisje legde het aan op een huwelijk; ze kende de soort. En hij deugde voor het huwelijk niet; hij had er nooit voor gedeugd, en nu was hij bovendien te oud. Voor het ogenblik viel er wel wat anders te doen; zij vijven moesten bouwen aan een nieuwe toekomst.

Al wat Aga zei was gemeenplaats; ook had hij veel ervan gemakkelijk kunnen weerleggen. En wat had dat te beduiden, van die nieuwe toekomst? Zij bouwde toch niet? Het leek nergens naar. Doch ofschoon hij hier en daar iets plaatste was het meer op- dan aanmerking. Een enkele maal kwam eensklaps haar oorspronkelijkheid boven.

Dat meisje, vond Johannes, zou in de familie zeker niet misstaan, wat erg opgemaakt misschien, maar ontegenzeglijk een mooie verschijning. Daarop viel Aga uit:

'Ja, dat kennen we. Oogharen waaraan je je winterjas kunt ophangen, en de rest naar rato. Je koopt er niets voor, niets.'

Het was overigens niet haar woord dat er bij hem inging, het was haar wil, haar geladenheid. Ze goot de naad in het blok tussen hen beiden weer dicht met haar gloeiende wil. Er ging zulk een kracht van haar uit dat hij het schier lichamelijk ondervond: zij smolt hem aan haarzelf vast. En hij gaf zich willoos over, hij zei dat het uit zou zijn; ze wist hem te kunnen vertrouwen. Het had mogelijk een kwartier geduurd, doch een enorme ontlading van haar geëist. Ze scheidden eensgezind; hij bewonderde haar als voorheen, en hij had er reden toe. Later kwam hij beneden voor de thee; hij was volstrekt ongedwongen.

Het is zeker dat haar krachtsverbruik veel groter was dan door de omstandigheden werd geboden. Zij zou hem ook hebben overwonnen indien hij zich sterker had getoond. Zij had echter met minder toegekund (zij het wellicht op wat langer termijn), omdat hij weifelde en altijd had geweifeld. Het was voor hem begonnen als een tijdpassering, een flirt, en hij was allerminst overtuigd met het meisje Uetrecht gelukkig te kunnen zijn, ook al stelde hij, naar zijn bespiegelende aard, zijn eisen niet hoog. Later vroeg hij zich af of hij het verloop van deze zaak niet onderbewust had uitgelokt, teneinde de heerschappij der jongste opnieuw te ondergaan, teneinde de wil in haar uit zijn sluimer te wekken. Op die vraag vond hij geen bevredigend antwoord; ze telde onder die groep gedachtegangen die voor hem onafwendbaar leidden tot de slotsom dat hij haar niet begreep, of niet zichzelf, of niet hen beiden.

De ontplooiing van krachten, hoewel voor het geval Johannes op zichzelf overdreven, wierp zijdelings groot nut af; ze was ogenblikkelijk voelbaar door het ganse huis en bond zonder dat er verder een woord werd gezegd de twee zusters in. Luca bepaalde zich voortaan tot een enkel loopje langs het strand, gelijk ze ook vroeger had gedaan; haar vlinderachtige bezoeken aan de Leidse kennissen met hun nasleep van verwikkeling en vooral gevaar hielden even plotseling op als ze waren aangevangen. Uit de droom van een zedig eigen thuis ontwaakte Marvédie tot de hervatting van de rusteloze slavenarbeid in de Pluvier die haar overigens niet ongevallig was. Ze schreef een briefje aan de vriendin dat ze zich had bedacht, dat het tussen haar en de procuratiehouder toch nooit iets worden kon, en dat ze, om hem uit de weg te lopen, haar in het vervolg op haar verjaardag des namiddags bezoeken zou. Elk woord van verbod zou aan deze meisjes verspild zijn geweest, en Aga hield niet van woordverspillen.

De zusters waarschuwden Welkom die een paar dagen later binnenviel. En ook met hem had Aga gemakkelijk spel. Ze zei slechts:

'Ik heb je tot dusver je gang laten gaan, dat weet je, maar als je

Ant nog eens hier brengt, terwijl ik je altijd gezegd heb dat ik dat niet wil – dan maak ik het tussen jullie tweeën helemaal uit.'

Haar toon was dezer dagen meer geworden dan autoritair; hij was totalitair.

'Nu,' antwoordde Welkom slap, opeens de verhouding met Ant beu, 'doe me dan een plezier en máák het uit, helemaal. Dan hoef ik het niet te doen.'

'Nee,' zei Aga die haar broer kende, 'zolang je je hier behoorlijk gedraagt gebeurt dat niet.'

Reeds was Ant door Luca gewaarschuwd dat zij het niet meer moest wagen zich aan huis te vertonen, met of zonder kindjes. Luca hield wel van een dergelijke boodschap. Ant zag mopperend en scheldend het stadhuis verder verwijderd dan ooit. Ze wist intussen dat ze tegen die jongste van de vijf niet op kon, en als ze verstandig was moest ze er nog blij mee zijn dat zij haar niet dwars had gezeten met de vrijwillige verstrekking van de toelage. Ant bezat een helder volksverstand.

Het blok lag daar gaaf gelijk voorheen, de spleten dichtgegoten. Alle onregelmatigheid was door Aga tussen vier muren vernietigd, en spelenderwijs gelijk slechts een figuur als zij dat kon. Maar, zo vroeg Johannes zich af, hoe stond het met Aga zelf? Was zij gaaf? En wáárom dit alles?

VIJF

DE KROON

DE MACHT

Voor het eerst in haar leven besteedde Aga uiterste zorg aan haar gebit. Gevoelig en kleinzerig op dat punt was zij niettemin onversaagd meer dan een volle week bij de tandarts. Ze deed zich de twee voorste snijtanden der bovenkaak trekken en vervangen. Verder werd er alom in haar kakement geboord, gevuld, gevijld, en na velerlei marteling en vele uren achterover liggen met klamme handen toonde zij een mond die niet meer, gelijk voorheen, haar gelaat grote schade toebracht.

Naast deze kleine uiterlijke vernieuwing had zich een veel grotere innerlijke voltrokken. Maar de slang die uit het vervellen glanzend te voorschijn komt blijft slang. De structuur van Aga's ziel zou zich nimmer wijzigen. Met frisse verbetenheid hield zij vast aan de oude beginselen; haar kracht was toegenomen. Zij dronk niet meer, nooit.

Zij waren daar nimmer geheel zonder godsdienst geweest, hoezeer altijd slechte kerkgangers. Doch de ouders hadden zeven plaatsen in de kerk bezeten; de kinderen hadden er vijf van aangehouden. Daarop streken anderen neer zodra het sein klonk dat de onbezette plaatsen aan de kerkbezoekers vrij gaf. Want Katwijk was altijd goed rechtzinnig kerks geweest; de dreiging van de oorlog deed nog vele anders onverschilligen opgaan, en het grote godshuis was reeds lang voor de aanvang van de dienst dicht bezet.

Aga zei op een zaterdagavond in de erkerkamer:

'Morgenochtend gaan we allemaal naar de kerk.'

En werkelijk gingen zij, Marvédie omdat ze niet dorst weigeren, Luca, de enige die met een zekere regelmaat de oefeningen bijwoonde, omdat het vanzelf sprak, Johannes omdat hij nieuwsgierig was. Welkom bevond zich op reis.

Zij zorgden ervoor tijdig aanwezig te zijn; voor het eerst sinds hoeveel jaren waren zij vieren daar weer bijeen. Aga trof het. Er trad een predikant op uit een andere gemeente, ver weg, en hier onbekend, maar die zijn gehoor onmiddellijk greep in een betoog dat woord gaf aan de spanningen waarin de wereld verkeerde, een betoog dermate bezwaard met zonde en verdoemenis, en bovendien voorgedragen met een zo formidabele rijkdom aan pakkende populaire beelden, dat de gemeente – die toch grote voorliefde had voor 'steile' preken – haar noodlot als een zondvloed zag aanrollen, dat bij de mannen het haar te berge rees, en dat na afloop de psalmzang losbrak gelijk een brullen om bevrijding. Onder het terugwandelen spraken de vier weinig, en Aga heel niet, doch over haar houding en in haar blik lag een zegevieren als ware zijzelf in de kerkdienst voorgegaan. Ofschoon zij nooit meer iets beleefden als die preek, werden zij van toen af onder Aga's dwang trouwe kerkgangers, zodat het al ras aan het dorp opviel. Indien Welkom over was liep hij gehoorzaam naast de anderen. En Johannes luisterde met wellevende aandacht, innerlijk zeer kritisch; hij bad nooit mee, noch zong.

Men zou bezwaarlijk kunnen zeggen waarom Aga haar eerherstel verwachtte; dát zij het verwachtte stond vast. Het is mogelijk dat zij daarbij geholpen werd door haar subtiel aanvoelen van Hugo's daden niet slechts, maar ook van zijn gedachtegangen, hoe ver hij zich van haar verwijderd bevond. Het is evenzeer mogelijk dat dit alles nog dieper bij haar lag en meer verborgen, in de contreien van het dierlijk instinct. Want indien zij er zich al van bewust werd dat zij op de voor haar beslissende ogenblikken Hugo had doorzien, begrepen of geraden – zo was dit toch steeds een slotsom waartoe zij achteraf kwam; de beslissende ogenblikken deden haar niet naar inzicht handelen.

Het ving daarmee aan dat de gedelegeerd commissaris Schalm haar op zekere morgen kwam vertellen dat Hugo hem zijn pakket aandelen in De Leydsche IJzerhandel ter overneming had aangeboden. Een paar stuks daargelaten, die hij op historische gronden – gelijk hij zich uitdrukte – behield, wou Hugo zich van het bedrijf losmaken; hij bezat er geen belangstelling meer voor. Schalm vroeg niet Aga's advies, hij verklaarde zich evenmin tot de overneming bereid, maar verwierp het voorstel niet. Hier zag Aga haar kans.

De directeur, C. L. Oolgaard, was in Aga's plaats op de algemene vergadering benoemd met de volmacht aan commissarissen om de aangelegenheid van het salaris met hem te regelen, doch niet de duur van zijn functie. Deze leemte was Aga indertijd opgevallen. Het viel niet aan te nemen dat zij Oolgaard was ontgaan; zij vermoedde daarom dat er op dat punt een afspraak bestond tussen Oolgaard en Hugo waaraan een volgende vergadering haar sanctie zou geven. Hoe dit overigens wezen mocht, op heden kon Oolgaard, voor onbepaalde tijd benoemd, elk moment op een redelijke termijn of met een redelijke schadeloosstelling worden ontslagen, en de meerderheid aan stemmen, indien verworven door Schalm met het pakket van Hugo, gaf de groep van Aga daartoe het recht. Aga zei:

'Ik zou goed uit mijn ogen kijken als ik u was, meneer Schalm, want meneer Van Delden, dat hoef ik u niet te zeggen, maar dat is een echte sijsjeslijmer.'

Zij wilde deze oprechte vriend der familie niet bedrogen zien uitkomen. Hoezeer het bedrijf haar aan het hart lag, zij zou nooit op de ruggengraatknokkels van deze patente kerel omhoog klauteren. Schalm, geslepen koopman, kon de wenk ontberen. Hij wist niet dat er in de waarschuwing overigens nog een hulde aan de tegenstander handig verborgen lag; hij kon dat onmogelijk weten.

'Wees maar gerust, ik ben niet van plan me te laten villen. Maar de vraagprijs lijkt me onder ons niet buitensporig. Ik ken nu de stand van zaken wel zo wat, maar ik ben toch begonnen met aan mijn eigen accountant een onderzoek op te dragen.'

Meer zei hij niet; hij zweeg over de vraagprijs, en evenmin vertelde hij aan Aga dat hij bij Hugo lusteloosheid had opgemerkt, die – hoe voorzichtig hij hem wilde beoordelen – heel goed ongeveinsd kon wezen of slechts ten dele geveinsd. Voor zichzelf was hij dan ook al tot de koop besloten; het vertrouwelijk rapport van zijn accountant had alleen de strekking van de vraagprijs nog wat af te knabbelen. Waarom Van Delden zich wilde distantiëren van het bedrijf, dat er voor het heden slecht bijstond maar desniettemin geloften inhield, vatte hij allerminst. Het ging hem echter niet aan; gaf de ander bewijs van ondeugdelijk koopmanschap, dan zou hij wel een ezel zijn daar geen voordeel van te willen trekken. Hij was vermogender dan men van zijn onbelangrijk, haast schamel voorkomen zou aflezen; hij kon zich de betaling van de koopsom zonder al te grote opoffering veroorloven. In Aga zag hij de leiding die de ijzerzaak nodig had; hij zou heus niet de huidige leiding voortdurend hebben dwarsgezeten zonder het doel Aga als directrice te doen herbenoemen. Daar was onder de insiders, Van Delden, Oolgaard, de president-commissaris, niemand die dat niet inzag. Maar het kon hem niet schelen; hij speelde open kaart, en inderdaad wás Oolgaard niet de man voor deze affaire.

Terwijl het vraagstuk van de overneming nog hangende was, ontving Aga van een notaris in het oosten een brief met een voor haar hoogst aangename verrassing. De predikantsweduwe mevrouw Glerum was gestorven en legateerde haar vrij van alle lasten tien aandelen uit haar bezit van negentien stuks. Aga vroeg zich niet af wat het oude dametje daartoe kon hebben bewogen; ze aanvaardde gretig, en verder zonder meer. De vraag zou eer kunnen rijzen in het brein van Hugo of van Adeline. Had de weduwe op de vergadering iets in Aga geraden van een machtig inwendig conflict, en had dit haar vertederd? Was zij onder de indruk geraakt van een tragische houding? Had zij postuum een deugdzaamheid willen belonen die had moeten wijken voor sluwe, duistere kunstgrepen? Of had zij eenvoudig een olijk afscheid van het leven willen nemen en haar naaste erfgenamen dood ergeren?

Aga schafte zich een andere auto aan en verkocht tegelijk Moeders Angst. Ze moest er enig geld op toeleggen, niet veel evenwel. Zij deed dit alles buiten voorkennis van haar familie. Tot dusver was zij werkloos geweest; nu kwam zij tot enige, voorshands bescheiden, zakelijke actie. Zij reed een namiddag de wagen zelf voor de Pluvier. Het was een tweedehands voertuig, dat een ongeval nooit geheel te boven was gekomen. Zij vond het met verbogen chassis in een garage, en deed het herstellen. Haar deskundige wees erop dat de auto ook na herstel nimmer volkomen betrouwbaar zou zijn. Daar evenwel de motor perfect in orde bleek waagde zij het. Inderdaad vertoonde de wagen de eigenschap bij grote snelheid te gaan shimmiën. Tijdens vaart beneden de tachtig kilometer merkte men daar niets van. Toen de spatborden waren uitgeklopt en gelakt en de carrosserie bordeauxrood was gespoten, leek het een prachtige, zij het vreemd opzichtige wagen.

Aga had haar zusters en broers in die mate onder appèl dat zij eenstemmig zonder terughouding de aanwinst bewonderden. Maar ook steunde hun bewondering op hun blijdschap dat deze aankoop een teken was – een teken dat niet viel mis te verstaan – voor naderende terugkeer tot de vroegere toestand. Zij vroegen naar het hoe en waarom van het herstel evenmin als naar de noodzaak of overbodigheid van de aankoop. Zij wisten wel dat de enige die een auto wezenlijk niet ontberen kon Welkom was, dat de voorhene familiewagen een weelde had beduid. Aga mocht handelen gelijk zij verkoos. Voor Johannes was de jongste zuster opnieuw het voorwerp bij uitnemendheid van studie. Het meisje Uetrecht had volkomen afgedaan, een pijnlijke schrijverij met drie brieven van haar zijde had hij doen eindigen door de voorname achteloosheid van duurzaam stilzwijgen van zijn kant; hij hoorde hier, hij hoorde bij haar. Hij hoorde ook thans bij haar, al trok zij de teugels strakker aan, en wellicht te meer omdat zij het deed. Zij noemde hem nog schertsenderwijs, nu en dan, verzenenhouder; echter liet zij met zichzelf niet schertsen. Zijn bewondering, hoe koel overigens, was grenzeloos. Hij verdroeg zeer wel krachtiger tucht. Kon het wezen dat dit slechts zo leek omdat hij een tijd van vrijheid had gekend? Nee, hij vergiste zich niet. Hij zag haar alreeds als directrice daarginds in haar privé-kantoor, en hij wist stellig dat hij haar dan niet zou verzoeken de hoofdboeken en zijn eigen arbeid naar Katwijk te mogen overbrengen, omdat hij zeker was van een weigering. Hij had zich wel eens afgevraagd of Hugo hem niet naar Leiden had verplaatst om hem van Aga af te zonderen. Want hij kende Hugo wel zowat, hij wantrouwde hem in de hoogste mate; zij waren in zekere zin medeminnaars. Doch hoe dat wezen mocht, – op hervatting van het luie leventje te Katwijk bestond geen kans. De speelruimte die Aga haar broers meer liet dan haar zusters was ingekrompen.

Hij bekeek haar nauwkeurig. Hij kon moeilijk zeggen of de ziekte haar had verouderd of niet. Soms meende hij van wel, soms, en meestal, leek zij verjongd. Ofschoon het voor een mens nauwelijks mogelijk scheen een groter volume aan leefkracht met zich om te dragen dan zij vóór haar ziekte getoond had te kunnen, kwam het hem voor dat haar energie nog was vermeerderd. Zij ontlaadde zich niet of nauwelijks, maar zij vibreerde van leven. Het was ongetwijfeld geforceerd, doch het ging buiten haar wil om, zoals de natuur een plant, een beest, een mens forceert tot een speling, van grappig over groots naar afgrijselijk.

Zij bezat weinig smaak, zij zou nooit anders zijn, en hij, Johannes, vond het niet op zijn weg liggen haar raad te geven. Maar zij deed nog een ding dat, hoe onbeduidend, hem sterk trof: haar mooie donkere haar dat uit zichzelf golfde deed zij krullen in een massa kleine krullen. Daarmee vatte ze de natuurlijke tragiek van haar gelaat in een lijst van lichtzinnigheid, die na een eerste aanblik, om de tegenstelling bevreemdend, al gauw de beschouwer, en zeker hem, Johannes, onder een grote bekoring bracht. Deze daad, gepaard aan haar algemene wedergeboorte, gaf hem een nieuwe maatstaf van vergelijking voor de kleine zuster in: zij was al verder dan de renaissance, zij was een wezen van neobarok. En uit dit dartel, geladen, grillig en uitbundig leven in het heden verklaarde hij ook haar totale onverschilligheid voor het wereldgebeuren dat zich aankondigde; bij haar geen dolle angst voor een catastrofe, geen spookbeelden, geen zenuwen.

Een tweede bespreking tussen Schalm en Hugo, op het kantoor van de laatste in Amsterdam, leidde tot overeenstemming. Schalm bleef op zijn hoede. Hij begreep zijn medecommissaris niet, de man die er alles op gezet had om de directie te onttronen, die in haar plaats een lummel van een vent had neergepoot, die, hoewel groot aandeelhouder, het bedrijf een paar fikse klappen had toegediend, en die thans met een onverschillig gebaar en voor een zacht prijsje zich van zijn hele bezit wilde ontdoen aan een tegenstander van wie hij kon verwachten dat deze zo gauw mogelijk de oude directie zou doen herbenoemen. Een dergelijk optreden van iemand die veelszins een zakenman was gebleken ging boven zijn begrip, en hij vroeg zich, na de waarschuwing welke Aga hem had gegeven, thans toch af of daar geen list achter stak. Was de lusteloosheid van die Van Delden wel oprecht? Doch ondanks alle waakzaamheid kon hij geen truc ontdekken, geen gevaar. Hij had zelf de gang van het bedrijf in al deze maanden van dichtbij gevolgd, het verslag van zijn accountant stemde met zijn eigen opvatting overeen. Hugo had inmiddels alle laatstelijk verworven stukken verspreid overgedragen. Dat kon Schalm niet schelen, want Hugo had zijn oorspronkelijk bezit, dat wat zijn vader geërfd had van de Leidse neef, ongeschonden in handen; dat wilde hij, op een paar aandelen na, en bloc verkopen, en indien hij, Schalm, er zich van kon verzekeren, was daarmede het wankel evenwicht verbroken en ging de macht in de naamloze vennootschap praktisch over aan de groep waartoe Aga en hij behoorden. Hij sloeg toe, na de prijs een kleinigheid te hebben kunnen drukken.

Schalm bracht haar opnieuw een bezoek en nadat hij verteld had met Hugo te zijn geslaagd zei hij vaderlijk:

'Ik heb dit voorstel te doen, kind. Wil je dat zaakje opnieuw gaan besturen dan is het mij best, maar je bent niet de enige op de hele wereld. Dus: voor wat hoort wat. Ik leg al mijn troeven op tafel. Jullie broers en zusters onder elkaar verbinden zich de helft van die portie fondsen van me over te nemen, en dan geef ik je nog een optie op de rest binnen een zekere termijn; een paar stukjes houd ik voor mezelf.'

Na enig praten werden ze het eens, maar Aga behield zich het recht van uiteindelijke beslissing voor na raadpleging van haar advocaat die ook de akte zou moeten opstellen.

Zij trof Binkershoek zittend in het schemerlicht van zijn privékantoor voor zijn aquarium. Al die tijd had zij hem niet gesproken. Er was geen zweem van ontstemming meer in zijn houding te bespeuren, doch hij was, al hield hij het verborgen, verbaasd over de wonderlijke krullenkop. Hij schudde haar hartelijk de hand, en zag met plezier de vergenoegdheid op haar trekken.

'Of de prijs die u betalen moet te hoog is weet u zelf beter dan ik.'

Aga glimlachte.

'Meneer Schalm heeft me natuurlijk niet aan mijn neus gehangen hoeveel *hij* aan meneer Van Delden heeft moeten dokken, en ik durf er alles onder verwedden dat hij er wat aan verdient. Maar ik ken de zaak genoeg om te weten dat hij niet overvraagt, en wat het tweede stel aandelen betreft, dat ik niet hoef te kopen, maar kopen mág, nu... daarvan zullen zoals ik u zei drie deskundigen de prijs vaststellen, dus daar ben ik ook nooit bekocht aan.'

'Nog één vraag die u me ten goede moet houden. Ik stel die vraag meer als vriend dan als advocaat. Die eerste helft betekent per

slot toch nog een hele som, en al moogt u in termijnen afbetalen...'
Hij beëindigde zijn zin niet. Aga bleef glimlachen.

'We zullen ons een poos moeten bekrimpen, maar ik heb dan ook weer mijn salaris van directrice, en ik ben er zeker van dat ik de ijzerhandel erbovenop haal, misschien gauwer dan u denkt. Nee, daarover maak ik me niets geen zorg. Beter een jonge vrouw aan het hoofd van een ouwe zaak dan het omgekeerde. Wat zegt u?'

Hij keek haar aan. Ze was zo levenskrachtig, bijna levensluchtig dat het aanstekelijk op hem zou hebben gewerkt, indien hij jeugdiger ware geweest. Toen dwaalde zijn oog van haar weg, en het werd peinzend, terwijl hij met zijn brede duim gedachteloos een verse pijp stopte.

'Ik heb die Van Delden nooit gesnapt en ik begrijp van dit hele geval ook weer niets.'

Aga zei droog:

'Ik ook niet.'

'Een storm in een glas water,' hervatte Binkershoek, 'maar waarom in godsnaam, waarom?'

Aga stond op:

'Dat is dus afgesproken. U maakt het contract. U hebt de nummers van de aandelen, u hebt alle gegevens. En dan helpt u me voor het bijeenroepen van de nieuwe algemene vergadering, en daarop zullen we Oolgaard wippen. Als u zelf op de vergadering komen wilt – u hebt nog altijd dat ene stukje – dan zult u me plezier doen. En we halen er ook weer de notaris bij.'

'Met Ant trouwen laat ik je nooit,' zei Aga tegen Welkom, 'maar ze mag als je gemachtigde de vergadering bijwonen.'

Hij keek vreemd op; toen, dadelijk daaroverheen, was hij blij als een kind. Hij kon niet weten dat het de neobarok was die Aga aldus deed handelen.

De samenkomst verliep glad. Het aantal aanwezigen was klein. Een employé van de Disconteering West zat er weer als waarnemer en stemde blanco. De voorzitter las een brief voor van Hugo waarbij hij zijn mandaat ter beschikking stelde. Aangezien dit tevoren was bekend gemaakt kon een relatie van Schalm zijn plaats innemen. Aga toch zou nooit een van haar broers of zusters als commissaris boven zich dulden, zij het formeel. Er was niemand die tegen haar herbenoeming en het ontslag van Oolgaard op de kortst mogelijke termijn bezwaar inbracht. De enkele aandeelhouders die geen bepaalde mening hadden liepen, zoals dat op vergaderingen pleegt te gebeuren, tam mee met de grote massa. De voorzitter stemde blanco.

Binkershoek was verbaasd onder de aanwezigen een oranje geverfde vrouw op te merken met een heel ordinair gezicht en een lange oogtand die in de onderlip beet, een vrouw welke zich weliswaar niet misdroeg, maar toch zijns inziens eer op een volksfeest van het koningshuis dan hier hoorde. Toen hij vernam dat zij optrad voor een broer van Aga begreep hij zijn cliënte niet recht. Die familie kwam met zonderlinge dingen voor de dag, maar één omstandigheid was duidelijk: de vader had ze ook getoond.

Oolgaard woonde de vergadering niet bij. Hij was geen aandeelhouder, en wetend dat zijn ontslag op de agenda stond weigerde hij er deel aan te nemen. In het kantoortje van Johannes uitte hij tegen deze zijn grieven. Hij bezat geen contract voor een bepaalde tijdsduur – dat was de zwakke stee in zijn positie hier. Nooit had hij zich moeten laten lijmen zonder een deugdelijke verbintenis zwart op wit. Maar hij vertrouwde op Van Delden die hem uit-en-terna bezwoer dat hij alles met hem in orde zou brengen. Nu liet de ploert, die zich terugtrok, ook hem in de steek, loochende alle verplichting, en had hem onlangs in Amsterdam zelfs de deur gewezen. Dus werd hij op de keien gezet met één, misschien twee maanden salaris en moest maar zien hoe hij zijn gezin en zichzelf in het leven hield.

Wat Oolgaard vertelde was van a tot z waar. Inderdaad had Hugo zich ook van hem gedistantieerd, alle toezeggingen ten spijt, want ze waren mondeling en zonder getuigen gedaan. Toch verzweeg Oolgaard iets: dat hij, alvorens hier de functie van directeur te verwerven, geruime tijd stromeloos had rondgezworven, heel blij was geweest weer aan de slag te kunnen gaan, en de onzekere vooruitzichten op de koop toe had genomen.

Hij verdween uit de percelen en Aga trok er in. Het personeel behoefde maar naar haar gezicht te kijken, en de oude vreesachtigheid voor deze leidster keerde weer. Van Oolgaard ging geen overwicht uit, het hare was onverzwakt, ja, toegenomen. Haar prestige had tijdens het interregnum geleden, dat kon niet anders, en graag smaalde men op haar die de kous op de kop had gekregen, want ze was niet geliefd en zou het nimmer zijn. Haar wederintrede deed alle illusies nopens zachtzinniger beleid, alle voornemens tot meer vrijmoedigheid in rook opgaan. Men boog zich onder haar, van laag tot hoog, nog slaafser dan tevoren. In haar stem lag een nieuwe klank, een imperialistische, en peremptoire klank die volstrekte gehoorzaamheid eiste. Zij stelde een nieuwe aanlokkelijke catalogus samen. Zij wilde ook op de eerstvolgende jaarbeurs met een belangwekkende stand voor de dag komen. Zij riep zo spoedig mogelijk Joziasse terug, de hulpboekhouder, door Hugo ontslagen. Zij kon hem goed gebruiken, want er was opeens veel meer werk. Het bedrijf regenereerde.

Soms kon zij in het langsgaan met een peinzende blik op die Joziasse neerzien. Het scheen haar dan toe dat hij de kern was van het probleem, dat heel het uitgebreide conflict om deze employé was begonnen. Natuurlijk wist zij beter, wist zij dat hij slechts een bijrol had vervuld in dat spel van ernst tussen haar en haar tegenstander, nauwelijks meer dan een figurantenrol. Doch zij had gewonnen, zij wenste niet verder te denken, want dan zou ze stellig verdrietig moeten worden. En voor verdriet had ze geen tijd, nooit.

DE DROOM

Adeline maakte een moeilijk voorjaar door; zij vergde veel van Hugo's geduld. Zij vergde nog meer, en hij was bereid haar in bijna alles toe te geven. Hij kon nimmer de gedachte geheel van zich afzetten dat, zo hij die namiddag na de vergadering, toen Aga hen volgde, haar met zijn snellere wagen was ontvlucht, er geen incident zou zijn geweest en zijn vrouw ongeschonden gebleven. Zijn schaamte onmannelijk te zullen schijnen, een schaamte misschien vals, had geleid tot haar kwetsing, meer nog geestelijk dan lijfelijk. Toch betwijfelde hij of hier valse schaamte in het spel was. Kon een man wel ooit voor een vrouw op de vlucht slaan, kon hij dat voor Aga? Het mocht een geluk heten dat Adeline de zaak van die kant niet scheen te bekijken. Ze had hem nimmer verweten dat hij te langzaam gereden had. Maar wat wist hij tenslotte van hetgeen er in haar omging?

Als om zijn gedrag zo veel mogelijk goed te maken gaf hij haar in allerlei opzichten toe. Hij wenste geen nakroost, hij zag zich niet als vader, doch zij wenste het wel, en hij was gewillig het haar te schenken. Zij meende in verwachting te zijn, en was een paar weken overdreven gelukkig. Het kwam verkeerd uit; een diepe neerslachtigheid volgde, onderbroken door heftige crises. Een paar maal gedroeg ze zich in gezelschap volslagen onmogelijk; ze verloren daardoor kennissen, doch vonden in de grote stad en met zijn uitgebreide connecties geredelijk andere.

Thans, in de aanvang van de zomer, was Adeline aanzienlijk gekalmeerd, maar Hugo zelf raakte steeds meer aan onrust ten prooi. In zijn bonte en gewaagde zaken vond hij overdag afleiding. De tijden van zijn grote roekeloze slagen waren voorbij, al konden ze weerkeren. Hij speelde nog gewaagd, dat vermocht hij niet te laten, maar het ging op veel kleiner schaal en bleef hem toch boeien. Het spel telde nu bij hem meer dan de knikkers. Als de wereld hem had kunnen taxeren had zij hem stellig een rijk man moeten noemen. Een paar veelbelovende manipulaties had hij op de naam van zijn vrouw ondernomen, en de winst daarvan aan haar vermogen toegevoegd. Zij was thans ook zijn erfgename voor de wet; zij was rijk, en hij nam zich voor het daarbij te laten; haar vermogen zou voortaan slechts door natuurlijke aanwas van rente vermeerderen. Eigenlijk had hij daartoe reeds eerder het voornemen gevormd, doch de transacties waren te aanlokkelijk geweest en niet al te speculatief. Hij nam het vast besluit haar kapitaal in het vervolg onaangeroerd te laten. Ook bracht hij uit vrees voor oorlog en inval van de Duitser in ons land het grootste deel onder in de Verenigde Staten. Overkwam hem met het zijne iets noodlottigs, dan hadden zij nog een ruim bestaan. Hij geloofde er echter niets van, hij zag zich integendeel rijker worden en rijker, een miljonair in niet meer verre toekomst. Op zijn gesloten wijze ondervond hij daarvan grote voldoening, doch hij leed zeer in zijn zenuwen. Ook dat hield hij in zich verborgen; hij hoopte dat het de scherpe opmerkingsgave van zijn vrouw zou ontgaan. Ze sprak er niet van.

Zij verkeerden, niet buitensporig evenwel, in de wereld; zij gingen naar theater, concert, film, tentoonstelling; zij hadden plannen voor een reis naar Marrakech en Fez in de herfst; Fez te zien was van Adeline altijd een hartenwens geweest; zij wilde er binnentrekken door de Poort van de Vader der Huiden; zij wist niet waarom, maar zij wilde dat zo; het had zich in haar vastgezet, een kinderlijkheid. Het tranen van haar oog minderde niet; ze volhardde thans dapper en zat zich telkens het linkeroog te betten te midden van publiek dat er tersluiks naar keek; hun eigen kennissenkring merkte het al niet meer op. Doch Hugo was ook graag 's avonds thuis en zat tegenover haar, onder zijn eigen schemerlamp, en zij zat onder de hare. Adeline las veel. Zij wilde geen boeken lenen uit de leesbibliotheken. Zelf tijdelijk bij een boekhandelaar werkzaam geweest was haar de echte liefde eigen, niet slechts tot het boek, maar ook tot de auteur. Ze oordeelde het lenen roofbouw op de geest van de schrijver, ze kocht wat ze lezen wilde. In de aanvang had ze nog gepoogd Hugo genegenheid bij te brengen tot de letterkunde door hem voor te lezen uit een haar dierbaar werk. Ze bemerkte echter dat zijn aandacht afdwaalde en sloeg het boek geërgerd dicht.

'Ik begrijp het niet, Hugo,' zei ze ontstemd, 'dat je zoiets niet mooi kunt vinden.'

En hij antwoordde met zijn superieure glimlach die zo weinig van zijn ware wezen onthulde:

'Meisje van me, het spijt me ontzettend, maar ik kan het niet helpen; ik moet er aldoor aan denken hoeveel rijker het armste leven is dan de rijkste literatuur.'

En hij nam een detectiveverhaal, of lag achterover een nieuwe geldelijke opzet uit te spinnen, of hij knipte een lichtje aan dat hij had doen plaatsen boven de aan Dou toegeschreven visverkoopster en tuurde er een kwartier, een half uur heen. In deze tijd verwierf hij nog twee kleine meesterwerken, twee primitieven, en daar hij een goede speurneus bezat niet bijster duur: van Herrie met de Bles een fantastisch toneel van ijsvermaak, in zwart en vreemd rulrood, met boerinnen van wie in de buiteling alle rokken opvlogen, – en van Petrus Cristus een miniatuur-Madonna die aan het Kind een boezempje reikte als een kogelrond blank appeltje met een vruchtbeginsel. Evenwel waren deze schilderstukken, hoezeer kostbaar en merkwaardig, hem geen afzonderlijk lichtje waard; ze bezaten bij lange niet zijn genegenheid als de visverkoopster.

Adeline had voor deze aanwinsten niet het ware oog; ze was intussen tevreden om zijn stille blijdschap. En soms, wanneer hij rondging door de kamer, staan blijvend nu voor het ene, dan voor het andere schilderij, werd haar blik van haar lectuur naar haar man getrokken, en moest zij verholen dat profiel bezien, dat gesloten bleef en ondoorgrondelijk, dat gelaat dat al de jaren van hun verbintenis ongewijzigd was gebleven. Ze bezat enige portretten van hem uit zijn kindertijd; dat van zijn zeventiende jaar toonde reeds een definitief gelaat; de trekken waren nadien niet noemenswaard veranderd, en zij voorvoelde, zij wist dat ze nog niet in een lange reeks van jaren, zo deze hem werden vergund, enige verandering zouden ondergaan. Dat was haar een raadsel, maar zo was hijzelf, zo was zijn hele persoonlijkheid, – een ziel waaruit zij nooit wijs werd, een ziel als een baaierd, ongemeen boeiend met dat al.

Hugo had in deze tijd tot rust kunnen komen, hij had tot rust behoren te komen, omdat het belangrijkste van zijn leven voleindigd achter hem lag; Aga opnieuw directrice, daarenboven thans onaantastbaar. Hij zou daar nooit zijn gedachten over laten gaan tijdens de avonden thuis in gezelschap van zijn vrouw. Wanneer hij evenwel een ochtendwandeling maakte door Amsterdam-Zuid hield hij zich gaarne met haar bezig. Om haar ziekte noch om haar herstel had hij zich ooit veel bekommerd. Hij had gehoord dat zij het bed moest houden, later dat zij beter was, maar het een zei hem al even weinig als het ander. Hij kon zich haar niet ziek voorstellen, hij vroeg zich daarom ook nauwelijks af waardoor zij ziek was geworden, en haar beterschap sprak voor hem vanzelf. Het waren heel andere vraagstukken die op de wandeling bij hem rezen. Hij vroeg zich af of Aga het spel wel geheel had doorzien. Het was gespeeld, het was uit, het lag daar als een afgerond geheel, het was een legkaart waar het laatste stuk was ingevoegd zodat ieder de voorstelling kon overschouwen en bevatten, het was dermate duidelijk dat het in zekere zin publiek domein mocht heten. Maar vatte Aga het, zag ze het zoals hij het zag? Hij was er niet zeker van en hij zou nimmer antwoord van welke aard ook ontvangen. Doch ongemeen meer belangwekkend was deze vraag: had hij dit spel wel geheel gewild? Dat hij in deze zaak bij uitzondering tamelijk groot financieel verlies geleden had telde niet. Hij had met andere manoeuvres het tien- of twintigvoud gewonnen. Het telde ook niet voor zijn vader die er onkundig van bleef in die zin dat de zoon hem andere fondsen had gegeven, zeggend dat de piëteit tegenover de oude neef grenzen had, dat het bedrijf er niet best voorstond en dat hij dus een voordelige ruil had gedaan, wat niet volstrekt onjuist was. Maar had hij, Hugo, Aga indertijd zijn pakket aandelen aangeboden, wetend dat ze zijn aanbod zou afslaan? Had hij met de schorsing een dag gewacht om haar respijt te geven en de gelegenheid haar broers aan een contract te helpen op lange termijn? Had hij zich onthuld aan Binkershoek wetend dat Aga daaruit als enige consequentie een ontslagneming zou trekken? Had hij vervolgens een incapabele nieuwe directie aangesteld en zelf blunders begaan ten einde de waarde der fondsen tijdelijk te doen dalen en de aankoop van zijn pakket aan haar groep mogelijk te maken, met haar herplaatsing op de directiezetel, op een veilige zetel als apotheose? Of had hij dit alles niet eigenlijk gewild, had hij er in de aanvang *iets* van gewild, en was het hele complot hem van lieverlede uit de handen gegleden en een eigen leven aangevangen als een robot die voortarbeidt en niet meer naar de mens luistert, als die atomaire kracht waarvan hij wel had gehoord, die, zo de mens haar al zou kunnen vrijmaken, niet meer door hem kan worden gestuit?

Of – en hier opende zich een splinternieuw gezichtspunt – was het nog anders tussen hen beiden toegegaan? Was het Aga zelf geweest die met haar ontslag de leiding had gegrepen, hem tot speelbal makend van háár atomaire kracht, hem daarbij dwingend – gelijk zij met Adeline had gedaan – in een richting die hij ingevolge zinsbegoocheling hield voor ene gekozen uit eigen vrije wil? Had *zij* hem de zaak doen afbreken, de begeerte in hem gedoofd, het aanbod van de fondsen aan Schalm hem ingegeven, zichzelf gereïnstalleerd? Ongetwijfeld sprak uit deze gedachtegang zijn behoefte in de kleine vrouw een karakter te zien van gigantische, bijkans monstrueuze afmetingen. Maar zag hij dat karakter, of construeerde hij het? Wie was hier de gigant, zij of hij? Wie had uiteindelijk de regie gevoerd van deze fantastische tragikomedie, zij of hij? Hij vond geen oplossing. Hij oordeelde zich te licht van gewicht; hij was tevens te behoedzaam; hij vermocht niet af te dwalen in die diepste diepten van zijn eigen ik die onder de enorme druk stonden dat de rede daar zeker zou worden verpletterd. Doch op de wandeling dacht hij onveranderlijk en met iets van snobisme; hoe jammer dat het hier geen bedrijf betrof van miljoenen, van miljarden.

Hugo was bang, zonder twijfel, maar hij was niet laf. De angst voor de oorlog begon bij hem, als bij zovelen, de aard van een ziekte te vertonen. Hij had de Duitser nooit gemoogd; thans haatte hij hem hartgrondig. Zijn ontleedkundige geest legde in een ommezien de voosheid bloot van alle slagzinnen die daarginds geloofd werden als kruiswoorden. Hij vond de Duitser belachelijk; het zich noemende herenvolk was het grofste volk dat ooit op aarde had geademd; aan zijn hoofd had zich deswege de plebejer par excellence gesteld. Maar hij vond de Duitser ook griezelig belachelijk, angstwekkend belachelijk; hij zag het gevaar van een massa voor wie politiek een woord is dat ze niet begrijpt, die aan de wezenlijke politiek, welke schakering inhoudt, nooit toe is gekomen; want het leven van de mens is schakering, elk is een individu, elk heeft een eigen aard, en hoe zou het anders kunnen waar elk een eigen vingerafdruk heeft en er toch altijd nog meer vingers dan mensen zijn (dat kon Aga hebben gezegd, dacht hij, en meesmuilde bij zichzelf). Hij zag het gevaar van de stootkracht ener gedweeë massa welker ideaal het is machine te wezen. Voor het eerst in de geschiedenis der wereld was er een echte robot opgestaan, ridicuul en verschrikkelijk. De oorzaak van het conflict lag met dat al bij de jood, en daarom haatte hij de jood nog meer dan de Duitser. De Duitser – en hij alleen – was te kortzichtig om de jood te doorschouwen, en daarvan maakte de jood misbruik. Hij wist heel goed dat er in die slotsom niets oorspronkelijks lag, maar hij ondervond het zeer reëel, voor hem was het nieuw. Hij zou het ook niet aan Adeline uitleggen; het had geen zin, want ze bleef het met hem volstrekt oneens. Zij verfoeide de barbaar aan onze oostgrens gelijk hij, doch ze schakelde de jood uit. En overigens was haar terminologie aanzienlijk meer ingetogen dan de zijne. Onder de joden telden zij weinig kennissen en geen vrienden, daar Hugo zich al lang van hen had losgemaakt en het toeval wilde dat Adeline er weinig omgang mee had gehad; een joods meisje uit de boekhandel, dat zij zeer had mogen lijden, was naar het buitenland vertrokken. Om de huiselijke vrede roerde geen van beiden het onderwerp aan. Hugo, te zeer gehecht aan vrije zienswijze, poogde niet haar tot zijn inzicht over te halen; zij deed het evenmin. Hij was er erkentelijk voor dat zij in zijn antisemitisme thans stilzwijgend berustte. Maar buiten haar weten zou hij de jood dwarszitten waar hij kon. Nopens de Duitser dacht hij in zover anders dat hij hem nog altijd goed genoeg oordeelde om aan te verdienen. Inderdaad had hij zich de laatste tijd op dit terrein bewogen, en met gunstig gevolg. De Duitser op zichzelf was dermate infantiel, zijn slimmigheden lagen zo aan de oppervlakte, en dik daarenboven, dat iemand van zijn, Hugo's, vermogens er gemakkelijk spel mee had. Terwijl Adeline in het bed naast het zijne rustig sliep, bleef Hugo doorgaans nog tijden wakker. Zij was al lang niet bang meer, waarvoor ook; hij was het. Wel stemde zij daarin met hem overeen dat zij een onoverwinnelijke afkeer had van het filmjournaal; zij verschenen in de bioscopen thans altijd na de eerste nummers.

In bed liggende zag hij de oorlog over zijn land komen, hij zag zich – nooit haar – als een slachtoffer, dood, of erger, zwaar verminkt. Hij leed aan te veel verbeeldingskracht, dat wist hij, doch hij kon zijn visioenen niet van zich afzetten. Dan verstijfde zijn lichaam, het werd een blok hout, en tevens trilde het. Het kon een half uur, een uur duren, eer het weer buigzaam raakte. Tijdens deze aanvallen, en voordat de slaap hem overmande, zag hij achter zijn gesloten ogen een rijkdom aan allerduidelijkste mensengezichten, en terwijl hij keek ging het ene gezicht over in het andere. Er waren mooie koppen bij, en belangwekkende, en schone, en gruwelijke, volle gelaten, profielen, en alle onbekend. Deze overvloed die hij had kunnen tekenen, zo precies waren hun lijnen en kleuren, verbijsterde hem.

Hij droomde veel, drukkend, verward. Twee maal droomde hij terloops van Aga, en vrijwel eender. Hij had met Adeline een van die grote witte villa's betrokken aan het einde van de Katwijkse boulevard waar de weg ombuigt en daalt tussen de uiterste duinen naar de zeesluis. Hij zwierf er rond in holle lichte gekamerten, zag door een venster uit, en ontwaarde Aga, een kleine, zwarte gestalte in de verte, lopend over een ontzaglijk breed ebstrand aan de zoom der branding. Een vaag en onmetelijk verlangen beving hem.

Toen beleefde hij een klare droom. Hij liep naast Aga door de duinen benoorden het dorp. Er was avond in de lucht, het werd snel donker, de wind duwde koel in hun rug. Zij hadden al een tijd lang gesproken, hij wist niet waarover. Toen hoorde hij haar zeggen met de vertrouwde metalen stem:

'Kijk Hugo, dit is mijn tweestrijd: ik houd van een man, maar door mijn liefde voor hem komt de liefde voor mijn familie in gevaar. Daarom bestrijd ik die man. Daarom heb ik ook het zakelijk samengaan met hem afgeslagen.'

Hij wist niet wat hij antwoordde. Toen zij weer:

'Maar ik ben iemand die alleen in één blok kan beminnen. Ik heb mijn hele leven moeten besteden aan de vernietiging van dat blok.'

Zij zwoegden in de duisternis een hoog duin op. Het was mogelijk dat hij iets antwoordde in de trant van: en is het blok nu vernietigd? Hij wist het echter bij het overdenken niet stellig meer. Terwijl zij het duin afdaalden klonk de stem der onzichtbare vrouw:

'Ik heb je eens de sleutel tot mijn ziel willen reiken, maar je zag het niet. Jij bent niet mijn vijand, Hugo, niemand is dat, behalve ikzelf.'

Zij waren in een delling aangekomen en hielden stil. Zij baadden in een ijsgroen licht. Hij zocht beschutting voor dat gruwzame, hij sloeg zijn armen om haar heen, en hij keek angstig achter zich. Een duivelse maan, kadavergroen, hing boven de kalkige toppen. Toen voelde hij hoe hun kleren van hun lichaam vielen en hun vlees van hun gebeente, en twee geraamten omhelsden elkaar; haar botten drongen wreedaardig tegen de zijne, terwijl een dodelijk koude luchtstroom snerpend door hun ribben floot.

Hij ontwaakte. Het was zes uur en een schone zomermorgen, maar hij voelde zich tot in zijn merg bevroren. Hij trapte het laken weg en ging rechtop in bed zitten, met opgetrokken benen. Adeline sliep naast hem.

Natuurlijk, zo overwoog hij, de droom nagaande, is het mijn eigen gedachte geweest die in haar tot woord werd, en mijn eigen wil is in haar tot daad geworden, – maar toch niet alleen, nee, niet alleen. En een machtige druk lag over zijn hart; een berg raadsels lag daar opgestapeld in een onontwarbaar kluwen van kettingen, en door dat alles heen slingerde zich nog de keten van een liefde. Hij leunde met zijn kin op zijn knieën en sloot de ogen, zoekend naar een denkbeeld dat hem van het ondraaglijk gewicht kon bevrijden. Na het grijpen en weer loslaten van allerlei zwevende vormen, van losse woorden, van zinsdelen, zinswendingen, zinnen, – na veel passen en meten vond hij eindelijk dit: 'Het verdriet ligt over het leven gedoseerd, en het ligt *wijs* gedoseerd omdat de gemiddelde mens lang genoeg leeft om zijn oude wonden te zien helen. Een simpele waarheid – zoals uiteindelijk alle waarheid simpel is. Het ingewikkelde vangt bij de leugen aan.' Uiterlijk onbewogen gebleven voelde hij innerlijk reeds weer het wortel schieten van iets van veerkracht; in de schaal van zijn verdriet gleed een enkele druppel balsem. Hij opende zijn ogen, hij hief de dunne donkere wenkbrauw, hij rechtte zich.

'Wat zit je daar zo te peinzen, Hugo van Delden?' vroeg Adeline.

DE STEEN

Een pompeuze barok brak zich in Aga baan. Van de voorgenomen bezuiniging kwam niets terecht. Aan haar eigen woning viel weinig te verbeteren, tenzij met hoge kosten, en dan nog zou het geld goeddeels weggegooid zijn. Met de oude percelen stond het anders. Daar bevond zich nog een kostbaar object, en daar vestigde zij het oog op. Dat was het bekoorlijke voorhuis van marmer en stuc. Haar privé-kantoor bracht ze uit de lelijke sombere pijpenla naar het voorhuis over. Ze kocht, geleid door Johannes, enkele fraaie meubelstukken, een antieke mahonie kast, een klein sierlijk mahonie ministerbureau, een kleine kristallen lichtkroon, een rond dieprood tapijtje. In de nis plaatste ze een kachel met een mantel van wit smalt. Voor de twee niet grote, hooggelegen ramen hing ze roodpluchen gordijnen aan witgelakte stangen en ringen. Het was, alles tezamen, niet goedkoop, evenmin buitensporig duur, en de zaak betaalde het. Haar aard bleef slordig, doch haar bureau had een ordelijke aanblik, het voorhuis was proper, en alle rommel lag op elkaar gepropt achter de dichte deuren der kast.

Aga zat in het midden van het voorhuis, in het midden van de dierenriem, precies bedekt door het rood tapijt. Zij ontving hier zakenbezoek; het keek verwonderd om zich heen naar het overheersend wit, de prachtige nuancen in rood, en het charmant balkon voor de smalle deuren van groen en goud.

'Dat moet enorm veel hebben gekost,' zei men wel.

'Nee,' antwoordde Aga, 'het meeste was er al.'

Die zondag, toen Welkom was overgekomen en de vijfde ochtenddienst hadden bijgewoond, zei Aga aan het koffiemaal:

'Vanmiddag gaan we naar het graf.'

Marvédie zou chaufferen. Zij had indertijd haar vader niet willen meebegraven, maar later sprak zij toch met waardering over hem, en het graf, voor welks onderhoud Luca zorgde, bezocht zij met de anderen. Luca zat naast haar, op de achterbank Aga tussen Johannes en Welkom. Johannes vroeg aan Welkom of het hem niet opgevallen was dat er de laatste dagen na zonsondergang zo vreemde wolken aan de hemel dreven, in roze met iets van groen, en die een zwak licht schenen te verspreiden. In de krant werd het voor noorderlicht gehouden. Maar Welkom had niets gezien. Aga zweeg, zonder aandacht voor het gesprokene. Uit de hoek van het oog naar haar kijkend zag Johannes dat haar gelaat het vertrouwde stempel droeg der tragiek. Ze waren op hun bestemming.

'Het kerkhof,' zei hij, 'die stad van grondvesten waarop het geloofde paleizen bouwt van de onsterfelijkheid.'

Niemand gaf antwoord; hij wist wel dat deze wijsheid aan zijn buren verspild was; ook had hij al meermalen iets dergelijks verkondigd. De drie vrouwen gingen voorop, regelrecht naar het graf; hij volgde met Welkom; hij voelde zich, als zo vaak, de vader der vier; hij moest er voor onbekenden als hun vader uitzien, zij het een vrij jeugdige.

Het kerkhof, op de voorhene Leidse wallen, was met populieren omboord. Het graf lag dichtbij. Zij stonden ervoor, en Aga wees sprakeloos. Dit was de verrassing, door haar uit eigen middelen bekostigd.

Er lag een nieuwe steen, van dezelfde vorm als de vroegere, en ook stond bovenaan: 'Familie Valcoog'. Maar de fanfaronnade van het oude onderschrift dat velen moest hebben geërgerd – die woorden 'De laatsten der mohikanen' ontbraken. In plaats daarvan was thans met kleine, doch duidelijke letters aan de voet gebeiteld: 'Vloek over wie dit graf durft roeren'.

Hier stond het Vijfgesternte. Hier zou het eenmaal liggen naast de anderen, hier zou een Zevengesternte rusten. Een massagraf. Die ene kleine bond hen samen, tot de dood, tot voorbij de dood, tot in eeuwigheid. Want zij zouden hier waarlijk rusten; die ene kleine bond over hun ontzielde lichamen de vervloeking van de op schennis beluste hand. De hand zou aarzelen en zich terugtrekken.

Maar hoe had zij, die kleine ongeletterde zuster, dit bestaan? Had zij er iets over gelezen, of er een woord van opgevangen? Kende zij

Shakespeares grafschrift? Of had er in haar een nagalm geklonken van eindeloos verre vaderen? Want reeds boven de grafheuvels uit de voorhistorische tijd stonden soortgelijke bedreigingen tegen plunderaars, bedreigingen in steen gehouwen en overgeleverd aan de nazaat. En hoe kwam zij aan die term 'roeren'? Welk een plastisch woord, en ook hoe ijzingwekkend!

Terwijl deze gedachten in hem omgingen zweeg Johannes.

Luca veegde haar ogen droog.

'Het is vreemd, het is heel vreemd,' hakkelde Welkom.

Marvédie vond het wel mooi, maar betwijfelde of de begraafplaats het niet verwijderd zou willen hebben.

'Ze kunnen er met hun vinnen afblijven,' zei Aga hard. 'En anders doe ik ze een proces aan. Er staat niets op wat niet mag.' Met een glans van zege in het oog vertrok ze tussen haar zusters.

Buiten het kerkhof zei Johannes:

'Gaan jullie maar met de wagen terug. Ik kom later wel.'

En hij liep nog wat door de oude stad, een meneer van middelbare leeftijd, foutloos gekleed en diep in gedachten.

In dat grafschrift, peinsde hij, heeft Aga zichzelf overtroffen; het betekent zonder twijfel haar subliemste uiting van neobarok, en tegelijk is het iets om van de gruwen. Daarnaast is het dan nog merkwaardig ook, omdat het naar oud verleden en zelfs naar de prehistorie verwijst. Zo is er niets nieuws onder de zon. De wereld gaat in een kring, de slang bijt in haar staart... Maar waarom, in godsnaam waarom doet ze zo? Dat zou geen sterveling kunnen zeggen, en zijzelf wel het allerminst. Ze denkt niet of nauwelijks, ze handelt. Ze lijkt samengesteld, ze is primitief. Het ligt daaraan dat wij samengesteld zijn en het primitieve niet meer begrijpen. Daarom begrijp ik haar niet, daarom blijft ze mijn eeuwigdurend voorwerp van studie. Ik zal nog enorme verrassingen aan haar beleven.

Hij liep met zijn haast onhoorbare stap door de zomerse stad, en als een verliefde nam hij de zeven Singels. Hij zag in zijn herinnering hen allen, gelijk zij daareven naar en van het kerkhof kwamen gewandeld: Welkom die zijn joviale uiterlijk presenteerde als op een dienblad, die de grootste schedelinhoud bezat en het kleinste verstand, – Marvédie met de ogen en de mond van een telescoopvis, hier een dame, thuis een werkster, – Luca met lachje, tranen en haarknoedeltje als een maasbal in de nek, ook met het fijne aantrekkelijke profiel. Terwijl hij de anderen bezag bleef toch Aga zijn doel, dat wandelend stuk barok, fanatiek en fantastisch, dat kleine, saamgeperste lijf dat zich nooit zou weten te kleden, dat gelaat als een stormhemel, en dan weer zegevierend, en dan weer met smeltende glimlach, altijd onderstempeld van tragiek, thans gevat in die wufte krullenlijst. Wat deed haar toch met zo stalen consequentie haar weg gaan? Het deerde hem niet, hij bevond zich best onder de dictatuur, hij begeerde niet anders. Maar wat dreef ten slotte die kleine zuster? Want de grootste daders zijn de gedrevenen.

Soms zag hij haar als het binnenskamers geraakt insect dat urenlang zijn energie verbruikt met zoemend opvliegen tegen de ruit, terwijl de opening naar de buitenlucht vlakbij is. Doch hij wilde ook billijker zijn, hij kon aan de dierkunde een verhevener beeld ontlenen: haar zorg voor broers en zusters deed denken aan die hoogste vorm van bescherming die de biologie aanwijst in zeker nematodon, welks jongen vóór het ter wereld komen het moederlijk ingewand verteren en vernietigen totdat enkel de huls overblijft om zich boven hen te ontplooien als een schild waaronder de kolonie bescherming vindt.

Ook dit beeld voldeed hem niet. Zij, de kleine zuster, was zijn wetenschap, en een wankele. Zij was hem nu eens vergif, dan medicijn, dan lafenis. Maar zij was hem, ondanks het ruime huis, nooit een moeder. In de plaats van het warme, weldadige zonlicht der liefde had zij het veel koeler van de familiehang gesteld. Daarvoor zocht hij thans de geëigende vergelijking. En zoals hij graag deed, zoals hij gedaan had met het beeld van de donkere begeleider van de ster Sothis, die naar de wet der zwaartekracht zijn dubbel beïnvloedde, zo deed hij nu weer: hij zocht het niet hier. Hij bleef niettemin dichter bij de aarde; hij zwenkte van de astronomie naar de meteorologie; hem schoot eensklaps het noorderlicht in de gedachte. Het verschijnsel vult een immens vak van de hemel, de aanblik is indrukwekkend, maar het lichtgevend vermogen blijft gering en het licht zelf is koud; ook werkt het niet bevruchtend en voor het leven is het onnodig.

Mogelijk kon deze beeldspraak enigermate op hen allen worden toegepast. Zij gold bij uitstek voor Aga.